D1342368

Un secret bien gardé

ALICE HOFFMAN

Un secret bien gardé

ÉDITIONS FRANCE LOISIRS

Titre original : *Blue Diary*.
Publié par G.P. Putnam's son, New York, 2001.

Traduit de l'américain par Pierre Ménard.

Édition du Club France Loisirs,
avec l'autorisation des Éditions Flammarion.

Éditions France Loisirs,
123, boulevard de Grenelle, Paris
www.franceloisirs.com

ISBN : 2-7441-6575-1

Le ciel appartient au Seigneur,
et la terre, c'est aux mortels qu'il l'a confiée.

Psaumes 115.

I

Le pendu

C'est en ce dernier lundi du mois, par une splendide matinée brusquement saturée de bleu et du doux parfum du chèvrefeuille sauvage qui pousse dans les bois, derrière Front Street, que, contrairement à ses habitudes, Ethan Ford ne se présente pas à son travail. Par cette superbe journée, le ciel étincelant est empli de bancs de nuages blancs, immobiles et floconneux comme des moutons, mais si paisibles et paresseux qu'ils n'ont pas plus besoin de berger que d'enclos. Dans la Nouvelle-Angleterre, le mois de juin est incomparable avec ses longues journées baignées par le soleil et ses roses épanouies. C'est l'époque où même le plus écervelé des hommes s'arrête et contemple ce qui s'offre à lui : les pétales crémeux des marguerites et des roses trémières, les essaims des abeilles bourdonnant comme des créatures célestes dans les haies et planant au-dessus des pelouses vertes ordonnées avec tant de soin qu'on croirait qu'une main divine est intervenue ici-bas pour réaliser un patchwork idéal, touche après touche, jusqu'à la perfection.

N'importe quel autre jour de l'année, Ethan Ford

serait déjà en plein travail, car dans la ville de Monroe, Massachusetts, on ne trouve pas un homme plus digne de confiance. Sur le trousseau qu'il transporte sont suspendues les clefs de la plupart des propriétés environnantes, y compris celles des Howard, dans Sherwood Street, et des Stark, un peu plus loin sur Evergreen. Ethan a consacré une bonne partie du mois qui vient de s'écouler à réaménager les deux maisons : il s'agissait de refaire la cuisine des Howard et d'installer une deuxième salle de bains chez les Stark, dont les trois filles sont connues pour leur longue chevelure, qui leur descend jusqu'aux reins et leur demande une bonne demi-heure de shampoing, de sorte qu'il y a toujours la queue dans le couloir lorsque l'une ou l'autre des sœurs attend son tour pour la douche.

Chacun sait que si Ethan promet que le travail sera fini à temps, tel sera bien le cas, car c'est un homme de parole, dont la fiabilité n'a d'égale que l'amabilité : il n'est pas du genre à disparaître dans la nature en abandonnant la fin d'un chantier, sans avoir cimenté un dallage ou fixé les portes des placards, par exemple. C'est un excellent charpentier, et un homme charmant ; un membre estimé de la brigade des pompiers volontaires de la commune, connu pour son courage, et un entraîneur respecté, qui apporte plus de soutien à certains enfants du voisinage que leurs propres parents. La plupart de ceux qui le connaissent ne l'estimeraient pas moins s'ils savaient que ce jour-là, Ethan ne s'est pas présenté à son travail pour la bonne raison qu'il est au lit avec son épouse, dont il est resté désespérément amoureux au bout de treize ans de mariage et qu'il considère encore comme la plus belle femme du Massachusetts.

Jorie était devant l'évier, en train de laver les assiettes du petit déjeuner, les yeux fixés sur la fenêtre avec une expression rêveuse, lorsque Ethan passa prendre ses clefs. Il posa les yeux sur sa femme et décida aussitôt de rester, même si cela devait le mettre en retard et perturber son programme jusqu'à la fin de la semaine. Après tout, l'homme le plus digne de confiance peut trébucher de temps à autre : qu'il se prenne les pieds dans ses lacets, dans les nids-de-poule de la route ou dans les méandres d'un événement auquel il ne s'attendait pas. Il a bien le droit, alors, de se libérer des entraves de la prudence et du bon sens. Fort heureusement, le fils de Jorie et d'Ethan était déjà en route pour le collège, en ce lundi de la dernière semaine de l'année scolaire, car rien au monde n'aurait pu retenir Ethan ni l'éloigner de Jorie ce jour-là, pas plus qu'en d'autres circonstances identiques. Il s'approcha d'elle, devant l'évier, et l'enlaça en lui murmurant à l'oreille ce qu'il avait l'intention de faire une fois qu'ils seraient au lit. Jorie se mit à rire, de ce rire léger qui attirait les moineaux nichés dans les arbres et qui vinrent se percher l'un après l'autre sur le rebord de la fenêtre, simplement pour l'écouter et pour assister de plus près à la scène.

Nous ne devrions pas faire ça, dit Jorie. Elle se mit à énumérer les raisons qui les contraignaient à se retenir, les nombreuses obligations qui les attendaient en ce jour de semaine particulièrement chargé. Mais tandis qu'elle parlait, l'intonation de sa voix la trahissait. Elle se laissait déjà entraîner dans la chambre, distraite par son propre désir, et sourit en voyant son mari tirer le loquet de la porte.

Les gens en ville n'auraient pas été surpris d'apprendre qu'après cela Ethan se pencha pour embrasser sa femme et que celle-ci réagit avec autant de fougue que la nuit où elle l'avait connu, alors âgée de vingt-trois ans et convaincue qu'elle ne tomberait jamais amoureuse, pas pour de bon, pas comme elle l'aurait voulu, à en être embrasée, anéantie, retournée de fond en comble : il fallait selon elle que ce soit tout – ou rien. Et c'était bien ainsi que les choses se passaient entre eux, même aujourd'hui, alors qu'ils avaient une maison, une hypothèque et un calendrier surchargé d'obligations, de dîners à la bonne franquette et de matches de base-ball – tous les aléas de la vie conjugale. Leur union relevait d'une sorte de miracle : ils étaient tombés follement amoureux et ils l'étaient restés. Treize ans après leur rencontre, on aurait dit qu'une heure à peine s'était écoulée depuis l'instant où Jorie avait remarqué la présence d'Ethan au comptoir du Safehouse, par cette nuit brumeuse de novembre, quelques minutes après que Charlotte Kite, sa meilleure amie, avait parié dix dollars avec elle, pour savoir laquelle se dénicherait un petit ami ce soir-là.

Et aujourd'hui, par cette chaude matinée de juin, alors que le ciel est d'un bleu étincelant et que les reinettes s'égosillent dans le jardin en se prenant pour des oiseaux, Jorie désire Ethan aussi violemment que lors de cette nuit où elle l'avait vu pour la première fois. Elle avait planté là son amie Charlotte, sans avoir même la politesse de lui dire au revoir, ce qui ne lui ressemblait absolument pas. Jorie était d'un naturel aussi mesuré que généreux ; et pourtant lorsque Anne, sa sœur aînée, arriva au Safehouse et qu'elle aperçut sa sainte-nitouche de cadette qui repartait avec un étranger, elle s'élança derrière la camionnette en leur faisant signe de ralentir. Mais ni Ethan ni Jorie ne lui prêtèrent la moindre attention ou n'entendirent les cris qu'elle poussait, les suppliant d'être prudents sur ces routes verglacées.

Jorie indiqua à Ethan le chemin à suivre jusqu'à son appartement, dans High Street, et le fourra dans son lit avant même de connaître son nom de famille. Jamais de sa vie elle n'avait agi de manière aussi inconsidérée. Elle était du genre à tout faire comme il faut et, comme Anne s'en plaignait fréquemment à qui voulait l'entendre, elle avait toujours été la fille préférée de sa mère. Elle était la dernière personne qu'on se serait attendu à voir agir de manière impulsive : et pourtant, elle s'était comportée comme si une sorte de fièvre s'était emparée d'elle. Peut-être cela expliquait-il pourquoi elle avait renoncé à son sérieux habituel en ouvrant ainsi sa porte à un étranger, par cette froide nuit de novembre. Ethan Ford était le plus bel homme qu'elle avait jamais vu, mais ce n'était pas cela qui l'avait fait craquer : c'était sa façon de la regarder comme s'il n'y avait personne d'autre au monde ; et cette certitude émanait de lui, impliquant qu'ils étaient faits l'un pour l'autre... Voilà ce qui avait triomphé d'elle, de fond en comble, en balayant toutes ses résistances. Elle perçoit toujours le désir d'Ethan lorsqu'il la regarde et chaque fois, elle se retrouve dans la peau de la jeune femme qu'elle était lorsqu'ils se rencontrèrent, foudroyée par l'amour. Elle n'est pas différente de celle qu'elle était la nuit où il l'avait embrassée pour la première fois, en lui jurant qu'il était depuis toujours à sa recherche.

Aujourd'hui, Jorie a une fois encore laissé en plan sa pauvre amie Charlotte, sans lui présenter ses excuses ni lui offrir la moindre explication. Au lieu d'aller la retrouver pour la soutenir dans les dernières semaines de son mariage avec Jay Smith, Dieu merci enfin rompu, Jorie étreint et couvre de baisers son propre mari. Au lieu d'offrir à son amie son réconfort et ses conseils, elle est au lit avec Ethan et le serre de plus en plus fort, au point que le monde extérieur, Maple Street et l'ensemble du Massachusetts pourraient aussi bien avoir été rayés de la carte, chaque lampadaire et chaque pommier s'être évaporé dans la chaleur et la tranquillité de l'air. Il y a des individus chanceux et Jorie en a toujours fait partie, avec son sourire éclatant et sa longue chevelure blonde qui évoque le soleil même par la plus froide journée d'hiver, quand le vent hurle au dehors et que d'épais flocons de neige se déversent du ciel.

Chaque fois qu'Ethan et Jorie se promènent main dans la main, les gens en ville se retournent pour les regarder tant ils ont l'air heureux d'être ensemble, tant ils paraissent compter l'un pour l'autre. Lorsque Jorie arrive sur le terrain de baseball à la tombée de la nuit, chargée de thermos de limonade et d'eau fraîche, Ethan s'avance toujours vers elle et l'embrasse, en se fichant que la terre entière les regarde. En bordure de terrain, les gens s'interrompent brusquement : les mères le long des bancs cessent d'échanger leurs ragots, les pères près du parking de discuter quant à la meilleure stratégie à suivre pour remporter la coupe du comté. Ils ne parviennent pas à détacher leurs regards de Jorie et d'Ethan qui, contrairement à la plupart des couples engagés dans le royaume aride et ingrat du mariage, restent émerveillés par l'étendue infinie de leur dévotion réciproque, aujourd'hui encore.

Il n'est donc pas surprenant de les retrouver dans les bras l'un de l'autre, en cette matinée de juin, à l'époque où les premiers lis orangés éclosent le long des routes et des allées. Ils font l'amour lentement, sans se soucier de descendre les stores. Les rayons de soleil qui passent à travers la fenêtre ouverte sont d'un jaune acidulé et doux, dessinant un treillis de lumière sur la blancheur des draps et des ombres enchevêtrées sur leur peau. Dans le jardin voisin, Betty Gage, qui a presque quatre-vingts ans et est affligée d'une telle surdité qu'elle ne distingue même plus les trilles des roitelets nichés dans son cerisier ou le clapotis guttural des rainettes, n'en perçoit pas moins les gémissements bruyants des amants. Elle se retire précipitamment chez elle, faisant de son mieux pour se hâter en dépit de ses genoux défaillants, abandonnant les phlox et les marguerites dont elle avait entrepris de rassembler les pétales en un amas désordonné sur la pelouse. Surprise par des accents d'une telle ardeur en cette banale matinée, Mrs Gage monte au maximum le volume de sa radio mais cela ne suffit pas à couvrir ces cris passionnés et Betty en vient bientôt à évoquer son cher et tendre époux, mort depuis près de quarante ans, mais qui redevient le jeune homme qu'elle a connu lorsqu'elle pense à lui.

Par la suite, Jorie devait se demander si elle n'avait pas tenté le diable et cherché les ennuis, au cours de cette céleste journée. Elle aurait dû se montrer plus prudente. Elle n'avait pas voulu se retenir, refréner son appétit, ne se souciant de personne en dehors de l'homme qu'elle aimait. Qui était-elle donc, pour croire que cette matinée lui appartenait, qu'elle était libre de passer ces tendres heures comme bon lui semblait ? Elle avait vraiment fait preuve d'inconséquence... Mais les abeilles bourdonnaient dans le jardin et semblaient leur jouer la sérénade, le soleil avait une lumière d'or pâle, éternel. Si seulement de tels instants, dans leur fugacité, pouvaient se prolonger indéfiniment, s'ils pouvaient capturer le temps dans leurs rets et faire en sorte que cette journée ne s'altère jamais, qu'il n'y ait plus de toute éternité que cette lueur figée du soleil tombant dans la chambre – et eux deux à l'intérieur, seuls au monde.

Jorie n'est pas orgueilleuse d'ordinaire, mais comment pourrait-elle ne pas se reconnaître dans le regard de son mari ? Tandis qu'il caresse son ventre, son dos, ses épaules, elle imagine de très anciennes fleurs préhistoriques, qui surgissent une par une derrière l'écran de ses paupières : un lis rouge, puis un blanc, un lis orangé, un violet, chacun d'une incomparable beauté. Elle écoute les abeilles qui circulent à travers les haies, à l'extérieur. Si les hommes en ville qui croient la connaître, ceux qu'elle a rencontrés au temps du collège, par exemple, et qu'elle croise tous les jours à la boulangerie, à la pharmacie ou à la banque, pouvaient l'apercevoir en cet instant, à travers la fenêtre, ils découvriraient une femme bien différente de celle avec qui ils conversent au coin des rues ou assis sur les bancs du terrain de baseball, lors des matches du championnat. Ils découvriraient une Jorie au corps inondé de soleil, dévorée par la chaleur qui monte de sa chair. Ils seraient les témoins de la manière dont un amour authentique peut transformer une femme.

Tu es tout pour moi, lui disait Ethan ce matin-là, et peut-être s'agissait-il d'un sentiment trop arrogant, trop égoïste. Assurément, ils ne pensaient alors qu'à eux et non pas à leur fils, par exemple, en route pour le collège, ni aux stores qu'ils ne s'étaient pas souciés de baisser, pas plus qu'à la voisine qui écoutait à sa fenêtre l'écho bruyant de leur désir. Ils ne songeaient pas le moins du monde aux amis qui étaient en train de les attendre : Charlotte Kite qui avait déjà quitté la pâtisserie pour se rendre chez le médecin, ou Mark Derry, le plombier, l'un des plus proches amis d'Ethan, qui faisait le poireau devant la propriété des Stark, incapable d'entrer et de se mettre au travail puisque Ethan ne se montrait pas et que lui seul avait la clef. Le téléphone sonne, longtemps et bruyamment, mais Ethan dit à Jorie de ne pas répondre – il s'agit probablement de Charlotte, avec qui elle peut converser n'importe quand. Ou d'Anne, sa sœur, que Jorie ne demande qu'à éviter.

Combien de fois cela nous est-il arrivé ? demande Ethan. Il embrasse Jorie dans le cou, sur les épaules, et elle ne le repousse pas, bien qu'il soit près de dix heures du matin. Comment le pourrait-elle, en niant du même coup son propre désir ? Un amour tel que celui-là n'est pas chose courante, après tout, et Jorie se demande parfois pourquoi c'était elle qui avait eu la chance de le rencontrer, ce soir-là. Le mois de novembre, dans le Massachusetts, est aussi déprimant que sinistre et Charlotte avait dû insister pour convaincre Jorie de sortir prendre un verre. *Tu as la vie entière devant toi pour rester assise au coin du feu, si c'est cela dont tu rêves*, lui avait-elle lancé et Jorie avait fini par la suivre en rechignant. Elle n'avait même pas pris la peine de se peigner ou de mettre du rouge à lèvres. Elle était assise au bar et songeait déjà à s'éclipser lorsqu'elle avait senti une brusque bouffée d'énergie, comme lorsque l'air se met à crépiter avant un changement atmosphérique ou qu'une étoile filante est sur le point de tomber. Elle avait jeté un coup d'œil sur sa gauche et l'avait aperçu : et elle avait alors compris que c'était le destin qui l'avait poussée à suivre Charlotte par cette nuit humide et brumeuse. C'était le destin qui l'avait conduite jusqu'ici.

Elle ferme les yeux sur cela, leur matinée volée, laissant sonner le téléphone dans le vide, et revoit à nouveau ces lis, étincelants au sommet de leurs tiges vertes. Elle songe aux promesses qu'ils se sont faites l'un à l'autre, et à leur dévotion. Ce qu'elle ressent pour lui est si profond que cela lui fait mal. Elle se dit que c'est sans doute à cela que les gens font allusion lorsqu'ils parlent des blessures de l'amour, comme si la joie que l'on éprouve au plus profond de soi ne pouvait qu'engendrer une angoisse aussi intense. Elle éprouve une sorte de douleur intérieure lorsqu'il la laisse, pour se rendre à la cuisine et leur préparer du café glacé et des coupes de fraises, cueillies dans le jardin. Il installe leur collation sur un plateau d'argent, le cadeau de mariage de Charlotte. À ce jour, Jorie n'a toujours pas rencontré un homme plus séduisant qu'Ethan. Il a des cheveux foncés et ses yeux sont encore plus sombres. Il n'a rien d'un Barney Stark, qui s'encroûte dans son cabinet d'avocat et dont la femme se plaint qu'il s'empâte, ni d'un buveur de bière comme Mark Derry, qui passe l'essentiel de ses soirées vautré dans un fauteuil. Ethan déploie une grande activité physique et les résultats sont tangibles. Lorsqu'il enlève sa chemise sur le terrain de base-ball, les femmes le regardent puis se dévisagent entre elles, l'air de dire : *Voilà celui dont je rêvais, mais il ne m'était pas destiné.*

Du reste, Ethan fait partie de ces hommes qui ne semblent pas avoir conscience de leur charme. S'il fréquente le gymnase, ce n'est pas vanité, mais par stricte nécessité, en tant que membre volontaire des pompiers de Monroe. Il doit pouvoir disposer d'une force et d'une vigueur dont il a donné une démonstration évidente l'automne dernier, en escaladant le toit de la maison des McConnell, bien avant que ses camarades bénévoles aient seulement émergé de leurs camions. L'incendie avait débuté à cause d'une tranche de lard qui brûlait dans une casserole, mais lorsque les premiers volontaires étaient arrivés le feu avait envahi toute la maison, les flammes diaboliques, écarlates, s'étant développées à une vitesse inattendue, comme cela arrive parfois. Il y avait tellement de fumée ce jour-là que sur le trottoir, devant le café d'Hannah, les chrysanthèmes blancs étaient devenus gris et l'étaient restés jusqu'à la fin de la saison. Et sur les berges du lac les grenouilles s'étaient mises à creuser pour s'enfouir dans la boue, prêtes à hiberner, prenant les cendres qui retombaient du ciel pour une chute de neige prématurée.

Lorsqu'il était devenu évident que l'échelle réglementaire n'atteindrait pas la fenêtre de la chambre où se trouvait la fillette des McConnell, Ethan avait pris les choses en main. Depuis son perchoir, sur le toit, il avait poursuivi sa progression, se hissant le long des bardeaux et franchissant le sommet, avant de s'engouffrer à travers la fenêtre. À l'extérieur la foule suivait la scène, comme envoûtée. Aucun mot ne fut prononcé après qu'Ethan eut disparu dans l'encadrement de la fenêtre, et moins encore lorsque les flammes s'élevèrent, tandis qu'une nuée de chaleur dessinait une sphère dans le ciel gris figé. Ethan découvrit la fillette terrée au fond de son armoire : et c'était une chance qu'il ait mis si peu de temps pour escalader le toit, car la gamine n'en avait plus que pour quelques minutes avant d'être étouffée. Lorsque Ethan la hissa à l'extérieur de la maison, la moitié de la ville s'était rassemblée sur la pelouse, retenant son souffle, suffoquant à cause de la fumée et clignant des paupières pour chasser la suie qui s'y déposait.

Il n'est donc guère étonnant que tout le monde, à Monroe, adore Ethan Ford. Même Anne, la sœur de Jorie, qui a rarement un mot aimable à l'intention de quiconque, fait preuve d'une étonnante bonne humeur en sa présence. Il est bien rare qu'Ethan descende Front Street sans qu'un gamin qu'il a entraîné jadis ne l'interpelle en le saluant de la main, par la portière d'une voiture. Les parents ne sont pas en reste : ils donnent un coup de klaxon et lui font des appels de phare, en signe d'estime et d'approbation. Warren Peck, qui tient le bar du Safehouse et fait lui aussi partie de la brigade des pompiers, refuse qu'Ethan lui règle ses consommations. Et pourquoi n'aurait-il pas le droit de lui manifester sa gratitude ? Ethan était le premier sur les lieux lorsque la Chrysler de Kyle, le neveu de Warren, avait pris feu sur le parking de Lantern Lake, tandis que cet inconscient de Kyle cuvait son vin sur la banquette et aurait probablement brûlé vif, sans l'intervention d'Ethan. La maison de retraite où Ethan va chaque année servir le dîner de Thanksgiving avant de célébrer la fête en famille affiche en permanence, dans sa salle de réception, une bannière qui proclame : *Pour Ethan, hip hip hip... hourra !* Ethan pour sa part aurait depuis longtemps arraché la pancarte si l'idée même n'avait glacé d'effroi certains des pensionnaires : car les résidents de l'hospice dorment plus tranquillement en sachant qu'Ethan veille ainsi sur eux, pendant leur sommeil.

Par bien des côtés, il s'agit réellement d'un être extraordinaire, même aux yeux de son épouse.

Jorie Ford considère son mari de la même manière que d'autres saluent le lever du soleil, avec une dose égale de familiarité et d'effroi. Elle aurait aimé que leur fils ressemble à Ethan mais Collie Ford a les traits fins et la peau claire, comme sa mère, les cheveux blonds et les yeux bleus, et il est d'un tempérament doux et prudent. Collie est aussi réservé que son père est impulsif, il a bon caractère et, à douze ans, il est plutôt grand pour son âge. Pourtant il est timide, malgré l'amour et le soutien de ses parents. Il a tendance à laisser les autres garçons le dépasser, en classe et sur le terrain de jeu, bien qu'il ait davantage de cervelle et de talent. Et il a beau être plus grand et plus costaud, il préfère généralement rester sur le banc de touche. C'est un élève destiné aux A qui se satisfait d'un B, un remplaçant qui devrait jouer en première ligne, d'une trop bonne nature dirait-on parfois pour affronter les déceptions et les difficultés de ceux qui réussissent dans le monde.

Tu sais ce qui ne va pas avec lui ? demande Ethan alors qu'ils sont encore au lit, ce matin-là, avec les stores relevés et les abeilles qui virevoltent dans le jardin au-dessus des phlox et des rosiers. Jorie mange une fraise et ses lèvres sont rouges. *Tu le traites comme un bébé.*

Oh, non, répond Jorie en riant. *Tu es jaloux, voilà tout. Tu voudrais bien que ce soit toi, que je traite comme un bébé.*

C'est exact. Ethan glisse la main entre ses cuisses et Jorie sent ses blessures se rouvrir. *Traite-moi donc comme un bébé*, poursuit-il, si près d'elle que chaque mot la brûle. *Donne-moi ce que je veux.*

Jorie pense aux lis des vallées, aux jacinthes. Elle pense à la soirée où ils ont conçu Collie, une nuit étoilée d'août à Squam Lake, dans la maison de campagne de la famille de Charlotte. Jorie est sûre que son fils a été conçu là parce que la lune blanche et large s'était levée dans le ciel, comme une lanterne au milieu des ténèbres, et qu'elle avait pleuré pendant qu'ils faisaient l'amour. Elle s'était rendue sur le porche peu après, alors qu'Ethan dormait, et avait fait un vœu pour que les choses ne changent jamais entre eux.

Il faut que j'y aille, dit-elle maintenant en le repoussant. Elle se sent honteuse d'être encore au lit à une heure pareille. *Je suis plus qu'en retard, Charlotte va me tuer.*

Jorie se lève et se tient droite dans la lumière du soleil, les reflets de sa longue chevelure virent de l'or au platine. Elle n'a jamais vécu ailleurs qu'à Monroe et ne le souhaiterait pas, bien qu'il y ait plus de pommiers que de maisons dans cette ville. Elle avait cru jadis pouvoir exactement prédire la vie qu'elle allait mener, mais c'était avant de rencontrer Ethan. Il y avait plusieurs garçons du coin qui lui tournaient autour et elle avait imaginé qu'un jour elle cèderait et épouserait l'un d'eux. Elle se sent toujours vaguement penaude lorsqu'elle croise Rick Moore, avec qui elle sortait quand elle était au lycée. Mais le passé appartient au passé et Rick est marié lui aussi, il a deux enfants maintenant et enseigne les sciences naturelles au collège. D'ailleurs, Collie suivra probablement son cours l'année prochaine. Il n'y a pas de rancune entre eux et lorsqu'ils se rencontrent par hasard, dans Front Street ou lors du barbecue annuel du Championnat, à la fin de la saison, Rick et Jorie font toujours assaut de courtoisie : ils s'étreignent gentiment et font mine l'un et l'autre d'avoir oublié les larmes que Rick avait versées lorsque Jorie avait décidé de rompre avec lui.

Le temps s'est indolemment écoulé et Jorie est stupéfaite de constater qu'il est si tard. Les travaux n'avanceront pas beaucoup aujourd'hui chez les Stark, aucune tuyauterie ne sera installée, ni de mesure prise pour l'installation de leur nouvelle baignoire. À l'heure qu'il est, Mark Derry s'est lassé d'attendre et a laissé un mot à l'intention d'Ethan, sur la porte de derrière : *Espèce d'enfoiré – où diable étais-tu fourré ?* Tel est le message que Sophie Stark, âgée de douze ans, découvrira en rentrant de l'école.

Pour être exact, Ethan est en train de s'habiller à l'instant précis où Mark Derry placarde son message à l'aide d'un clou qu'il a ramassé par terre, destiné à enrichir le sol en fer et à fortifier les hortensias. Ethan Ford n'est pas du genre à se presser, même lorsqu'il est en retard. Il prend son temps et sait ce qu'il veut. Il se dit qu'il est de son devoir de mener sa vie du mieux qu'il peut et il ne rechigne jamais lorsqu'une urgence l'oblige à sortir par une nuit glaciale. Et tant pis si cela paraît démodé. Il estime qu'il a une dette à l'égard de ses concitoyens. Il n'a jamais refusé de l'argent à un ami dans l'embarras. Mark Derry et Warren Peck peuvent témoigner que dans ces cas-là, lorsque Ethan rédige un chèque, il ne cherche pas à savoir à quoi l'argent est destiné. Quant à vouloir le remercier pour tout le bien qu'il fait, c'est une autre paire de manches... Il a fermement refusé qu'on organise une cérémonie publique après le sauvetage de la fille des McConnell, ce qui aurait pourtant fait grand plaisir au maire, Ed Hill, qui ne rate jamais une occasion pour plaider sa cause favorite : le troisième renouvellement de son mandat. Ethan est connu pour avoir le genre d'assurance que seul peut arborer un individu comblé. Que pourrait-il désirer, puisqu'il ne manque de rien ? Pourquoi devrait-il s'agiter dans cette vie, puisqu'il a la chance de posséder tout ce dont il a besoin ? Maintenant qu'il est prêt, il passe la main dans ses cheveux noirs, sans même se dévisager dans la glace. Il sait qui il est, après tout. Aussi chanceux qu'un homme peut l'être, voilà comment on pourrait définir Ethan Ford. Chanceux en tout, de bout en bout.

De l'autre côté de la fenêtre, les ultimes pétales laiteux du cerisier de Mrs Gage voltigent dans l'air, planant dans la lumière bleue avant de se poser sur les pelouses ou les toits. Jorie est allée remplir un thermos de limonade à la cuisine, afin qu'Ethan dispose d'une boisson bien fraîche plus tard dans la journée, quand le soleil sera haut dans le ciel et la chaleur insupportable, surtout lorsqu'il s'agit de charrier de vieux buffets hors de la cuisine des Howard. Jorie sourit en songeant à ce qui est déjà en train de devenir un souvenir, la manière dont ils se sont comportés ce matin, obéissant à leur impulsion. Elle n'est pas du genre à raconter ses histoires intimes, même à sa meilleure amie. L'idée de révéler à Charlotte qu'elle pense toujours aux lis lorsqu'elle fait l'amour avec Ethan ne l'a jamais effleurée. Parfois, au plus fort de leur étreinte, elle ouvre les yeux et elle est stupéfaite d'apercevoir les murs et les draps blancs au lieu des champs aux couleurs vives qu'elle se représentait, étincelant de jaune et d'orangé comme si la lumière du soleil était restée cachée, prisonnière sous ses paupières.

Quelqu'un a dit un jour à Jorie que les plantes les plus inattendues faisaient partie de la famille des lis, les asperges et les oignons par exemple, qu'elle a l'intention d'introduire dans son potager, un large arpent de terre à l'arrière de la maison. Jorie n'aime pas se vanter, mais ce potager est sans doute le plus beau de la ville, produisant chaque année des tonnes de haricots, des tomates d'un rouge éclatant et de telles quantités de myrtilles qu'elle dit souvent à ses voisins de venir en cueillir autant qu'ils le souhaitent pour faire des confitures, des gelées ou des tartes.

Jorie est en train de songer à son jardin, se disant que des plants d'asperges seraient du plus bel effet le long de la haie et que les oignons donnent bien une fois qu'ils ont pris, lorsqu'elle entend du bruit à la porte d'entrée. Elle se dit aussitôt qu'il se passe quelque chose de bizarre. Il doit s'agir d'un étranger, car tout le monde ici sait que les Ford utilisent toujours la porte de la cuisine, qui donne sur l'allée et le jardin. Bill Shannon, le facteur, passe par derrière pour leur apporter le courrier et même Kat Williams, la copine de Collie qui habite un peu plus bas, sait qu'on n'entre pas par la porte de devant.

J'y vais, ma chérie, lance Ethan. Il est passé à la cuisine pour prendre son trousseau de clefs, ne s'arrêtant que pour attraper dans la boîte à biscuits un peu d'argent liquide, de quoi s'acheter un sandwich chez Hannah un peu plus tard dans la journée. Il se dirige vers le couloir, la mine épanouie. Jorie l'entend ouvrir la porte, puis elle n'entend plus rien. Comme si elle avait plongé la tête la première dans l'étreinte glacée de la mer et que l'eau ait empli ses oreilles. Troublée, elle lâche la tasse où elle s'apprêtait à se resservir du café mais ne l'entend pas voler en éclats sur les lattes du plancher. Elle l'abandonne là, en miettes, et se précipite dans le couloir. Elle progresse entourée d'eau, ballottée par les vagues vertes. Il y a des gens qui prétendent que chaque fois qu'une porte se ferme, une autre s'ouvre, mais ce n'est pas toujours le cas. Il existe des portes dont le destin est de demeurer fermées, certaines qui donnent sur des chambres remplies de serpents, des chambres de regret, d'autres où s'aveuglerait celui qui, en toute innocence, oserait jeter un coup d'œil par le trou de leur serrure, simplement pour voir ce qu'il y a à l'intérieur.

Jorie remarque la manière dont il se tient, dans l'encadrement de la porte. Son mari. Ethan. L'homme qu'elle aime plus que tout au monde. Il a l'air si raide, on dirait qu'on lui a tiré dessus. Elle entrevoit fugacement les autres individus rassemblés sur le porche et en les reconnaissant, puisqu'ils sont tous de la région, elle souhaite que le temps s'arrête, ici et maintenant. Elle se souvient d'une autre journée d'été, alors qu'elle n'avait pas plus de huit ans : c'était un après-midi brumeux et elle était montée sur l'un des pommiers du verger qui se trouvait derrière la maison de sa mère, où poussaient sur des acres des pommes succulentes, aux fleurs d'un rose tendre et délicat. Elle regardait le ciel, hypnotisée par la couche épaisse et paresseuse des nuages blancs, et pendant quelques instants elle avait réellement cru qu'elle pouvait tendre la main et serrer contre elle les choses qu'elle voyait. Elle aurait voulu le ciel pour elle seule, partagée entre l'envie et l'espoir, et convaincue qu'elle pouvait posséder tout ce que son cœur désirait, à condition de l'attraper.

Lorsqu'elle tomba, ayant voulu s'emparer de ces nuages, il n'y avait rien entre la terre et elle, sinon l'air pâle et insouciant. Elle se fit deux fractures à la jambe et se souvient encore du choc qu'elle ressentit en tombant vers le sol, du goût fétide de son propre sang envahissant sa bouche, tandis qu'elle se mordait les lèvres. C'était l'époque où les lis orangés fleurissent à Monroe, sauvages et désordonnés, dans les talus et le long des allées, comme c'est le cas en ce moment. Au bout de toutes ces années, Jorie sent encore le sang lui remonter à la bouche, en voyant éclore ces lis. Et là, dans l'encadrement de la porte de son propre salon, par cette belle et radieuse journée, elle comprend pourquoi elle n'a jamais voulu faire pousser ce genre de lis devant sa maison, aussi beaux soient-ils. Ils ne vivent pas plus d'une journée et on n'y peut strictement rien, quoi qu'on fasse pour les sauver : Dieu, la nature ou leur condition les a destinés, passé ce délai, à disparaître et s'effacer.

Authentique

La première chose que j'ai remarquée, c'est qu'il lui arrivait de passer devant un miroir sans que son reflet apparaisse. Ma grand-mère m'avait dit qu'un miroir peut refléter la malhonnêteté de quelqu'un, mais qu'est-ce que cela signifiait, de ne pas avoir de reflet du tout ? Quelque chose de néfaste, à coup sûr. Quelque chose qu'il fallait éviter. Je portais ce secret enfoui en moi et il me faisait mal, comme une écharde dans la chair d'un doigt, invisible à l'œil nu et pourtant douloureuse. Chaque fois que j'allais chez eux, j'évitais le salon où trônait un grand miroir dans un cadre doré. C'était là que je l'avais vu se retourner pour se dévisager. Il n'avait pas eu l'air surpris de ne rien voir apparaître à la surface vide du miroir, aussi terne que de l'eau de vaisselle. Il n'avait même pas cillé.

J'avais dit à Collie que le salon était trop bien arrangé, trop luxueux à mon goût et que tout ce qui avait de la valeur me rendait nerveuse, parce que je ne manquais jamais dans ces cas-là de casser quelque chose. Collie m'avait crue, parce qu'il sait que je suis maladroite. Il ne se doutait pas que je croisais les doigts dans mon dos en lui parlant ainsi. J'avais menti effrontément à mon meilleur, à mon unique ami, et ce n'était là que le début de ma fourberie. J'aime les objets de valeur, à dire la vérité. Plus ils sont luxueux, mieux je me porte, telle est ma façon de voir les choses. Je veux grandir et devenir riche, comme ça personne ne me méprisera, contrairement à ce qui se passe au collège. Quoi qu'il en soit, j'éprouvais une drôle d'impression chaque fois que je me rendais dans cette maison, même si nous évitions le salon où se trouvait le miroir et si la mère de Collie se montrait toujours charmante avec moi, prenant la peine de me dire des choses de toute évidence erronées : que je serais belle un jour, par exemple, alors que chacun sait que cela n'arrivera jamais. Même si je patientais pendant un siècle.

J'évitais bien sûr de me trouver là quand le père de Collie était dans les parages. Lorsqu'il était sur le point d'arriver, je le devinais, de la même façon qu'il y a des gens qui perçoivent l'imminence de la pluie. J'étais comme un chien qui sent que son maître va bientôt rentrer, sauf que j'avais la réaction inverse. Au lieu de rester assise en haletant devant la porte, je prenais mes cliques et mes claques et décampais au plus vite. Généralement, je sortais par la porte latérale et traversais le jardin de Mrs Gage, qui sépare ma maison de celle de Collie, filant comme une flèche le long du cerisier et des saules. Il m'arrivait même de courir, lorsque le ciel était sombre ou que le vent sifflait. Si Collie cherchait à me retenir, s'il me disait : *Allons, Kat, reste encore un moment,* je lui répondais que j'avais la migraine. On ne peut rien opposer à un mal de crâne. Je le sais, parce que ma sœur Rosarie, qui vient d'avoir dix-sept ans, a souvent des migraines et qu'il est inutile de vouloir lui parler dans ces cas-là. Elle s'allonge sur son lit toutes lumières éteintes, un linge humide sur le front, et il faut marcher sur la pointe des pieds dans la pièce comme si elle était la reine de Saba. Ma mère lui apporte du jus d'orange et des cachets d'Exedrine ; ou, lorsque son état est vraiment alarmant, un médicament que ma sœur s'injecte dans le bras et qui la rend complètement amorphe, aussi flasque et ramollie qu'une poupée de chiffon. Après quoi elle roupille pendant dix heures d'affilée, au soulagement général, pour vous dire la vérité.

Étendue sur son lit, les lumières éteintes et ses cheveux noirs étalés sur l'oreiller, ma sœur a effectivement tout d'une reine. J'éprouve toujours de la jalousie quand je reste là à la regarder, même si je sais qu'elle est ma sœur et que je dois lui souhaiter tout le bonheur possible. J'aimerais ressentir cela, mais ce n'est pas le cas. Dans de telles circonstances, j'ai plutôt envie de verser du vinaigre sur ses vêtements ou de l'asperger de sirop, afin qu'à son réveil elle dégage une odeur infecte et que ses cheveux grouillent de fourmis. C'est terrible, d'avoir des pensées de ce genre. Ma jalousie est telle qu'elle me glace le sang et me rend encore plus mauvaise que je ne le suis – ce qui, selon ma grand-mère, est le sort regrettable mais mérité des envieux. Lorsque quelqu'un ressent cela, on le voit sur son visage, gagné par une verdeur empoisonnée qui remonte à la surface de la peau. *C'est l'envie*, me dit ma grand-mère. *Ne t'y trompe pas, c'est le prix qu'ils doivent payer.*

Je me prénomme Katya, comme ma grand-mère, mais on m'a toujours appelée Kat et j'ai toujours fait preuve d'une grande curiosité, trop grande sans doute pour ma propre santé. Rosarie prétend que je ne devrais pas poser autant de questions. Elle dit qu'une fille qui ne sait pas s'occuper de ses affaires ne suscitera que de l'inimitié, mais ça m'est bien égal. Ma sœur a cinq ans de plus que moi et durant ce laps de temps elle a appris tout ce qu'elle avait besoin de savoir pour obtenir ce qu'elle désire. Plus elle est odieuse, plus ça la rend belle. Elle est resplendissante lorsqu'elle trépigne en déclarant qu'elle fera comme elle l'entend. Elle brille de tous ses feux quand elle me tire les cheveux ou débite un chapelet de jurons.

Quand je la regarde, vautrée sur le sol, tandis qu'elle se prépare pour sortir le vendredi soir, je dois reconnaître que sa beauté m'impressionne. Je me retrouve en train d'obéir à chacun de ses ordres : je me précipite pour aller chercher son mascara, je lui prête mes barrettes, je fouille la cuisine pour trouver une bouteille d'eau minérale afin qu'elle ne se lave pas le visage avec l'eau du robinet, à l'inverse de nous tous. Je suis son esclave et je ne l'aime même pas. Je ne puis que deviner l'effet qu'elle produit sans doute sur un individu non prévenu, l'apercevant pour la première fois : je comprends fort bien que l'on puisse alors tomber sous son charme, que l'on soit abusé par ce qui relève de la simple apparence.

Rosarie veut bien être gentille, mais quand ça l'arrange. Elle rentre à la maison à minuit, l'heure de son couvre-feu, dit bonsoir à notre mère ainsi qu'à notre grand-mère et monte dans sa chambre, comme si elle était la dernière au monde à envisager de ne pas respecter les règles. Mais à peine tout le monde s'est-il endormi qu'elle enjambe sa fenêtre et s'échappe, comme un oiseau de son nid ; enfin libérée de nous, elle descend Maple Street en courant, ses longs cheveux flottant derrière elle. Elle va retrouver l'un ou l'autre de ses petits copains, prenant autant de plaisir à faire leur conquête qu'à leur briser le cœur à tour de rôle.

Tout le monde sait qu'elle va nager dans Lantern Lake sans l'ombre d'un vêtement et qu'elle vole des fleurs dans les parterres de Mrs Gage, ainsi que des tubes de rouge à lèvres à la pharmacie. Elle rend folles les autres filles de la ville, en se fichant de ce qu'elles peuvent penser d'elle. Au bout du compte, la seule opinion qui lui importe, c'est la sienne.

Le matin, quand Rosarie se décide à sortir de son lit, elle commence par se peigner. Elle bâille, sans prêter attention à ce qui tombe de ses cheveux emmêlés : des pétales, des lucioles, des papillons blancs, des chagrins d'amour... Quand un nouveau prétendant sait que Rosarie est à la maison, notre grand-mère ne le laisse jamais franchir le seuil de la porte. Elle agite son balai sous le nez des amoureux éconduits, dans le jardin, et leur dit qu'ils sont trop jeunes pour courir ainsi après une jeune fille, notamment lorsque cette jeune fille s'avère être notre égoïste de Rosarie. Aux yeux de ma grand-mère, ces garçons ne valent guère mieux que des papillons pris dans une toile d'araignée ; mais moi, ils me font un peu pitié. Je leur apporte des verres de

Coca-Cola glacé et j'écoute leur malheureuse histoire. J'essaie de les consoler en leur distribuant des chips et des cookies. Un jour peut-être se souviendront-ils de moi avec tendresse, l'affreuse petite sœur qui s'asseyait sur l'herbe à côté d'eux, à moins qu'ils ne m'aient oubliée : ils ne repenseront qu'aux sodas qu'ils buvaient, les yeux rivés à la fenêtre de la chambre de Rosarie, dans l'espoir d'entrevoir fugacement son visage.

On aurait pu croire que ce qui s'était passé dans notre famille aurait resurgi chez ma sœur, d'une manière ou d'une autre : que sa peau aurait été cireuse, que ses yeux sombres n'auraient pas eu le moindre éclat ou que ses lèvres bien rouges auraient été sillonnées par une affreuse cicatrice blanche. Mais il n'en est rien. Malheureusement, il n'en va pas de même pour moi. Mon visage offre un triste spectacle, ce qui pousse la plupart des gens à m'éviter. Ceux qui sont horrifiés par ce qu'ils y voient se moquent de moi dans mon dos, et je ne leur en veux pas. Même le dernier des crétins se tiendrait à carreau après avoir découvert la laideur de mon teint et de mes pitoyables traits. Même quelqu'un d'aussi borné comprendrait que la poisse est inscrite sur mon visage.

Certains pourraient penser que j'ai pris en grippe le père de Collie parce qu'il me renvoie au mien, et à la manière dont il nous a quittés ; que je cherchais en quelque sorte à me venger. Mais il n'en est rien. Mon père a été amené à prendre certaines décisions à cause de sa maladie. Dommage que ce soit ma sœur qui l'ait découvert. Nous étions au grenier, ma grand-mère et moi, en train de trier les affaires qu'elle avait amenées lorsqu'elle était venue s'installer chez nous. Si c'était moi qui avais ouvert la porte du garage, les choses auraient été plus faciles. J'aurais compris qu'il nous aimait, en cet instant et à jamais, mais ma sœur ne comprit rien de tout ça et la réaction de ma mère s'avéra encore pire. Elle ne prononça pas un mot pendant les six semaines qui suivirent sa mort, même après que Rosarie eut brûlé les vêtements de mon père dans la cour, derrière la maison. Elle avait versé de l'essence à briquet sur le tas et y avait mis le feu, les flammes étaient montées si haut que les feuilles des mimosas s'étaient embrasées et le père de Collie, qui est pompier bénévole et a le droit de plaquer sur le toit de sa voiture une de ces boules bleues qui permettent d'aller plus vite pour rejoindre le lieu d'un incendie, avait sauté par-dessus la haie de Mrs Gage et était arrivé en courant pour s'assurer que notre maison n'était pas réduite en cendres.

Cette année les feuilles des mimosas ont repoussé, plus sombres, plumes noires pendues aux branches et qui tombent parfois sur l'ardoise ou sur nos pieds nus comme si une colonie de merles vivent au-dessus de nos têtes. Nous restons assis presque tous les soirs dans la cour, Collie et moi, pour observer les mimosas. Nous n'avons pas besoin d'évoquer la manière dont mon père est mort, ni d'ailleurs de parler de quoi que ce soit. Le silence ne nous effraie pas. Il suffit que nous échangions un regard pour nous souvenir que la douleur existe dans ce monde, même par ces belles nuits où le clair de lune vient éclairer nos jardins, s'infiltrant entre les herbes et dans le feuillage des haies. Nous emmenons une couverture à l'extérieur et nous regardons les mimosas noirs ; puis nous désignons les constellations dont nous connaissons le nom jusqu'à ce que nous soyons trop fatigués pour garder les yeux levés vers le ciel.

J'aurais probablement été dans la cour ce soir-là, en train de regarder les étoiles, si Collie n'avait pas eu la fièvre. Il était chez lui, cloué au lit, et ce n'était pas drôle d'être seule dans l'obscurité. À dire la vérité, c'était même effrayant, avec toutes ces feuilles noires et cette infinité d'étoiles dont on ne connaîtra jamais le nombre exact, même si l'on devait y passer des centaines d'années. Ma sœur avait un nouveau petit ami, Brendan Derry, qui semblait croire que Rosarie lui appartenait et lui demandait de passer en sa compagnie la moindre seconde de temps libre dont elle disposait. Le pauvre Brendan ne se doutait pas qu'il serait largué d'ici peu, nouvelle et minime éclaboussure dans l'épopée romantique de ma sœur. Pourtant, Rosarie aimait prendre du bon temps, même lorsqu'elle s'apprêtait à briser le cœur de quelqu'un, et je savais qu'elle ne serait pas rentrée avant des heures. Je me sentais donc parfaitement libre d'aller dans sa chambre et d'allumer la télé qu'un autre prétendant lui avait offerte pour Noël, deux jours avant qu'elle ne le congédie. Aucune d'entre nous ne se rappelait son nom, mais la télé marchait impeccablement.

Je me jetai sur son lit défait, sans me soucier d'enlever mes chaussures. Rosarie était paresseuse et elle râlait sans arrêt mais c'était elle qui avait droit à tout et moi qui regardais la télévision dans mon coin. J'avais emporté un bol de pop-corn dans sa chambre, tout en sachant que Rosarie me tuerait si elle découvrait la moindre miette dans son lit. Honnêtement, ça m'était bien égal que le pop-corn se répande sur les draps. Moi aussi, après tout, je pouvais être mauvaise. Et égoïste. Et même écervelée, quand je voulais. C'est du moins ce que prétendaient les gens autour de moi. Peut-être était-ce pour cette raison que j'étais la seule à ne pas pleurer, à l'enterrement de mon père. Quand on se comporte ainsi, qu'on reste immobile et qu'on s'enferme au fond de soi jusqu'à ne plus entendre que le bourdonnement des abeilles, les gens croient que l'on est insensible. Ils croient que ce qu'ils voient correspond à ce que les autres ressentent, à l'intérieur d'eux-mêmes.

Alors que j'étais vautrée sur le lit de la sorte, à manger du pop-corn et à envier ma sœur, ma mère surgit soudain pour me souhaiter bonne nuit. Elle était encore belle mais, sans être vieille, elle n'était plus que l'ombre de la femme qu'elle avait été. Elle ne parlait pratiquement plus. Sauf lorsque c'était indispensable, pour dire : *Passe-moi les haricots*, ou : *Tu as rendez-vous chez le dentiste*, ou : *N'oublie pas de fermer la porte en sortant*.

Parfois je surprenais ma mère en train de contempler l'autre bout du terrain, fixant les parents de Collie qui jardinaient en riant et en plaisantant. Je savais à quoi elle pensait. Elle avait été amputée de quelque chose, avec l'histoire de mon père. Elle avait quarante-six ans, elle vivait avec sa mère et ses deux ingrates de filles : comment en était-elle arrivée là ? Une fois résolu ce problème, elle se remettrait sans doute à parler ; mais pour l'instant, elle s'en tenait là. Elle s'assit sur le bord du lit de Rosarie et passa la main dans mes cheveux, se prenant les doigts dans les nœuds qu'ils forment, à la base du cou. Ces nœuds me font mal mais il y a si longtemps que personne ne m'a touchée que je ne m'en suis jamais plainte. J'ai des cheveux affreux, qui rebiquent là il ne faut pas et qui m'enlaidissent un peu plus. Quand je vois les beaux et longs cheveux foncés de Rosarie, j'ai envie de les arracher. Et chaque fois que je ressens ce genre de jalousie, je comprends quelle est ma véritable nature. En dépit de tout ce que Rosarie a pu faire, et de son égoïsme, je suis bien pire qu'elle ne le sera jamais.

Une fois ma mère couchée, je restai dans la chambre de Rosarie, à grignoter du pop-corn en en mettant partout. Je me sentais comme un pudding en train de refroidir, un pudding amer à base d'envie et de dépit, un peu vert sur les bords. Lorsque je ressens ce genre de méchanceté en moi, je suis capable de tout, sérieusement. J'ouvris la fenêtre, alors qu'il pleuvait à l'extérieur. C'était un geste délibéré, dans le but d'abîmer les affaires de ma sœur : je laissai les gouttes inonder sa couette blanche, son oreiller et la table de nuit où elle pose sa boîte à bijoux, celle que mon père lui avait offerte pour ses seize ans et qu'elle juge minable aujourd'hui.

La télé était toujours branchée mais j'étais occupée à sortir tous les bijoux de ma sœur, les colliers plaqués or que lui avaient offerts divers admirateurs, les boucles d'oreilles qui avaient perdu leurs perles, les bagues en argent qu'elle portait à chacun de ses doigts. Lorsque le portrait apparut à l'écran, je n'écoutais pas vraiment. Simplement, j'avais levé les yeux et il se trouvait là, comme si son image, celle qui aurait dû se refléter dans la glace, avait resurgi d'une manière ou d'une autre dans la télé de ma sœur. Je me penchai et augmentai le son. C'était l'un de ces reportages concernant des faits divers réels et bien que j'aie manqué une bonne partie de ce qui venait d'être dit à son sujet, j'entendis prononcer son nom. Le plus étrange, c'est qu'il ne s'agissait pas d'Ethan Ford, mais d'un autre patronyme, sans la moindre ressemblance. Mais c'était bien son visage, celui qui ne se reflétait pas dans la glace, et je notai le numéro auquel on pouvait appeler.

Je restai assise un moment sur le lit de Rosarie et au bout d'un moment, je sortis en passant par la fenêtre de sa chambre. La pluie s'était arrêtée et les rues mouillées brillaient, comme si l'on avait mêlé des étoiles à l'asphalte. Mon père avait agi comme il l'avait fait parce qu'il voulait nous épargner un surcroît de douleur, mais je suis apparemment la seule dans la famille à comprendre qu'il a agi par amour, à l'exception de notre médecin, le Dr Abbot, qui a dit que le courage peut prendre de multiples formes, y compris celles que l'on n'aurait jamais imaginées. Nous étions sur la grande allée, après l'enterrement de mon père, lorsque le Dr Abbot a prononcé ces mots ; mais je crois qu'en dehors de moi, personne ne les a entendus. Chacun était éploré, cloîtré dans sa propre incrédulité, mais pas moi. Je me suis toujours attendue au pire. Je suis née ainsi et lorsqu'on a su ce qu'il en était, pour le père de Collie, je dois dire que je n'étais pas aussi surprise que les autres d'apprendre qu'Ethan Ford n'était pas exactement l'individu qu'il prétendait être.

J'atteignis le café d'Hannah, à l'angle de Front Street et de Lincoln Avenue, et j'aperçus Rosarie à l'intérieur, qui se payait du bon temps avec ses copains. Brendan Derry ne la lâchait pas d'une semelle, il avait l'air satisfait et sûr de lui, mais cela n'allait pas durer. D'ici la semaine prochaine on le verrait déambuler, blanc comme un linge, et il pleurerait à chaudes larmes dans son lit en se demandant ce qu'il avait bien pu faire de mal. Je songeai un instant à évoquer la situation avec Rosarie, concernant ce que je venais de voir à la télé, mais ma sœur finit toujours par m'embrouiller les idées : au bout d'un moment, je pris donc ma décision seule. Je me dirigeai vers la cabine téléphonique, au milieu du parking, et passai mon coup de fil. Lorsque je rentrai à la maison, ma grand-mère m'attendait. Elle était assise à la cuisine, avec les bougies noires qu'elle avait trouvées dans ma chambre, ainsi que le reste des affaires que j'avais commandées. Et elle n'était pas contente.

— À quoi tout cela est-il censé servir? me demanda-t-elle.

Mais elle connaissait la réponse. La publicité du fabricant jurait qu'utilisés correctement, ces articles permettaient de dissoudre le rideau séparant notre monde de l'au-delà, mais je n'en étais plus aussi sûre. Cela faisait plus d'un an que j'essayais de rentrer en contact avec mon père et jusqu'ici je n'avais pas obtenu le moindre résultat.

— À rien, répondis-je, ce qui n'était pas très loin de la vérité.

— On ne peut pas changer le cours de ce qui doit arriver, dit ma grand-mère.

Elle avait généralement raison, concernant ce genre de sujet. Je m'assis et bus une tasse de thé avec elle, en réfléchissant à ce qu'elle venait de me dire. Mes mains n'avaient pas cessé de trembler depuis que j'avais quitté la cabine, en face du café, mais ma grand-mère ne semblait pas le remarquer. Je craignais d'avoir plus ou moins changé le cours des choses en passant ce coup de téléphone, à moins que le fait d'avoir aperçu la photo du père de Collie à la télé et d'avoir passé ce coup de fil n'ait justement fait partie de ce qui devait arriver... Mais à présent, je ne le saurai jamais. Jamais avec précision. Il allait falloir vivre avec cette incertitude.

— Toi par exemple, reprit ma grand-mère, tu étais destinée à être belle.

— Je ne crois pas, dis-je en riant.

Je m'étais aperçue que lorsqu'on ne s'attend pas à grand-chose, on est rarement déçu. C'était sans doute pour cela que j'aimais bien Collie : il était à l'opposé de moi, il voyait toujours le meilleur côté des gens. Lorsque j'essayais de le pousser à haïr quelqu'un, au collège, il hochait la tête et se mettait à rire. Je ne pouvais strictement rien faire pour encourager ses mauvais penchants et le rendre enragé, ainsi qu'il m'arrivait de l'être.

— Quand on sait quelque chose de grave au sujet de quelqu'un, est-on obligé de le révéler ? demandais-je à ma grand-mère lorsqu'elle revint s'asseoir à la table près de moi.

— Parfois.

Ma grand-mère avait le chic pour ce genre de réponse, qui vous laisse une marge de manœuvre suffisante mais ne vous rassure en rien, de sorte que la réponse s'avère souvent plus perturbante que la question initiale. Elle savait qu'il y a des choses qu'on n'expliquera jamais et que les gens ont des devoirs ici-bas. Lorsque mon père était tombé malade, elle avait quitté Hartford, dans le Connecticut, pour venir s'installer ici et elle avait dû abandonner son chat, celui qu'elle aimait tant, parce que Rosarie est allergique aux poils. Elle a quasiment tout laissé pour venir s'occuper de nous et je me demande parfois si beaucoup de gens auraient accepté de prendre une telle décision.

Je suppose que si je devais me reconnaître une qualité, ce serait la loyauté. Je tiens de ma grand-mère sur ce plan. Je n'ai jamais dénoncé ma sœur, aussi mal se soit-elle comportée. J'ai déniché des preuves accablantes à son encontre en allant farfouiller dans sa chambre et en essayant ses vêtements. J'ai découvert de la marijuana et des préservatifs. J'ai mis la main sur ses pilules contraceptives et sur des flopées de lettres d'amour bourrées de détails et d'allusions qui m'échappent, mais je n'en ai jamais soufflé mot à personne. Cette nuit-là, je m'étais réfugiée dans la chambre de Rosarie afin de soupeser le pour et le contre. La vérité, c'est que le cadre de ma propre chambre est trop enfantin pour le genre de questions auxquelles je voulais réfléchir. Je crois que ma sœur m'avait rendue folle ou que je voulais lui faire payer le fait de se trouver chez Hannah, prenant du bon temps et partageant une assiette de frites avec un garçon qui était amoureux d'elle, alors que j'avais une décision à prendre, qui pouvait avoir des conséquences dramatiques sur l'existence de plusieurs personnes. Je devais être très en colère car en quittant sa chambre, avant d'aller me coucher, j'ai refermé sa fenêtre pour qu'elle ne puisse pas rentrer en catimini.

Lorsqu'elle revint, plus tard dans la soirée, Rosarie fut obligée de passer par la fenêtre de la salle de bains et au cours de l'opération, elle glissa dans la baignoire et cassa un flacon de son huile de bain préférée. Elle déboula dans ma chambre écumante de colère et imprégnée d'une odeur de vanille. Elle me saisit par les cheveux en me traitant de traîtresse mais cela m'était bien égal. Elle pouvait m'arracher les cheveux jusqu'au dernier, je ne m'en porterais pas plus mal : il y avait même des chances pour que je sois moins moche, chauve, que sous mon apparence habituelle.

— Tu vas payer pour ce que tu as fait, me lança Rosarie ; et je craignais qu'elle n'ait raison.

Au cours de la semaine suivante, j'avais sans cesse l'estomac noué. Je refusais d'aller chez Collie. Je lui répétais que j'avais la migraine, comme savait le faire ma sœur, et je gardais une compresse fraîche sur le front lorsqu'il venait regarder la télé avec moi. Au lieu de suivre les émissions qui passaient, je n'arrêtais pas de l'observer à la dérobée, en songeant qu'il était généreux et ne ferait jamais de mal à personne : au contraire, il cherchait toujours le bon côté des gens. Au bout de quelques jours, l'apparition du visage de son père à la télé me semblait avoir été un rêve et j'avais l'impression que c'était quelqu'un d'autre qui avait enjambé la fenêtre de la chambre de ma sœur pour aller passer ce coup de téléphone et livrer l'information. Je commençais à oublier l'affaire. Il est étonnant de voir tout ce que l'on parvient à refouler, lorsqu'on s'en donne la peine. Même s'il y a des choses qui vous collent aux basques, quoi qu'on fasse, et qui continuent d'affecter vos faits et gestes. Ma mère, par exemple, ne rentre plus sa voiture dans le garage. Elle serait même incapable d'ouvrir le portail. Des colonies d'écureuils pourraient bien s'y nicher, ou la toiture s'effondrer, qu'elle n'y mettrait pas davantage les pieds. Il y a des choses que l'on porte à l'intérieur de soi comme si elles faisaient partie de nos os, de notre chair, et lorsqu'il en est ainsi, il est inutile de chercher à les oublier.

Un jour, nous descendions du bus scolaire à l'angle de Maple Street et de Sherwood Street et je compris qu'il venait de se passer quelque chose de terrible, sauf que c'était à Collie que cela arrivait cette fois-ci. Il faisait chaud, nous avions tous les deux fait nos devoirs dans le bus, afin d'en être débarrassés. C'était la dernière semaine de collège et il faisait aussi chaud qu'en plein mois d'août, le ciel était d'un bleu éblouissant et les feuilles des arbres semblaient couvertes de poussière, comme toujours quand il fait très chaud. Il y avait tant d'oiseaux qui chantaient qu'on s'entendait à peine. J'ai su que quelque chose allait de travers parce que la porte d'entrée des Ford était grande ouverte, alors qu'ils ne passent jamais par là pour accéder chez eux. Quelqu'un était parti si précipitamment qu'il n'avait même pas pris la peine de refermer la contre-porte.

Une fois à l'intérieur, on se serait cru dans le décor d'un de ces films d'horreur, où tout est resté à sa place depuis l'instant de la catastrophe. Il y avait une coupe de fraises sur le comptoir, dont le jus rouge s'égouttait sur le bois, et une tasse de café en mille morceaux éparpillés sur le sol. Audessus de l'évier, l'horloge paraissait égrener ses secondes un peu trop lentement pour que l'heure soit la bonne. À travers la fenêtre, j'apercevais le cerisier de Mrs Gage, constellé par les taches neigeuses de ses ultimes fleurs. Collie traversa la maison de part en part en appelant sa mère, mais il était évident qu'il n'y avait personne.

— C'est bizarre, dit-il en revenant à la cuisine. D'habitude, elle laisse toujours un mot lorsqu'elle va quelque part.

Collie avait une expression si craquante qu'on avait envie de pleurer. Certains l'auraient sans doute traité de chouchou à sa maman, mais je ne partage pas ce jugement. Comment le pourrais-je, d'ailleurs, ayant moi-même été la chérie de mon père... Mais je n'aurais jamais été le chouchou de personne en dehors de lui, qui se souciait de la véritable personnalité des gens et non de leur apparence extérieure, quel que soit leur degré de laideur ou de beauté.

— Eh bien, dis-je, elle devait être pressée.

Mon cœur battait à tout rompre. Je suppose que c'est ainsi que bat le cœur d'un criminel en train de mentir ou d'agir comme s'il n'était pas responsable d'un acte qu'il sait fort bien avoir commis.

Je lui proposai d'aller chez moi, où ma grand-mère était sans doute en train de suivre son feuilleton à l'eau de rose préféré. Chaque fois que nous le regardions avec elle, elle nous expliquait où en était l'histoire, dont elle était une fidèle spectatrice depuis plus de vingt-cinq ans, et son récit était toujours plus intéressant que ce qui se passait sur l'écran. D'ordinaire nous nous amusions à deviner ce qui allait arriver – qui allait s'enfuir avec qui, qui revenir amnésique, qui connaître enfin le véritable amour –, mais ce jour-là je me sentis mal rien qu'en apercevant la télé. J'aurais voulu ne pas l'avoir regardée, le soir où était apparue la photo d'Ethan Ford. J'aurais voulu vivre dans une autre ville, un endroit où personne ne me connaissait et où je n'aurais jamais été obligée de faire ce que j'avais dû faire.

La mère de Collie vint le chercher alors qu'il faisait déjà nuit noire. Elle frappa trop fort à la porte, comme tous les gens pressés, effrayés, ou dont l'univers vient de s'écrouler. Quand ma grand-mère alla lui ouvrir, elle dévisagea la mère de Collie et lui demanda :

— Jorie… Que s'est-il passé ?

Jorie Ford se tenait sur le porche et on pouvait mesurer la gravité de la situation rien qu'à l'expression de son visage. Ses cheveux étaient en bataille et ses vêtements froissés ; et lorsque ma grand-mère lui tapota l'épaule, Mrs Ford se mit à pleurer, sur le palier, ni à l'intérieur ni franchement à l'extérieur de notre maison. Cela dura une fraction de seconde, mais elle se ressaisit aussitôt. Elle était bouleversée mais elle n'allait pas fondre en larmes. Pas devant nous. Alors que Collie était là.

— Qu'y a-t-il ? insista ma grand-mère.

Collie et moi étions assis par terre dans la pièce de devant, piochant à tour de rôle dans un paquet de chips en dépit des avertissements de ma grand-mère, qui prétendait que cela allait nous couper l'appétit. Juste avant que sa mère ne frappe à la porte, Collie s'était tourné pour me dire quelque chose : ses traits étaient animés et on aurait dit qu'il s'apprêtait à me raconter une bonne blague, il en connaissait des dizaines, mais celle-là devait me rester inconnue. Lorsqu'il aperçut sa mère, Collie se releva et s'approcha d'elle. Jorie l'étreignit et se mit derechef à pleurer. On se rendait bien compte qu'elle résistait, qu'elle luttait de toutes ses forces pour retenir ses larmes, mais parfois cela s'avère impossible, je le sais d'expérience. Il faut se raidir, devenir froid comme de la glace pour s'arrêter, dans ces cas-là, et s'il s'échappe alors quelque chose de vos yeux, ce ne sont que des gouttes de cristal, bleues et gelées, aussi dures et incassables que de la pierre.

En observant la manière dont ma grand-mère dévisageait Collie et sa mère, je devinais quelles pensées la traversaient. Elle devait se dire que n'importe quelle situation peut basculer du tout au tout, et donc du meilleur au pire, en une fraction de seconde. Et j'aurais parié qu'elle était confortée dans l'idée que chaque instant de bonheur et de paix est un don précieux, comme elle me l'avait dit après la mort de mon père. Elle avait ajouté que nous devons profiter du temps qui nous est accordé sur cette terre et croire en la bonté ultime de l'univers, mais je n'ai jamais été une grande croyante, en ce qui me concerne. En tout cas, je croyais jusque-là que les choses ont tendance à empirer plutôt qu'à s'améliorer. Et que les gens bien souffraient. Que j'avais perdu mon père et que je ne me souciais guère de la bonté d'un univers dont il ne faisait plus partie. Je ne révélai rien de tout cela à ma grand-mère, évidemment. Les gens qui ont la foi ont de la chance, on ne se sent jamais très enclin à les détromper. Ni à introduire dans leur esprit un doute qui leur est étranger. Il faut les traiter avec tendresse, en espérant qu'une partie de ce qu'ils éprouvent finira par déteindre sur vous.

Ma grand-mère demanda si elle pouvait être utile en quoi que ce soit. Étant donné que Jorie nous avait fait à dîner pendant deux semaines d'affilée l'été dernier, il était évident que nous devions lui rendre un jour la politesse : et c'était visiblement le moment. Mais Jorie hocha négativement la tête : il n'y avait rien à faire. Le ciel s'était assombri à présent, le bleu marine commençait à basculer dans les ténèbres. On percevait encore des remugles de chaleur et d'herbe coupée. Demain, la piscine allait rouvrir : nous avions prévu d'y aller de bonne heure, Collie et moi, mais je voyais bien que ce ne serait pas le cas. Il devait y avoir des courses et des concours de plongeon, comme il est de règle les jours de réouverture, mais cela n'avait pas d'importance. Nous nous en passerions.

— N'écoute pas ce que les gens te diront, dit Jorie à Collie, d'une voix presque menaçante. Tu m'entends ?

— Oui, m'dame, dit Collie.

Un autre garçon se serait mis à poser des questions, mais ce n'était pas le genre de Collie. Son visage avait pris une expression sérieuse et il était évident qu'il obéirait scrupuleusement aux injonctions de sa mère.

— Tout se passera bien, l'assura Jorie.

Mais vu la façon dont elle se tenait sur le porche, dans le soir qui s'étendait, on voyait bien qu'elle était loin d'en avoir la certitude, qu'elle essayait seulement de donner le change.

— Venez au moins dîner, dit ma grand-mère en tendant la main pour attirer Jorie dans la maison.

Mais Jorie recula d'un pas. Elle ne voulait pas qu'on la touche, ni qu'on lui témoigne de la gentillesse. Elle était en train de se transformer en statue de glace et lorsque quelqu'un entame ce genre de métamorphose, le moindre contact humain peut s'avérer fatal.

— Tout ce que nous voulons, c'est être seuls.

La voix de Jorie était éraillée, ses lèvres déformées par un rictus amer. Elle qui était si gentille avec tout le monde, d'ordinaire... Elle apportait à ma grand-mère des légumes de son jardin, des brassées de laitues et de petits pois si frais que nous nous disputions toujours, Rosarie et moi, pour savoir qui aurait la plus grosse portion. À peine Jorie eut-elle émis ces mots qu'elle les regretta, cela se vit sur son visage. Elle s'avança d'un pas et prit ma grand-mère dans ses bras.

— Je ne voulais pas dire ça... Je ne suis plus moi-même.

Nous acquiesçâmes toutes les deux, ma grand-mère et moi, comme si nous comprenions. Puis nous la regardâmes s'éloigner en compagnie de Collie, traversant le jardin de Mrs Gage pour rejoindre leur maison, où toutes les lumières étaient éteintes et les fenêtres grandes ouvertes.

Nous sortîmes sur le porche et restâmes un moment ainsi, dans l'obscurité. Je crois que nous avions toutes les deux envie de pleurer, mais pour des raisons différentes. Les lumières s'allumèrent l'une après l'autre dans la maison de Collie mais je savais déjà que son père n'était pas là. On était venu l'arrêter pendant que nous étions au collège et peut-être cela était-il préférable. Peut-être vaut-il mieux ne pas être chez soi lorsque ce genre de chose arrive. Ferme les yeux et compte jusqu'à dix, quel que soit ton chagrin, me conseille toujours ma grand-mère, même si à mon avis je pourrais bien compter jusqu'à dix mille que cela ne suffirait pas... Mais ce soir-là, ma grand-mère n'avait plus le moindre conseil à m'offrir. Elle se contenta de passer son bras autour de mes épaules et ne me demanda même pas de ne pas avoir peur de l'obscurité, comme elle le fait d'habitude. Nous entendions les feuilles s'agiter dans les branches des mimosas, remuer les chenilles qui ne tarderaient plus à se muer en papillons. Il allait bientôt y avoir un an jour pour jour que mon père était mort. La veille de son trépas, il s'était tenu au même endroit, sous la voûte céleste, et m'avait dit qu'il m'aimerait toujours, quoi qu'il advienne. Il prétendait que lorsque quelqu'un vous aime vraiment, on entend toujours sa voix, à l'intérieur de soi.

— La pauvre, dit ma grand-mère en parlant de Jorie.

On ne les voyait plus. La porte était fermée et c'était comme s'ils n'avaient jamais été là, dans la maison voisine, comme si nous avions toujours été seuls, depuis le début. Il en va ainsi, quand les gens vous quittent. On se demande même s'ils ont jamais été présents. C'était une belle soirée, pourtant, et ma grand-mère marcha jusqu'à la pelouse qui était à l'abandon depuis l'été dernier, envahie par les mauvaises herbes. Elle cueillit une tige de laiteron et souffla sur ses graines, qui se dispersèrent dans le ciel. Elle m'avait toujours dit qu'on chasse le malheur en faisant un tel geste : et en voyant les graines s'envoler dans la nuit, j'aurais voulu croire encore à ces légendes. J'aurais voulu pouvoir chasser nos soucis de la sorte.

Le bateleur

Charlotte Kite Smith, à qui sa meilleure amie et son futur ex-mari ont fait faux bond le même jour, est une femme sensée, consciente qu'il y a des pertes que l'on doit tout bonnement accepter. Elle estime qu'une mauvaise fortune est un avertissement du destin et que la plupart des gens seraient bien inspirés de garder les yeux ouverts. Les rêveurs finissent souvent en somnambules et Charlotte n'a nullement l'intention de suivre leur exemple. C'est une femme pragmatique, qui a appris non seulement à surmonter ses déceptions, mais à tempérer ses espoirs concernant l'avenir. Aujourd'hui par exemple, pendant qu'elle se faisait examiner, elle n'avait pas été surprise que son médecin lui conseille de passer une biopsie, à propos de ce fameux ganglion. Rien n'avait jamais exactement tourné comme elle l'avait escompté : pourquoi en serait-il allé différemment, s'agissant de son corps ? Elle croyait jadis qu'à son âge elle aurait une demi-douzaine d'enfants, alors qu'elle vivait seule dans sa maison de Hilltop. Au fil des années, elle avait appris à repousser l'idée qu'elle avait déjà eu sa part d'infortune, bien qu'elle eût perdu ses parents alors qu'elle quittait à peine le lycée, l'un et l'autre ayant succombés en moins de six mois, et qu'elle se soit plus récemment séparée de Jay, non sans atermoiements. Dans l'esprit de Charlotte, la souffrance n'est pas l'ourlet de la vie, mais le vêtement lui-même, soigneusement piqué d'un côté, cousu de l'autre à la va-vite et à l'emporte-pièce.

Mais qui souhaite s'appesantir sur ce genre de déceptions ? Sûrement pas Charlotte Kite. La soirée est splendide, bien trop précieuse pour qu'elle la gâche en s'apitoyant sur son sort. Lorsqu'elle regarde par sa fenêtre, depuis les hauteurs de Hilltop, elle aperçoit toute la bourgade étendue devant elle, un entrelacs d'ombres bleu nuit et de lumières scintillantes, comme si l'on avait éparpillé des diamants sur le flanc des collines. Ce soir, Charlotte se fait couler un bain glacé pour chasser l'odeur de rhum et de chocolat qui lui colle à la peau, après sa journée à la pâtisserie. Elle a l'habitude de passer ses soirées seule, mais peut-être est-ce à cause de cette solitude qu'elle continue de travailler aussi régulièrement à la boutique, bien que celle-ci fasse désormais partie d'une chaîne et pourrait aisément être tenue par des pâtissiers et des aides-comptables plus au courant que Charlotte des recettes et de la gestion des affaires. Quoi qu'il en soit, elle ne tient pas à ce que ses journées se déroulent dans le même isolement que ses soirées. Elle vit dans une grande maison, construite au tournant du siècle – et comme cadeau de mariage – pour Ella Monroe, dont le père avait fondé la commune, abandonnant la vieille maison entourée de pommiers sur mille cinq cents mètres où il avait vécu jadis, tout au bout de King George's Road. L'endroit était encore en pleine nature à l'époque et il n'était pas inhabituel d'apercevoir dans les vergers des ours venus se goinfrer ou des chats sauvages se faire les griffes sur l'écorce des arbrisseaux.

La maison de Charlotte est si vaste qu'elle n'a plus mis les pieds dans certaines pièces depuis des mois. Tout le deuxième étage, qui serait idéal pour installer une salle de jeux et des chambres d'enfants, a été condamné et les femmes de ménage elles-mêmes ne s'y aventurent pas. Il y a trop d'araignées, se plaignent-elles. Et pas assez de lumière.

La plupart des jeunes filles avec lesquelles Charlotte avait grandi étaient dévorées de jalousie lorsqu'elle avait épousé Jay Smith, à l'âge de dix-neuf ans, l'année qui avait suivi la mort de ses parents. Mais ce sont maintenant des femmes d'âge mûr et lorsqu'il leur arrive de croiser Jay Smith, elles se disent qu'elles ont eu de la chance. La constitution de cet homme lui rendait apparemment impossible toute forme de fidélité ; dans l'intérêt d'une séparation pacifique, Charlotte avait fini par se dire que l'adultère ne relevait pas chez lui d'un manque de caractère mais plutôt d'une carence héréditaire, évidente chez le père de Jay qui, à l'âge de soixante-dix-huit ans, poursuit toujours assidûment les femmes et s'est marié pour la quatrième fois, quelques semaines à peine avant d'entrer dans un hospice de vieillards.

On ne peut même pas compter sur Jay pour venir prendre le reste de ses affaires, comme il avait promis de le faire ce soir-là. Charlotte avait espéré qu'ils partageraient un ultime dîner, pour célébrer la fin de leur stérile union. De temps en temps, il est vrai, il lui arrive de se demander si la passion de Jay à son égard ne serait pas susceptible de se ranimer, mais c'est à peu près aussi probable que de voir un ours frapper à sa porte et lui demander la direction de Hamilton. Comme Jay ne se montre pas, Charlotte prend son bain, puis téléphone à la Pizza Barn pour passer sa commande. Cela fait longtemps qu'elle n'a plus besoin de donner son adresse, l'employé sait très bien qui elle est et lui demande même si elle veut une portion de fromage supplémentaire, comme à son habitude. Quand Brendan Derry, le livreur, arrive, Charlotte lui donne vingt dollars, en lui disant de garder la monnaie. Elle ne le fait pas en réaction contre Jay, dont l'avarice est notoire, mais pour voir un sourire éclairer le visage de Brendan. Comme c'est touchant, de voir quelqu'un éprouver autant de joie pour une chose aussi modeste. Comme c'est consolant, de savoir qu'il existe sur terre des êtres qui savent encore se réjouir.

Charlotte mange sa pizza dans sa chambre, par terre, la boîte posée à côté d'elle. Attendu la taille de la maison, elle aime se replier dans la pièce où elle se sent vraiment à l'aise : c'est donc là qu'elle se trouve, grignotant des morceaux de croûte en faisant ses comptes, lorsqu'elle lève incidemment les yeux, afin de regarder le flash de onze heures, et apprend que le mari de sa meilleure amie a été arrêté pour meurtre le jour même, sur le porche de sa propre maison. La première réaction de Charlotte est aggravée par les trop nombreuses portions de pizza qu'elle vient d'ingurgiter, ainsi que par l'heure, relativement tardive pour quelqu'un qui se lève à cinq heures du matin. Mais si Charlotte a brusquement la nausée, c'est peut-être en songeant que par une soirée parfaitement banale, alors que les insectes de juin se cognent aux écrans des fenêtres et que l'univers entier baigne dans les effluves de chèvrefeuille, rien n'empêche le destin de frapper, à tout moment.

Quelle qu'en soit la raison, Charlotte se précipite à la salle de bains, ramène ses cheveux en arrière et vomit dans le lavabo. Puis elle s'asperge d'eau froide et se rince le visage. De retour dans la chambre, elle fouille dans son armoire, à la recherche du paquet de cigarettes froissé qu'elle garde en réserve pour ce genre d'occasion. Elle en allume nerveusement une et décroche le téléphone, composant le numéro de Jorie, qu'elle connaît par cœur, au point qu'elle serait capable de le réciter dans son sommeil. La télé est toujours branchée, diffusant une lueur vacillante dans la pièce. Elle est d'ailleurs allumée dans toutes les maisons du voisinage, éclairant les salons et les chambres depuis les plus anciens quartiers de la commune jusqu'aux hauteurs de Hillcrest. Même ceux des habitants qui se couchent tôt d'ordinaire continuent de veiller, en cette singulière soirée. Ils réveillent leur conjoint et lui disent : *Regarde un peu ça*, en partie parce qu'ils n'arrivent pas à en croire leurs yeux, fatigués par l'image bleutée des écrans, et se demandent si leur vue n'a pas brusquement baissé.

Mais ce qui apparaît sur leurs écrans est on ne peut plus réel, inutile de le nier. C'est un portrait d'Ethan Ford, une vieille photo prise au moins quinze ans plus tôt, mais on le reconnaît fort bien. Et cette image plane dans l'air, par-delà les pommiers et les fils du téléphone, dérivant au-dessus de l'agglomération comme une pluie fine sur le toit des maisons. L'apparition de ce visage familier, aux traits encore adolescents mais parfaitement reconnaissables, provoque la stupéfaction générale, à l'heure où chacun s'apprête à se brosser les dents. On en oublie du coup ses devoirs les plus ordinaires. On ne fait pas sortir le chat avant d'aller se coucher, on ne va pas vérifier si les enfants sont bien endormis, on ne s'embrasse pas entre mari et femme pour se souhaiter bonne nuit.

Les habitants de Monroe se disent que quelque chose ne tourne pas rond. Ils vivent dans une bourgade paisible, loin de la criminalité qui règne à Boston, et cette nuit-là pourtant nombre d'entre eux vont se barricader chez eux, ce qui ne leur était pas arrivé depuis des années, pour certains. Ils vont tirer les verrous qu'ils jugeaient jusqu'alors inutiles et s'assurer que leurs fenêtres sont bien fermées, malgré la douceur de la température. Pourtant, tout le monde en ville ne prend pas pour argent comptant l'information diffusée par la télé. Le père de Warren Peck, Raymond, qui donne de temps en temps un coup de main à son fils au bar du Safehouse et dont la femme aurait sans doute succombé à une crise cardiaque fatale si Ethan n'était pas arrivé à temps, applaudit des deux mains lorsque Warren lance une carafe sur l'écran de la télé accrochée au-dessus du bar pendant la diffusion du journal, tant ils sont outrés par ce qu'ils tiennent l'un et l'autre pour des mensonges éhontés. Ni le vieux Raymond ni Warren ne réfléchissent toutefois à ce qui serait arrivé si l'écran avait explosé, à la suite de ce geste, projetant des milliers d'éclats de verre que les clients auraient retrouvés dans leurs coupelles toute la semaine, pendant les *happy hours*, mélangés aux cacahuètes et aux noix de cajou.

Charlotte laisse longuement retentir la sonnerie, à l'autre bout du fil, même lorsqu'il est devenu évident que Jorie ne répondra pas. Elle s'assied par terre, au pied de son lit, et fume une cigarette, puis une autre, en pensant à la dernière soirée que les deux couples avaient passée ensemble, à Hamilton, au restaurant DiGorina. Ethan et Jorie paraissaient inséparables ce soir-là, on aurait visiblement eu du mal à les décoller l'un de l'autre. Leur attitude n'avait rien d'anormal, de la part de deux personnes qui s'aiment – échanges de baisers, main posée sur la cuisse, propos intimes murmurés à l'oreille –, mais le fait d'être assise devant eux, aux côtés de Jay, n'avait pas facilité les choses, pour Charlotte. Elle se souvient avoir songé qu'il était injuste que Jorie ait si bien réussi, dans tous les domaines. Au fond, elles avaient partagé les mêmes espoirs. Et elles méritaient au même titre d'être heureuses. Pourtant, le destin était loin de les avoir traitées à parts égales. Charlotte se rappelle très précisément l'envie qu'elle avait ressentie, ce soir-là, les coups d'épingle qui lui avaient lardé le cœur et l'avaient terriblement fait souffrir.

Lorsque son propre téléphone se met à sonner, elle décroche aussitôt, espérant qu'il s'agit de Jorie. À sa grande surprise, c'est Jay qui appelle, pour s'excuser de n'avoir pu venir. Il est vrai qu'il a toujours été doué, en matière d'excuses.

— J'ai entendu les nouvelles au Safehouse, lui dit-il. Qu'est-ce que c'est que ces conneries ?

— Il doit s'agir d'une erreur.

— Ils se sont trompés de type.

Pour une fois, ils sont d'accord sur quelque chose. Ils n'en reviennent pas et éclatent tous les deux de rire.

— Quand je pense que nous n'échangions pas trois mots lorsque nous étions mariés, dit Jay.

Charlotte perçoit la rumeur de la foule, au Safehouse. En fermant les yeux, elle se représente Jay debout devant le téléphone situé derrière le bar, la tête penchée et l'oreille collée à l'écouteur pour parvenir à l'entendre.

— Tu n'étais jamais là, lui rappelle-t-elle.

— Ça ne facilite pas les choses, concède Jay. Comment va Jorie ?

— Elle ne répond pas au téléphone.

— La pauvre.

Jay a toujours eu un faible pour Jorie. *Je ne l'ai jamais entendue se plaindre*, avait-il dit plus d'une fois à Charlotte, qui avait toujours dû se retenir pour ne pas lui lancer en retour : *Pourquoi se plaindrait-elle ? On lui apporte tout sur un plateau.*

Charlotte allume une autre cigarette et en tire une bouffée.

— Tu fumes ? demande Jay.

— Ça te dérange ?

Grave erreur. Ne jamais poser une question dont on ne souhaite pas la réponse. Et ne jamais annoncer de mauvaise nouvelle à quelqu'un dont on est déjà séparé. Elle avait évoqué son rendez-vous chez le médecin la dernière fois que Jay était passé prendre une valise bourrée de vêtements, mais de toute évidence il ne s'en souvenait pas. Et pourquoi aurait-elle cru l'inverse ? Ils n'étaient guère plus que de vieux compagnons de chambre, depuis déjà un bon bout de temps.

— Ma vie me regarde, non ? reprend Charlotte Et si j'ai envie d'une cigarette, cela ne m'empêche pas de recracher la fumée.

— Tout à fait exact, ma chérie, dit Jay.

Pendant une fraction de seconde, Charlotte se demande si c'est à elle qu'il s'adresse ou à une autre femme, au Safehouse, une maîtresse entichée de lui, qui sait, et qui n'a rien de mieux à faire que de faire le pied de grue pour un type pareil. Charlotte se met à rire, en se moquant d'elle-même et de toutes les femmes assez stupides pour se laisser prendre au charme de Jay.

— Je plains celle qui tombera amoureuse de toi, dit-elle.

— Moi aussi, répond-il sur un ton enjoué, avant de raccrocher.

Charlotte enfile une paire de jeans, un tee-shirt, et prend ses cigarettes sur la table de nuit. Elle descend au rez-de-chaussée, traverse le hall plongé dans l'obscurité et pénètre dans la cuisine, refaite de fond en comble par Ethan deux ans plus tôt. Il avait réalisé un travail remarquable, installant des plans de travail en granit, des placards en bois de cerisier dont les portes s'ouvraient sans un bruit et un sol carrelé, entièrement en terre cuite. Pour être honnête, Charlotte se hâtait de s'habiller certains matins et de descendre dans la pâle lueur du jour pour partager une tasse de café avec Ethan avant qu'il ne se mette au travail. En se tenant si près de lui, à l'écoute des oiseaux qui s'éveillaient dans les arbres, elle redoutait qu'il n'entende son cœur battre violemment dans sa poitrine. Tout au long de la journée, ses pensées ne cessaient de se porter vers lui et elle ne parvenait pas à chasser le sentiment qu'elle éprouvait en songeant à lui, un mélange de plaisir intense et de culpabilité.

Quant à Ethan, il n'avait apparemment jamais remarqué le désir qu'il lui inspirait. Il se comportait envers elle comme si elle était la meilleure amie de sa femme, ce qui était évidemment le cas. D'une certaine façon, elle avait été soulagée lorsqu'il avait achevé son travail et s'était bien gardée de le rappeler quand il s'avéra que l'évier avait été mal installé. Elle avait directement téléphoné à Mark Derry, le plombier, pour lui demander s'il pouvait se charger de la réparation. Elle ne voulait plus revoir Ethan dans sa cuisine, ni sentir son pouls s'accélérer lorsqu'il s'approchait d'elle : aussi l'avait-elle évité depuis lors. Peut-être avait-elle eu peur de prononcer des mots ou de commettre un geste irréparables, se méfiant de ses désirs incontrôlés comme d'une harde d'oiseaux sauvages qu'on ne rattrape jamais, une fois relâchés, même en les poursuivant aux confins de l'État.

Cette nuit, en regardant sa maison avant de partir chez Jorie, Charlotte songe à l'infime pointe de ressentiment qu'elle a éprouvée un peu plus tôt dans la journée, lorsque son amie ne s'est pas présentée à la pâtisserie. Elle comptait lui parler du ganglion qu'on venait de lui découvrir, elle avait besoin de réconfort, d'un peu d'optimisme, et Jorie s'arrangeait toujours pour voir le meilleur côté des choses. Charlotte comprend à présent pourquoi elle n'est pas venue. Elle se trouvait dans les locaux de la municipalité, un peu plus bas sur King George's Road, prise dans le tourbillon d'une histoire ayant si brusquement implosé que personne dans la commune de Monroe n'imaginait de quelle manière elle allait bien pouvoir se terminer.

Le journaliste à la télé rapportait qu'Ethan Ford avait été arrêté à cause d'un meurtre commis quinze ans plus tôt. Ethan Ford n'était d'ailleurs pas son véritable nom, il s'agissait d'une identité usurpée, qu'il avait acquise pour la somme de deux cents dollars. Le véritable Ethan Ford, celui dont il assumait l'état civil depuis son arrivée en Nouvelle-Angleterre, était mort dans son berceau trente-neuf ans plus tôt, au cœur du Maryland, par une nuit d'été. Il n'avait pas survécu à son premier anniversaire. Tandis que la soirée fraîchit, Charlotte quitte sa maison et traverse la pelouse sous la voûte céleste, confuse et étoilée. S'il faut croire ce qu'elle a entendu ce soir, c'est que tout est possible. Peut-être va-t-elle déboucher dans Front Street et basculer dans le néant. Ou faire un pas de plus et découvrir que des constellations tourbillonnent sous ses pieds, comme dans les hauteurs du ciel infini et sombre.

D'ordinaire, la plupart des maisons sont plongées dans l'obscurité à une heure pareille, mais ce soir les habitants de Monroe veillent beaucoup plus tard. Même ceux qui se lèvent aux aurores ont préparé du café et essaient de comprendre ce qui vient de se passer. Ils se trouvent impliqués dans une histoire dont ils n'auraient jamais imaginé qu'elle puisse se dérouler aussi près de chez eux, et encore moins à Monroe, où l'escouade de police se compose en tout et pour tout de huit hommes et où personne ne s'inquiète lorsque les enfants restent jouer dehors, après la tombée de la nuit. Ceux qui connaissaient le mieux Ethan Ford – son ami Mark Derry, par exemple, ou l'avocat Barney Stark, qui l'a secondé dans ses fonctions d'entraîneur pour le Championnat au cours des six dernières années, ou encore les courageux volontaires de la brigade des pompiers, qui ont remis leurs vies entre ses mains à de multiples reprises –, tous sont sous le choc, comme s'ils avaient reçu un direct à l'estomac, et ne peuvent réprimer un élan de douleur chaque fois qu'une bouffée d'air descend dans leurs poumons.

Barney Stark se dit que, cette fois encore, il sera sans doute l'avocat d'Ethan, comme cela avait été le cas deux ans plus tôt, lorsque les Jeffries l'avaient poursuivi en justice, après l'incendie qui avait ravagé leur maison. Ethan avait effectivement refait leur cave et les Jeffries le tenaient pour responsable de l'incendie, à cause du système d'isolation qu'il avait installé. Le fait qu'Ethan ait participé à l'extinction du sinistre, au péril de sa propre vie, comptait visiblement peu aux yeux de Roger et de Dawn Jeffries. Bien avant l'ouverture du procès, la compagnie d'assurances avait découvert que le feu avait pris dans la chambre de leur fils. Et ils avaient retiré leur plainte lorsque le gamin lui-même, un adolescent de seize ans timide et emprunté, avait finalement reconnu s'être endormi alors qu'il fumait dans son lit.

Comme tous les proches des Ford, Barney n'avait pas réussi à joindre Jorie. La ligne était sans cesse occupée depuis que la télé avait diffusé la nouvelle, d'autant que Anne, la sœur de Jorie, avait branché son propre téléphone sur le rappel automatique. Mais au bout d'un moment, Anne elle-même finit par comprendre que Jorie avait décidé de ne pas répondre et se dit qu'il valait sans doute mieux attendre le lendemain. Barney, pour sa part, n'abandonne pas aussi facilement la partie. C'est un individu entêté, consciencieux, du genre à prendre sa voiture et à se rendre chez les Ford pour s'assurer qu'on n'a pas besoin de ses services. Les lumières sont restées allumées à l'intérieur de la maison mais les rideaux sont tirés et personne ne vient ouvrir lorsque Barney frappe à la porte. Il perçoit une odeur qu'il ne reconnaît pas, celle du chèvrefeuille peut-être. C'est une belle nuit d'été. D'après ce qui a été annoncé au journal télévisé, on possède apparemment la preuve qu'Ethan est impliqué dans une affaire de meurtre commis au Maryland : il vivait dans la ville où les faits se sont déroulés et avait abandonné sa camionnette là-bas, un véhicule récemment retiré de la vase après l'assèchement d'un plan d'eau. Mais il s'agit là d'une preuve indirecte, ou par présomption, le genre de demi-vérité avec lesquelles on accuse des innocents de crimes qu'ils auraient de la peine à concevoir, et plus encore à commettre.

— Ohé ! lance Barney en direction de la maison barricadée. Il y a quelqu'un ?

Une centaine de mètres plus loin, la plus jeune des sœurs Williams est assise sur le porche, à quelques pas de l'endroit où son père s'est donné la mort, en juillet dernier. Kat Williams fixe Barney en plissant les yeux, les bras noués autour de ses genoux cagneux.

— Tu sais s'ils sont là ?

Barney lui fait un signe de la main pour s'assurer qu'il a bien établi le contact, parce qu'avec Kat Williams on n'est jamais sûr de rien. C'est le genre de gamine qui met Barney mal à l'aise, on ne peut jamais savoir comment elle va réagir : elle se comporte tour à tour comme si elle était plus jeune ou bien plus vieille que son âge. Dieu merci, Barney n'a pas tous ces problèmes avec ses propres filles ; on n'est jamais pris de court avec elles, même s'il ne voit pas d'un très bon œil que Kelly, l'aînée, soit copine avec la sœur de Kat, dont la beauté n'a d'égale que la grossièreté. C'est triste à dire, mais s'agissant de Rosarie Williams, Barney s'attend toujours à des ennuis. Il s'adresse à nouveau à la fillette, qui le dévisage.

— J'ai frappé mais personne n'a répondu, dit-il.

— C'est parce qu'ils ne veulent pas vous voir, lui répond Kat, à l'autre bout du jardin de Mrs Gage.

Elle a capturé des lucioles, qui brillent à ses pieds dans le bocal en verre où elle les a enfermées. Il y en avait tant ce soir, sur les pelouses et dans le feuillage des haies, que Kat n'avait aucun effort à faire, contrairement à ce qui se passait d'ordinaire, avec Collie. Elle n'avait qu'à tendre la main, les lucioles venaient d'elles-mêmes s'y poser.

— Vous feriez mieux de rentrer, ajoute-t-elle.

— Qu'est-ce qui te fait croire qu'ils ne veulent pas me voir ?

Barney est saisi d'une brusque angoisse, la même qu'à l'école lorsqu'il était gamin et qu'il était toujours le dernier à comprendre qu'on se moquait de lui.

— S'ils avaient eu envie de vous voir, ils auraient ouvert la porte, répond calmement Kat Williams. Vous ne croyez pas ? Ils n'auraient pas fait la sourde oreille.

Kat tripote les sparadraps qui recouvrent ses jambes. Elle n'est ni belle ni bien bâtie et elle a toujours l'air maussade, mais peu de choses lui échappent. Et dans ce cas précis, elle a incontestablement marqué un point. D'après l'estimation de Barney, Kat Williams a l'étoffe d'une grande avocate. C'est une gamine intelligente, de toute évidence. Barney se targue de savoir lire à l'intérieur des gens. Si quelqu'un est capable de juger qui est franc et qui ne l'est pas, c'est bien lui, que ses propres filles surnomment en privé le Grand Inquisiteur. Les sœurs Stark savent qu'à la maison elles ne peuvent se permettre le plus petit mensonge, même s'agissant de détails infimes, tels que savoir qui a laissé traîner les assiettes sales dans l'évier ou qui est responsable de la brusque augmentation de la facture téléphonique.

Au tribunal, Barney fait parfaitement la différence entre les gens qui disent la vérité et les autres. On prétend qu'un menteur ne saurait vous fixer droit dans les yeux, mais c'est tout à fait erroné. Un menteur peut parfaitement soutenir votre regard tout en affirmant être un ours polaire, ou le fils du roi de France. Il jurera qu'il est innocent, sur la tête de sa mère. Mais Barney a une méthode, pour savoir si on dit ou non la vérité : en étant attentif, on s'aperçoit qu'un menteur a tendance à regarder de droite à gauche lorsqu'il s'adresse à vous, comme si tout en parlant il cherchait déjà le moyen de prendre la fuite. Tous les menteurs sont prêts à prendre la poudre d'escampette. Ils ne restent pas assis sur leur porche à vous dévisager, un bocal rempli de lucioles à leurs pieds.

— Peut-être as-tu raison, lance Barney à Kat Williams.

— Aucun doute là-dessus.

Les lèvres de Kat forment une ligne étroite et ses épaules sont voûtées. Son assurance impressionne Barney. Il pense à ses filles, douces et réservées, qui n'ont jamais eu à souffrir un seul jour de leur vie. Kat Williams ne connaît que trop le malheur. Il n'y a pas si longtemps que Barney apercevait encore Aaron Williams dans les parages, le soir, essayant sa nouvelle tondeuse à gazon et tondant généralement dans la foulée la pelouse de Betty Gage, par réflexe de bon voisinage. Barney se dit que Mrs Gage doit avoir engagé quelqu'un pour s'en occuper à présent, sans doute un des jeunes gens qui tournent autour de Rosarie. La pelouse des Williams semble pourtant ne pas avoir été tondue depuis un bon bout de temps, elle disparaît sous un fouillis de ronces et de mauvaises herbes. Des branches hirsutes commencent à proliférer au-dessus de la haie, anarchiquement dressées au milieu du feuillage bien aligné des cognassiers et des rhododendrons. Les treillis de roses sont dénudés et sombres, bien que la floraison soit paraît-il excellente cette année.

Tandis que Barney inspecte ainsi le jardin à l'abandon, Kat Williams est rappelée par sa grand-mère, qui est venue s'installer ici lorsque Aaron Williams est tombé malade. En regardant par la fenêtre, Katya a entrevu un drôle d'individu qui rôde sur le trottoir et elle fixe Barney d'un regard froid.

— Bonsoir, lui lance-t-il.

Katya ne le reconnaît pas, bien qu'il soit souvent passé par ici durant les dernières semaines de la vie d'Aaron. Mais cette période n'est plus qu'un long brouillard qu'il vaut mieux oublier et tout ce que voit Katya, c'est un type qui fait le pied de grue devant la maison des Ford. Elle le range immédiatement dans la catégorie de ces badauds avides de sensations et assoiffés de sang, qui s'attroupent dès qu'il y a un accident. Eux-mêmes y ont eu droit l'été dernier : les gens stationnaient sur le trottoir, les yeux rivés sur le garage, ou passaient lentement en voiture en regardant la maison, comme d'autres observeraient les conséquences d'une catastrophe naturelle, d'une tornade par exemple, ou d'une inondation. Tard dans la soirée, il y en avait qui lançaient des pierres ou proféraient des menaces et qui allaient se planquer dans les buissons comme des lâches, dès que la lumière du porche s'allumait. Il n'est donc guère surprenant que Katya agite la main en direction de

Barney, comme si elle chassait une mouche, sans répondre à son salut.

— Rentrez chez vous ! lui dit-elle. Laissez les honnêtes gens en paix.

Kat Williams grimace un sourire à l'intention de l'avocat, avant de regagner sa maison, et Barney sait exactement ce qui lui trotte dans la tête.

Qu'est-ce que je vous avais dit ? Personne ici n'a envie de vous voir.

La porte des Williams se referme en claquant et Barney se dit qu'il devrait aller les trouver, leur expliquer qu'il est simplement venu voir si l'on avait besoin de ses services. Il a bon cœur et déteste que ses actes soient mal interprétés, ce qui arrive trop souvent dans son propre foyer, s'agissant notamment de ses rapports avec Dana, son épouse. Que ne donnerait-il pas pour avoir quelqu'un à qui parler, quelqu'un qui l'écouterait vraiment et comprendrait ce qu'il éprouve, au plus profond de lui. Il vit dans une maison qui bourdonne du bavardage des femmes et où il n'a pas un instant de paix jusqu'à ce que tout le monde soit couché. Et c'est là, lorsque sa femme et ses filles sont endormies, qu'il se rend compte qu'il n'a pas ouvert la bouche ni prononcé un mot de toute la journée.

Regardant Maple Street depuis l'endroit où il se trouve, face à la maison des Ford, Barney aperçoit deux chats qui avancent paresseusement sur la route à la lueur du clair de lune, comme si la nuit leur appartenait – deux rois félins miaulant de concert et traquant les nids d'oiseaux dans le cerisier de Mrs Gage. Il n'y a pas la moindre circulation, mais une rue déserte peut s'avérer trompeuse. Les journalistes n'ont pas encore débarqué mais ils ne sauraient tarder. Une silhouette surgit tout à coup dans l'obscurité et Barney reconnaît aussitôt Charlotte Kite. On la repère aisément grâce à sa chevelure rousse mais pour l'instant, c'est surtout son inquiétude qui transparaît dans la nuit. Elle a une cigarette aux lèvres, bien que Barney n'ait pas le souvenir de l'avoir jamais vue fumer. Il l'aperçoit souvent à la pâtisserie où il fait toujours halte en se rendant à son cabinet. C'est un inconditionnel des beignets à la cannelle, même s'il sait qu'il pourrait se permettre de perdre une vingtaine de kilos.

Bien qu'il soit plus âgé que Charlotte et Jorie, il se souvient fort bien d'elles, à l'époque où elles étaient encore au collège. Deux jeunes filles splendides, avec qui il n'aurait jamais eu la moindre chance, même si elles avaient pu entrevoir l'avenir et prédire qu'il ferait son droit à Harvard et habiterait un jour l'une de ces grandes demeures, derrière Horsetail Hill, pas très loin de chez Charlotte Kite. Elles ne lui auraient pas accordé l'ombre d'un regard, même s'il avait eu en poche un million de dollars et s'était mis à genoux dans la rue pour attirer leur attention. Il avait tout particulièrement le béguin pour Charlotte, détail embarrassant qu'il n'avait jamais avoué à personne. Il n'avait évidemment jamais déclaré cette flamme pathétique, pas plus qu'il ne s'était imaginé que la jeune femme puisse un jour répondre favorablement à son désir. Il avait peut-être quelque chose du perdant, lorsqu'il était au lycée, mais personne n'aurait pu le traiter d'imbécile, pas plus à l'époque qu'aujourd'hui.

— Salut ! lance-t-il à Charlotte tandis que celle-ci s'approche.

Son regard semble se rembrunir lorsqu'elle l'aperçoit, que cela tienne à la fumée de sa cigarette ou à l'ombre d'un soupçon.

— C'est Barney Stark, lui rappelle-t-il.

— Oui, dit Charlotte en le dévisageant, comme si elle attendait de plus amples explications.

— Je suis ici à titre professionnel, poursuit-il. Ou préventif.

— Vous voulez dire qu'ils vont avoir besoin d'un avocat ? dit Charlotte en se rapprochant, bien que personne alentour ne puisse surprendre leur conversation.

— Les innocents doivent être défendus, eux aussi, répond Barney.

Charlotte est soulagée. Elle a elle-même dépensé récemment une petite fortune en frais judiciaires, alors que son seul crime était d'avoir épousé Jay. Bien sûr qu'ils vont avoir besoin d'un avocat. Charlotte n'a jamais prêté une grande attention à Barney Stark, mais en cet instant précis, dans la pénombre, sur le trottoir qui borde la propriété de Jorie, leur conversation prend un tour étrangement intime.

La cadette des sœurs Williams a laissé son bocal de lucioles sur les marches du porche et on distingue le tourbillon de leurs arcs lumineux derrière la paroi de verre.

— Vous avez vu ça ? dit Barney.

Il parle trop, il le sait, mais sans doute n'aura-t-il plus jamais l'occasion de discuter avec Charlotte avec l'espoir qu'elle l'écoute. Il lui faut profiter d'une circonstance qui ne se reproduira probablement jamais.

— Ces insectes dégagent une telle lumière qu'on pourrait s'en servir comme lampe de chevet.

— Ils seront morts demain matin.

Charlotte se tourne et le dévisage. Barney habite à deux rues de chez elle, dans l'une de ces récentes bâtisses pseudo-victoriennes construites sur Evergreen Drive, un bon siècle après que la banqueroute des Monroe ne les eut contraints à vendre quelques arpents de terrain. Cela mis à part, pour être honnête, elle ne sait pas grand-chose de lui. Elle remarque toutefois qu'il roule en Lexus, ce qui est un choix surprenant pour un individu aussi effacé que Barney, mais peut-être éprouve-t-il le besoin d'afficher sa réussite. Cela revient brusquement à Charlotte : c'était l'un de ces gamins dont tout le monde se moquait, au collège. Il était gros et empoté, et beaucoup trop timide pour inviter une fille à sortir avec lui. Aujourd'hui il est riche et père de trois fillettes, alors que Charlotte n'a rien.

— J'imagine que vos honoraires sont élevés, dit-elle.

— Ma foi oui, reconnaît Barney. Mais je suis efficace.

— Je serais heureuse d'aider financièrement Ethan et Jorie. Si les choses doivent en arriver là.

Charlotte écrase sa cigarette sur le trottoir et des étincelles rougeoyantes giclent en l'air. Elle dégage peut-être une impression de dureté mais son caractère n'a rien de tel et Barney n'est nullement surpris par sa proposition.

— Je suis sûr qu'ils apprécieront votre geste.

Barney pense à ses filles, bien au chaud dans leurs lits, et sait qu'il ne pourra pas fermer l'œil de la nuit. Il souffre parfois d'insomnies et passe souvent des nuits entières sur un canapé, devant la fenêtre du salon. Depuis les hauteurs de sa demeure sur Evergreen Drive, derrière la colline où s'étendaient jadis des vergers et où Ella Monroe s'était mariée, bien des années plus tôt, il constate toujours avec une certaine surprise qu'on voit encore briller des lumières à Monroe, passé minuit. Ici et là, de rue en rue, il y a des gens qui ne dorment pas, des malheureux semblables à lui, enfermés comme des lucioles dans le bocal de leur propre maison.

— Je crois que j'aperçois Jorie...

Barney a repéré une silhouette qui se profile derrière l'une des fenêtres du premier étage. La brise agite le rideau. Quelques pétales fanés de cerisier flottent en suspens dans l'obscurité, dégageant des effluves de miel. Barney prend une profonde inspiration. Il pense à la première fois où il avait aperçu Charlotte Kite, qui n'avait alors pas plus de quatorze ans. Il pense à la manière dont ses cheveux roux flamboient dans la lumière du matin, lorsqu'elle est au comptoir de la pâtisserie. Il se rend compte que c'est de Charlotte qu'émane ce délicieux parfum, beaucoup plus doux que celui du chèvrefeuille dans l'atmosphère nocturne, comme si elle ne parvenait pas à chasser les odeurs de sucre et de chocolat qui imprègnent sa peau à longueur de journée. Ah, comme il aimerait pouvoir lui dire ce qu'il ressent... Il sait qu'il doit avoir l'air ridicule, avec son expression à mi-chemin entre l'extase et l'hébétude.

— J'ai une clef de secours, déclare Charlotte. Je vais aller voir ce qui se passe.

Elle s'engage dans l'allée. Barney la suit, mais elle le remet aussitôt à sa place.

— Je n'ai pas besoin d'aide, si c'est ce que vous croyez.

— Non, bien sûr que non.

Barney se souvient qu'elle lui avait déjà dit quelque chose d'approchant lorsqu'ils étaient au collège, bien des années plus tôt. Charlotte avait fait tomber ses affaires alors qu'elle courait pour rejoindre la salle de classe et il s'était agenouillé pour l'aider à ramasser une partie de ses dossiers. Elle l'avait regardé droit dans les yeux et lui avait ordonné de ne toucher à rien. Cette seule remarque lui avait fait autant d'effet que si on l'avait brûlé vif. À la suite de ça ses doigts s'étaient ridés et couverts d'ampoules et il avait dû se frotter les mains au bicarbonate de soude pour calmer la douleur. Il ressent la même impression ce soir. Un seul mot de Charlotte peut le brûler. Aujourd'hui encore.

— Je connais Jorie mieux que quiconque, dit-elle. Je saurai faire face à la situation.

La vérité, c'est qu'elle a su faire face à tout dans sa vie. Charlotte n'est pas, n'a jamais été du genre à quémander l'aider de ses semblables, pas plus qu'à les remercier d'ailleurs, et elle n'éprouve guère de sympathie pour les gens doux et conciliants. Pourtant, elle ressent ce soir une étrange empathie à l'égard de Barney, avec son costume aussi coûteux que fripé et sa Lexus garée un peu plus loin dans le virage. Le clair de lune s'étend sur les pelouses de Maple Street et une vague d'infimes étoiles – ou ce qui y ressemble – flottent juste au-delà ; ce sont en fait les spores des laiterons qui dérivent dans la pénombre, mystérieux et scintillants. Charlotte se rend compte qu'elle a blessé Barney Stark, d'une manière ou d'une autre. Il est de ceux qui portent leur cœur en bandoulière.

— Je voulais simplement dire qu'il est inutile que vous perdiez plus longtemps votre temps par ici. Je m'occuperai de tout.

Et, faisant écho à Kat Williams, elle ajoute :

— Rentrez donc chez vous.

Charlotte utilise sa clef et se glisse à l'intérieur. Cela lui fait un drôle d'effet, de se retrouver dans l'entrée de la maison des Ford. D'habitude, elle passe toujours par derrière : à cause de ça, elle a l'impression de pénétrer chez des étrangers.

— Jorie ?

Charlotte n'a pas envie d'aller grossir les statistiques en se faisant descendre à bout portant, alors qu'elle cherche uniquement à se rendre utile.

— Il y a quelqu'un ? C'est moi, Charlotte.

Elle se rend à la cuisine, où elle aperçoit un paquet de céréales resté ouvert sur le comptoir, ainsi que deux coupelles qui n'ont pas été lavées. Une telle négligence ne ressemble guère à Jorie, toujours si fière de son intérieur. Charlotte poursuit son chemin et n'a pas besoin de jeter un coup d'œil à l'extérieur pour savoir que Barney Stark est toujours là, s'assurant que l'on n'a pas besoin de ses services avant de rentrer chez lui. Un individu tel que lui est un véritable mystère, aux yeux de Charlotte, une énigme qui équivaut à celle du Sphinx dressé dans le désert. Elle n'imagine même pas ce que cela signifie d'avoir à ses côtés un homme qui prenne soin de vous et qui vous aime pour ce que vous êtes.

L'escalier est plongé dans la pénombre et Charlotte pose la main sur le mur, pour se guider. En montant de la sorte vers la chambre de Jorie et d'Ethan, elle se fait vaguement l'effet d'être un voyeur, marchant à pas feutrés à travers une maison sans y avoir été invitée, bien qu'elle soit chez Jorie, qui est plus proche de Charlotte que de sa propre sœur. Cette soirée est si étrange qu'elle se demande s'ils n'ont pas tous été hypnotisés. Elle a entendu raconter qu'il arrive à plusieurs personnes de faire le même rêve. Peut-être est-ce ce qui est arrivé. Peut-être que Charlotte, Jorie et Barney Stark sont endormis, en ce moment, chacun déambulant librement dans le rêve des autres, descendant les mêmes rues imaginaires et vides, regardant les mêmes bulletins d'informations inexistants, participant à des conversations qu'ils n'auraient jamais en plein jour. Si l'un d'eux s'éveillait, sans doute les autres feraient-ils de même, brusquement expulsés du sommeil et reprenant peu à peu leur souffle, encore effrayés par le désastre qu'ils avaient frôlé de si près.

Mais lorsque Charlotte jette un coup d'œil dans la chambre, la tête de Jorie n'est pas posée sur l'oreiller et son souffle n'a rien de régulier, comme celui d'un dormeur à qui son rêve paraît aussi réel que la vie quotidienne, avec ses hauts et ses bas : des rêves de vies ayant mal tourné ou de foyers paisibles, où les couples dorment sans heurt au fil des nuits. Non, il ne s'agit pas d'un rêve. Jorie est assise au bord du lit, elle a sur le dos les vêtements qu'elle avait enfilés le matin, son visage est défait, ses beaux cheveux dorés aussi ternes que de la paille. C'est Collie qui dort dans le grand lit mais on voit bien que son sommeil est agité : il se tourne, tire la couette à lui et émet un grognement, un bruit d'enfant que Charlotte perçoit avec un pincement au cœur, la gorge serrée.

— Tout ce que tu as entendu est faux.

Jorie parle à voix basse, pour ne pas réveiller son fils. Mais cela n'ôte rien à ce qu'il y a de désespéré dans son intonation.

— Bien sûr que c'est faux.

Charlotte s'attend généralement au pire de la part des gens, mais elle veut bien faire une exception, dans le cas d'Ethan. S'il y avait quelqu'un en qui l'on pouvait avoir confiance, n'était-ce pas lui, en qui une femme aussi sceptique qu'elle avait eu foi ?

— Cette histoire ne tient pas debout, reprend-elle. Jay m'a appelée du Safehouse et tout le monde là-bas était scandalisé. Ne te fais pas de souci à propos de ce que les gens pensent. Tout le monde sait qu'ils se sont trompés d'individu.

— Vraiment ? En tout cas, ce sont nos propres amis qui sont venus l'arrêter, lance Jorie avec une amertume évidente. Hal Roderick, Adam Sorrell, Dave Meyers...

Ces hommes ont travaillé aux côtés d'Ethan à d'innombrables reprises, les pompiers volontaires joignant leurs forces à celles de la police chaque fois qu'il y a un accident sur l'autoroute, un appel à la suite d'une crise cardiaque ou un rideau d'arbres qui prend feu lors d'une tempête, à cause de la foudre.

— C'est Dave lui-même, sur le seuil, qui a lu ses droits à Ethan. Comme s'il en avait !

Charlotte et Jorie connaissent Dave Meyers, aujourd'hui shérif de Monroe, depuis les bancs de l'école primaire ; et même si cela ne l'avait pas empêché d'arrêter Ethan ce matin, Dave n'avait pas pu croiser le regard de Jorie. *Je suis désolé*, avait-il murmuré, comme si le fait qu'il s'excuse avait la moindre importance.

Tandis que Jorie évoque les événements de la matinée, le ton de sa voix monte dangereusement et Charlotte lui fait un petit signe de la tête en désignant Collie, qui s'agite dans son sommeil. Les deux femmes se replient vers le banc placé sous la fenêtre, qu'Ethan avait installé l'année dernière, en se servant de vieilles planches de chêne qu'il avait récupérées dans la maison en ruine, abandonnée depuis des années, à la sortie de Monroe. Jorie écarte le rideau : d'où elles sont, elle aperçoit un homme qui les observe, planté sur le trottoir. Il fait encore très chaud dehors et, tout en les surveillant, l'homme s'éponge le visage avec un mouchoir.

— Ne t'inquiète pas, ce n'est que Barney Stark.

Charlotte se penche légèrement et regarde par la fenêtre. Comme elle s'en était doutée, Barney s'est posté au bout de l'allée. Il a ôté sa cravate et l'a fourrée dans sa poche, mais il paraît tout aussi empoté et soucieux qu'auparavant, malgré ses beaux vêtements. Charlotte lui fait un signe de la main et Barney lui répond en levant timidement le bras.

— Ce gros balourd est venu voir si tu avais besoin d'aide, dit-elle à Jorie.

— Comment se débarrasser de lui ?

Les deux femmes se regardent et se mettent à rire.

— Ça ne devrait pas être très compliqué, dit Charlotte. J'y suis toujours arrivée.

Elle fait signe à Barney qu'il peut maintenant s'en aller.

— Revenez demain, lui lance-t-elle. Jorie tiendra bon jusque-là.

— Dites-lui que je la retrouverai à neuf heures. Au commissariat.

Barney évite soigneusement d'employer le terme de *prison*. C'est un homme poli, bien éduqué, dont sa mère était extrêmement fière, jusqu'à son dernier souffle.

Charlotte se tourne vers Jorie.

— Rendez-vous demain matin à la prison, vers neuf heures. Et souviens-toi, ajoute-t-elle en voyant l'angoisse envahir le visage de son amie et en remerciant une deuxième fois Barney pour sa formule : Les innocents ont besoin d'être défendus, eux aussi.

— C'est vrai, dit Jorie en tripotant ses cheveux emmêlés. (Elle est terriblement pâle, comme si sa peau s'était couverte d'écailles et qu'il ne coulait plus que de l'eau glacée dans ses veines.) Ils ont dit qu'il était dans cette ville où une fille a été tuée, mais qu'est-ce que ça prouve ? Combien y a-t-il de gens qui passent à Monroe tous les jours ? Doit-on en déduire pour autant qu'ils ont tous assassiné quelqu'un ?

— Ça n'a pas de sens, l'approuve aussitôt Charlotte.

Collie dort profondément, à présent. Il se

retourne et son bras pend le long du lit. Lorsqu'il est éveillé, il a déjà l'allure d'un adolescent et l'on devine l'homme qu'il deviendra, sous ses traits longilignes. Étrange comme les enfants paraissent beaucoup plus jeunes lorsqu'ils sont endormis : peut-être est-ce cette fragilité, manifeste dans leur sommeil, qui pousse les adultes à les protéger contre tout ce qu'il y a de mauvais et de néfaste dans le monde.

— Je l'ai laissé dormir ici ce soir afin qu'il n'ait pas peur. Mais je crois bien que c'était moi qui appréhendais d'être seule.

Jorie avait pleuré dans la voiture, en revenant de la prison, préférant se vider de ses larmes avant de retrouver Collie. Mais cela ne l'avait pas empêchée de craquer comme une idiote sur le porche des Williams, telle une pauvresse incapable de résister aux coups que le sort lui réserve. Elle avait réussi à se contrôler et à ramener Collie à la maison. Là, elle l'avait fait asseoir à la cuisine et lui avait appris que son père avait été conduit et incarcéré dans les locaux de la police municipale, sur King George's Road. Il n'y avait aucune raison de s'inquiéter, on souhaitait juste lui poser quelques questions concernant un crime qui avait été commis des années plus tôt, à des centaines de kilomètres d'ici, par quelqu'un qui n'avait strictement rien à voir avec eux. La vie n'était pas toujours rigolote et il s'agissait justement d'un de ces mauvais tours qu'elle nous joue parfois. La question allait être réglée tôt ou tard, mais d'ici là ils allaient devoir prendre leur mal en patience, tenir bon et attendre qu'Ethan soit lavé de tout soupçon. Jusque-là, il fallait qu'ils tiennent bon à ses côtés.

La journée avait été terrible pour Jorie, qui en avait passé la plus grande partie dans le hall du commissariat. Elle avait bien tenté de parler à Dave Meyers ainsi qu'à Will Derrick, dans le bureau du procureur, et de comprendre ce qui se passait, au moins dans les grandes lignes, mais elle n'avait abouti à rien. Lorsqu'elle avait finalement demandé à voir Ethan, qu'on avait enfermé dans une cellule au sous-sol, elle s'était rendu compte qu'elle arrivait à peine à respirer. Une profonde panique l'avait envahie, comme si elle était en train de se noyer. C'était tout simplement la peur qui lui coupait la respiration.

Rentre à la maison, lui avait dit Ethan lorsqu'elle était arrivée devant la cellule.

Il avait refusé de la regarder, même lorsqu'elle avait passé la main à travers les barreaux.

Tu entends ce que je te dis ? Je ne veux pas que tu me voies ici. Tu ne comprends donc pas ?

Elle s'était alors mise à pleurer, assommée par la dure réalité de la situation. Ethan s'était enfin radouci. Il avait appuyé le front contre les barreaux métalliques, Jorie l'avait imité, et en fermant les yeux elle avait réussi à s'imaginer qu'ils se trouvaient loin de cet horrible endroit.

Nous éclaircirons cela demain, avait promis Ethan avant que Jorie ne reparte, et elle l'avait cru. Mais à présent, assise à côté de Charlotte, c'était comme s'il y avait eu trop de choses à tirer au clair. Elle regarde le visage assoupi de Collie, sa peau claire, ses traits fins, la façon dont il respire si profondément en rêvant. Elle avait tellement cru à la solidité de sa vie quotidienne – on se lève, on prépare le café, on expédie ceux que l'on aime à l'école ou au travail, il pleut ou il fait soleil, on est à l'heure ou en retard, mais peu importe, ceux qui vous aiment vous aimeront toujours, par-delà les questions, les limites ou les contraintes du temps. La vie quotidienne est réelle, aussi stable qu'une maison bien édifiée. Mais il arrive que les maisons prennent feu, qu'elles s'enflamment au milieu de la nuit comme cela s'était passé sur Sherwood Street, dans la demeure de cette famille dont le fils fumait au lit et qui avait été anéantie en quelques minutes. Il ne restait plus un meuble, plus une photo de famille, tout avait été réduit en cendre. Et c'est ce goût de cendre que ressent Jorie à présent, qui imprègne sa bouche, ses mains et le sol sous ses pieds. L'incendie est passé, il est reparti, et elle ne s'en est même pas rendu compte. Elle est restée là, immobile, tandis qu'il franchissait sa porte.

Jorie se rend à la salle de bains pour se débarbouiller et se donner un coup de peigne, suivie par Charlotte. Il en va toujours ainsi, les soirs de catastrophe, le moindre fait est perçu à travers un voile d'incrédulité. L'univers rationnel est à ce point sorti de son orbite qu'il est impossible de prévoir ce qui va advenir. Cela rappelle à Charlotte le drame qui était arrivé, lorsqu'elle était au collège et que leurs amies Lindsay Maddox et Jeannie Atkins avaient été victimes d'un accident mortel, sur l'autoroute. Tout le monde avait eu de la peine à surmonter le choc qu'avait représenté cet accident, particulièrement Jorie qui avait cessé de manger et de venir au collège pendant plusieurs semaines. Cela paraissait tellement injuste, que Lindsay et Jeannie ne terminent pas l'année scolaire et ne puissent plus jamais poursuivre leurs études, sortir avec d'autres garçons, répondre aux promesses de la vie qui les attendait. Il y a encore une plaque à l'endroit où l'accident s'était produit. Et bien que la famille de Jeannie soit allée s'installer en Floride et n'ait jamais remis les pieds à Monroe, la mère de Lindsay y dépose une gerbe de fleurs tous les premiers jours du mois, un bouquet d'immortelles, de bruyère et de roses qu'elle va cueillir dans sa haie, sans se soucier des épines.

Chaque fois que Charlotte passe à cet endroit, elle se souvient de la chance qu'elle a eue. Elle devait sortir avec ses amies ce soir-là mais sa mère lui avait demandé de rester à la maison parce qu'elle venait d'avoir la grippe et se sentait encore un peu fébrile. Charlotte repense à cela chaque fois qu'elle se retrouve seule chez elle, la nuit. Elle y repense en cet instant précis. La bonne fortune peut tourner, Charlotte le sait bien, et le sort basculer, même pour les plus chanceux d'entre nous : il suffit d'un mauvais virage, d'une clôture métallique, d'une voiture qui traverse la ville par une nuit froide et brumeuse.

À la lumière crue de la salle de bains, il est impossible de ne pas remarquer les traces qu'ont laissées sur Jorie les événements de la journée. Elle est belle pourtant, même en cet instant. Charlotte comprend pourquoi Ethan était tombé amoureux d'elle, à peine l'avait-il aperçue. Pour sa part, elle était assise à côté de Jorie, mais elle aurait aussi bien pu être invisible. Elle se souvient encore de l'expression qu'avait Ethan en s'approchant : le désir que lui inspirait Jorie était inscrit sur son visage, et son attirance aussi perceptible que le cri que pousse en direction de la terre ferme un homme en train de se noyer.

— T'arrive-t-il de penser à ce qu'aurait été ta vie si nous n'étions pas allées au Safehouse ce soir-là ? demande Charlotte tandis qu'elles redescendent à la cuisine pour se faire du thé. Nous aurions aussi bien pu aller au bowling, ou au cinéma. Un simple changement de programme, et c'est ta vie entière qui aurait été modifiée.

— Il ne pouvait pas en aller autrement, dit Jorie avec conviction.

— Tu penses que tu étais destinée à vivre avec lui ? Quoi qu'il advienne ?

— Oui, j'en suis certaine.

Jorie a retrouvé son intonation habituelle. Elle a toujours eu l'air sûre d'elle, même lorsqu'elles étaient encore enfants. C'était une des choses que Charlotte lui enviait, cette façon de ne jamais être rongée par le doute.

— Il n'avait pas l'intention de rester à Monroe avant notre rencontre, tu sais. Il comptait aller dans le New Hampshire, parce qu'un de ses amis travaillait à Portsmouth et lui avait dit qu'il y avait du boulot dans la région. Il avait fait halte à Monroe pour la nuit et devait repartir le lendemain.

Lorsque le thé est prêt, Charlotte décide de préparer des toasts pour son amie, se disant à juste titre que Jorie n'a pas dû songer à dîner. Elle lui suggère d'aller s'étendre au salon, sur le canapé, pendant qu'elle lui prépare un plateau. Tandis que les toasts brunissent dans le grille-pain, Charlotte en profite pour remettre un peu d'ordre dans la cuisine. Elle se félicite de n'avoir pas révélé à son amie que son médecin a insisté pour qu'elle fasse une biopsie : Jorie a suffisamment de soucis en tête. Tout en lavant les bols de céréales, en balayant les derniers tessons de la tasse brisée, puis en allant chercher le plateau en argent qu'elle leur a offert pour leur mariage, Charlotte refuse de s'apitoyer sur son propre sort. Elle préfère fixer son attention sur cette maison, et notamment sur la pièce où elle se trouve. Tout est luxueux ici : les placards montés à la main, la cuisinière en acier inoxydable, digne d'un restaurant, les plans de travail en ardoise constellée de mica, aux reflets argentés. Cela a dû coûter une fortune à Ethan, mais n'importe qui devinerait qu'il a conçu cette cuisine pour la femme qu'il aime. Les ogives cintrées des fenêtres, minutieux ouvrage de menuiserie qui a dû exiger des semaines de labeur, témoignent assez de sa dévotion. Tout comme le motif du parquet, où alternent des lattes claires et sombres, assemblées avec tant de soin que leurs jointures sont invisibles et que le bois tour à tour blond et foncé semble provenir d'un seul et même arbre.

À bien y réfléchir, Charlotte ne sait strictement rien d'Ethan, antérieurement à cette nuit où les deux amies l'avaient aperçu pour la première fois, au comptoir du Safehouse. Il avait surgi du néant, sans bagage et sans un mot sur son passé. Elles auraient d'ailleurs cru sans difficulté tout ce qu'il aurait pu leur raconter, car le passé ne les tracassait guère à l'époque. Charlotte et Jorie étaient alors si jeunes que seul le futur comptait à leurs yeux. Elles avaient tellement hâte de l'atteindre, cet empire inexploré de leurs rêves. Et pourquoi n'auraient-elles pas regardé l'avenir ? Le présent n'avait rien de particulièrement attrayant. Charlotte travaillait dans la pâtisserie familiale depuis la mort de ses parents, ce qui était bien la dernière chose qu'elle avait envisagé de faire, et Jorie enseignait à l'école élémentaire de Monroe. Au point où elles en étaient arrivées, elles étaient convaincues l'une et l'autre que l'amour était une pure fiction, le fruit de l'imagination, une illusion aussi impalpable qu'un spectre de fumée et qui n'existait pas réellement, du moins pas à Monroe, Massachusetts, où elles connaissaient tous les membres de la gent masculine et n'ignoraient aucun des points faibles et des défauts de chacun, depuis la lointaine époque de la garderie.

Ce soir-là, au Safehouse, leur rencontre avait vraiment paru relever du destin : la manière dont Ethan avait regardé Jorie, puis dont il lui avait demandé s'il pouvait lui offrir un verre, devinant ensuite qu'elle allait commander du vin blanc, comme s'il connaissait déjà ses goûts. Jorie n'était pas du genre à laisser un homme la raccompagner chez elle le soir de leur premier rendez-vous, même si elle le connaissait depuis des années, mais elle avait ramené Ethan dans son appartement et pas une seule fois elle n'avait regretté une décision que certains auraient pu qualifier d'impulsive et d'autres, du plus bel acte irrationnel de sa vie. Elle est là, treize ans plus tard, assoupie sur le canapé lorsque Charlotte apporte le plateau contenant le thé et les toasts. Jorie est la femme d'Ethan, en dépit de tous les mensonges que certains voudraient colporter. Elle s'est liée à lui pour toujours et, à la lueur du clair de lune, elle rêve aux lis que le fleuriste de Front Street expose sur le trottoir, au moment de Pâques, des fleurs qui ont l'air beaucoup trop délicates pour durer mais qui, soigneusement plantées dans un jardin, refleurissent saison après saison. Il y a des choses qui reviennent, en dépit de tout, comme les constellations dans le ciel, l'été, ou les colombes qui nichent dans les buissons et les arbres des jardins, chaque année à cette époque, de sorte que les derniers jours de juin s'accompagnent toujours de leurs roucoulements. *Ce qui peut arriver, ce qui arrivera, ce qui est censé être.*

Le chevalier des épées

Le matin, les prisonniers voudraient bien rester plongés dans le sommeil, à rêver du bonheur et de leur foyer, repoussant autant que possible le moment du réveil. Ce qu'ils aimeraient posséder, c'est une bobine de fil invisible pour se coudre les paupières, et plus encore, de doux oreillers où rester endormi, sans heurts, tandis que le temps s'écoule au loin en vagues infinies. Il y a une raison objective à ce profond désir de sommeil : le rêve du prisonnier est souvent plus réel que le spectacle qu'il découvre en ouvrant les yeux. Il représente, ce rêve, tout ce qu'il possédait autrefois et qu'il a stupidement perdu. La table où est dressé le dîner, les parfums de l'été, la femme qui l'aime et qui l'attend à la maison, dans l'embrasure de la porte. Mais dès qu'il se réveille il est ébloui par une lueur verdâtre, dont la couleur évoque la peau d'un poisson, et il plane une odeur infecte, à peine atténuée par la climatisation dont le débit, aussi puissant soit-il, ne parvient pas à chasser les relents de la peur. La peur monte du sol, comme des effluves de chaleur, elle s'élève jusqu'au plafond et lorsqu'elle retombe, elle se déverse comme une atroce pluie chaude. Il faut être entraîné, pour arriver à dormir dans de telles conditions, sinon chacune de ces gouttes vous brûle comme si elle émanait du premier cercle de l'enfer, et des cendres humides vous tapissent les yeux, le cœur, imprègnent vos poumons.

Ethan Ford est particulièrement mal préparé à un tel environnement. Il aime que tout soit bien en ordre, dans sa vie comme dans sa maison. Enfermé, il est incapable de dormir plus de quelques minutes à la suite et ne parvient donc pas à rêver. Il ressent l'énormité de ce qui vient de lui arriver, des cercles douloureux oppressent sa cage thoracique, à l'intérieur de sa poitrine. Il a constamment la bouche sèche et ne parvient pas à étancher sa soif, ni en buvant de l'eau, ni en rêvant aux étangs bleus de sa jeunesse, alimentés par une eau de source si délicieusement fraîche qu'on s'agenouillait sur la berge pour la boire. Depuis l'instant où il a ouvert sa porte et aperçu Dave Meyers, en compagnie des autres employés du bureau du shérif, Ethan a l'impression d'être en apesanteur : comme si on avait tranché ce qui le maintenait au sol et qu'il ne restait plus de lui que des ossements blanchis et de vagues lambeaux de vêtements.

Une nuit peut durer une éternité lorsqu'on ne dort pas et Ethan a largement eu le temps d'envisager ce qu'il convenait de faire. Il a déjà pris sa décision lorsque Barney Stark se met en route, dès huit heures le lendemain matin, pour se rendre à la prison. Ethan a déjà traversé l'enfer, de part en part, tandis que les habitants de son quartier rêvaient, confortablement allongés dans leurs lits.

Des heures ont passé, mais les flammes le rongent encore : touchez-le, et vous brûlerez comme lui. Touchez-le, et vous connaîtrez sa douleur.

Lorsqu'il entend enfin des pas dans le couloir, Ethan tend le cou pour voir quel est ce visiteur, espérant seulement qu'il ne s'agit pas de sa femme. Il ne permettra pas que Jorie soit une nouvelle fois témoin de sa déchéance, au fond de cette cellule. Cette seule idée l'angoisse et il mettra tout en œuvre pour éviter, ou à tout le moins différer, qu'une telle éventualité ne se produise. Il est donc soulagé de découvrir que son visiteur n'est autre que Barney Stark.

— Salut ! lance Barney, tandis que Dave Meyers l'accompagne jusqu'à la cellule.

D'ordinaire, c'est Frankie Links ou l'un des autres gardiens qui se chargent de ça, mais Dave a tenu à venir en personne, bien que ce soit son jour de congé, pour s'assurer qu'Ethan est correctement traité. Il n'en demeure pas moins que ce n'est jamais un moment agréable à passer, lorsqu'on essaie de se comporter comme s'il ne se passait rien d'inhabituel, alors que quelqu'un est emprisonné et que ses amis sont en liberté.

— J'ai amené le petit déjeuner, dit Barney en brandissant le sac en papier qu'il tient à la main.

Il a fait halte en cours de route à la pâtisserie de Kite, où il a acheté deux gobelets de café et un sachet de biscuits au sucre, ainsi que ses beignets préférés. Barney a demandé à Jorie de le rejoindre à neuf heures parce qu'il souhaite disposer d'un peu de temps pour parler en tête à tête avec Ethan et aborder certains détails que celui-ci souhaite sans doute épargner à sa femme. Quelles pourraient être les conséquences d'un procès, par exemple, si les choses devaient en arriver là. Et combien cela risquait de coûter, en particulier s'il fallait faire appel à des détectives payés à l'heure pour retrouver des témoins qui, quinze ans après les faits, risquaient fort de s'être évanouis dans la nature.

Barney s'est dit qu'une petite douceur faciliterait peut-être les choses, d'où les gâteaux. Mais il ne s'est pas arrêté à la pâtisserie pour cette unique raison. Il espérait que Charlotte serait là, même s'il n'a guère été surpris de ne pas l'apercevoir, malgré sa déception. Elle avait dû passer la nuit chez Jorie, filtrant les appels téléphoniques et renvoyant les visiteurs indésirables, tel que lui. Tout le monde sait que Charlotte a une haute conception de l'amitié : et s'il y a une chose que Barney respecte, c'est bien la loyauté. C'est elle qui l'amène ici ce matin, car il n'a guère l'habitude de s'occuper des affaires criminelles. Ethan et Barney ne sont pas les meilleurs amis du monde, mais ils se sont occupés ensemble de l'équipe de base-ball et ils se connaissent bien. Chacun sait comment l'autre réagit à l'échec, à la déception ou au bonheur aussi absolu qu'éphémère d'un gamin de onze ans qui vient de marquer un point en renvoyant la balle à l'autre bout du terrain.

En roulant jusqu'ici, Barney a mangé l'un des beignets achetés chez Kite et épousseté les miettes restées sur sa veste, tout en signant le registre à l'entrée. Il connaît bien les officiers de garde, il a grandi avec la plupart d'entre eux et comprend qu'ils tirent une tête de cent pieds de long. C'est

Ethan Ford qu'ils ont collé au mitard, non un client du Safehouse ayant bu un verre de trop et qu'on a mis à l'ombre dans son propre intérêt, pour le laisser cuver son vin.

— Cette affaire ne m'enchante guère, dit Dave Meyers à Barney tandis qu'ils traversent le couloir menant au secteur des détenus.

— Elle n'enchante personne, Dave, rétorque Barney.

Une fois la porte de la cellule ouverte, Ethan se lève pour accueillir Barney mais il n'a aucune envie de manger.

— Je prendrai juste du café, merci.

Barney hausse les épaules et tend le sachet de gâteaux à Dave.

— Bon appétit ! lance-t-il.

Barney sait que Dave peut manger des quantités astronomiques, sans être jamais rassasié. Pourtant, aussi injuste que cela puisse paraître, il est aussi maigre que le pauvre Barney est enveloppé. Dès que Dave les a laissés, Barney explique à Ethan que, même s'il ne s'occupe généralement que de divorces et d'affaires immobilières, il ne peut pas faire moins que de se charger de l'affaire. Il aura accès aux dossiers du tribunal, y compris à la demande d'extradition du Maryland. Il lui expose les arcanes de la loi et les dédales de la procédure, sujet qu'il affectionne, énumérant les étapes qu'ils vont devoir franchir pour éviter le transfert du dossier, mais s'aperçoit brusquement qu'Ethan ne l'écoute pas. L'air distrait, il fixe l'ombre d'un barreau qui s'étend en travers du linoléum. Le genre de désintérêt que manifeste Ethan n'est jamais très bon signe. Cela signifie qu'il est déboussolé, ou qu'il a renoncé à se battre, ou – pire encore – que son sort lui est devenu indifférent.

— Je sais que cela fait beaucoup de choses à assimiler d'un coup, dit Barney. Mais la plupart s'éclairciront au fur et à mesure.

Ethan n'est pas rasé et ses cheveux noirs paraissent bleus, en raison de l'obscurité. Se souvenant que Barney lui a apporté du café, il se penche et saisit le gobelet. Ses mains tremblent tandis qu'il ôte le couvercle. Il se rend compte que Barney essaie de l'aider mais n'arrive pas à se concentrer pour l'instant sur ses explications.

— Il faut d'abord que je parle à Jorie, dit-il.

— Bien sûr, dit Barney d'un air compréhensif. Elle sera ici à neuf heures.

— J'ai besoin de ton aide…

Ethan boit son café d'une traite, bien qu'il soit brûlant. Qu'est-ce que cela change, du reste, puisqu'il brûle lui-même à l'intérieur. Il a l'attitude distante d'un homme qui a décidé de faire les choses à sa manière, s'agissant au moins des questions qui lui importent.

— Je ne veux pas qu'elle me voie ici, dit-il.

— On peut te ramener dans le bureau du shérif, vous serez plus à l'aise. Je ne pense pas que Dave ait à redouter une évasion de ta part…

Pour la première fois, Ethan regarde directement Barney. Il ne s'agit que d'un bref coup d'œil, mais empreint d'une expression que Barney aurait préféré ne pas y discerner. Cela ne l'empêche pas de donner à son ami une grande claque dans le dos.

— Allez, détends-toi. J'ai déjà eu l'occasion de

venir ici. Et des erreurs, crois-moi, il s'en produit sans cesse. Cela prendra du temps, de l'argent et quelques efforts, mais tout finira par rentrer dans l'ordre.

Ayant bu son café, Ethan a entrepris de déchirer le gobelet en carton. Il le fait de manière méthodique, minutieuse, afin que tous les morceaux soient de la même taille. Cela ne plaît pas davantage à Barney. Il y a des gens qui deviennent très calmes quand ils sont enfermés, mais d'autres que cela surexcite, on voit qu'ils sont sous tension et semblent capables de tout pour réussir à s'échapper : assommer un policier avant de prendre la poudre d'escampette, saisir un vieux copain par la gorge et menacer de lui briser la nuque... Ethan s'était rangé du côté des excités et, qu'il soit ou non innocent, ce genre de comportement ne risquait guère de faciliter ses échanges – avec quiconque.

Barney appelle Dave Meyers et lui explique qu'Ethan aimerait s'entretenir en privé avec Jorie. Il ne s'agit pas là d'une requête déraisonnable et le shérif ne fait aucune difficulté pour l'accepter. Dave a deux enfants, une fille prénommée Hillary, actuellement en troisième, et un garçon athlétique, Jesse, qui termine sa cinquième, dans la même classe que le fils d'Ethan et la fille de Barney. À dire la vérité, Jesse Meyers fait partie de leur équipe de base-ball. C'est un bon élément, particulièrement doué pour les lancers, et ils feront sans doute de plus en plus souvent appel à lui, au cours de la saison. C'est Ethan qui a entraîné Jesse l'année dernière et la qualité de frappe du garçon s'en est trouvée singulièrement renforcée. À voir la mine renfrognée de Dave, il est clair qu'il est au courant des efforts particuliers qu'Ethan a déployés à l'égard de son fils.

— Je n'aurais jamais procédé ainsi, si cela avait tenu à moi, dit-il. (Il sait qu'il devrait se taire, mais doit au moins une excuse à Ethan.) Ce sont les types du Maryland qui ont mis la pression et j'aime mieux vous dire que ce sont des emmerdeurs de première.

— J'imagine...

Ethan tient à rassurer Dave, le plus vite possible. Pourquoi se comporterait-il autrement ? Les deux hommes ont travaillé côte à côte à d'innombrables reprises, la police et les pompiers étant fréquemment appelés de concert sur les lieux d'un accident, notamment sur l'autoroute. Le mois dernier, ils ont fait partie de l'équipe qui avait travaillé des heures durant pour dégager un adolescent coincé dans un pick-up en flammes, peu à peu transformé en carcasse fumante. Une fois le gamin transféré à l'hôpital d'Hamilton, ils s'étaient rendus au Safehouse, ayant rapidement convenu qu'après une telle épreuve c'était non seulement un droit, mais aussi un devoir de se saouler la gueule.

— Prends ton temps, dit Dave à Ethan.

Il va jusqu'à la fenêtre et tire le rideau, afin de dissiper un peu la pénombre de la pièce. En faisant ce geste, il se souvient que les mains d'Ethan étaient couvertes de cloques, le soir où ils avaient bu quelques verres ensemble au Safehouse. Ethan avait agrippé la portière métallique brûlante du pick-up, sans se ménager ni songer aux conséquences, et plusieurs heures après le sauvetage il n'avait même pas remarqué qu'il était si gravement brûlé.

— Tu peux rester aussi longtemps qu'il te plaira, ajoute-t-il.

Et bien qu'il déteste enfreindre le règlement, Dave n'aura vraisemblablement pas les yeux rivés à sa montre pour surveiller que la visite ne dépasse pas les vingt minutes permises par la loi. Pas s'agissant d'Ethan, en tout cas.

— Merci.

Ethan passe la main dans ses cheveux. Il cligne des yeux tandis qu'un rayon de soleil pénètre dans le vétuste bureau. L'univers existe toujours, derrière l'enceinte des bâtiments municipaux, on aperçoit même un champ à l'abandon, couvert de reines-des-prés et sillonné de pans de murs en ruine. On voit bien que c'est là qu'Ethan Ford voudrait être : si seulement il pouvait arpenter cette végétation sauvage et attendre au soleil l'arrivée de sa femme. En treize ans de mariage, ils n'ont pratiquement jamais passé une nuit séparés. Il y a des hommes qui n'attendent que cette occasion pour profiter d'un peu de solitude, ou de liberté, mais tel n'est pas le cas d'Ethan. Il n'arrive même pas à se représenter comment il va parvenir à s'endormir sans elle.

— Si j'étais en mesure d'enrayer tout ça, je le ferais, marmonne Dave Meyers avant de quitter la pièce.

Quand un homme qui se sent coupable se décide à parler, on a l'impression que rien ne pourra jamais l'arrêter. Et c'est ce qui se passe avec Dave, dont le tempérament n'est pas exactement adapté à ce genre de circonstance. La loi et le règlement sont une chose, mais le déchirement intérieur est une tout autre affaire.

— On m'a dit qu'il devrait être extradé dans le Maryland d'ici la fin de la semaine, confie-t-il à Barney.

— Pas si je m'y oppose, réplique celui-ci. Je vais adresser une requête au tribunal pour demander une audition préalable et ils seront à tout le moins obligés d'y répondre. Ce qui n'interviendra pas avant la fin de la semaine.

Une fois qu'ils sont seuls, Ethan se tourne vers Barney. L'expression de ses yeux sombres est indéchiffrable. Il a le teint livide, à moins que cela ne soit dû au mauvais éclairage de la pièce.

— Tu penses que tu vas me sauver, lance-t-il.

— Bien sûr, répond Barney en le gratifiant de son plus grand sourire, celui qui révèle toutes ses dents et qui, sans qu'il l'ait su à l'époque, provoquait l'hilarité générale à l'école, tous les gamins se moquant de lui et le traitant de hyène.

Ma foi, son sourire ne l'a pas empêché d'acquérir cette immense demeure sur Evergreen Drive. Et tous ceux qui se moquaient si impitoyablement de lui sont maintenant les premiers à faire appel à ses services lorsque leurs propres gosses se sont fait pincer avec un joint dans la poche ou pour conduite en état d'ivresse. C'est lui qu'on vient trouver lorsqu'une pénible affaire d'héritage ou de divorce se profile à l'horizon, ou simplement lorsqu'on a besoin de parler à quelqu'un de confiance.

— Sauver les gens, c'est mon gagne-pain, ajoute-t-il.

La voiture de Jorie s'engage sur le parking et dès qu'Ethan a aperçu sa femme, il cesse de prêter la moindre attention à Barney. Il rajuste sa chemise et passe sa main sur sa joue recouverte d'une barbe naissante. C'est un homme amoureux et il veut avoir fière allure. Il a besoin de ces quelques instants de tête-à-tête avec Jorie, avant que la situation ne se dégrade davantage.

— L'heure a sonné, dit-il. Souhaite-moi bonne chance.

Barney se retrouve dans le hall. Il aperçoit Jorie et lui fait un signe de la main.

— Ne faites donc pas cette tête ! lui dit-il en la prenant dans ses bras.

Jorie a les traits tirés et ne s'est visiblement pas donné la peine de se recoiffer.

— Charlotte est restée chez vous la nuit dernière ? demande-t-il.

Jorie acquiesce.

— Je suis sortie par derrière et j'ai déposé Collie chez ma mère. Charlotte est passée par l'entrée principale et s'est occupée des journalistes. Ils ont surgi Dieu sait d'où et ne veulent plus repartir. Ils ont garé leur camionnette dans l'allée des Gleason, de l'autre côté de la rue.

Barney est heureux de constater que Charlotte réagit de la sorte et sait parfaitement s'y prendre pour protéger Jorie. Il songe que Jay Smith s'est toujours comporté comme un crétin, même du temps où ils étaient à l'école. Tout le monde en ville à l'exception de Charlotte savait que c'était un coureur : à plusieurs reprises, Barney avait été à deux doigts de lui écrire pour lui révéler la vérité, le plus courtoisement possible. Mais ne sachant pas très bien s'il n'était pas motivé par son propre intérêt, il avait fini par laisser l'avenir du mariage de Charlotte et de Jay Smith entre les mains du destin.

— Je vais faire tout mon possible pour qu'Ethan ne soit pas extradé dans le Maryland. Et je vais m'enquérir du montant de la caution. Avec un peu de chance, j'arriverai à le faire libérer et à le renvoyer dans ses foyers d'ici vingt-quatre heures.

— Vingt-quatre heures ?

Jorie a l'air encore plus abattue après avoir entendu ce que Barney croyait être une bonne nouvelle. À ses yeux et à ceux de Dana, son épouse, une absence de vingt-quatre heures est monnaie courante. Parfois, lorsqu'ils se retrouvent dans leur salon, Barney se rend compte que cela fait des jours qu'ils ne se sont pas adressé la parole. Le pire, c'est que cela leur est apparemment égal, à l'un comme à l'autre.

— Allez-y, dit-il à Jorie, il vous attend. Et cessez de vous ronger les sangs. C'est mon boulot.

Jorie s'est préparée à cet instant mais maintenant que l'heure a sonné, elle s'aperçoit qu'elle a peur. Le couloir lui paraît chargé de menaces, la distance qu'elle doit parcourir brusquement infinie. Que découvrira-t-elle en ouvrant cette porte ? Peut-être Ethan s'est-il métamorphosé, qui sait, que ses dents ont triplé de volume, ou que d'horribles griffes lui ont poussé durant la nuit... À peine s'est-elle assoupie quelques minutes, à deux ou trois reprises, et même alors c'était pour rêver que des spectres, des formes bleues planaient au-dessus de son jardin et fondaient brusquement sur elle, si proches qu'elle distinguait parfaitement leurs yeux froids, sombres, indifférents.

Elle franchit le dernier mètre, ouvre la porte du bureau de Dave. Elle comprend aussitôt que tout est en ordre. Que c'est bien Ethan qui est devant elle. Son mari adoré. L'amour de sa vie. Jorie se précipite et se jette dans ses bras. Barney se penche et referme la porte, les laissant profiter d'une intimité amplement méritée.

— Jorie..., murmure Ethan lorsqu'elle est dans ses bras.

Son nom résonne comme une prière et de fait, c'est bien grâce à lui qu'il est venu à bout de cette nuit d'enfer. Il a franchi les flammes, son nom sur les lèvres, il s'en est abreuvé et nourri jusqu'à toucher enfin la rive adverse de ce fleuve assombri. Il a vu et revu cet instant, à plusieurs reprises, et maintenant, enfin, il y est pour de bon. Il s'est mis à l'embrasser, lentement, doucement pour commencer, puis en la serrant désespérément contre lui, de toutes ses forces, au point qu'elle se met à sangloter. *Ma chérie*, lui dit-il, *il ne faut pas pleurer.* Mais c'est bien ce qu'elle fait, elle n'arrive pas à se retenir, c'est trop dur de le voir ainsi, accusé à tort, arraché à leur vie.

Ethan entraîne Jorie vers le vieux canapé en cuir de Dave et la fait asseoir sur ses genoux. Il ne voudrait pas la laisser partir mais le temps s'écoule, inexorablement : ils ne peuvent ni l'arrêter, ni le retenir, ni marchander pour en obtenir davantage. Ils se dévisagent, leur désir l'un pour l'autre et pour la vie qu'ils ont menée jusqu'alors est si fort, si intense, si douloureux, qu'ils arrivent à peine à se regarder dans les yeux. Jorie pose la tête sur la poitrine de son mari et écoute son cœur.

Il bat à vive allure, mais elle a toujours eu l'impression que ses palpitations étaient plus rapides que chez n'importe qui. Comparées à celles des autres hommes, il faudrait multiplier sa vigueur par deux, sa beauté par trois, sa générosité au moins par une demi-douzaine. Souvent, quand elle le regarde dormir, Jorie se dit qu'elle a peut-être affaire à un ange, retenu sur terre par ses besoins à elle, ses désirs égoïstes. Peut-être l'a-t-elle capturé et retenu à ses côtés, afin qu'il partage sa table et sa couche et parte travailler le matin, alors qu'il devrait être ailleurs. Après tout, un amour véritable peut amener un homme à se fixer dans un endroit dont il n'est pas originaire. Et l'enserrer dans des liens qu'il ne pourra plus jamais rompre.

— Barney pense qu'il faudra vingt-quatre heures pour te sortir d'ici, mais je suis sûre que cela ira plus vite, une fois que le tribunal aura compris l'absurdité de cette affaire.

— Évitons de penser au temps.

C'est alors que Jorie remarque la végétation qui pousse devant le bureau de Dave Meyers, de l'autre côté de la fenêtre. Il y a tout un parterre de lis orangés, inclinés vers l'est et aimantés par la force du soleil. *Des lis de sang,* songe Jorie. Elle se lève et marche jusqu'à la fenêtre, aussi inéluctablement attirée par ce spectacle que les fleurs par l'astre solaire. À l'extérieur, des dizaines de geais bleus picorent sur l'herbe mouillée. Elle se souvient combien elle avait été surprise lorsque Collie lui avait appris qu'il n'y a aucun pigment bleu dans les plumes des geais et elle cligne des yeux lorsque les oiseaux s'envolent, en un essaim brouillé d'azur. Il y a des champs de lavande sauvage derrière les bâtiments et les oiseaux sont toujours attirés par les fleurs de couleur pourpre. C'est l'époque de l'année où les oisillons risquent particulièrement d'être la proie des faucons, mais cela ne les empêche pas de venir s'ébattre dans les champs. Jorie tourne le dos au monde extérieur : elle baisse le rideau de la fenêtre, laisse la pénombre s'installer. Son univers se trouve à l'intérieur de cette pièce. Le ciel limpide et les geais bleus ne la concernent plus. Plus maintenant.

Ethan a observé Jorie avec attention. À chacun de ses gestes, il éprouve le cours effréné du temps qui ébranle le sol et les plafonds, faisant vaciller leur monde. Il ne profitera jamais assez de sa présence, il ne peut la laisser partir et redoute pourtant de devoir le faire, incessamment. Lorsque Jorie se retourne, elle discerne dans le regard d'Ethan une lueur qu'elle ne reconnaît pas. Puis, brusquement, elle comprend de quoi il s'agit. C'est de la peur. La seule chose qu'elle ne voudrait pas y voir. Tout est gagné par le bleu dans ces cas-là : les murs, le visage d'Ethan, les ombres qui s'étendent sur eux, un bleu semblable à celui des jacinthes, aussi perpétuel que le ciel.

— Les gens vont raconter des tas d'histoires à mon sujet, lui dit Ethan.

Comme si tel n'était déjà pas le cas... En ville, au Safehouse et à la pâtisserie, dans la cour de l'école et dans les rues, son nom a été prononcé tant de fois qu'il est devenu comme une incantation, attirant les abeilles des champs jusqu'à ce que leur bourdonnement recouvre la ville, roulement sourd qui se répercute dans chacun des mots prononcés à la ronde.

Jorie n'a pas directement perçu cette rumeur, mais elle sait que dans une petite agglomération les gens éprouvent souvent le besoin de mettre leur nez dans les affaires des autres. Elle a un petit rire et dit d'une voix douce :

— Tu crois peut-être que je ne le sais pas, mon chéri ? Les gens racontent toujours des tas d'histoires. C'est le propre de la nature humaine.

Ethan se demande une fois de plus comment lui annoncer la chose. Il y a songé pendant des années, mais à présent l'heure a sonné. Sans doute n'a-t-il qu'à se lancer et tout lui avouer, du mieux qu'il peut.

— Je fais allusion à des histoires sérieuses, Jorie. Des choses graves. Et que tu refuseras de croire.

— Graves à ce point ?

Jorie parle d'une voix insouciante mais cela ne correspond nullement à ce qu'elle ressent au fond d'elle. La peur est contagieuse. Elle croît de minute en minute et gagne des zones sur lesquelles le doute n'avait jusqu'alors jamais eu de prise.

— Va-t-on m'annoncer que tu as une autre femme dans le Maryland ? Et que tu as l'intention de divorcer ?

— Non, dit Ethan.

L'amour qu'il a pour elle n'est pas un sujet de plaisanterie et le ton badin de Jorie lui fait mal. Elle n'en poursuit pas moins, sur le même registre :

— Peut-être as-tu laissé toute une famille derrière toi. Trois enfants qui t'appelaient Papa avant que tu n'arrives ici et que tu ne me rencontres.

— Il n'y a jamais eu que Collie et toi, tu le sais bien.

À l'idée que son fils ait à supporter les quolibets qui ne manqueront pas de s'élever, le visage d'Ethan s'assombrit. Lui faire du mal ou de la peine était bien la dernière des choses qu'il aurait souhaitée.

Jorie devine ce qu'il est en train de penser, elle reconnaît ce mélange d'inquiétude et de culpabilité qui envahit son regard et ses traits : son mari a toujours fait passer les préoccupations des autres avant les siennes.

— Ne t'inquiète pas, lui dit-elle. Collie ira mieux lorsque tu seras de retour à la maison.

Ethan dévisage sa femme avec gratitude, mais aussi avec tristesse. Il voudrait pouvoir la regarder sans cesse. Jorie ressent l'émoi de son mari, elle déchiffre sur ses traits et ressent au plus profond de sa chair le désir qu'il a d'elle. Combien de femmes ont-elles droit à cela, après tout ? Ils étaient faits l'un pour l'autre. Sinon, ce n'est pas en Nouvelle-Angleterre qu'il aurait vécu, mais à plus de trois mille kilomètres de là. Même si, pour être honnête, il n'avait nullement l'intention de se rendre dans le New Hampshire le soir où il l'avait rencontrée, contrairement à ce qu'il avait prétendu. Aucun travail, aucun ami ne l'attendait à Portsmouth. C'était un mensonge éhonté, forgé de toutes pièces, sur le moment. Il avait raconté à Jorie l'histoire que, d'après lui, elle souhaitait entendre, mais il était loin de lui avoir dit toute la vérité. En fait, il s'apprêtait à partir à Las Vegas le soir de leur rencontre : il s'était mis en tête que c'était là qu'il pourrait prendre un nouveau départ. Il faisait partie de ces milliers d'individus qui ont fait un faux pas mais qui continuent d'aller et venir, les mains dans les poches, sans avoir à justifier de leur passé.

Il avait passé un certain temps à travailler dans la région de Cape Cod, empochant pas mal d'argent, au point qu'il avait fini par envisager d'aller dans l'Ouest. Telle était en tout cas son intention : mais il pensait tellement au désert que cela lui avait donné soif et il avait quitté l'autoroute par la première bretelle qui se présentait, juste après la borne du centième *mile*, à l'endroit où il y a toujours une couronne de fleurs fixée sur la clôture à la mémoire de Jeannie et de Lindsay, les deux lycéennes qui étaient dans la même classe que Charlotte et Jorie et qui avaient connu un sort tragique. Il avait contourné la ville en suivant l'itinéraire de dégagement et roulait sans but lorsqu'il avait aperçu l'enseigne de néon du Safehouse. C'était une nuit morne et pluvieuse et la nouvelle camionnette qu'il avait achetée après avoir terminé son travail à Cape Cod faisait des embardées sur les nids-de-poule de King George's Road, mais cela ne l'empêchait pas de conduire vite. Il avait bien besoin d'un verre : on aurait dit que le soleil accablant du Nevada frappait déjà de plein fouet son pare-brise. Peut-être était-ce pour cela qu'il avait la gorge aussi sèche.

Il s'était dit qu'il n'allait tout de même pas mourir en faisant une dernière halte dans cet État abandonné de Dieu. Il détestait le Massachusetts, ses longs mois sombres et gelés, ses habitants maussades et mélancoliques. Il avait grandi sur la côte est du Maryland, où l'eau des sources était mille fois plus douce, le paysage verdoyant et vallonné, et où les intempéries n'avaient pas pour vocation première de tout anéantir, hommes et bêtes. Il baissa la vitre de sa portière, laissant la pluie entrer par le côté, et conseilla à l'État du Massachusetts d'aller se faire voir en enfer : le lendemain matin, il serait loin et roulerait vers le pays du soleil et de l'espoir. Pour autant, il mourait toujours de soif et alla donc se garer sur le parking du Safehouse. Il pénétra dans l'établissement, sans même connaître le nom de la bourgade où il venait de s'arrêter, se dirigea vers le comptoir et commanda une bière. Puis, en attendant que le barman fasse glisser vers lui le verre débordant de mousse, il se tourna vers sa droite : ce fut alors qu'il la vit, avec ses cheveux blonds qui brillaient comme un rayon de soleil dans la lumière tamisée et les ombres bleues de l'auberge.

Il comprit aussitôt que s'il ne tournait pas immédiatement les talons, en oubliant sa bière et sa terrible soif, il risquait de ne plus jamais repartir. Il fallait qu'il prenne cette décision sur-le-champ, en une fraction de seconde, sinon il allait se retrouver coincé dans ce bled paumé du Massachusetts, où le climat en novembre est l'un des pires de toute la planète, avec ses routes verglacées, ses ciels de plomb et ses ténèbres qui s'étendent, de Front Street jusqu'à la clôture qui longe l'autoroute et où avait été fixé le bouquet de roses qu'il avait aperçu, à la mémoire des deux lycéennes ayant jadis trouvé la mort.

Ethan ne cherchait pas à raviver de vieux souvenirs, pas plus qu'il n'était en quête du grand amour cette nuit-là. Il se revoit encore, se disant qu'il ferait mieux de faire demi-tour et de décamper sur-le-champ. Il se le répétait encore tandis qu'il défaisait son blouson, posait sa monnaie sur le comptoir et saisissait son verre de bière, avant de se diriger vers elle.

Je devrais être en train de rouler vers le New Hampshire, lui dit-il. Il mentait avec une étonnante facilité, c'était avec la vérité qu'il avait des problèmes. *Il faudrait que je me remette en route : et au lieu de ça, je reste planté là à vous regarder.*

Vraiment ? Et pourquoi agissez-vous ainsi, puisqu'on vous attend ailleurs ?

Lorsqu'elle avait éclaté de rire, il était resté à sa merci, incapable de faire volte-face – et ne le souhaitant pas. Elle avait de longs cheveux couleur de miel et ses yeux d'un bleu limpide étaient si saisissants qu'on en restait cloué sur place. À la manière dont elle lui retournait son regard et dont le rouge lui montait aux joues, Ethan voyait bien qu'elle ressentait la même chose que lui. Elle n'était ni timide ni distante, et ne se moquait pas de lui. L'amie qui l'accompagnait, Charlotte Kite, la tirait par la manche et essayait de l'entraîner vers un groupe de vieux copains qui jouaient aux fléchettes, mais Jorie ne lui prêtait pas la moindre attention.

Vas-y sans moi, dit-elle à Charlotte, et Ethan sut à cet instant précis que c'était elle, la femme de sa vie. Jusqu'alors il avait été prisonnier, cloîtré, comme enfermé à double tour dans une cave ou un cellier – et tout se dénouait enfin, là où il s'y serait attendu le moins : il avait trouvé la clef qu'il cherchait depuis toujours, brillante et dorée, le grand amour venait de surgir devant lui, dans une auberge comme il en avait connu des centaines. Il avait aussitôt compris qu'il ne quitterait plus jamais cette bourgade, quel que soit son nom – que c'était ici qu'il allait vivre désormais.

Vous ne pensez pas que vous allez regretter de rester ainsi avec moi ? lui dit-il en souriant – pas de ce sourire calculé qui, il le savait, faisait craquer les femmes, mais avec franchise et sincérité, sans rien cacher de ce qu'il ressentait. *Que vous vous reprocherez par la suite de ne pas être restée avec vos amis ?*

Il parcourut du regard l'assemblée des clients, des étrangers dont il ne se souciait guère et qu'il ne souhaitait pas particulièrement connaître. Ils lançaient des fléchettes et poussaient des cris. Et bien qu'ils fussent à peu près du même âge que lui, ils lui paraissaient ridiculement jeunes. Il avait extérieurement l'allure d'un jeune homme avenant et bien bâti de vingt-quatre ou vingt-cinq ans : mais cette nuit-là, il se sentait incommensurablement plus vieux, avec ses chaussures élimées et quelques vagues pincées de cendre à la place de l'âme. Il regardait la jeune femme innocente et belle qui se tenait devant lui et avait conscience de la violence du désir qu'il ressentait pour elle. Il lui laissa néanmoins une dernière possibilité de tirer son épingle du jeu. *Vos amis ont l'air de s'amuser, sans doute feriez-vous mieux de les rejoindre*, lui dit-il, bien que ces mots lui aient fendu le cœur.

Jorie n'avait même pas eu un regard derrière elle pour ces jeunes gens auprès desquels elle avait grandi. C'était lui au contraire qu'elle avait regardé, droit dans les yeux. *Ils ne s'amusent pas*, dit-elle en se rapprochant. Et il avait dû se pencher pour entendre la fin de sa phrase, par-dessus le brouhaha de la salle : *Ils font seulement semblant.*

Pendant treize ans, il avait donc vécu dans le Massachusetts, l'endroit qu'il détestait le plus au monde. Il avait supporté cet océan d'un bleu d'acier, à l'eau si froide en juillet qu'elle vous glaçait le sang. Il s'était accommodé des tempêtes de neige et du verglas de décembre, des mois d'août étouffants, dont la moiteur forçait les chiens à aller s'abriter en haletant sous des tonnelles poussiéreuses, à la végétation et aux fleurs languissantes. Dans le Maryland, les roses trémières duraient jusqu'au milieu de l'automne, le ciel restait bleu jusqu'à Noël et lorsqu'il tombait de la neige, elle était douce et légère, recouvrant les haies et les champs de son tendre manteau. Pendant toutes ces années, il s'était levé chaque matin pour aller travailler, quels que soient le climat et les circonstances. Il avait débroussaillé le champ et élagué les vieux chênes du bois qui s'étendait derrière le collège pour qu'on puisse y installer un terrain de base-ball. Il avait apporté de la dinde à l'hospice des vieillards le jour de Thanksgiving et affronté les flammes pour ses concitoyens chaque fois qu'il le fallait, bien souvent au péril de sa vie, au point qu'il était connu parmi les volontaires de la brigade pour son courage et sa bravoure exceptionnels. Il avait pleuré à la naissance de son fils, remercié Dieu, marché sur la pointe des pieds la nuit pour ne pas réveiller Jorie, lorsqu'elle était endormie et qu'il allait faire un petit tour dans les environs. Il avait imploré le ciel, prié pour que son fils soit épargné, mais rien ne peut effacer le passé, il le sait désormais. Le passé d'un homme ne l'abandonne jamais, il lui colle aux semelles, invisible, poignant, aussi inéluctablement présent dans la trame de l'avenir que le jour est cousu à la nuit.

Tout à l'heure, lorsque l'obscurité sera tombée et que ses voisins sortiront sur leurs porches pour contempler le ciel étoilé, comblés par l'existence qui leur a été accordée, il sera enfermé dans une cellule de trois mètres sur quatre, assis sur le rebord d'un lit rigide, la gorge imprégnée par le goût amer du regret. Il éprouve déjà l'ampleur de sa solitude, aussi est-ce avec une sorte de douleur qu'il prend sa femme dans ses bras. C'est un homme de passion mais jamais jusqu'à aujourd'hui il n'avait mis tant de choses dans un seul baiser, total et définitif – son cœur, sa vie, son âme... Quant à Jorie, elle l'aime d'une manière qu'elle n'aurait jamais crue possible. Elle voudrait être enfermée ici à sa place, si une telle substitution était concevable. Si cela ne tenait qu'à elle, elle renoncerait à contempler les colombes de son jardin, ou à manger de la crème glacée par les chaudes journées d'été... Elle accepterait même de ne plus jamais revoir le visage de son fils, si tel était le prix à payer pour sauver la vie de son mari.

Dave Meyers ouvre discrètement la porte pour leur rappeler que le temps dévolu est écoulé. Ethan lui demande de lui accorder cinq minutes supplémentaires et Dave, qui n'est pas un mauvais bougre, accède à cette ultime requête. Tel est exactement le temps dont dispose Ethan pour cracher les mots qui restent coincés dans sa gorge comme une arête : et peut-être est-ce aussi bien ainsi. Il devenait plus difficile chaque année de refréner cet aveu qui avait fini par devenir semblable à un hameçon, l'obligeant à se taire et le faisant saigner en même temps.

Jorie regarde son mari et redoute ce qui va advenir, en le voyant se mettre à genoux devant elle. Elle comprend aussitôt qu'ils ne sont qu'au début de leur peine. Ses beaux cheveux sont emmêlés et son visage est livide. Elle se jure que rien de ce qu'il peut lui dire ne modifiera sa perception des choses, au fond d'elle-même. Il n'a rien à expliquer, il n'a même pas besoin de parler, mais Ethan doit extirper ces mots, sinon il saignera à en mourir. Il lui dit la vérité, et selon l'angle qui est le sien, la vérité est simple à dire : il n'est plus le même qu'avant. Oui, c'est bien son nom qui figure sur le mandat d'arrêt du Maryland, le nom qu'il portait à sa naissance et pendant toute son enfance : mais si jamais il apercevait le jeune homme qu'il était dans ce lointain passé, faisant de l'auto-stop au bord d'une route, le long d'un champ de trèfle, il ne s'arrêterait même pas. Jamais il ne reconnaîtrait cet égoïste qui croyait que tout lui était dû et qui sifflotait en traversant des champs de laitues, de maïs et de soja la nuit où il avait tué cette fille, ne s'arrêtant que pour se changer et cueillir une poignée de fraises, si mûres et si savoureuses que chaque bouchée lui rappelait à quel point c'était bon d'être en vie.

II

Le merle

Pour l'anniversaire de la mort de mon père, je me suis rendue au garage avec trois bougies noires, un briquet que j'avais piqué à Rosarie et une photo de lui prise lorsqu'il était si jeune et si beau que personne n'aurait pu soupçonner la cruauté du sort qui l'attendait. L'année dernière, à la même époque, le temps était couvert, l'air humide et froid, mais ce soir on distinguait toutes les étoiles, y compris Vénus qui vous regardait, scintillante comme un rubis dans le ciel. La nuit était si belle que je me suis surprise à rêver à des choses qu'il ne faut jamais convoiter. Depuis l'été dernier, je n'ai émis qu'un vœu et il s'est lentement consumé à l'intérieur de moi jusqu'à devenir la seule chose que j'éprouve, que je sache ou que je désire.

Mon père était le directeur adjoint du collège Ella Monroe, ce qui explique que son nom figure sur une plaque en bronze, à l'extérieur du bâtiment. C'est aussi la raison pour laquelle ma mère n'y a jamais remis les pieds, même au printemps dernier, lorsqu'elle avait été convoquée par le directeur adjoint intérimaire, Mr Percy. J'avais eu des problèmes avec plusieurs filles de ma classe, qui avaient émis une opinion assez personnelle concernant la manière dont mon père était mort, et ma réaction leur avait déplu. Je peux me montrer méchante et hargneuse à un point que la plupart des gens n'imagineraient pas, lorsque le contexte s'y prête. Mais ma mère avait refusé de venir participer à une réunion de conciliation et Mr Percy n'avait eu d'autre choix que de la rencontrer à la pâtisserie Kite, où ils avaient bu un café sans parvenir à soulever la question de ma sociabilité déficiente et du sort que j'avais fait subir aux cahiers de certaines de mes camarades, en les jetant dans les toilettes.

Mr Percy avait dû se dire qu'il n'avait pas plus le droit d'annoncer une mauvaise nouvelle supplémentaire à ma mère que de lui donner une paire de claques. Il ne l'avait jamais rappelée, après cette rencontre. Il avait compris que ma mère aurait quasiment fait n'importe quoi pour éviter de remettre les pieds au collège et d'apercevoir la plaque où figurait le nom de mon père. Elle contournait carrément Hamilton et empruntait le chemin vicinal qui longe l'autoroute, pour éviter de se retrouver dans ces parages. Elle n'avait toujours pas commandé la dalle commémorative destinée à la tombe de mon père et nous savions tous pourquoi : elle ne supportait pas l'idée de voir son nom gravé dans la pierre. Il y a des gens qui croient qu'en évitant de regarder la douleur en face, ou d'y faire seulement allusion, on peut se comporter comme s'il ne s'était rien passé. On reprend son train-train habituel et on ne s'aperçoit même pas qu'une année vient de s'écouler, c'est-à-dire suffisamment de temps pour qu'il n'en reste plus rien de tangible, hormis du chagrin et des ossements.

Lorsque je pénétrai dans le garage, pour l'anniversaire du départ de mon père, je ne me donnai pas la peine d'allumer la lumière : je ne redoutais rien, rien en tout cas qui puisse émaner d'une quelconque puissance située au-delà de notre univers. L'été dernier, mon père m'avait montré toutes les constellations qu'on distingue dans le ciel à cette époque de l'année, y compris le Scorpion qui se lève alors, piquant tous ceux qui se trouvent sur son chemin, hommes et bêtes, sans distinction. Il m'avait démontré que le courage n'est pas une chose évidente. Il avait passé les dernières semaines de sa vie étendu sur son lit, dans sa chambre d'hôpital. Il s'estompait, disparaissait peu à peu au milieu des draps blancs et des piles d'oreillers. Il s'évaporait sous nos yeux. Au bout d'un certain temps, c'était comme s'il ne restait plus qu'une moitié de lui-même, mais cette moitié-là m'aimait toujours.

J'essayais d'apprendre à jouer de la flûte à bec à cette époque et je passais des heures à m'entraîner, à côté de son lit. Ses yeux brillaient chaque fois qu'il me regardait, pourtant j'étais tellement mauvaise que je ne tardai pas à renoncer. Je ne supportais même plus la vue de cet instrument et ma grand-mère écrivit un mot à ma prof de musique pour me dispenser de participer au cours. J'étais assise à la cafétéria pendant que les autres s'exerçaient, je me bouchais les oreilles en pensant à mon père, mais je ne parvenais pas à remonter le temps. J'avais de la peine à le revoir tel qu'il était avant sa maladie, ou même à évoquer son image lorsque nous allions tous les deux faire du patin à glace et qu'il me soulevait dans ses bras, au milieu de la neige qui tourbillonnait, jusqu'à ce que nous soyons couverts de flocons et que notre souffle se change en glace, dès que nous éclations de rire.

Il faisait beau ce soir, l'air était chaud et le ciel aussi clair, scintillant et étoilé que possible. La plupart des gens en ville ont dû brancher leurs climatiseurs afin de dormir dans des conditions décentes, à l'exception de Rosarie, qui pense que l'air recyclé est mauvais pour le teint, ainsi qu'Ethan Ford, bien sûr, puisque la majorité s'est prononcée contre l'installation de la climatisation dans la prison lors du dernier référendum municipal. D'ordinaire, on s'amuse beaucoup à Monroe durant la semaine du 4 Juillet[1], un feu d'artifice est tiré depuis le terrain de sport du collège, suivi d'un buffet en plein air et d'un défilé dans Front Street, dont le morceau de choix est l'arrosage de la foule par l'équipe des pompiers, tournant leurs lances sur les spectateurs. Mais il en est allé tout autrement cette année. Les pompiers avaient décidé de ne pas participer au défilé, par respect pour Ethan Ford, et nous n'y avons même pas assisté, Collie et moi, ce qui était sans doute une grave erreur. Je l'avais convaincu à la place d'aller rendre visite à son père. *À posteriori*, je me rends compte que j'aurais mieux fait de retenir ma

---

1. Date de l'indépendance et de la fête nationale des États-Unis. *(N.d.T.)*

langue. Collie ne voulait pas y aller et je voyais bien à sa mine qu'il était mal à l'aise lorsque j'abordais le sujet. J'aurais dû laisser tomber. Mais il me semblait que si Collie voyait son père, il reprendrait ses esprits et redeviendrait celui qu'il avait toujours été. La vérité, c'est qu'il ne desserrait plus les dents. Et il avait un drôle de regard, comme s'il ne croyait plus en rien. On lui disait quelque chose de banal, comme *Je meurs de faim*, ou *Allons à la piscine* et il vous adressait un regard vide, comme s'il ne comprenait plus l'anglais. Je l'avais vu une fois lancer une pierre sur l'un des journalistes postés dans l'allée de Cindy Gleason : pour ma part, je me voyais fort bien en train de faire une chose pareille, mais c'était le genre de geste dont Collie Ford était *a priori* incapable, du moins jusqu'à cet été.

En fait, j'avais mes propres raisons, parfaitement égoïstes, pour pousser ainsi Collie à aller voir son père. Je voulais m'assurer que je n'avais pas commis une erreur en dénonçant Ethan Ford comme je l'avais fait. On inculpe des innocents chaque jour que Dieu fait et je ne tenais pas à avoir fait arrêter un homme et à le voir finir ses jours en prison par pure inconscience, ou simple stupidité.

Vas-y donc, disais-je à Collie. *Je suis sûre qu'il t'expliquera tout. Quelqu'un a sans doute téléphoné pour le dénoncer et ils doivent déjà s'en mordre les doigts.*

En dépit de son bon caractère, Collie n'était pas très facile à convaincre. *Je ne sais pas*, disait-il. *Ma mère m'a dit qu'elle m'emmènerait le voir lorsque les choses se seront tassées. Si elles se tassent un jour...*

Il me raconta comment sa mère s'enfermait la nuit dans sa chambre pour qu'il ne l'entende pas pleurer, mais il l'entendait quand même, et jusque si tard dans la nuit qu'il ne parvenait pas à s'endormir avant le lever du soleil. En découvrant l'ampleur du désastre, je me fis l'effet d'être la pire des menteuses. J'avais l'impression, pour le coup, d'être la vraie coupable. C'était un peu comme si j'avais actionné l'aiguillage : et à présent, nul ne saurait jamais le cours qu'aurait pris la vie d'Ethan Ford et de sa famille si je n'avais pas aperçu son visage à la télé et donné ce coup de téléphone. J'attendais que Collie m'en dise davantage, qu'il maudisse par exemple l'individu qui avait dénoncé son père, mais il n'ouvrait pas la bouche et au bout de quelques minutes, l'instant où j'aurais pu lui avouer le rôle que j'avais joué dans l'arrestation de son père était passé. La possibilité de confesser la chose s'était évanouie en une fraction de seconde, sombrant à toute allure au fond du puits avant de s'enfoncer dans ses eaux insondables. Je songeai à ce que l'on ressent quand on traverse Lantern Lake à la nage, en essayant de héler quelqu'un sur la rive adverse – à la manière dont l'appel monte et se dissipe, disparaît dans les hauteurs des arbres, comme si l'on n'avait même plus de voix.

Au moins, tu te sentiras mieux après l'avoir vu. Ta mère ne serait-elle pas heureuse d'apprendre qu'il t'a tout expliqué ? Le véritable assassin erre probablement quelque part dans le Maryland à l'heure qu'il est, sans famille ni foyer. Nous devrions pouvoir aider ton père, tu sais. En faisant imprimer des tracts, ou quelque chose de ce genre. Nous pourrions essayer de le tirer de là.

J'avais dû me montrer convaincante car au bout d'un moment Collie déclara : *Allons-y.* Nous enfourchâmes nos vélos et empruntâmes la voie de service. Tous les lis étaient en fleur, il y en avait des milliers le long de l'autoroute, on aurait dit une horde d'oiseaux aux plumes orangées. Il faisait chaud et la chaleur nous fouettait le visage : Collie me laissait prendre la tête, comme à son habitude. Nous roulions à vive allure, soudain pressés d'arriver quelque part. De l'autre côté de la clôture grillagée s'étirait l'autoroute qui rejoint le New Hampshire et le Maine, les voitures passaient en faisant gicler des gravillons noirs dans l'air surchauffé. Je songeais à tous ces gens qui avaient un but, une destination précise, alors que certains d'entre nous n'arrivent jamais là où ils rêvent d'aller. J'aurais aimé partir dans le Maine avec mon père, l'année dernière, et rester assise avec lui au bord d'un lac en regardant les étoiles. Passer au moins un jour de plus avec lui.

Lorsque nous arrivâmes devant les bâtiments municipaux, à l'extrémité ou presque de King George's Road, nous abandonnâmes nos vélos après les avoir cadenassés à un arbre, songeant que si jamais il y avait des criminels à Monroe, ils rôdaient forcément dans ce quartier. C'était là que les gens venaient lorsqu'ils avaient reçu une amende pour excès de vitesse ou possession illicite de marijuana, comme cela était arrivé l'année dernière à Brendan Derry. D'un autre côté, c'était également là qu'on se rendait pour déposer une demande de mariage ou pour obtenir l'autorisation d'extension d'une construction privée. Vus de l'extérieur, les bâtiments se ressemblaient tous, qu'il s'agisse de la prison, du tribunal ou de la mairie. Nous regardions les façades de ciment blanches, encadrées d'aubépines, d'érables et de tilleuls. En tendant l'oreille, on entendait la parade qui passait au loin. Tous les enfants de mon cours de musique soufflaient dans leurs flûtes comme des possédés et faisaient un tel vacarme que je faillis me boucher les oreilles. Collie faisait une drôle de tête. La main au-dessus des yeux, il regardait les corbeaux qui volaient à l'horizon. Sa peau était brunie par le soleil et ses cheveux si blonds qu'ils étaient presque blancs.

Que se passe-t-il ? lui demandai-je.

Je n'aime pas cet endroit, répondit-il. À vrai dire, je n'étais pas très rassurée moi-même. Le ciel était toujours bleu mais la nuit commençait à tomber et on percevait une sorte de chuchotement, émanant de Dieu sait où. C'étaient les aubépines au-dessus de nous qui produisaient ce bruit étrange : à cause de la chaleur, leurs feuilles craquaient comme du papier froissé et ne survivraient pas à une autre journée. Je commençais à me dire que cette visite était une mauvaise idée : nous avions déjà manqué le pique-nique au collège et n'arriverions sans doute pas à temps sur le terrain de sport pour le feu d'artifice. Mais il était trop tard pour faire machine arrière. La nuit tombait et une brume violette planait sur l'autoroute. Je déglutis, la gorge serrée, mais me comportai comme si le fait que Collie rende visite à son père en prison était la chose la plus naturelle du monde.

Je suis déjà venue ici, lui dis-je, *il n'y a pas de quoi avoir peur.* C'était exact : le mois dernier nous avions accompagné Rosarie, ma grand-mère et moi, lorsqu'elle était venue passer son permis de conduire, auquel elle s'était empressée d'échouer pour la troisième fois consécutive, bien que l'employé chargé des permis de moto ne l'ait pas quittée des yeux. *Ce n'est qu'un banal ensemble de bureaux*, ajoutai-je à l'intention de Collie.

Et pourtant, plus j'approchais des bâtiments municipaux, plus je me sentais mal à l'aise. J'avais l'impression que j'allais m'évanouir, comme Rosarie quand elle a ses migraines. Une fois passée la porte, nous suivîmes les flèches indiquant le chemin de l'annexe sécurisée : c'est en ces termes que la prison était désignée. Deux gardes se tenaient à l'entrée et ils me dirent que je n'avais pas le droit d'accompagner Collie. Il fallait que je l'attende dans le hall, sur un banc. Collie eut l'air paniqué mais ne dit pas un mot lorsque l'un des officiers le conduisit vers la prison. On aurait dit qu'il allait faire demi-tour et prendre ses jambes à son cou, mais il n'en fit rien : ce n'était pas son genre. Moi, par contre, c'était le mien : il aurait suffi qu'on me donne deux *cents* pour que je reparte en courant à la maison. Pourtant, la tête me tournait de plus en plus. J'avais l'impression d'avoir bousillé la vie de tant de personnes que je n'arrivais plus à les compter. Je n'arrivais même plus à respirer sans sentir ce couteau qui me déchirait, planté dans ma poitrine.

Je restai assise dans le hall, la tête entre les genoux, jusqu'à ce qu'une employée du service d'immatriculation des véhicules sorte de son bureau et me demande si je me sentais bien. Je lui répondis que non. Puis je lui demandai un sac en papier, parce que c'est ce que fait Rosarie dans un cas pareil. Malheureusement, je me sentis encore plus mal après avoir aspiré l'air du sachet. D'ordinaire, j'éprouve facilement de la gêne, mais ce jour-là j'aurais pu m'allonger sur le carrelage et ne plus bouger le petit doigt, tant j'étais tétanisée par l'énormité de ce que j'avais fait. Et s'ils avaient voulu se débarrasser de moi, il aurait fallu qu'ils me soulèvent et m'emmènent de force à l'extérieur. Je crois que je réfléchissais au fait que mon père avait attendu que les festivités du 4 Juillet soient terminées pour accomplir son geste. Même en une telle circonstance, il avait fait en sorte que les choses soient le moins pénible possible. Mais c'était encore pire, à vrai dire. Je comprenais que pendant le feu d'artifice de l'année dernière, tandis que je regardais les fusées éclater l'une après l'autre dans le ciel et la chaleur moite, mon père comptait les heures qui le séparaient de la délivrance.

Lorsque Collie réapparut, il avait vraiment une sale mine. Son état semblait pire que le mien, aussi abandonnai-je mon banc et le suivis-je à travers le hall, sans prononcer un mot. Dehors, la nuit était pratiquement tombée mais il faisait encore chaud. Malgré la température, Collie avait l'air gelé. Il avait les mains enfoncées dans ses poches et ses lèvres avaient bleui. On aurait dit qu'il avait été enfermé dans une chambre froide tout le temps où j'étais restée assise dans le hall, en essayant de retrouver mon souffle. Je dus me retenir pour ne pas tendre la main et le toucher, afin de voir s'il était aussi gelé qu'il en avait l'air.

Que t'a dit ton père ? lui demandai-je.

Collie me regarda et émit un son étrange, du fond de la gorge, comme s'il y avait quelque chose d'amusant dans toute cette affaire. Sauf que ce n'était pas le cas. Il n'avait plus du tout l'air d'être lui-même. Il tourna la tête et s'essuya les yeux avec un pan de sa chemise. Je compris que j'avais commis une grave erreur en le convainquant de venir jusqu'ici et qu'il ne me le pardonnerait peut-être jamais. Tous les mots dont je disposais et que j'aurais pu lui dire pour exprimer l'ampleur de mon remords se dissipèrent avant même d'avoir été prononcés. Il en va ainsi lorsque le silence – brûlant, exsangue, désespéré – s'installe pour de bon entre deux personnes. Collie défit le cadenas de son vélo et ne me dit même pas au revoir. Il s'élança à travers le parking, pédalant aussi vite que possible, à ceci près qu'il n'avait pas pris la direction de notre quartier. Il fonçait vers l'autoroute, comme un insensé, et lorsqu'il atteignit le grillage il le percuta quasiment de plein fouet. Puis il se releva, abandonna sa bicyclette où elle était et escalada la clôture, avant d'atterrir de l'autre côté, dans l'herbe haute du talus. Deux colombes s'échappèrent des broussailles et s'envolèrent haut dans le ciel. Puis je n'aperçus plus Collie. Un instant plus tôt, il était dans mon champ de vision : et maintenant il avait disparu.

Je portais un chemisier noir que j'avais emprunté à Rosarie, dans l'espoir qu'il me fasse paraître un peu plus vieille et un peu moins moche. Mais à présent, son étoffe me lacérait la peau comme une brassée d'épines. J'avais l'impression qu'on allait me brûler vive sur un bûcher, me bannir à tout jamais ou me précipiter dans un chaudron d'huile bouillante. Tout ce que je faisais tournait mal, même lorsque c'était juste. J'enfourchai mon vélo et m'engageai sur la voie de service qui longe l'autoroute. On ne percevait que le vacarme des voitures, dans ce secteur. Il y avait un tel boucan que cela empêchait de penser, et peut-être était-ce aussi bien. Je regardai à travers le grillage, mais Collie avait disparu et tout ce que je distinguais, c'était le flot continu des véhicules et les talus d'herbe verte, de part et d'autre de l'asphalte.

Du pied, je redressai tant bien que mal les roues du vélo de Collie, de manière à ce qu'il puisse rouler. Puis je ramenai nos deux bicyclettes à la maison, même si c'était éreintant. On faisait à présent partir des chandelles romaines dans les jardins et sur les berges du lac, l'écho des détonations grondait dans le ciel, lâchant des traînées de feu puis de fumée grise. Il faisait tellement chaud... Et comme j'avais dû traverser toute la ville à pied, je ruisselais de sueur lorsque j'arrivai enfin à la maison. J'allai me rafraîchir sous le jet d'eau que ma grand-mère avait branché pour arroser le parterre de fleurs étiolées que mon père avait plantées quelques années plus tôt, à l'époque où nous pensions avoir l'éternité devant nous. Je cueillis deux des fleurs qui avaient réussi à éclore et les mis de côté pour plus tard. Encore trempée, je montai à l'étage, laissant l'eau s'égoutter sur les tapis, et une fois dans ma chambre j'ôtai tous mes vêtements. Je me regardai dans la glace et me reconnus à peine. Mes bras et mes jambes étaient bien trop longs et on voyait mes os, à cause de ces hanches saillantes. J'aurais voulu ressembler à la petite fille que j'étais lorsque mon père était encore de ce monde, mais je n'étais déjà plus la même.

J'avais laissé le vélo de Collie sur la pelouse, devant la maison, mais il ne vint pas le reprendre. Je surveillai l'endroit du coin de l'œil tout en mangeant le souper préparé par ma grand-mère, mais il ne se montra pas. Je savais que le père de Collie ne lui avait pas dit ce qu'il espérait entendre : et d'une certaine manière, j'aurais dû être soulagée de ne pas avoir fait arrêter un innocent, mais ce n'était pas le cas. J'aurais voulu demander conseil à ma sœur, mais Rosarie était sortie avec Brendan Derry. Elle s'était vantée en révélant que Brendan avait fait des heures supplémentaires afin de pouvoir louer un canot et l'emmener voir le feu d'artifice depuis le lac. Le pauvre Brendan vivait peut-être en ce moment les plus grandes heures de sa vie mais je ne pouvais m'empêcher de penser que lorsque ma sœur aurait rompu avec lui, on le verrait se pointer le soir et poireauter à l'angle de Maple et de Sherwood, les yeux rivés à sa fenêtre, dans l'espoir d'entrevoir fugitivement celle à qui désormais il n'avait plus droit, pas plus qu'il n'avait été le premier à triompher d'elle.

Tout le monde pensait que j'irais voir le feu d'artifice avec Collie, comme les années précédentes, mais lorsque je l'appelai, sa mère me répondit qu'il était malade et s'était déjà couché. Je me fichais un peu du feu d'artifice, à vrai dire : j'étais déjà trop grande pour ce genre de spectacle, je m'en rendais bien compte. Pourtant, je fus surprise de constater combien cette nouvelle me fit de la peine, tout au fond de moi, comme si mon corps avait été en verre et qu'il s'était soudain brisé en mille morceaux, que personne n'aurait jamais été en mesure de recoller.

Lorsque ma grand-mère fut couchée, je me rendis au garage. Quant à ma mère, je n'avais pas à me soucier qu'elle remarque mon manège. Elle avait récemment repris son travail, à la réception de l'hôpital de Hamilton. Les gens prétendaient qu'on n'avait jamais vu quelqu'un d'aussi calme et qu'elle était vraiment faite pour ce poste. On pouvait débarquer aux urgences en pissant le sang, ou le bras déchiré par une fracture ouverte, ma mère se contentait de demander les références de la compagnie d'assurances et d'appeler une infirmière. Elle manifestait devant la tragédie la même aisance que d'autres, confrontés au délicat partage d'une tarte aux pommes. Hillary Meyers en avait fait l'expérience, lorsqu'elle s'était empalée sur le fléau de la balance en salle de gym, l'année dernière. Elle s'était salement amoché la mâchoire, au point que ses dents menaçaient de tomber et qu'il avait fallu lui enrouler une serviette autour de la tête pour les maintenir. Mais d'après elle, ma mère n'avait pas manifesté plus d'émotion que lorsque Hillary venait déjeuner à la maison, à l'époque où nous étions en primaire, elle et moi, et où nous étions encore copines.

Essaie de retenir le sang dans la serviette, ma chérie, lui avait dit ma mère. Hillary s'était aussitôt calmée en se disant que sa blessure ne devait pas être bien grave, puisque ma mère restait aussi calme. Même si son propre père, qui en tant que shérif avait l'habitude des hold-up et des accidents de la route, était assis à côté d'elle et pleurait à chaudes larmes. Ce fut seulement en voyant dans la glace son visage meurtri, le lendemain, qu'elle comprit la gravité de sa blessure. La réaction de ma mère ne me surprit guère. Après tout, elle s'était montrée d'une impassibilité de marbre pendant toute la maladie de mon père. Elle l'avait emmené à ses rendez-vous médicaux et était restée assise près de lui pendant ses interminables séances de chimiothérapie, sans laisser paraître une seule fois qu'elle connaissait la gravité de son état. Elle savait sans doute depuis le tout début qu'il n'y avait pas le moindre espoir mais ne le montra jamais, attitude qu'elle avait indéniablement eu le temps de mettre au point à la réception des urgences.

Nous allons voir nos amis à l'hôpital, annonçait-elle comme s'ils s'étaient rendus au supermarché ou chez le fleuriste, alors que mon père avait de plus en plus de peine à respirer et qu'il n'était déjà plus en mesure de manger, de nous parler ni même de supporter la lumière du soleil.

Ne faites pas de bruit, Papa dort, nous disait ma mère. Et nous pensions que notre père se reposait, reprenait des forces. Pendant la quasi-totalité de sa maladie, m'en remettant à l'intonation de ma mère, j'ai cru que son état allait en s'améliorant. Je lui faisais aveuglément confiance. Puis, un jour, j'ai ouvert la porte de leur chambre et je l'ai vu étendu là, perclus de douleurs, les yeux grands ouverts, et j'ai compris qu'il ne fallait plus la croire.

Ma mère et Rosarie étaient allées faire des

courses au centre commercial de Hamilton et ce fut donc ma sœur qui ouvrit la porte du garage lorsqu'elles rentrèrent à la maison. On a dû l'entendre crier jusqu'à l'autre bout de la ville. Nous étions au grenier ma grand-mère et moi, en train de déballer des cartons, et ma grand-mère s'entailla le petit doigt avec le couteau affûté dont elle se servait pour inciser les bandes de ruban adhésif. Collie me raconta qu'il était dans son jardin, en train d'aider sa mère, et qu'en entendant le cri poussé par Rosarie, il avait aussitôt compris que quelqu'un était mort. Il s'était redressé, près de l'endroit où poussaient les myrtilles, en espérant qu'il ne s'agissait pas de moi. Maintenant c'est sa mère qui passe toutes ses nuits dans ce jardin, je la vois depuis la fenêtre de ma chambre, à l'étage. Je la regarde et je la vois pleurer et je sais que tout est de ma faute.

Avoir passé ce coup de téléphone n'est que l'une de mes innombrables erreurs. Je n'aurais pas dû dire à Collie d'aller voir son père. J'aurais dû comprendre que mon propre père était sur le point de mourir. On ne dirait même pas qu'il y a une tombe, à l'endroit où il est enterré. Il n'y a pas de plaque commémorative, mais un simple carré d'herbe, bordé de lis. Ma mère a insisté pour qu'on plante ces fleurs après la mort de mon père et c'est la seule occasion où je l'ai vue se disputer avec un étranger. Elle avait prévenu les employés du cimetière qu'elle voulait une plate-bande tout autour de la tombe, peu importait le prix. Mais cela ne s'avéra pas facile à réaliser : on nous avertit qu'il fallait prévenir les familles des autres personnes enterrées dans le secteur et obtenir leur accord.

Ce fut alors que ma mère explosa. Elle déclara au directeur des pompes funèbres qu'il pouvait aller au diable. Qu'elle espérait qu'il perdrait un jour un être cher à qui l'on refuserait de la sorte une dernière marque de respect et qu'il comprendrait alors ce que l'on ressent lorsqu'on a tout perdu. Ma mère s'assit par terre, à l'endroit même où mon père était enterré, et se mit à pleurer, déversant tant de larmes que je me dis parfois que les lis qui poussent à présent sont nés de son chagrin et que leurs pétales ne tiennent pas plus d'une journée parce qu'ils doivent tomber, eux aussi, comme ses larmes.

J'avais amené tout ce dont j'avais besoin pour la cérémonie d'anniversaire lorsque je m'étais éclipsée, en passant par la fenêtre de Rosarie. Au-dessus de moi, le ciel explosait de couleurs. La terre tremblait chaque fois que les fusées étaient tirées depuis le terrain de sport et des rubans de fumée noire retombaient mollement en travers des toits. Je disposais de quelques cheveux et d'une enveloppe remplie de rognures d'ongles, ainsi que des deux fleurs que j'avais cueillies tout à l'heure, plantées autrefois par mon père. J'avais farfouillé dans les cartons, dans le placard de la chambre de ma mère, jusqu'à ce que je trouve la brosse à cheveux de mon père et une photographie si ancienne qu'il n'avait pas l'air beaucoup plus vieux que Rosarie.

Il faisait toujours très chaud, au point que le ciment de l'allée qui traverse notre terrain me brûlait la plante des pieds. Les insectes de juin bourdonnaient dans l'air. Je pris une profonde inspiration avant de me glisser dans le garage. Je ne mis pas la lumière et après avoir refermé la porte, je me rendis directement à l'endroit où la chose avait eu lieu. J'allumai les bougies noires et disposai tous les ingrédients que j'avais apportés : les cheveux prélevés sur la brosse de mon père, mêlés à quelques-uns des miens, les rognures d'ongles, la montre que j'avais prise dans le tiroir de sa table de nuit, la photographie qui datait de sa jeunesse. Je n'étais pas certaine que cette opération puisse me rendre mon père, mais au moins entendrais-je peut-être sa voix. Je me le représentais, en pensant à lui aussi fort que je le pouvais. Je nous revoyais sur le porche, en train de regarder les étoiles, et me rappelais l'allure qu'il avait, assoupi dans son lit, sous ses couvertures immaculées, aussi blanches que de la neige. Je ne parvenais toujours pas à croire que la vie entière de quelqu'un puisse basculer ainsi en une fraction de seconde, moins de temps qu'il n'en faut pour sortir du garage.

J'eus tout à coup l'impression qu'il se passait quelque chose. J'entendis le bois qui grinçait, comme si l'on avait repoussé la porte. Je ne m'attendais pas à obtenir le moindre résultat avant minuit, c'est-à-dire avant que la journée du 5 juillet n'ait commencé, puisque c'était la date officielle de l'anniversaire. Et pourtant, quelque chose était en train d'arriver. Je fermai les yeux et essayai de me calmer, mais mon cœur battait à tout rompre. *Es-tu là*? demandai-je. Ma voix résonna étrangement à mes oreilles. Il régnait une chaleur lourde, comme le jour où il était mort. J'entendis quelqu'un qui marchait vers moi et j'espérai que je n'avais pas perturbé le cours naturel des choses, en invoquant ainsi mon père. Je songeai ensuite que même si j'avais perturbé quelque chose, cela m'était bien égal. Tout ce que je voulais, c'était revoir mon père. Sur-le-champ.

Lorsque j'ouvris les yeux, j'avais la tête qui tournait. Étrangement, je ressentis un frisson d'espoir, comme si j'avais vraiment eu la foi. Je voulais que le monde n'ait pas de fin, que l'ordre des choses soit bouleversé, afin que mon père puisse à nouveau franchir la porte de ce garage, même si je savais qu'il était mort. Je voulais l'entendre me dire que sa souffrance n'était plus qu'un souvenir et que son seul souhait était de me voir heureuse, mais les choses se passèrent tout à fait autrement. C'était ma sœur qui s'était introduite dans le garage et qui me dévisageait à présent comme si j'avais perdu la boule.

— Eh bien, tête de pioche... Tu veux foutre le feu à la baraque ? (Ma sœur s'assit par terre en face de moi, la lueur des bougies dansait sur son visage.) À moins que tu ne veuilles démontrer à tout prix qu'il faut que l'on t'enferme, dans ton propre intérêt ?

J'avais encore des frissons, même si ce n'était pas mon père qui était apparu. J'avais pratiquement ressenti sa présence. Et entendu sa voix. Les flammes des bougies vacillèrent et je ressentis un élancement douloureux dans la poitrine.

— Je croyais que tu étais allée faire un tour sur le lac avec Brendan, dis-je d'un air coupable et d'une voix étranglée, comme si j'avais été surprise en train de commettre un crime impardonnable.

— J'y suis allée, mais j'en ai eu marre de lui. Et je me suis dit qu'il fallait encore mieux risquer la noyade que de passer une minute de plus en sa compagnie.

Je m'aperçus brusquement que ma sœur était trempée jusqu'aux os. Elle me raconta qu'elle avait sauté hors de la barque et nagé jusqu'au rivage. Et qu'elle avait bien ri en entendant Brendan s'égosiller pour l'appeler, sans craindre le ridicule, alors qu'on devait l'entendre à l'autre bout de Lantern Lake.

— J'ai bien fait de revenir, à ce que je vois...

Rosarie entreprit d'essorer sa sombre chevelure et des gouttes d'eau verdâtre tombèrent juste à côté des bougies allumées. Les flammes chuintèrent, dégageant une odeur semblable à celle du lac où nous allions patiner, mon père et moi, dès que la glace était assez épaisse. Nous attendions impatiemment le mois de novembre, et décembre était une fête. Lors des chaudes nuits d'été, semblables à celle-ci, nous rêvions au mois de janvier.

— Qu'est-ce que tu fabriques, au juste ? demanda ma sœur.

— Ça ne te regarde pas. Et même si je te le disais, tu ne le comprendrais pas.

— Bien sûr que je comprends, petite idiote, dit ma sœur en hochant la tête. Tu célèbres l'anniversaire du suicide de ton père. Ça ne tourne vraiment pas rond... Tu sais quoi ? C'est une des choses les plus tristes auxquelles j'aie jamais assisté.

La douleur m'élançait de plus en plus la poitrine, mais cela m'était égal.

— Pourquoi ne t'en vas-tu pas, dis-je, pour ne jamais revenir ? Cela ferait plaisir à tout le monde.

Lorsque je me mis à pleurer, Rosarie ne réagit

pas. Je penchai la tête en espérant qu'elle ne le verrait pas, mais mes épaules tremblaient et elle se rendait parfaitement compte de ce qui se passait. Qu'est-ce que ça pouvait changer, d'ailleurs, qu'elle se moque de moi et me traite d'idiote ? Puisque ce que je désirais, je ne l'obtiendrais jamais. Au bout de quelques instants, je me fichai que ma sœur me regarde ou non et donnai libre cours à mes larmes.

— J'ai lu un jour l'histoire d'une femme qui avait perdu l'homme qu'elle aimait et avait essayé de le faire revivre en attachant ses os avec une ficelle. Tu sais où elle a fini ses jours ? (Même ses sourcils étaient beaux, bien dessinés et noirs comme des plumes de corbeau.) À l'asile d'aliénés.

J'imagine qu'elle faisait allusion à l'hôpital psychiatrique qui se trouve juste derrière le lac. À vrai dire, je pensais rarement aux gens qui sont enfermés là-bas, derrière les murailles de pierre. Je me demandais ce qu'ils éprouvaient, par des nuits d'été aussi chaudes qu'aujourd'hui. Et si certains avaient perdu des êtres chers, eux aussi.

Avant que j'aie le temps de répondre, Rosarie sortit une cigarette de son sac à main et l'alluma. Après avoir exhalé un nuage de fumée, elle posa l'allumette encore brûlante sur sa peau et me lança un regard de défi. Même à travers mes larmes, je voyais bien que la marque rouge qu'elle venait de se faire était loin d'être la première. L'intérieur de son bras était constellé de traces de brûlures, de haut en bas, là où la peau est la plus sensible.

— Incroyable, non ? me dit-elle. Je ne ressens rien.

— C'est peut-être toi qu'il faudrait enfermer, risquai-je.

Qui songe encore à fumer alors que son père est mort d'un cancer ? Qui se frotte des allumettes brûlantes sur la peau et éclate de rire quand on l'insulte comme le faisait ma sœur ?

— D'ailleurs, repris-je, pourquoi es-tu venue ici ? Je croyais que l'endroit était trop sinistre à ton goût.

Rosarie parcourut les lieux de ses grands yeux noirs.

— Pas trop mal, comme coupe-gorge, dit-elle.

Tout en elle était dur et tranchant, vu de l'extérieur : ses ongles qu'elle recouvrait d'un vernis rouge cerise, ses dents blanches et parfaitement dessinées... Généralement elle n'avait peur de rien, mais ce garage la plongeait dans la panique, depuis l'an dernier. Si on avait besoin de quoi que ce soit, de cire encaustique par exemple, ou d'un tournevis pour réparer un volet, il était inutile de demander à Rosarie d'aller le chercher. Ma mère avait la même réaction. Notre voiture était restée dehors tout l'hiver, dans l'allée, et chaque fois qu'il avait neigé il avait fallu la dégager, ce qui prenait parfois des heures. Mais ni Rosarie ni ma mère ne semblaient s'en soucier : rien n'aurait pu les contraindre à franchir la porte du garage. À présent, néanmoins, Rosarie paraissait avoir surmonté sa peur et avait même un air encore plus suffisant que d'habitude.

— Je suis revenue du lac en voiture, avec un journaliste, me dit-elle. Après avoir abandonné Brendan à son triste sort. (Elle frissonna en prononçant son nom.) Tu ne me croiras pas, mais

Brendan pensait sérieusement que j'allais m'enfuir et me marier avec lui.

— Tu es montée dans la voiture d'un inconnu ?

— Qui travaille au *Boston Globe*. Il m'a demandé mon avis, concernant l'arrestation d'Ethan Ford. Tout ce que je lui ai déclaré sera demain dans le journal.

— Qui se soucie de ce que tu penses ?

— Eh bien, lui en tout cas. Et il m'a prise en photo. Il m'a dit de regarder la page des actualités régionales. Je regrette juste d'avoir eu les cheveux mouillés.

J'avais toujours pensé que ma sœur n'avait aucune opinion, en dehors des choses qui la concernaient directement. Ce devait être le photographe qui l'avait convaincue de répondre au journaliste, en lui disant que tout le monde découvrirait son portrait le lendemain matin, en buvant son café.

— Je leur ai dit qu'on avait enfermé un innocent et que l'ensemble du système pénal américain était à revoir. De fond en comble.

Elle parlait sérieusement.

— Tu ne connais strictement rien au système pénal américain, lui rappelai-je.

J'aurais éclaté de rire si je ne m'étais souvenue de l'expression de Collie après son entrevue avec son père. Sans la moindre raison, je pensai brusquement au miroir qui se trouvait dans le salon des Ford et dont le verre était aussi gris qu'un lac sans fond, ou qu'une rivière sans berges.

— L'important, c'est que je sois dans le journal, dit ma sœur, qui n'aurait pas pu avoir l'air plus autosatisfaite. Que je connaisse ou non les choses dont je parle ne change rien à l'affaire, tu ne crois pas ?

J'avais toujours estimé jusqu'alors que ma sœur était la plus maligne de nous deux, mais je commençais à réviser mon jugement.

— Ça change tout, au contraire.

— Ah bon ?

Rosarie rejeta la fumée de sa cigarette dans les hauteurs du plafond et l'air devint bleu autour d'elle. Elle examina les ingrédients que j'avais disposés sur le ciment.

— Explique-moi quelle transformation ce bric-à-brac est censé opérer...

— J'essaie d'entrer en contact avec lui, admis-je.

Je croyais que Rosarie allait éclater de rire, me dire que j'étais une idiote, bonne à être enfermée jusqu'à ce que je sois devenue adulte et responsable, mais elle se contenta de me dire :

— Regarde ça.

Elle tendit la main au-dessus de l'une des bougies et la maintint dans cette position plus longtemps que je ne l'aurais cru possible. La flamme vacillait, grésillait, et donnait peu à peu à sa peau, dans le creux de sa paume, une noirceur de suie ou de charbon. Mais Rosarie ne cillait pas. Peut-être disait-elle vrai. Peut-être était-elle insensible à la douleur.

— J'ai une nouvelle à t'annoncer, me dit-elle après avoir retiré sa main de la flamme.

N'importe qui à sa place serait parti en hurlant, en quête de pommade ou d'une cuvette d'eau froide.

— Il ne reviendra jamais, Kat, reprit-elle. Tu le sais, n'est-ce pas ?

Peut-être était-ce dû au fait qu'elle m'avait appelée par mon prénom, ce qui ne lui arrivait quasiment jamais, ou à son regard condescendant : toujours est-il que cela me rendit folle de rage. Je tendis le bras et, malgré les flammes qui léchaient mes manches, je la giflai, avant d'avoir pu me retenir.

Rosarie poussa un cri et posa la main sur sa joue, brusquement écarlate. Je ne parvenais pas à croire moi-même que j'avais fait ça. Rosarie s'assit sur ses talons, trop choquée pour me gifler à son tour.

— Pourquoi as-tu fait ça ?

Je secouai la tête. En toute honnêteté, je l'ignorais. Je m'attendais à ce que ma sœur m'arrache les cheveux, comme elle le faisait d'ordinaire lorsqu'elle voulait me faire du mal, mais au lieu de ça elle se leva et vint s'asseoir à côté de moi, en attendant que j'aie fini de pleurer. Elle patienta encore pendant que je rassemblais mon bric-à-brac inutile, avant d'aller le foutre à la poubelle. J'éteignis les bougies et les jetai également. Puis nous ouvrîmes la porte coulissante dont nul ne s'était servi depuis la mort de mon père et il ne se passa rien d'inhabituel : elle fonctionnait, comme n'importe quelle porte de garage à Monroe ou ailleurs. On sentait au-dehors l'odeur d'herbe coupée, bien que notre pelouse n'ait pas été tondue une seule fois de l'été. La lune se découpait dans le ciel. Et là, sur la pelouse, traînaient les deux vélos que j'avais ramenés à la maison, après notre visite aux bâtiments municipaux. Rosarie alluma une dernière cigarette, tandis que je rentrai la bicyclette de Collie dans le garage, simplement pour être sûre que personne ne viendrait la voler. S'il m'arrivait encore de perdre quoi que ce soit, dans cette vie, je disparaîtrais sans doute à mon tour, définitivement.

Je posai le vélo de Collie contre le mur, avant de revenir m'installer à côté de Rosarie. Je pensais à Collie, à sa gentillesse habituelle et à la rigidité de ses lèvres lorsqu'il m'avait quittée et s'était mis à filer vers l'autoroute, comme s'il ne voulait plus jamais me voir de sa vie.

— Crois-tu qu'on finisse toujours par épouser la première personne dont on tombe amoureux ? demandai-je à ma sœur.

— J'espère bien que non. Regarde ce qui est arrivé à Papa et Maman, qui se connaissaient depuis leur tendre enfance.

Rosarie hocha la tête et je sentis l'odeur de fumée mêlée à l'eau qui imprégnait ses cheveux.

— Quelle erreur, ajouta-t-elle.

— Ils étaient heureux.

— Tu as bien raison d'employer le passé...

Ma sœur frissonna, dans ses vêtements mouillés. Son visage était très pâle.

— Combien de fois as-tu été amoureuse ?

Jamais je n'aurais osé lui poser une question pareille, auparavant. Mais ce soir, Rosarie semblait avoir oublié à qui elle s'adressait.

— Trop souvent, dit-elle. Et ce fut chaque fois une grande déception.

Rosarie paraissait plus douce qu'à l'ordinaire. Elle avait déjà rayé Brendan Derry de sa liste, et après avoir passé la moitié de la nuit seul dans sa barque de location, le jeune homme devait avoir compris que leur histoire était terminée. Pourtant, la perspective d'avoir sa photo dans le journal ne suffisait pas à satisfaire ma sœur. Même le fait d'être belle ne lui suffisait pas.

— Personne ne m'aime comme je voudrais être aimée, dit-elle.

Je savais, moi, que quelqu'un nous avait tellement aimées l'une et l'autre qu'il n'avait pas voulu nous infliger le spectacle de sa souffrance. Il nous avait aimées totalement, autant qu'un homme en est capable, et qu'est-ce que cela nous avait rapporté ? Rien sinon cette tristesse, ce vide, cette blessure au cœur. Ma sœur devait vraiment avoir oublié qui j'étais car elle m'enlaça brusquement. Nous restâmes ainsi un moment côte à côte, comme deux personnes qui ne se haïssent pas, en bénissant l'obscurité. Nous avions toutes les deux manqué le feu d'artifice, et le reste de la fête, mais nous regardions dans le ciel les constellations que mon père nous avait appris à reconnaître, quelques étés plus tôt, l'année où il y avait eu ces pluies de météorites. À l'époque, nous étendions des couvertures sur l'herbe et restions bien après minuit, chacun cherchant à apercevoir en premier Antarès, l'étoile rouge qui est au centre du Scorpion.

— Fais un vœu, me dit Rosarie tandis que nous regardions les étoiles.

Mais je l'avais déjà fait, ce vœu, et il ne s'était pas réalisé.

— Non, répondis-je.

— Comme tu voudras, dit-elle en souriant d'un air pensif.

C'était vraiment la plus belle fille du monde, particulièrement cette nuit-là. Jamais on n'aurait imaginé qu'elle avait toutes ces marques de brûlures sur le bras, ni qu'elle cherchait de toutes ses forces à éprouver quelque chose. Elle ferma les yeux et le rythme de sa respiration s'apaisa. Je compris qu'elle aussi faisait un vœu qui ne se réaliserait jamais et qu'en dépit de son extraordinaire beauté, elle n'était en rien différente de moi.

Le labyrinthe

Collie Ford fait partie des très rares personnes en ville qui ont choisi d'ignorer le mois de juillet, en dépit de ses multiples tentations, de ses belles matinées sans nuages et de ses après-midi nonchalantes, paresseuses, suspendues. Il y aura toujours des gens à contre-courant, qui détestent le beau temps et s'avouent parfaitement indifférents au charme d'un ciel ensoleillé, au chant des cigales dans les haies ou aux longues journées dont le bleu s'étend, persiste, s'intensifie au fil des heures, jusqu'à la tombée de la nuit. Hannah Phillips, par exemple, la propriétaire du café, est allergique au soleil et ne met jamais le nez dehors, même les jours où elle ne travaille pas. Et si jamais elle s'aventure dans les rues, elle s'abrite toujours sous une casquette de base-ball et une chemise à manches longues, malgré la canicule. Inquiète des vertiges qu'elle ressent au moment le plus chaud de la journée, Mrs Gage ne jardine qu'en début de matinée. Mark Derry n'a pas eu une seconde de répit depuis le début du mois, surtout depuis qu'il a décidé de veiller à ce que les divers contrats d'Ethan soient respectés, engageant à cet effet un homme de peine du nom de Swift, originaire de Hamilton, pour parachever le gros œuvre et les charpentes. Lorsqu'il était jeune, Mark était champion de natation et ne vivait que pour l'été, mais aujourd'hui il ne se souvient même plus de ce qu'il ressentait en traversant à la nage les eaux froides de Lantern Lake. Il est jaloux de Brendan, son fils, et des autres adolescents de la région, qui ne ratent jamais l'occasion d'aller provoquer le destin en plongeant la tête la première du haut des rochers, ignorant les avertissements de leurs parents : pourtant, ils pourraient aisément perdre pied et se noyer dans ces parages avant que quiconque ait entendu leurs appels paniqués et leurs cris de détresse. Bill Shannon, le facteur, qui s'est toujours vanté de pouvoir affronter n'importe quel climat, des tempêtes de neige hivernales aux pires étuves estivales, a été prévenu par son médecin des risques de cancer de la peau qu'entraîne la distribution du courrier : aussi a-t-il désormais pris l'habitude de s'asseoir à l'abri du soleil, en milieu de journée, confortablement installé sur un banc en face du café, en lisant son journal et en songeant que ses concitoyens peuvent bien attendre que la température ait un peu baissé pour prendre connaissance de leur courrier.

Collie Ford fait partie de ces gens qui sont à la recherche de lieux retirés, déserts. Il a évité ses semblables avec à peu près autant d'empressement que les campagnols contournant les pièges installés entre les plants de fraises, dans le potager de sa mère. Collie a passé l'essentiel de son temps à la bibliothèque de Liberty Avenue. À l'intérieur de ce vieux bâtiment en pierre et en brique rouge, lorsqu'on est recroquevillé dans l'un des fauteuils en cuir de la salle de lecture, une après-midi de juillet ne diffère guère d'une soirée neigeuse et froide de février. La plupart du temps, Collie s'assoit derrière le présentoir des périodiques où Grace Henley, la bibliothécaire, a installé un grand aquarium, à titre décoratif. Tout en observant les ouies des poissons qui s'ouvrent et se referment à un rythme régulier, Collie se dit qu'il aimerait bien vivre sous l'eau, lui aussi, à une profondeur telle que personne ne le retrouverait jamais. Il aimerait vivre à mille kilomètres de Monroe, Massachusetts, qu'il a vite pris en grippe. *Mile* après *mile*, lieue après lieue, jamais il ne s'en éloignerait assez. Que ne donnerait-il pas pour marcher sur la Lune, en ce moment, courir à sa surface pâle et cruelle, des cailloux plein les poches, le cœur, les poumons et les membres pétrifiés.

Collie ne souhaite parler à personne mais en regardant par la fenêtre, une grande baie vitrée en ogive aux carreaux verdâtres, il aperçoit Kat Williams. Il devine aussitôt qu'elle l'attend, assise au pied du plus vieux pommier de la commune : d'une espèce rare, fleurissant toujours des mois après les autres arbres, il a été planté à cet endroit en 1720, un siècle avant qu'on ne pose la première pierre de la bibliothèque. Il donne des pommes à la peau rugueuse, pratiquement immangeables sinon dans de modestes tartes. Chaque année, en octobre, les fruits pourris constellent la pelouse de l'établissement, au grand dam de la bibliothécaire. Les gamins du quartier se servent des trognons comme projectiles pour leurs batailles rangées et nombre de vieux carreaux ont ainsi été brisés, les vitres vertes volant en éclats sous les assauts répétés de ces petits vauriens. Grace Henley ne manque jamais, dans ces cas-là, d'exposer le trognon de pomme incriminé sur son bureau, à côté d'un bocal destiné à recueillir les fonds nécessaires au remplacement du carreau : ce qui explique pourquoi la lumière qui tombe entre les travées est tantôt éblouissante, certains après-midi, tantôt aussi estompée, opaque et dense que si l'on déversait de l'eau verte à travers les vitres, pompée dans les profondeurs boueuses de Lantern Lake.

Collie était en train de feuilleter une vieille édition du *Roi Arthur raconté aux enfants*, illustrée par N.C. Wyeth, mais d'avoir aperçu Kat sur la pelouse a interrompu sa rêverie. Le fait que Kat soit depuis toujours sa seule véritable amie ne change rien à l'affaire. Le problème, c'est qu'il ne veut plus d'ami. Il préfère sa solitude, qu'il porte comme une armure. Il se targuait autrefois de son honnêteté, mais quelque chose a changé au fond de lui. Au lieu de reposer le volume sur l'étagère, Collie le glisse sous sa chemise, comme un vulgaire voleur. Le contact du livre est froid sur sa peau et les pages bruissent tandis qu'il le serre contre sa poitrine, à l'endroit le plus douloureux – l'endroit, il le suppose, où son cœur se trouvait jadis.

Heureusement pour lui, Collie a laissé son vélo de l'autre côté, sur l'arrière de la bibliothèque, ce qui lui permet de s'éclipser sans qu'on le voie. Il se précipite dehors, enfourche sa bicyclette et pédale à vive allure, les vagues de chaleur l'enveloppent, le soleil accablant l'aveugle presque. Il avait dû s'introduire ce matin dans le garage de Kat pour récupérer son engin et cela n'avait pas été facile. Il fallait retenir son souffle, s'engouffrer à l'intérieur, s'emparer du vélo et repartir tout aussi précipitamment. Comme il s'en aperçoit vite, les roues sont endommagées après le choc qu'il leur a fait subir : le vélo ne roule pas droit et la fourche métallique bloque un peu le pneu avant. Il parvient néanmoins à tourner au coin de la rue avant que Kat ne relève les yeux, sa vue étant d'ailleurs gênée par les branches du pommier, couvertes de leurs derniers pétales roses. Tout en roulant à toute allure dans Liberty Street, Collie a soudain une idée parfaitement saugrenue : il va abattre ce pommier. L'idée lui vient d'un coup et il a aussitôt l'impression d'être destiné à accomplir cet acte précis de destruction. Il entend même le bruit de l'arbre qui s'écroule, à l'intérieur de lui. Il imagine les frissons de l'écorce, les éclats de bois fichés dans ses mains. Dieu sait pourquoi, bien qu'il soit indéfendable, ce projet lui paraît on ne peut plus juste. Comme si c'était le seul acte susceptible de déblayer, de nettoyer tout ce qui paralyse son esprit, les mots que son père lui a dits et qui ne le laissent pas en paix, quels que soient ses efforts pour chasser de lui toute pensée.

Collie ressent cette douleur dans la poitrine depuis que son père s'est confessé à lui, elle lui pèse et le brûle en permanence, lui donne envie de fuir au loin, dans une contrée bleue, gelée, mais aussi de frapper, de donner de grands coups de hache, jusqu'à ce que toutes les racines soient tranchées. Même s'il essayait d'être à nouveau celui qu'il était avant d'aller voir son père, il n'y parviendrait pas. Cet être-là est mort à tout jamais. En traversant la ville à vélo, Collie ne rêve pas d'aller pêcher dans le lac ou de jouer au base-ball avec son équipe, comme cela aurait été le cas ne serait-ce que quelques semaines plus tôt. Il pense à sa mère, enfermée dans sa chambre et convaincue qu'il ne l'entend pas pleurer. Il pense au journaliste qui l'a poursuivi ce matin, alors qu'il venait de récupérer son vélo chez Kat et s'apprêtait à partir à la bibliothèque.

Je veux juste te parler, avait crié le journaliste en lui courant après. *Ralentis donc, sale morveux !* l'avait-il entendu crier dans son dos, tandis qu'il pédalait de plus en plus vite, de plus en plus loin.

Il n'a pas cessé de fuir depuis lors et voilà maintenant qu'il évite Kat Williams et dévale Mayflower Street, négociant le virage à une telle vitesse qu'il a l'impression, pendant une fraction de seconde, de s'élever dans la chaleur bleutée de l'air. Il retombe sur l'asphalte avec un bruit sourd, puis s'engage sur le chemin de terre qui contourne le collège, dans la direction de King George's Road. S'il ne s'était pas arrêté aux abords du terrain de base-ball, Kat ne serait jamais arrivée à le rattraper. Sa bicyclette appartenait jadis à Rosarie, jusqu'à ce que celle-ci déclare qu'elle était trop minable pour qu'elle daigne encore s'en servir. D'un autre côté, Kat a de l'affection pour cet engin, peut-être parce qu'elle accompagnait son père lorsqu'il l'avait acheté. Il avait passé au moins deux heures à peser le pour et le contre, avant de se décider pour un modèle qui, il l'espérait, plairait à Rosarie. Mais celle-ci n'avait pas eu l'air particulièrement enchantée par ce choix. *Trois vitesses ?* s'était-elle contentée de dire avec une petite moue.

Kat pour sa part aime bien la façon dont ce vélo va son petit bonhomme de chemin. C'est agréable, tout de même, de pouvoir regarder les choses qui vous entourent, sinon on traverse la vie sans rien voir. En tournant à l'angle de Mayflower, par exemple, Kat remarque qu'il y a des cosmos dans de nombreux jardins, des fleurs pourpres dressées sur de très hautes tiges et entourées d'abeilles bourdonnantes. En approchant du collège, elle aperçoit un garçon qui regarde un match de base-ball. Après un plus ample examen, il s'avère qu'il s'agit de Collie. En le reconnaissant, Kat se rend compte que son pouls s'est brusquement accéléré. Elle s'arrête au niveau de Collie et se penche vers lui, en s'agrippant aux herbes. Elle sait qu'il cherche à l'éviter, aussi ne le regarde-t-elle pas, faisant tout son possible pour ne pas l'effaroucher.

— N'est-ce pas ton équipe ? demande-t-elle doucement.

Ce sont effectivement les Bluebirds qui sont sur le terrain, totalement dominés par leurs adversaires au cinquième tour de batte. Kat n'est pas une joueuse de base-ball. Le seul sport qu'elle parvienne à pratiquer, c'est le patin à glace. Et encore, elle n'est pas arrivée à s'y remettre cet hiver : chaque fois qu'elle se rendait au lac, elle avait l'impression de revoir son père, à côté du stand où l'on vend des galettes à la farine d'avoine et du chocolat chaud, et où les parents s'agenouillent pour aider leurs enfants à lacer correctement leurs patins.

Par cette splendide journée de juillet, les Bluebirds se font littéralement écraser par les Braves d'Hamilton : ils n'ont pas réussi une seule course ni marqué le moindre point. Peut-être la perte subie est-elle inéluctable, même si elle ne se voit pas. Collie a toujours été le joueur le plus régulier de l'équipe. Son père a passé des centaines d'heures avec lui, sur ce même terrain, pour l'entraîner à tous les types de lancers, mais ces heures se sont évaporées, disséminées en lambeaux infimes, méconnaissables. Collie a déjà pris sa décision : il ne rejouera plus jamais au base-ball.

Kat a de l'affection pour les Bluebirds.

— Ils ont sûrement besoin de toi, dit-elle. Ils sont en mauvaise posture.

— Qu'ils gagnent ou qu'ils perdent, ça m'est bien égal.

— Tu as vu la photo de ma sœur dans le journal ? reprend Kat. Je me demande bien qui son avis pourrait intéresser, mais je dois reconnaître qu'elle a de l'allure.

— Je m'en fiche encore plus que du base-ball.

Collie sent le soleil sur son crâne, sa nuque, ses bras. Il sent l'odeur de l'herbe et celle de la terre, plus humide et plus forte. Si son père entraînait l'équipe aujourd'hui, Collie et lui opteraient pour une stratégie de contournement. *Pivote sur la droite*, lui aurait dit son père ; ou encore : *Frappe court et prends-les par surprise*. Collie pense au roi Arthur, qui avait tout fait pour être un homme droit, mais qui avait été trahi ; et qui, à la fin, avait assisté à la ruine de toutes ses entreprises. Quelque part au fond de lui, Collie sait qu'il a pris ce livre sur les rayons de la bibliothèque pour être sûr que personne ne lise plus jamais cette histoire et ne se laisse prendre à cette affaire d'honneur qui n'existe même pas, de nos jours encore moins qu'autrefois.

Kat se tourne vers Collie pour lui dire que les Bluebirds n'ont visiblement pas la moindre idée de la manière dont il faut s'y prendre pour gagner un match et s'aperçoit tout à coup qu'il est en train de pleurer.

— Le base-ball est un jeu stupide, de toute façon, dit-elle. (Son cœur s'est mis à battre et elle a un goût de métal dans la bouche.) Tout est stupide d'ailleurs, quand on y réfléchit. Les gens se lèvent tous les matins et se comportent comme si leur activité était de la plus haute importance. Mais ils finiront tous par mourir, au bout du compte. Alors, à quoi bon ?

— Tais-toi, Kat.

Collie plisse les yeux et regarde dans le vague, au-dessus du terrain. Il est large d'épaules et peut courir très vite, c'est un athlète-né, mais pour l'instant il donne l'impression d'être totalement replié sur lui-même.

En l'observant, Kat Williams sent son cœur pur et froid fondre pour son ami. Les gens bien intentionnés s'exposent, c'est ce qu'elle a compris. Elle sait que le père de Collie lui a révélé quelque chose de terrible, dont il lui est impossible de parler. Elle a l'intuition que les gens qui ont commis le genre d'acte dont Ethan Ford s'est rendu coupable ne sont pas libérés avant très, très longtemps. Ils ne réintègrent la société des hommes que si leur reflet est à nouveau perceptible, lorsqu'ils passent devant un miroir.

— Allons nous baigner, dit-elle.

Kat a tellement envie que Collie accepte que sa gorge lui fait mal. Elle voudrait remonter en arrière dans le temps, une heure avant qu'elle n'ait passé ce coup de téléphone. Elle voudrait qu'ils aient encore onze ans tous les deux, ou peut-être même seulement dix. Rosarie l'a prévenue que lorsqu'ils arriveraient en troisième, Collie cesserait d'être son meilleur ami. *Tu es folle*, lui avait répondu Kat. Mais sa sœur s'était contentée de sourire, aussi sûre d'elle qu'il est possible de l'être. *Tu verras... Il exigera autre chose de toi, à ce moment-là.*

Peut-être est-ce le fait de penser à ce que Rosarie lui a dit qui donne à Kat une idée de la manière dont elle pourrait reconquérir Collie. Elle déglutit avec peine. Mais en prononçant ces mots, elle sait qu'il n'y aura pas de retour en arrière :

— On pourrait aller à la piscine. Ou au lac, si tu préfères.

Elle baisse la voix, bien qu'il n'y ait personne alentour susceptible de les entendre, et chuchote :

— Je veux bien me baigner toute nue, si tu fais pareil.

Collie la dévisage, mais son regard ne trahit aucune émotion. Le premier garçon venu se précipiterait jusqu'au lac avec Kat et, une fois arrivés, l'obligerait à tenir sa promesse, la regardant avec des yeux de merlan frit courir nue dans l'eau froide. Mais Collie n'est pas le premier garçon venu et Kat se rend compte qu'elle n'a réussi ni à le choquer, ni même à éveiller son intérêt. Elle a échoué sur toute la ligne.

— Je ne crois pas, dit Collie.

Son visage a changé, il paraît plus âgé d'une certaine façon et ses traits sont tirés, comme si la proposition de Kat l'avait déçu et qu'il ne connaissait pas d'autre issue que la déception.

— Je préfère me balader, ajoute-t-il.

Kat comprend qu'il veut dire : *seul*. Elle sait où il se rend, après avoir quitté la bibliothèque, elle l'a déjà suivi au fin fond de King George's Road, après l'hôpital, jusqu'à la demeure abandonnée qu'elle lui a fait découvrir, quelques étés plus tôt. Les gens ne viennent guère par ici, en partie parce que le terrain jouxte l'hôpital psychiatrique. Mais tous ceux qui s'intéressent à l'histoire de la région savent que cette propriété en ruine avait jadis été la plus grande du comté, entourée sur des kilomètres par les terres qui appartenaient aux Monroe, des acres de vergers couverts de pommiers qui donnaient selon les espèces des fruits craquants, acides ou juteux, nonpareilles sucrées ou reinettes dont la peau, disait-on, avait une couleur de prune. Mais c'était il y a fort longtemps et aucun membre de la famille Monroe n'habitait plus ici, malgré l'étendue des terres qu'ils possédaient jadis. Les ratons laveurs avaient pris possession des ruines, en compagnie des campagnols et des rats des champs. Aucune de ces bestioles, toutefois, ne saurait effrayer Collie et il passe des heures là-bas, Kat le sait, ce temps qu'il refuse désormais de partager avec elle. Elle n'arrive pas à se tourner vers lui pour le regarder lorsqu'il enfourche son vélo et s'éloigne en direction de la route. Au lieu de ça, elle fixe droit devant elle le nuage de poussière qui s'élève à l'instant où Jesse Meyers atteint la troisième base, premier de son équipe à y parvenir. Une brise chaude se lève et agite les feuilles des tilleuls. Kat frissonne et se recroqueville contre la clôture. Il y a des gens qui prétendent que les morts peuvent vous parler lorsque le vent se met à souffler. *Prêtez attention*, disent-ils, *et vous entendrez tout ce que vous avez besoin de savoir.*

Collie est parti à la hâte, sans remarquer que le livre qu'il a subtilisé à la bibliothèque a glissé de sa chemise et est tombé dans l'herbe. Kat se penche pour le ramasser. Elle le feuillette en regardant les illustrations, puis arrive à la dernière page, où se trouve la fiche de l'ouvrage : il n'a pas été emprunté depuis plus de trois mois. Collie n'est pas du genre à voler, cela ressemblerait davantage à Kat. Elle fourre le livre dans le panier fixé à l'arrière du vélo, un accessoire que Rosarie avait toujours trouvé du dernier ridicule. Le moins qu'elle puisse faire, c'est de s'accuser de ce menu larcin à la place de son ami, même si elle sait qu'elle ne parviendra jamais à atténuer la blessure qu'elle lui a faite.

Depuis le terrain de base-ball, Barney Stark a observé le manège des deux enfants à travers un voile brumeux de laiterons sauvages. En voyant Collie enfourcher son vélo et s'éloigner, il a envie de courir pour le rattraper et lui dire que tout va s'arranger, au bout du compte. Mais il s'agit là d'une promesse qu'il est incapable de tenir, aussi reste-t-il à son poste d'entraîneur, devant la troisième base, comme il l'a fait chaque samedi au cours des six dernières années. À ceci près, bien sûr, qu'aujourd'hui Barney est le seul entraîneur. Il a compris qu'il s'était produit quelque chose d'irrévocable à l'instant où Dave Meyers a ouvert la porte de son bureau et où ils ont aperçu Jorie en larmes, le visage plongé dans ses mains. Les gémissements qu'elle poussait les avaient pris à la gorge, avec la violence d'un raz de marée. Il faisait sombre dans la pièce, les rideaux étaient tirés, l'atmosphère suffocante. Ethan Ford les avait regardés, le visage défait, et Barney avait immédiatement compris le tour que venait de prendre la situation. C'était un coupable qui se tenait devant eux.

— Accorde-moi deux minutes, avait demandé Barney à Dave ; et une fois encore, le shérif les avait laissés seuls.

Barney s'était tourné vers Ethan.

— Ne dis pas un mot, tu m'entends ?

Ethan avait hoché la tête. Il avait le maintien un peu désinvolte de quelqu'un qui ne mesure pas exactement la portée de ses actes.

— Je viens de tout avouer à Jorie. J'ai envie de te le raconter, à toi aussi.

— Eh bien, ne le fais pas. N'ouvre plus la bouche avant d'avoir été correctement conseillé, car tout ce que tu diras pourra être utilisé par l'accusation. Et je n'ai pas envie de devoir témoigner un jour contre toi.

Barney jeta un coup d'œil du côté de Jorie, qui avait toujours le visage plongé dans ses mains.

— Rends-toi ce service, dit Barney à son voisin, dont il commençait à se dire qu'il aurait préféré ne l'avoir jamais rencontré. Ne desserre plus les dents.

Ethan avait toujours accompli l'essentiel du travail d'entraînement et peut-être était-ce pour cela que les Bluebirds ne parvenaient pas à renouer avec la victoire. Il était d'une patience infinie, même avec les joueurs qui paraissaient congénitalement incapables de rattraper une balle. Il en revenait toujours, inlassablement, aux principes de base, sans jamais sortir de ses gonds, contrairement à ces entraîneurs qui tombent à bras raccourcis sur des gamins de onze ans, chaque fois qu'ils ratent un tir. Aujourd'hui, ils ne peuvent compter que sur eux : et sous la conduite de Barney, les Bluebirds sont en pleine déconfiture. Une chape de ténèbres semble planer au-dessus du terrain et certains joueurs n'ont même pas tenté d'attraper la balle, lorsqu'elle était tirée directement sur eux.

La plus jeune des filles de Barney, Sophie, le rejoint en courant, alors que se profile le sixième tour de batte. Sophie est une enfant enjouée, et le grand bonheur de Barney, mais aujourd'hui elle a l'air maussade et reste sur ses gardes. Tous les gosses sont de mauvaise humeur, à dire vrai, et à la fin de la partie, après avoir perdu et serré la main de leurs adversaires, Barney leur recommande de ne pas remâcher leur défaite et réunit sur les gradins les joueurs autour de lui.

— La plupart d'entre vous ont pu remarquer que Mr Ford n'était pas des nôtres aujourd'hui, commence-t-il.

L'heure du dîner approche mais le ciel est toujours d'un bleu olympien et la température aussi élevée qu'à midi. D'ordinaire, lorsque Barney réunit l'équipe, il doit s'y prendre à plusieurs reprises et parfois même les menacer d'annuler le prochain match pour leur imposer le silence ; mais aujourd'hui ils le dévisagent calmement, en attendant la suite. Ils paraissent si jeunes et si troublés que Barney a du mal à poursuivre. Beaucoup ont déjà entendu raconter autour d'eux des fragments de l'histoire, et Barney, plus que quiconque, sait bien que la rumeur n'ira qu'en augmentant.

— Pour l'instant, reprend-il, Mr Ford rencontre des difficultés d'ordre judiciaire, qui l'empêchent d'assumer ses fonctions d'entraîneur.

Joey Shaw lève la main et sa mine sérieuse donne envie à Barney de tourner les talons et de se précipiter au Safehouse pour y finir la soirée ivre mort, au moins une fois dans sa vie. Au lieu de ça, il acquiesce en direction du garçon.

— Oui, Joey ?

— Est-ce qu'il nous entraînera encore lorsqu'il sortira de prison ?

Barney est partagé entre le fait de devoir préparer ces enfants à affronter la vérité et celui de les protéger, ne serait-ce qu'un jour de plus. Ethan Ford n'a plus la moindre chance d'être libéré sous caution, et moins encore de revenir s'occuper du Championnat.

— Il est encore trop tôt pour le dire, répond-il. En attendant, contentons-nous de jouer à notre meilleur niveau.

Cette réponse ne satisfait personne, d'autant que le meilleur niveau des Bluebirds frise la catastrophe, mais Barney congédie ses joueurs en leur disant qu'ils se sont loyalement défendus, ce qui est tout de même la moindre des choses.

— Tout le monde sait qu'il est emprisonné pour meurtre, Papa, lui dit Sophie tandis qu'ils chargent l'équipement dans le coffre de la voiture. La plupart pensent qu'il est innocent, mais d'autres attendent de connaître l'ensemble des faits pour se forger une opinion. Ils veulent savoir comment il va plaider et quel sera son alibi.

— Comment se fait-il que tout le monde soit au courant ? demande Barney en observant sa fille.

D'ici peu, elle aura ses premiers rendez-vous et il faudra qu'il s'inquiète pour savoir avec qui elle sort le samedi soir, comme cela s'est produit avec Kelly et Josie. Ses deux filles aînées sont devenues très distantes à son égard, plus soucieuses de leurs petits copains que de lui, et il redoute que la même chose n'arrive avec Sophie, lorsqu'elle sera en pleine adolescence.

— Tout le monde est au courant de tout, Papa, soupire Sophie.

Elle ressemble à sa mère, particulièrement lorsqu'elle est exaspérée, mais elle possède une chaleur et une empathie qui font défaut à Dana, au moins dans le cadre de leurs rapports conjugaux. Sophie fait partie de ces filles qui ont toujours l'air plus vieilles que leur âge. Ses cheveux châtains sont ramenés en une tresse unique qui lui arrive à la taille et elle a un visage à la fois sérieux et charmant.

— C'est comme lorsque le père de Kat Williams s'est suicidé l'an dernier, reprend-elle. Vous pensiez Maman et toi qu'il s'agissait d'un grand secret, mais tout le monde savait la vérité. Même les plus jeunes à l'école, à qui il fallait soi-disant épargner la terrible nouvelle, étaient au courant.

— Les plus jeunes comme toi ?

— Papa !

— Excuse-moi.

Barney ouvre la glacière dont il se munit toujours lors d'un match et en extirpe les deux dernières canettes d'infusion glacée, qu'ils boivent ensemble en regardant le ciel virer de l'azur au prune, puis au bleu nuit.

— Je suis plus âgée que tu ne le penses, dit Sophie. Tu peux me parler de ce qui arrive aux gens que nous connaissons.

Barney rumine ce que sa fille vient de lui dire, en finissant sa canette. Il se demande si elle ne s'estimera pas davantage trahie en découvrant qu'il ne lui a pas dit toute la vérité.

— D'accord, dit-il enfin. J'essaierai de ne pas te laisser sur la touche.

— Tu vas donc pouvoir me dire s'il est coupable, oui ou non ?

C'était la question que tous les gamins avaient sur les lèvres, mais que Sophie est la seule à avoir le courage de poser. Barney la revoit au premier jour de sa naissance, si frêle et si menue, et se demande encore par quel miracle il a pu participer à l'engendrement d'une créature aussi parfaite.

— Cela relève du secret professionnel, dit-il, évitant ainsi de mentir à Sophie, du moins directement. En d'autres termes, cela ne te regarde pas.

Ils montent dans la Lexus, que Sophie trouve trop ostentatoire, et dont Barney se soucie beaucoup plus qu'il ne le devrait lorsqu'il croise quelqu'un du collège sur le parking, derrière le tribunal.

— C'est bien ce que je disais, répond Sophie. Tu me traites comme un bébé.

Sophie est vexée et n'ouvre plus la bouche

pendant le reste du trajet. Mais lorsqu'ils arrivent à la maison, elle aide son père à décharger le matériel et ils se mettent à courir en se dirigeant vers la porte, tout en se relançant une balle, de plus en plus haut à chaque échange, vers les branches du pommier sous lequel ils doivent passer avant d'atteindre la maison.

Un reste de salade et de pizza a été abandonné sur le comptoir de la cuisine. Barney mange debout, expédiant son repas. Il a de plus en plus souvent l'impression d'être un étranger dans sa propre maison et il lui arrive même de se dire qu'il a fait une erreur et s'est trompé de domicile, qu'il n'était pas destiné à habiter dans le quartier chic de Hillcrest et que la vie qu'il a menée jusqu'à ce jour n'était qu'une sorte d'expérience. Mark Derry travaille toujours à la nouvelle salle de bains et une fine pellicule de plâtre se dépose dans tous les coins – ce qui n'est pas cher payé, assurent ses filles, pour disposer enfin d'une douche et d'une baignoire supplémentaires. La poussière qui s'étend dans toutes les pièces et les conduites empilées sur la pelouse n'en rappellent pas moins à Barney la maison où il a grandi, une minuscule bicoque qui a été détruite voici des années, lorsqu'on a construit les actuels bâtiments municipaux, et pour laquelle il éprouve une nostalgie qu'il n'aurait jamais crue possible.

Dana Stark fait son apparition à la cuisine, ayant entendu le boucan que fait Sophie en prenant des bols dans le placard et en claquant la porte du frigo. Elle en a sorti une bouteille d'infusion glacée et une boîte de crème glacée à la vanille, afin de préparer l'une de ces mixtures jaunâtres dont son père raffole.

— Quelles sont les nouvelles, du côté d'Ethan Ford ? demanda Dana.

Barney et elle se sont rencontrés lorsqu'ils faisaient leurs études de droit ; et des deux, c'était de toute évidence elle la plus douée. Barney avait été surpris qu'elle s'arrête de travailler si vite après la naissance de Kelly. Dana est d'une nature particulièrement suspicieuse, ce qui aurait été un atout supplémentaire si elle avait choisi d'exercer son métier.

D'un mouvement de tête, Barney lui désigne Sophie.

— Tu ne veux pas savoir si nous avons gagné ? dit-il.

Dana se tourne vers sa fille. Un simple coup d'œil lui suffit pour déduire que les Bluebirds ont perdu.

— Vous aurez plus de chance la prochaine fois, ma belle.

— C'est pas possible, lance Sophie, la bouche pleine. Elle lit dans les pensées.

— Mâche correctement, reprend sa mère. Sinon, je te prédis que tu vas t'étrangler.

— Fred Hart est arrivé de Boston dans la matinée, dit Barney à sa femme. C'est lui qui est chargé de l'affaire.

Sophie va poser ses affaires dans l'évier et Dana profite de ce qu'elle s'est éloignée pour dire :

— Je suis soulagée que tu sois sur la touche. Quel merdier ce serait s'il s'avérait qu'il est vraiment coupable.

— J'ai tout entendu ! lance Sophie. Pas un mot ne m'a échappé.

Après le dîner, Barney reprend sa voiture, ayant décidé de passer chez Jorie. En fait, c'est Charlotte Kite qu'il espère croiser à nouveau. S'il la voyait, peut-être parviendrait-il à oublier ne serait-ce qu'un instant ce qu'il sait être la vérité, au sujet d'Ethan. C'est drôle, mais il aperçoit fréquemment Charlotte dans le voisinage et cela se reproduit ce soir : elle est en train de sortir en marche arrière de son allée. Barney ralentit pour respecter la limitation de vitesse et suit la voiture de Charlotte qui descend Hilltop et dépasse les différents repères marquant les limites du quartier. Il roule derrière elle jusqu'à ce qu'ils débouchent sur Front Street. Au stop situé à l'angle de Maple et de Westerly, Charlotte passe la main par la fenêtre de sa portière et fait signe à Barney de la doubler. Elle a eu une journée épouvantable, à commencer par son rendez-vous chez le docteur ; puis elle a attendu des heures avant qu'on lui fasse piqûre sur piqûre, tout le long du bras, dans l'unité post-opératoire de l'hôpital de Hamilton. Elle a des cernes sous les yeux et ses cheveux auburn auraient besoin d'un bon coup de brosse. Cela n'empêche pas Barney Stark de lui faire un grand sourire lorsqu'il arrive à sa hauteur.

— Vous me suivez ? lui demande Charlotte.

— Je m'apprêtais à aller voir Jorie.

Barney a conscience d'avoir la gorge serrée chaque fois qu'il est en présence de Charlotte. Son talent oratoire est réputé à travers tout le Massachusetts et il pourrait débattre avec n'importe qui, mais dès qu'il voit Charlotte il perd ses moyens et ne trouve plus ses mots. Il est aussi muet qu'un de ces ours qu'on voit parfois traverser les vergers de pommiers, à la périphérie de la ville, et à peu près aussi obstiné.

— Hum, dit Charlotte en hochant la tête. Je m'apprêtais moi aussi à aller voir Jorie.

— La preuve est faite, dit Barney. Nous avons beaucoup de points communs.

Il la dévisage et ne semble absolument pas se rendre compte qu'il bloque le passage, même lorsqu'un autre véhicule surgit derrière eux. Il s'agit de Warren Peck, le barman du Safehouse, dont on raconte qu'il a été bouleversé par l'arrestation d'Ethan, qui l'a plongé dans une rage folle. Barney le salue et lui fait signe de le doubler.

— Il y a largement la place, lui lance-t-il.

— Vous vous croyez où ? Sur un parking ? s'écrie Warren avant d'appuyer sur son klaxon et de le laisser retentir jusqu'à ce qu'il ait disparu à l'autre bout de Westerly.

— Nous n'avons aucun point commun, rétorque Charlotte par la fenêtre de sa portière.

Elle pense à la façon dont Barney Stark caracolait jadis dans les couloirs du collège. Et à l'expression rêveuse qui se lit sur son visage, en cet instant précis. Ils vivent dans des univers différents, il faut bien l'avouer. Cela a toujours été le cas et pourtant, chaque fois que Charlotte rencontre Barney, il se passe quelque chose d'étrange : elle s'aperçoit qu'elle lui raconte tout ce qui lui passe par la tête, aussi privé cela soit-il. Sauf à propos de sa santé. De cela, elle ne parle jamais.

— J'ai entendu dire que vous aviez refusé de

défendre Ethan, dit-elle. Je croyais que vous étiez amis.

— Je ne m'occupe pas des affaires criminelles. Surtout d'une telle importance. Mais Fred Hart de Boston est un excellent avocat.

— Insinuez-vous qu'Ethan va avoir besoin d'un excellent avocat ?

Barney dévisage Charlotte, appréciant autant son bon sens que son intuition.

— La situation s'éclaircira, dit-il. La justice est là pour ça.

— Je croyais que son rôle était de punir les coupables.

Une Volkswagen klaxonne bruyamment derrière lui. Barney jette un coup d'œil dans le rétroviseur et aperçoit le visage familier de Grace Henley, la bibliothécaire. Il lui fait signe de dépasser son véhicule mais Grace est entêtée, il est hors de question pour elle de mordre sur la ligne jaune. Au lieu de ça, elle continue d'appuyer sur son avertisseur. Barney n'a d'autre choix que de redémarrer, poursuivi par les coups de klaxon de Grace Henley.

— C'est aussi bien ainsi, lui dit Charlotte. Nous ne pouvons pas rendre visite à Jorie tous les deux en même temps, elle va croire que nous la harcelons. C'est mon tour cette fois-ci d'aller prendre de ses nouvelles.

— Très bien, acquiesce Barney.

Il ressent exactement la même chose qu'à l'époque du lycée : chaque fois qu'il rencontrait Charlotte, il éprouvait un sentiment d'étrange exaltation. Sa présence le rendait beaucoup plus conscient des choses qui l'entouraient. Et c'est encore le cas aujourd'hui : il remarque les grandes taches d'encre du ciel qui s'assombrit, le halo de lumière au sommet des lampadaires et la fine hostie de la lune qui se lève déjà dans le ciel, blanche comme un disque de glace.

— Vous avez raison, ajoute-t-il.

Son visage a pris une expression si étrange que Charlotte en demeure stupéfaite, longtemps après qu'il s'est éloigné.

— Tu ne devineras jamais par qui j'étais suivie, lance-t-elle en entrant chez Jorie par la porte de derrière, comme elle l'a toujours fait. Je te le donne en mille...

Jorie, qui est en train de charger les tasses et les assiettes sales de la journée dans le lave-vaisselle, est soulagée de voir que quelqu'un au moins autour d'elle a envie de lui parler d'autre chose que de l'arrestation d'Ethan. Elle n'aimerait pas se trouver dans l'obligation de mentir à Charlotte, mais elle n'est pas prête non plus à révéler la vérité, même à sa plus proche amie. Elle se retourne, devant l'évier, et parvient presque à esquisser un sourire.

— Barney Stark, dit-elle.

— Il y a quelque chose qui m'échappe chez ce type. Il est vraiment spécial.

Charlotte avait des brûlures d'estomac ce matin et, comme elle meurt de faim, elle se met à piocher dans un paquet de galettes de blé qui traîne sur la table.

— Il m'a dit qu'il voulait te rendre visite pour s'assurer que tout allait bien, reprend-elle, mais j'ai eu la nette impression que c'était moi qu'il voulait voir. Pourquoi agirait-il ainsi ?

— Barney Stark te court après depuis des années, mais tu ne l'as jamais remarqué.

Jorie reporte son attention sur la vaisselle. Charlotte et elle se connaissent depuis la maternelle et leur amitié n'a jamais connu le moindre heurt, mais aujourd'hui la situation a changé. Elles ont des secrets l'une pour l'autre, maintenant, et bien que chacune ait à cœur l'intérêt de son amie, il existe désormais entre elles une grande zone d'ombre, là où il n'y avait autrefois que franchise et sincérité. Si Jorie pouvait parler, elle fondrait en larmes et lui avouerait qu'elle est en train de perdre pied, de se noyer sur la terre ferme, dans sa propre cuisine, emportée par un courant si sombre et si profond qu'elle n'est même pas en mesure d'appeler à l'aide. C'est sa meilleure amie qui est assise devant elle, la femme qui connaît ses rêves aussi bien sinon mieux qu'elle. Mais un cauchemar, c'est une autre paire de manches, une boîte pleine d'ombres obscures, d'étoiles rouges chargées de fiel et de haine, qu'il faut soigneusement maintenir fermée, de peur que le sol ne s'entrouvre sous vos pieds.

— Si c'est exact, dit Charlotte, cela prouve que Barney Stark est un imbécile.

À ses yeux, seul un demeuré peut tomber amoureux d'une femme comme elle. Son destin est sur le point d'aborder un nouveau et douloureux tournant : elle se trouve à la lisière du terrible royaume de la maladie. La biopsie ne fera que confirmer les soupçons de son médecin : le ganglion qu'elle a à la poitrine est vraisemblablement d'origine cancéreuse. Assise dans la cuisine de Jorie, Charlotte le sait déjà, elle en a la certitude, de la même manière que les gens dans la région peuvent prédire qu'il neigera bientôt, rien qu'en observant l'immobilité de l'air, un attroupement de moineaux sur une pelouse ou l'écorce bleuie et gelée des lilas. Cela n'empêche pas Charlotte de garder son secret pour elle, comme une braise ardente et douloureuse nichée sous sa peau.

— Comment va Collie ? demande-t-elle.

Collie était le seul enfant dont l'existence n'avait pas offusqué Charlotte, à l'époque où elle essayait sans succès d'être enceinte.

— Il est enfermé dans sa chambre. Il refuse d'ouvrir sa porte, même à Kat Williams. Elle n'arrêtait pas de rôder dans les parages, en attendant qu'il se montre. J'ai fini par lui dire de rentrer chez elle. Bien qu'elle soit loin de m'obéir aveuglément.

Jorie va jusqu'à la fenêtre et relève le rideau. Elle regarde les petits pois grimpants de son potager, dont les fleurs penchent, accablées de chaleur.

— Je crois qu'elle est encore planquée quelque part dans le jardin, ajoute-t-elle.

— Et toi ? demande Charlotte après avoir rejoint son amie. Tu tiens bon ?

— Oh, oui. Il le faut bien.

Jorie est soulagée que Charlotte ne se croie pas obligée d'en rajouter à propos de l'innocence d'Ethan, comme l'ont fait sa mère et sa sœur lorsqu'elles sont venues la soutenir, un peu plus tôt dans la journée. Ruth, la mère de Jorie, lui a promis qu'elle hypothéquerait la garderie de Smithfield Lane, ainsi que tout le matériel qu'elle contient, pour l'aider à payer les frais judiciaires. Anne, d'ordinaire si distante et si froide avec sa sœur, l'a assurée qu'elle était à cent pour cent à ses côtés et qu'elle pouvait compter sur elle. Jorie a remercié sa mère, embrassé sa sœur, et lorsqu'elles sont reparties, elle les a regardées descendre l'allée avec la mauvaise conscience d'une menteuse. Elle n'est pas plus capable de dire la vérité à sa famille que d'affirmer que le ciel et la terre ont été inversés et que l'étendue bleue au-dessus de leurs têtes constitue désormais le sol où il faudra marcher. Comment pourrait-elle leur apprendre que le mensonge est devenu la vérité et que tout ce à quoi elles croyaient jadis doit maintenant s'évaluer à une tout autre échelle – brillantes perles de foi qui se sont avérées être un malheureux collier de fausses perles.

— Je vais bien, affirme-t-elle une fois de plus, en raccompagnant Charlotte.

Pourtant, en embrassant son amie devant la porte, Jorie ne se sent guère plus solide qu'un fagot de brindilles : elle se briserait si on la serrait trop fort, avant de s'éparpiller en menus morceaux sur le seuil.

— Appelle-moi si tu as besoin de moi, dit Charlotte.

Mais la porte s'est déjà refermée derrière elle. Charlotte regagne lentement sa voiture, comme si sa marche était entravée par la neige, bien que l'air soit chaud, la lumière dorée, et que le ciel encore pâle bascule peu à peu dans la noirceur de la nuit. Les gens ont depuis longtemps fini de dîner, c'est l'heure où les familles sont à l'abri dans leurs maisons, heureux de ne pas avoir de soucis plus sérieux que les dégâts causés par les marmottes dans le jardin, les souris à la cave ou le carrelage abîmé du couloir. Sur la voûte céleste, l'étoile de la

Harpe se lève dans la Lyre, de plus en plus haut, comme un phare dans la nuit. L'air est imprégné de fraîcheur, les rues sont désertes et seuls les vrais solitaires de la ville sont attablés au comptoir du Safehouse, commandant un remontant pour atténuer la douleur qu'ils ressentent, dans le vain espoir de découvrir un remède efficace contre le mal qui les ronge.

C'est l'heure que Jorie attendait impatiemment jadis, cette heure bleue pendant laquelle Ethan et elle, à la cuisine, les lumières éteintes, s'accordaient un baiser avant d'en terminer avec les tâches ménagères. Mais c'est désormais devenu un moment comme les autres, de longues minutes, de pénibles secondes qui s'écoulent, du temps qui poursuit son cours, qu'on y prenne garde ou non. Jorie oublie maintenant les choses les plus simples – le dîner par exemple – et s'engage dans l'escalier, un plateau à la main. Elle frappe à la porte de la chambre, mais comme Collie ne répond pas, elle laisse son repas dans le couloir, rien de bien extraordinaire, un croque-monsieur et un bol de soupe à la tomate. Assez copieux tout de même, bien que ce soit peine perdue, puisqu'elle sait pertinemment qu'il n'y touchera pas.

Peut-être Collie veut-il rester assis dans sa chambre jusqu'à ce que le présent soit balayé dans le ciel, bien au-delà des toits et des vergers, et refoulé si loin qu'ils pourront à nouveau ouvrir les portes et les fenêtres. Mais Jorie sait que son pauvre garçon peut attendre longtemps, qu'il pourrait rester enfermé des années durant dans sa chambre, devenir un vieillard sans que ce qui leur arrive ne soit effacé, ni ne disparaisse. Cela va s'installer, perdurer au contraire. Elle lui en parlerait, si elle s'en sentait capable, mais ce qu'elle ressent devant Charlotte vaut également pour Collie : quand on garde par-devers soi un terrible secret, on n'a rapidement plus le choix. D'ici peu, ils n'arriveront même plus à parler.

À la caserne de pompiers, sur Worthington and Vine, douze hommes emplis de tristesse sont assis autour de la table, devant des gobelets d'eau gazeuse auxquels ils ne touchent pas. L'un des sièges est vide et leurs regards évitent de s'y attarder : Ethan s'installait toujours en bout de table, présidant l'assemblée comme si cela lui revenait de droit. Chacun de ces hommes, y compris Mark Derry et Warren Peck, peut évoquer une opération au cours de laquelle Ethan a sauvé la vie de quelqu'un, grâce à un geste ou une action qu'ils jugeaient eux-mêmes trop risqué. Ils s'attendent presque à le voir surgir de la nuit et venir s'asseoir à sa place habituelle, comme il lui est si souvent arriver d'émerger entre les flammes : mais personne ne se montre dans l'encadrement de la porte et la girouette installée au sommet de la caserne – un cheval au galop crachant des flammes de métal – veille depuis le toit sur une rue déserte.

Quant à Jorie, elle sait qu'Ethan ne rentrera pas à la maison. Il ne tournera pas dans l'obscurité à l'angle de Maple Street, fatigué par cette soirée à la caserne après une dure journée de labeur, mais prêt à se glisser dans ses bras. Jorie a toujours été d'une nature optimiste, cherchant et trouvant le meilleur côté des gens. Elle s'en veut à présent d'avoir été d'une telle crédulité et se demande si quelque chose dans son tempérament ne la pousse pas à se laisser berner. Du temps où Anne et elle étaient encore enfants, elle croyait absolument tout ce que lui disait sa sœur. Celle-ci n'arrêtait pas de lui répéter qu'il existait quelque part dans le sol un tunnel qui permettait de rejoindre l'autre côté de la terre et Jorie était assez naïve pour considérer cette absurdité comme une vérité définitive, intangible. Même lorsque Charlotte lui disait qu'une telle chose était impossible, elle ne parvenait pas à la remettre en cause.

Si quelqu'un tombait dans un pareil tunnel, expliquait-elle alors à Charlotte, il passerait à travers le centre en fusion du globe et ressortirait de l'autre côté, prisonnier d'une terre étrangère dont il ne connaîtrait ni les coutumes, ni les habitants. C'est dans un tel cadre que Jorie a l'impression d'avoir atterri aujourd'hui. Elle redescend l'escalier et déambule un moment dans son potager, éprouvant à travers ses pieds nus la chaleur dont le soleil a imprégné le sol au cours de la journée, bien que la nuit soit à présent tombée. Chaque été, au cours des années précédentes, les allées étaient bien tracées, la moindre tige biscornue de petits pois était fixée à un tuteur en bois. Le potager n'est pas entretenu depuis quelques jours à peine, mais il est déjà envahi par les mauvaises herbes, des scarabées prolifèrent sur les tiges des plants. D'ici peu, le décor sera devenu méconnaissable. Si l'on avait demandé à Jorie de quel côté était le nord ou le sud, elle n'aurait pas trop su quoi répondre, bien qu'elle ait bêché le moindre arpent de son potager chaque printemps, dès que la terre était assez souple pour qu'on puisse travailler le sol. Elle ne connaît pas la géographie du pays où elle vient d'atterrir : tout ce qu'elle sait c'est que chaque seconde, ici, s'avère terriblement douloureuse. Le simple fait de respirer déclenche une souffrance atroce. Et on a constamment l'impression de marcher sur du verre.

Je ne suis plus cet homme, voilà ce qu'Ethan lui a dit, le secret qu'elle dissimule, à Charlotte et à tous ceux qu'elle aime, les mots qui ont ouvert le seuil de ce royaume où la vérité est un mensonge et le sol plus acéré que du cristal. Ses yeux étaient sombres, il avait ce regard en l'observant, le soir, lorsqu'elle s'apprêtait à se coucher. *L'individu qui a commis ces actes affreux mérite d'être puni pour ses fautes*. Voilà ce qu'il lui avait dit. *Mais entends-moi : je n'ai plus rien à voir avec lui.*

C'était comme si une ombre avait été attachée à l'homme dont elle avait été l'épouse, toutes ces années durant, un spectre cousu à ses pieds, à ses mains, filet aux mailles sombres et trompeuses qu'on ne pouvait entrevoir que sous un certain éclairage. La pâle lueur du jour filtrée par la fenêtre de Dave Meyers, par exemple. Ou celle de la lune dans son propre jardin. Sous un tel éclairage, on ne pouvait manquer de voir ce qui se tenait là, juste devant soi.

Essaie de comprendre, ma chérie. Je suis quelqu'un d'autre à présent.

Est-il concevable, se demande Jorie par cette banale nuit d'été, qu'un individu normal sombre brusquement dans la folie ? Qu'il perde le sens de la réalité et de la justice, exactement comme on peut perdre son chemin dans les bois ? Peut-on avoir été responsable de la mort d'une jeune fille et poursuivre sa route pas à pas, kilomètre après kilomètre, toute une vie durant ? Car c'est très précisément ce qu'a fait Ethan Ford. Il s'est dépouillé de son passé comme d'une peau morte et l'a abandonné sur une route du Maryland, le laissant se dessécher au soleil jusqu'à ce qu'il soit réduit en poussière et balayé par le vent, avant d'être disséminé dans les champs et les marécages, le long de la côte océane. Après quoi le destin l'avait conduit dans le Massachusetts, d'après ce qu'il lui avait dit. Il était arrivé dans cet État avec un but précis en tête : prendre un nouveau départ, traverser les froides journées de janvier, déblayer la neige en hiver, élever un enfant, être le premier sur les lieux lorsqu'un incendie se déclarait, remercier le ciel pour les vies qu'il avait aidé à sauver, louer chaque jour qui se levait, en bénissant la distance qui le séparait du Maryland.

Jorie s'accroupit dans son jardin, assise sur ses talons. Ce soir, l'univers entier semble parler une langue qu'elle ne comprend ou ne reconnaît pas. Les criquets chantent et les insectes bourdonnent dans l'air, le clair de lune lui-même paraît émettre un son semblable à celui d'une vitre volant en éclats, sous la pression de la nuit chaude et sombre. D'ici peu, la vérité se sera répandue de toutes parts, tombant comme la grêle et ravageant leur vie. Mais pour l'instant l'air est lourd, parfumé, les lis et les jacinthes sont éclos le long des allées, leur douceur est presque palpable dans l'obscurité. Jorie tend la main pour ôter les scarabées agrippés aux buissons. Le clair de lune tombe comme un rideau sur les rangées de laitues, de radis et de plants de tomates, lourds de leurs fruits encore verts qui dégagent lorsqu'on les frôle un parfum de soufre. Il y a les petits pois qui poussent en désordre et le parterre de fraises disposé en forme de cœur, qu'Ethan et Collie avaient offert à Jorie pour la fête des mères. Tous les étés, Jorie fait de la confiture et quel que soit le jour qu'elle choisit pour faire bouillir les fruits, il s'agit immanquablement du plus chaud de l'année. D'une façon ou d'une autre, la chaleur ambiante doit se communiquer à ces marmites de confitures et leur donner une douceur particulière, de sorte que chaque cuillérée étalée sur les muffins ou les toasts du matin porte en elle la perfection de l'été, dont le souvenir rejaillit à chaque bouchée.

Le clair de lune qui éclaire le jardin est si lumineux qu'on y distingue des détails sans doute indiscernables lors d'une nuit ordinaire : la manière dont les clématites roses grimpent le long de la haie, dont l'eau prend à cette heure des reflets argentés dans la vasque de pierre, ou dont les ailes des scarabées cheminant sur les tiges brillent d'un bel éclat bleu, tandis que les insectes s'en mettent plein la lampe avant le lever du jour. Ah ! Jorie aimerait tant pouvoir se dissoudre dans ce clair de lune, tout comme la rosée s'évapore sous la caresse du soleil. Depuis des années, nuit après nuit, elle a dormi avec une ombre jaillie de ses cendres, un imposteur qui s'étendait à ses côtés sur les draps blancs et l'embrassait à l'abri des pommiers qu'elle longeait déjà dans son enfance. Elle ne s'était jamais demandé pourquoi il sortait seul, certains soirs d'hiver, ni pourquoi il lui arrivait si souvent de regarder derrière lui, comme s'il redoutait un danger, même en traversant la plus familière des rues. Pas plus qu'elle ne s'était étonnée d'un passé dénué non seulement de parents mais d'oncles et de tantes, de cousins et d'amis.

Mais peut-être que personne n'aurait fait attention à ce genre de détails. Et que Jorie n'avait été ni plus ni moins observatrice que la plupart des gens. Car il a beau faire nuit, elle aperçoit tout à coup quelque chose de blanc qui s'agite, au fond de son potager. Comme si une fleur isolée y avait poussé au cours des dernières heures, pour la consoler. Jorie traverse les allées de légumes et se penche pour voir ce qui est tombé là. Il s'agit simplement d'un bout de papier froissé. Ce qu'elle prenait pour des pétales, ce sont des lignes d'encre bleue. Jorie ramasse le morceau de papier, comme d'autres cueilleraient une rose. Elle voit qu'il s'agit d'une écriture d'enfant et pense aussitôt à Kat Williams, qui faisait le pied de grue dans leur jardin, les yeux rivés à la fenêtre de Collie, jusqu'à ce qu'on la chasse comme un geai ou un moineau.

Je suis désolée d'avoir téléphoné après l'avoir vu dans cette émission de télé. Je n'aurais pas dû le faire mais maintenant vous êtes au courant et je ne peux pas revenir en arrière. Je voudrais ne pas avoir fait ça parce que je crois bien que j'ai brisé votre vie.

Jorie défroisse le papier, puis elle ferme les yeux et écoute les insectes : leur bourdonnement lui fait penser au roulement de son destin qui la rattrape, qu'elle le veuille ou non. Voilà comment les choses se passent : une gamine regarde une émission de télé et c'est tout votre univers qui finit par s'écrouler. Telles sont les conséquences d'un acte isolé, quoi que l'on puisse penser ou regretter par la suite. Sans doute, dans des circonstances différentes, Jorie aurait-elle suivi une autre voie, mais tel est le cours que sa vie a pris et il l'a conduite jusqu'ici, dans ce cadre précis, un monde où certains parlent trop et où d'autres ne disent pas un mot. Ici, dans son jardin, les scarabées luisent comme des étoiles et le ciel est aussi noir qu'infini. Il y a des choses qu'on ne peut pas arrêter, la pluie par exemple, les coups de foudre, le lent et constant cheminement du chagrin. La vie telle que Jorie l'a connue jusqu'ici a pris fin. Cette nuit, dans le quartier le plus ancien de Monroe, Massachusetts, où personne n'avait jamais barricadé sa porte jusqu'à cet été, où il y a plus de pommiers qu'on ne peut en compter et où les enfants ont toujours dormi en paix, Jorie est bien consciente de ce qui s'est produit. Elle peut fermer les yeux, elle pourrait même rêver un siècle durant, une chose est certaine : maintenant, elle sait.

L'imbécile

En avouant la vérité à sa femme, il avait l'impression de raconter l'histoire de quelqu'un d'autre. D'ailleurs, qui était Bryon Bell, sinon un jeune homme qui avait vécu comme un somnambule ? Qui était-il, sinon un être sans âme, abandonné au fond d'une tombe, dans la riche terre du Maryland ? Durant sa brève existence, il n'avait eu que deux passions : le base-ball et lui-même, même s'il avait fini à la longue par les mépriser l'un et l'autre. C'était un individu sans grand relief, mais qui tranchait tout de même dans une bourgade aussi modeste que Neptune, perdue aux extrêmes confins de la côte orientale, où les joncs sont plus hauts que les hommes et où les corneilles et les mouettes tracent des cercles dans le ciel, prêtes à s'abattre sur ce que les pêcheurs ramènent de la mer, jour après jour.

Bryon était lui-même fils de pêcheur et il détestait la mer. Il était aussi têtu que vaniteux, du genre à vous adresser de grands sourires pour ensuite n'en faire qu'à sa tête, quelles qu'en soient les conséquences. Son père était mort jeune, disparu lors d'une tempête, et même si sa mère l'adorait, elle regardait parfois son fils comme un étranger qui aurait débarqué un jour sans y être invité et qui aurait fini par s'incruster, prenant peu à peu possession des lieux. Enfant, il brisait tout ce qu'il touchait, réduisait en miettes tout ce qui était à sa portée. À l'âge de douze ans, Bryon volait de l'argent dans le porte-monnaie de sa mère et passait la moitié de ses nuits dehors. À seize ans, il avait abandonné le collège et traînait le plus souvent dans le quartier des docks, à peu près aussi rapace que les mouettes qui criaient du haut de leur perchoir, sur les piles de caisses. Sa beauté ne cessait de croître à mesure qu'il grandissait, au même rythme que son égoïsme. Au bout d'un certain temps, les garçons avec qui Bryon avait grandi refusèrent de faire équipe avec lui, sur le terrain de base-ball, car il jouait non seulement pour gagner, mais pour amocher ses adversaires. Pourtant, aucune fille en ville ne semblait capable de lui résister et la façon dont elles le regardaient ne faisait que rehausser d'un cran la haute opinion qu'il avait de lui-même. On prétendait que Bryon Bell avait toujours un miroir dans sa poche, à portée de la main. *L'idéal pour s'admirer*, murmurait-on dans son dos. *Et pour se rappeler qui l'on est.*

À mesure que les années passaient, les filles lui couraient après, à Neptune, avec une excitation accrue. Elles débarquaient chez lui à des heures indues et téléphonaient jour et nuit, jusqu'à ce que sa pauvre mère, qui n'arrivait plus à dormir, ait pris l'habitude de décrocher le combiné. Ces filles savaient qu'elles se comportaient comme des idiotes, que tout ce qu'elles gagneraient serait d'être humiliées par Bryon, comme les autres avant elles. Il suffisait pourtant d'un sourire pour que même la plus maligne d'entre elles soit convaincue qu'il se montrerait loyal et sincère cette fois-ci, en dépit de tout ce qui était arrivé par le passé. Elles lui achetaient de nouveaux vêtements, payaient son essence, l'accueillaient dans leur lit à une place en laissant leur fenêtre entrouverte passé l'heure du couvre-feu, ou l'accompagnaient dans les bois où les pins hurlent la nuit, comme s'ils étaient prisonniers des ténèbres, à cause du destin qui les voue à demeurer cloués sur place, de toute éternité.

Bryon n'avait pas encore dix-sept ans que deux filles de la région avaient déjà tenté de se suicider à cause de lui. Une troisième avait trouvé refuge à Baltimore, dans un foyer pour mères célibataires. De tout cela, Bryon Bell ne se souciait pas le moins du monde : il considérait les filles comme de belles petites machines à baiser, qui étaient à sa disposition sans que cela implique le moindre sentiment ni, cela va sans dire, la moindre responsabilité de sa part. Au bout d'un certain temps, les filles des environs avaient fini par lui lancer une sorte de malédiction : elles espéraient qu'il connaîtrait un jour un amour identique à celui qu'elles avaient ressenti la première fois qu'il les avait embrassées, ce sentiment cruel et désespéré qui accompagne toujours le désir éprouvé pour quelqu'un que l'on va inéluctablement perdre.

Durant sa jeunesse Bryon fit divers petits boulots, tout en apprenant le métier de charpentier, mais il savait qu'il ne resterait pas confiné dans un patelin où il n'y avait pas une seule salle de cinéma et où il fallait bien rouler une demi-heure avant de dénicher un bar digne de ce nom. Il rêvait de base-ball, de fortune et de gloire, et ses rêves étaient tellement gravés en lui qu'il dégageait une sorte d'aura, au point que même les femmes d'un certain âge, qui auraient dû savoir se retenir, se retournaient dans la rue sur son passage. Les amies de sa mère le dévoraient des yeux lorsqu'elles venaient jouer aux cartes à la maison. *Il va faire des ravages*, disaient-elles avec un air gourmand, bien qu'il fût beaucoup plus jeune que la plupart de leurs propres enfants. *Plaignons celle qui héritera de lui*, disaient ces femmes entre elles. Et elles n'avaient pas tort, comme la suite le prouva amplement.

Il porta finalement son dévolu sur Marie Bennett, une jolie femme de quarante ans qui aurait dû se montrer plus méfiante. Sa propre mère l'ayant mis à la porte, Bryon se mit en ménage avec Marie et vécut les deux années suivantes à son domicile, une maison qui surplombait le rivage. Marie lui donnait trop d'argent et ne le réprimandait jamais pour son attitude égoïste, même lorsqu'elle sut qu'il retrouvait régulièrement des jeunes filles sur le port. Elle lui acheta une veste en cuir, une paire de boots splendide qu'il aurait pu mettre pendant des années, une chaîne en or qu'il s'empressa d'échanger contre une somme rondelette chez le prêteur sur gages. Elle lui aurait offert tout ce qu'il voulait mais comprit qu'il ne serait jamais fidèle ni honnête envers elle.

Pas une fois elle n'éleva la voix lorsqu'il rentrait à deux ou trois heures du matin, ni lorsqu'il cessa tout simplement de revenir sinon pour manger à la hâte, récupérer des vêtements propres ou lui emprunter de l'argent pour boucler ses fins de mois. Incapable de coucher plus longtemps avec elle, Bryon quitta Marie deux semaines après son dix-neuvième anniversaire. À cette occasion, il imita sa signature, se rendit au guichet de la First National Bank et retira dix mille dollars de son compte. Après son départ, Marie ne raconta à personne le traitement qu'il lui avait fait subir. Lorsqu'elle reconnut finalement ce qui s'était passé, et que toutes ses économies s'étaient volatilisées en même temps que Bryon, les autres femmes de la commune estimèrent qu'elle avait eu de la chance. *Bon débarras*, disaient-elles en lui rappelant que Bryon Bell s'était contenté de lui extorquer son argent. Mais à voir l'expression de Marie, elles se rendaient bien compte que ce n'était pas exactement le cas et nulle ne fut très étonnée lorsqu'elle eut un accident, du côté de Cove Road. Elle s'était alors mise à boire et avait confié à ses plus intimes amies qu'elle ne sentait plus la moindre raison de vivre, maintenant que Bryon Bell avait quitté la ville. Tout le monde savait que c'était une simple question de temps et que Marie finirait par succomber un jour à un accident.

Après avoir empoché l'argent de Marie Bennett, Bryon comprit qu'il avait enfin l'occasion d'aller tenter sa chance ailleurs qu'à Neptune. Il se rendit donc à Baltimore, espérant décrocher un engagement dans une équipe du Championnat. Il roulait, les vitres baissées, soulagé de ne plus sentir l'odeur de la mer, heureux de se trouver sur une route qui l'emmenait vers une ville où personne ne le connaissait et où il allait pouvoir dépenser comme il l'entendait l'argent de Marie. Mais lorsqu'il se présenta au siège, dans l'espoir qu'on le prendrait à l'essai, le directeur se contenta de lui rire au nez. Il y avait ici des garçons qui étaient des vedettes dans leurs équipes universitaires et qui s'entraînaient six à sept heures par jour. D'autres qui venaient de la république Dominicaine et de Puerto Rico, des joueurs si sérieux et si concentrés que pas un de leurs muscles ne bougeait avant qu'on les appelle. Ils allaient alors frapper des dizaines de balles d'affilée dans le parc, au point que le ciel bleu disparaissait bientôt derrière l'envol de ces boules blanches, jusqu'à ce qu'elles retombent et s'immobilisent sur l'herbe, comme des étoiles filantes.

Ainsi qu'il s'avéra, le directeur se souciait fort peu de ce que la population de Neptune, Maryland, pensait de Bryon Bell, ou de la haute estime dans laquelle celui-ci se tenait. Ici, à Baltimore, Bryon n'était rien, il n'avait pas la moindre chance. Malencontreusement, ou à dessein, en éconduisant le jeune homme, le vieux directeur cracha par terre : sa salive gicla et rejaillit dans la poussière, puis sur les chaussures de Bryon. Celui-ci avait tendance à très mal réagir quand la situation ne tournait pas à son avantage. Il n'aimait pas rencontrer d'obstacle en travers de sa route et prenait facilement la mouche dès que la moindre difficulté se présentait. Ce qui avait été le cas, par exemple, lorsque cette fille enceinte était venue le supplier de l'épouser : il l'avait tout bonnement empoignée, sans ménagement, et foutue à la porte – enceinte ou non, gémissante ou en larmes, cela lui était fichtrement égal. Il ne prenait pas trop le temps de réfléchir, dans ces cas-là, l'adrénaline montait comme un poison brûlant dans ses veines, lui communiquant brusquement une sorte de fièvre. Confronté à cet homme qui se moquait de lui, qui le traitait plus bas que terre et le considérait comme une merde, ainsi qu'il lui était arrivé de le faire lui-même avec autrui, il empoigna la batte la plus proche et l'abattit sans ménagement en travers de la tronche du directeur. Une fois à terre cet enfoiré se mit à cracher de la bile, et il avait le sang aussi rouge que n'importe qui. Mais bien que son geste l'eût empli d'une joie violente et sauvage, la note s'avéra salée.

Bryon Bell passa dix-huit mois en prison pour coups et blessures volontaires, un temps suffisant pour lui permettre de durcir son image, celle d'un homme dont personne n'a envie de croiser le chemin. Lorsqu'il regardait les gens, il ne voyait plus des visages et ne pensait qu'à la manière dont ils pourraient servir ses intérêts. Quand on le remit en liberté, ce n'était plus un gamin mais un homme au cœur dur, plein de rancœur, si beau pourtant que les colombes descendaient du ciel pour se poser sur ses épaules et que les femmes se débrouillaient toujours pour lui faire passer la clef de leur chambre. Ses yeux étaient si sombres que n'importe quelle femme s'y serait noyée, tombant à toute allure, avant même de s'être aperçue qu'elle avait basculé.

Quant à Bryon, il y avait quelque chose d'inextinguible en lui, et un vide trop grand pour être jamais comblé. En traversant la vie, il ne percevait que des variations sur le même mot : *moi, mon, mien.* Il désirait, avait besoin de tant de choses. Il était difficile pour lui de rester au même endroit après avoir passé un an et demi en prison, aussi reprit-il la direction des routes ventées du Maryland. Au printemps, à l'époque où les arbres fruitiers commencent à fleurir et où des milliers de bourgeons de pêchers et de cognassiers, de pruniers et d'amandiers s'apprêtent à éclore, imprégnant l'air de parfums, il travaillait comme couvreur. L'hiver, il ramonait les cheminées et déblayait la neige. Et tout le long de l'année, il se faisait régulièrement embaucher comme journalier, heureux d'abattre des murs ou de raser des immeubles, comme si la destruction était inscrite au plus profond de lui.

Les années passèrent et durant cette période il finit par nourrir tant de rancœur en lui, attendu la modeste place qu'il occupait dans le monde, qu'il n'avait plus le moindre respect pour le genre humain. Il lui arrivait régulièrement, pour se distraire, d'incendier les cultures des fermiers, mettant le feu aux herbes qui poussent le long des champs de maïs et lançant des allumettes embrasées dans les feuilles de myrte ou d'eucalyptus, en s'assurant qu'il laissait bien une traînée de flammes et de cendres derrière lui. Mais, bien que ces actes insensés lui aient procuré un bref élan de satisfaction, le bonheur semblait s'éloigner de lui, un peu plus chaque jour. Il avait l'impression qu'il commençait à se dessécher de l'intérieur, comme quelqu'un qui traverse le désert. Un jour d'été, il débarqua dans une bourgade où il n'avait encore jamais mis les pieds et s'aperçut qu'il avait soif. Tellement soif, à vrai dire, qu'il allait mourir (songeait-il) s'il ne buvait pas sur-le-champ. C'est ainsi qu'il pénétra dans ce magasin d'alimentation, où il acheta un pack de bières et aperçut la fille qui était à la caisse. Tandis qu'elle enregistrait ses achats, il se rendit compte à la manière dont elle le regardait qu'il pourrait sans doute se la faire sans trop de peine, s'il le voulait, et un sourire voluptueux éclaira lentement son visage.

Cela faisait plus d'un mois que Bryon travaillait en plein air, participant à l'édification de cabanes et de haies, sa peau avait bruni. Et, tranchant sur ce teint doré, il y avait ce regard sombre dans lequel on pouvait se noyer, si on n'y prenait garde. Derrière la caisse, la fille le dévisageait de ses beaux yeux verts. Elle avait dans les dix-huit ans, d'après l'estimation de Bryon : un beau brin de fille de la campagne, qui avait encore des choses à apprendre. Elle avait une longue chevelure rousse dans laquelle il aurait voulu plonger la main. Elle était vêtue d'un short et d'un petit chemisier qu'il mourait d'envie de lui arracher. Aussi accentua-t-il son sourire, ce sourire qui plaisait tant aux femmes, il le savait. Pas exactement sincère, mais riche de promesses et de plaisirs possibles.

— À quelle heure finissez-vous de travailler ? demanda-t-il.

Il se dit que son sourire devait être suffisamment éloquent pour qu'elle comprenne à quoi il voulait en venir. L'occasion était bonne et il en avait oublié sa soif.

— Pas avant neuf heures, dit la fille. Je suis coincée ici jusqu'à la fermeture.

— C'est pire que la prison. Pas de chance…

Bryon Bell s'empara d'un paquet de cigarettes et déchira la cellophane. Il constata avec satisfaction que la fille, derrière la caisse, ne l'ajouta pas à son addition.

— Mais la chance peut tourner, poursuivit-il.

La fille éclata d'un rire musical et argentin. Elle était trop grande et avait trop de taches de rousseur pour que les garçons de son âge s'aperçoivent qu'elle était belle, mais Bryon Bell avait l'œil pour ce genre de détails.

— Tirons-nous d'ici, dit-il. Allons nous payer du bon temps.

— Maintenant ?

La fille éclata une nouvelle fois de rire. Rien qu'à son regard Bryon avait deviné ce qui allait se passer. Il savait qu'elle allait le suivre bien avant qu'elle ne le sache elle-même.

— On doit bien pouvoir se baigner, quelque part dans le coin, reprit-il.

Il faisait une chaleur torride et le magasin n'avait pas l'air conditionné. Un ventilateur fixé à la fenêtre brassait mollement l'air chaud.

— À l'étang d'Enfer, dit la fille.

— D'Enfer ?

Bryon trouva cela comique et rit à son tour.

— Il est alimenté par de l'eau naturelle, pratiquement comme une source thermale, sauf qu'à marée haute l'eau est à moitié salée.

— Il fait trop beau dehors pour rester ici à travailler.

Bryon accompagna sa remarque d'un regard entendu et souleva le pack de bières qu'il était venu acheter pour étancher sa soif. Encore une petite salve de rire et elle était à lui. Elle laissa un mot à l'intention de son patron – *Partie me baigner* – et ferma la boutique à double tour.

— Ils vont me licencier...

La fille hésita avant de monter dans sa camionnette. C'était le début du mois d'août et les pousses de riz sauvage étaient toutes dorées autour de l'agglomération, aussi belles que l'éclat ambré du soleil.

— Ils vont me tuer, ajouta-t-elle.

— Parce que vous êtes allée vous baigner ? Ça m'étonnerait. Ce n'est pas un crime fédéral. Et regardez autour de vous...

La fille considéra la route déserte, les champs de blé et de millet, les moineaux aux ailes rouges perchés sur les fils télégraphiques.

— Je ne crois pas que vous auriez eu beaucoup de clients, de toute façon, conclut Bryon.

Et elle finit ainsi par monter dans la camionnette, les yeux fermés, comme si elle avait plongé dans l'eau froide, et non guidé un étranger jusqu'à la berge boueuse et tiède de l'étang d'Enfer. Il promit de ne pas la regarder lorsqu'elle se déshabillerait avant d'aller nager. Mais il ne tint évidemment pas sa promesse et constata qu'il ne s'était pas trompé : la fille était superbe, grande et élancée, et sa peau laiteuse paraissait verdâtre à travers l'eau fuligineuse de l'étang. Malheureusement, chaque fois qu'il tentait de s'approcher davantage, elle se dérobait ; et tout ce qu'il réussit à obtenir fut un petit baiser. Un peu plus tard, elle courut s'abriter derrière l'écran des pins pour se rhabiller, puis revint boire une bière avec lui, les pieds dans l'eau, qui paraissait maintenant plus chaude que l'air ambiant. Des petits poissons indistincts venaient leur mordiller les orteils et Bryon dit à sa compagne qu'il en connaissait la raison : même les poissons savaient qu'elle était délicieuse à croquer.

Lorsque le crépuscule tomba, Bryon n'avait toujours pas obtenu ce qu'il désirait, mais cela ne signifiait pas qu'il était prêt à abandonner la partie. Il raccompagna la fille chez elle, dans le jour déclinant. Un rideau de pollen flottait en suspens dans l'air. La fille lui indiqua le chemin. Sitôt arrivés, Bryon se gara le long de la route et l'embrassa longuement, la laissant sans voix.

— Ce n'est pas assez, lui dit-il. Je veux rester plus longtemps avec toi.

— Qu'est-ce que ça changerait ? dit la fille en hochant tristement la tête. De toute façon, tu vas repartir.

Le grand air avait donné des couleurs à ses joues, on aurait dit qu'elle avait la fièvre. Sans doute était-elle tombée amoureuse de Bryon Bell à l'instant même où il avait pénétré dans la boutique, sinon plus tôt. Elle rêvait sans doute à l'arrivée d'un mystérieux étranger lorsque la clochette avait retenti à l'entrée, un homme aux yeux aussi noirs que les plumes des merles qui étaient en train de traverser le ciel.

— Qui sait, la taquina Bryon. Je repartirai, mais je peux aussi revenir te chercher plus tard. Nous ferons un bout de chemin ensemble et après, ma foi, nous verrons bien.

La fille regarda à l'autre bout du champ. Les lumières étaient allumées dans sa maison, une modeste ferme blanche, construite à des kilomètres de la première agglomération.

— Je reviendrai après minuit. Je ferai des appels de phare et tu viendras me rejoindre.

— Je ne peux pas, dit la fille en l'embrassant une dernière fois.

— Je compte sur toi ! lança-t-il avant qu'elle ne sorte du véhicule et ne parte en courant vers la maison.

Bryon refit le même chemin dans l'autre sens. Il était peut-être à une soixantaine de kilomètres à vol d'oiseau de sa ville natale, mais les habitants de Neptune n'allaient jamais nulle part et il était certain de ne pas tomber sur quelqu'un de sa connaissance. Il s'avéra que le bled où il se trouvait s'appelait Holden et disposait d'un bar à peu près correct, le *Holden's Corner*. Bryon y passa deux bonnes heures, à s'enivrer et tenter de calmer la fureur qui bouillonnait en lui, d'étancher d'une manière ou d'une autre la soif désespérée qui le rongeait. Après quoi, il roula un moment sur les routes secondaires, en se disant qu'il ferait peut-être mieux de rejoindre l'autoroute et de remonter vers Philadelphie, où il trouverait sûrement du travail. Mais il avait passablement bu et se mit à gamberger au sujet de cette petite caissière rousse. Et il finit par retomber sur la route poussiéreuse qui menait à la ferme où il l'avait reconduite, un peu plus tôt. Au lieu de partir sur Philadelphie, comme il en avait eu l'intention, ce fut là qu'il échoua, après avoir traversé les champs assombris à la lueur des étoiles, son sens de l'orientation aiguisé par la boisson.

Il se gara sur le terrain et coupa le moteur. Puis

il fit des appels de phare, mais la fille ne se montra pas. Il récidiva et un rai de lumière blanche illumina la rangée de cyprès dénudés qui bordaient la ferme. Mais là encore, rien ne se produisit. Il sortit du véhicule, sentant remonter la fureur qui bouillonnait en lui. Il s'était garé sur un champ de fraises mais ne le remarqua même pas, tout en enjambant les plants. Il s'immobilisa soudain, ayant distingué une silhouette accroupie entre les rangées de fraises, mais ce n'était qu'un épouvantail, placé là pour effrayer les merles. Il poursuivit donc son chemin, longeant les rangées de laitues, les réserves de maïs et l'auge remplie d'eau destinée aux deux moutons qui dormaient dans l'étable. Arrivé devant la maison, il examina les fenêtres et ne tarda pas à identifier celle de la fille, qui était munie de fins rideaux d'organdi. Il se hissa jusque-là et entra tout bonnement par la fenêtre, passablement imbibé et fort en colère.

La fille était dans son lit, sous une couverture blanche. Il la rejoignit et s'étendit auprès d'elle, sans autre préambule, ni se soucier de ses chaussures boueuses qui allaient maculer les draps. Elle faillit se mettre à hurler, mais il posa la main sur ses lèvres.

— Je t'avais dit que je reviendrais, murmura-t-il.

La pièce faisait penser à une chambre d'enfant avec ses poupées, ses animaux en peluche et son papier peint rose orné de marguerites. Bryon se dit que certaines femmes ne grandiront jamais. Il y en a qui aiment se comporter comme des petites filles, lorsque ça les arrange. Celle-ci, toutefois, paraissait réellement terrifiée, bien qu'ils aient passé toute la journée ensemble ; et pour une obscure raison, cela n'était pas pour déplaire à Bryon. Peut-être s'estimait-elle trop bien pour lui : mais lorsqu'il en aurait fini avec elle, elle rêverait de lui pendant des mois. Elle ferait des vœux, prierait pour qu'il revienne, mais lui serait à Philadelphie et l'aurait déjà oubliée : il serait passé à la suivante, ou peut-être même à celle d'après.

— Où étais-tu ? chuchota-t-il. Tu devais venir me rejoindre après mes appels de phare. Ce n'est pas très sympa de ta part.

Elle portait un léger pyjama et dès qu'il glissa sa main pour empoigner son sein, elle se mit à paniquer. À peine l'avait-il effleurée qu'elle commençait à se débattre, arquant le dos et le griffant avec ses ongles alors qu'elle avait passé l'après-midi avec lui, à l'embrasser au bord de l'étang et à nager nue comme un ver. Elle tenta de s'enfuir mais il la repoussa violemment et la projeta contre le mur ; après quoi elle retomba sur le dos, comme l'une des poupées de chiffon qui encombraient son lit. Ses longs cheveux roux lui couvraient le visage et Bryon réussit enfin à perpétrer l'acte qui l'avait obnubilé tout le long de la journée. Elle était étroite, comme si elle était vierge, et sentait sacrément bon, comparée aux filles dont il avait l'habitude et qui le suppliaient de les raccompagner chez elles, puis qui fondaient en larmes lorsqu'il les quittait, bien avant le lever du jour.

Il ne se rendit pas compte qu'il l'avait blessée avant d'en avoir terminé. Il lui murmura à l'oreille : *Je parie que je suis le premier*, ce qui était bel et bien le cas, étant donné que la fille avait à peine quinze ans, et non dix-huit comme il l'avait estimé, et qu'elle n'avait jamais ne serait-ce qu'embrassé un garçon avant cet après-midi, au bord de l'étang. Elle était effectivement vierge et peut-être était-ce pour cela qu'il était maculé de sang.

— Hé, dit-il, réponds-moi !

Ce fut alors qu'il aperçut le sang sur son visage. Il l'avait repoussée trop violemment, son crâne, en heurtant le mur, avait littéralement éclaté et s'était ouvert comme un fruit mûr. Il se laissa tomber à genoux. Pour quelque obscure raison, chaque inspiration lui déchirait la poitrine, comme un coup de poignard. Il y avait du sang partout, sur ses mains, sur ses jambes, sur sa verge... Il s'empara du drap et s'épongea du mieux possible. Il était au bord de la crise de nerfs, mais pas au point d'en perdre toute prudence. S'il ne parvenait pas à se calmer, il était fichu. Il s'était produit quelque chose à quoi il ne se serait jamais attendu, mais qui était bel et bien arrivé.

Merde, merde, merde... se dit-il intérieurement jusqu'à ce que le mot, à force d'être répété, ne forme plus qu'une litanie, au rythme de sa respiration. Il n'avait même pas songé à lui demander son nom mais le découvrit à cet instant, gravé sur une médaille exposée sur une étagère : elle faisait de la danse et avait remporté un premier prix lors d'une compétition. Elle s'appelait Rachel Morris et venait juste de finir sa troisième. Il aperçut le journal intime qu'elle tenait, à côté de son lit ; la clef du cadenas était suspendue à un ruban bleu. Il entendait maintenant son sang qui s'égouttait sur le tapis. Il tomba à genoux et, dans le même élan, il sentit qu'il quittait son propre corps. L'horreur de son geste retomba sur lui, comme une montagne de rochers meurtriers, et pour la première fois de sa vie, il fondit en larmes.

Ce fut la pluie qui l'aida à reprendre ses esprits. Elle s'était mise à tomber par rafales et venait cogner aux vitres, tout en inondant les champs, les routes et l'ensemble du paysage environnant. Bryon se força à bouger. Il ramassa ses vêtements et se servit d'un sweater rose qui traînait sur la commode pour effacer ses empreintes sur la vitre et le rebord de la fenêtre. Puis il se glissa à l'extérieur et marcha dans la nuit, aussi nu qu'au jour de sa naissance, tenant seulement à la main ses vêtements ensanglantés et la clef du journal de Rachel Morris, qu'il avait attrapée et serrait si fort qu'il semblait ne plus jamais devoir la lâcher. Il marcha jusqu'au champ de fraises où il avait aperçu l'épouvantail et s'empara à la hâte de ce qui lui tombait sous la main – une chemise blanche, un vieux pantalon noir, des chaussures élimées –, abandonnant ses propres vêtements maculés de sang à côté de l'épouvantail. Pourtant, l'odeur du sang ne le quittait pas et, pour la chasser, il s'empara d'une poignée de fraises. En avalant les fruits gorgés de sucre, il se sentit revivre. Le goût, la vue, l'ouïe, tout lui revint, dans la nuit sombre et battue par la pluie.

Il pouvait sentir son ancien moi sombrer lentement dans le champ à mesure qu'il s'éloignait. Et en contrepartie, l'individu qu'il s'apprêtait à devenir émergeait, prenant possession de sa chair, de ses os, de son sang. Il remonta dans sa camionnette et roula jusqu'à l'étang d'Enfer, à l'endroit où la fille l'avait conduit quand le monde paraissait splendide et qu'il avait la certitude d'obtenir tout ce qu'il voulait. Il sortit du véhicule mais laissa tourner le moteur et coinça une pierre sur l'accélérateur ; puis il se recula d'un bond, tandis que la camionnette basculait dans l'étang. La pluie n'était déjà plus qu'un léger crachin, gris, monotone et froid. Il resta un moment sur la berge, respirant avec peine et regardant disparaître les traces de tout ce qu'il avait été. Son portefeuille et ses papiers d'identité se trouvaient dans la boîte à gants ; et si l'on considérait la manière dont il avait perdu l'esprit, il ne s'était jamais senti aussi lucide de sa vie.

Il s'était mis à trembler, bien que l'air de la nuit fût à présent aussi doux et impalpable que des larmes. Le véhicule oscilla en s'agitant comme un gros poisson et fut bientôt englouti, tandis que les eaux se refermaient sur lui. Bryon ne s'attarda pas davantage. Il allait devoir se procurer une nouvelle identité, un nouveau nom et un autre passé, mais cela ne serait sans doute pas très difficile. Il était du genre à pouvoir cloisonner les différents secteurs de son esprit. Et la ligne brisée qui maintenait à l'écart toute la part égoïste et cruelle de son être, cette case minuscule qui contenait tous ses mauvais penchants, avait sombré dans les profondeurs de l'eau verte. Sous le couvert de la nuit, il se lava les mains et pria pour qu'on le guide sur le chemin qui l'attendait. En ce qui le concernait, Bryon Bell avait cessé d'exister.

Ange où démon

L'audience est brève, elle a lieu lors d'une journée étouffante où les ondées et la chaleur moite tapent sur les nerfs de tout un chacun, y compris les habitants les plus pondérés de Monroe. Quatre ans plus tard, lorsque la question du référendum sur la rénovation du tribunal et des bâtiments municipaux reviendra à l'ordre du jour, les gens se souviendront de cette journée oppressante et s'éventeront en se rappelant qu'ils auraient bien aimé bénéficier alors de l'air conditionné, ainsi que d'un peu de calme. À vrai dire, personne ne s'attend à ce qui est sur le point d'advenir, à l'exception de Jorie, assise la tête penchée derrière Ethan, et de Barney Stark, qui est venu prendre place à ses côtés : son visage massif et son regard concentré ne trahissent aucune émotion bien qu'il soit sur le qui-vive, prêt à rattraper les morceaux lorsque l'édifice menacera de s'effondrer. Collie sait lui aussi ce qui va se passer mais il n'est pas dans les parages. Il s'est retiré, seul dans son coin, et regarde tomber la pluie depuis l'ancien salon de la maison abandonnée où il se sent si bien, tout au bout de King George's

Road, à quelques kilomètres de là : mais un monde aussi bien le sépare ce jour-là des marches du tribunal.

Mark Derry s'est assis au dernier rang pour observer le déroulement de l'audience. Il porte pour l'occasion une veste et une cravate et étouffe littéralement. Ce matin, il a téléphoné à Dana Stark afin de la prévenir qu'il ne pourrait pas repasser avant la fin de la semaine pour terminer les travaux de leur nouvelle salle de bains. Il s'attendait à ce qu'elle monte sur ses grands chevaux et n'aurait pas demandé mieux, dans ce cas, que de laisser tomber ce fichu chantier, avant même d'avoir installé la baignoire et le bidet. Mais à sa grande surprise, Dana lui avait répondu que rien ne pressait : Mark avait d'autres soucis en tête, chacun pouvait le comprendre. Les Howard, sur Sherwood Street, n'avaient pas protesté non plus : ils savaient déjà que leur cuisine ne serait pas achevée avant la fin de l'automne, malgré les efforts de Swift, l'homme à tout faire que Mark avait engagé pour terminer la pose du carrelage et l'installation des placards. Il a en effet d'autres chats à fouetter, c'est absolument évident. Il faut parfois savoir différer certaines obligations, en attendant des jours meilleurs.

L'après-midi où Ethan avait été arrêté, Mark en était venu aux mains à la quincaillerie avec cet abruti de Steve Messenger, qui s'était mis à brailler qu'il allait foutre le feu à la maison des Ford. Il avait fallu s'interposer pour les séparer, entre deux rayonnages de pots de peinture et d'enduit. Mais aujourd'hui, Mark ne sait plus trop à quoi s'en tenir, au sujet de la loyauté. Assis dans la salle d'audience, entendant que l'on désigne Ethan sous le nom de Bryon Bell, Mark n'arrive pas tout à fait à envisager la réalité de la scène qui est en train de se dérouler. Peut-être s'agit-il d'une plaisanterie, d'une mise en scène pour une émission de télé : à la fin du spectacle, les acteurs – Ethan, le juge et les avocats compris – vont se lever et saluer le public, en remerciant la nuée de journalistes, les voisins et les amis des Ford pour leur participation involontaire.

Les deux hommes, qui se connaissent et sont amis depuis treize ans, ne se sont-ils pas toujours soutenus mutuellement, quelles que soient les circonstances ? N'ont-ils pas pleuré ensemble à la mort du père de Mark, et célébré comme il le fallait la naissance de Collie, sans lésiner sur le scotch ou les cigares ? Ethan a entraîné Brendan, le fils de Mark, depuis que celui-ci participe au Championnat et il est le parrain d'April, la fille de Mark et de Trisha. Tous ces faits sont réels, ils ont bel et bien eu lieu, nul ne peut le nier. Mais ont-ils la même réalité que ce qui est en train de se passer, à l'instant où Ethan se lève et annonce sans paraître troublé qu'il plaidera coupable ? Assis au fond de la salle, Mark sent un frisson le parcourir. Il se souvient d'un magicien qu'il avait vu dans son enfance et qui l'avait terrifié en faisant surgir des écharpes et des oiseaux des endroits les plus inattendus : de ses manches, des nappes ou des cheveux de la mère de la fillette dont on fêtait l'anniversaire. Après ce numéro, il était rentré chez lui et s'était caché sous son lit, en refusant de venir dîner. Pendant des mois, après cet anniversaire, il s'attendait toujours à trouver des colombes sur son bureau ou à se prendre les pieds dans des écharpes en soie, tendues à travers le parquet de sa chambre.

Le regard de Mark se pose à présent sur Jorie, assise à côté de Barney Stark. Elle est immobile et porte une robe bleu nuit qui la fait paraître plus terne et plus âgée. Mark est brusquement submergé par un souvenir remontant à l'époque où il travaillait avec Ethan sur le chantier des nouvelles propriétés qui ont été construites derrière le collège, voici quelques années. Ils avaient déjeuné en plein air, partageant le pique-nique que Jorie avait soigneusement emballé ; et après s'être bourrés d'œufs durs et de sandwiches au jambon, de pommes et de madeleines au chocolat, le tout arrosé de quelques canettes de bière bien fraîches, ils s'étaient allongés sur l'herbe, en regardant le ciel.

Je suis l'homme le plus heureux du monde, avait dit Ethan, Mark s'en souvenait fort bien. Il avait même ajouté : *C'est objectivement vrai.*

Dès qu'Ethan a fait sa déclaration, Mark s'éclipse par la porte du fond et file directement au Safehouse, où il commande une pression. Il la boit seul, à une table retirée. Il fait toujours sombre au Safehouse, mais avec les trombes d'eau qui tombent dehors, l'atmosphère est encore plus ténébreuse qu'à l'ordinaire, lourde de l'odeur moite de l'alcool et de l'échec. Un soir où ils étaient assis là, Ethan lui avait dit quelque chose qui aurait dû lui mettre la puce à l'oreille, songe Mark *a posteriori : On ne connaît jamais vraiment ses amis*, lui avait-il déclaré tandis que le vent soufflait en rafales sur le toit du Safehouse et que la neige se mettait à tomber. Ils avaient bu quelques verres et Mark se souvenait lui avoir répondu quelque chose comme : *Arrête tes conneries... Tu crois peut-être que je ne te connais pas ? Eh bien, tu te trompes. J'ai tellement confiance en toi que je pourrais te confier ma vie.* Ethan lui avait donné une claque dans le dos et l'avait remercié, visiblement ému. Mais aujourd'hui, Mark a l'impression de s'être fait avoir et se demande si on ne l'a pas mené en bateau. Il boit une autre bière, puis rentre chez lui : et avant que Trisha ait pu le retenir, il va chercher les piles d'albums de photos qu'elle passe tant de temps à ranger et se met à en déchirer les pages.

— Veux-tu bien t'arrêter ! s'exclame Trisha en surgissant de la cuisine et en apercevant les pages froissées qui jonchent le sol.

Son mari est à genoux et fouille dans le tiroir du bureau qu'il a hérité de sa grand-mère, à la recherche d'une paire de ciseaux.

Trisha lui retire l'album des mains. Pendant une fraction de seconde, elle éprouve un sentiment troublant : qui est cet homme dont elle est l'épouse et qui a déjà mis en pièces une bonne douzaine de photographies ? Mark réagit alors de la manière la plus inattendue : il se met à pleurer. Trisha s'assoit par terre à ses côtés. Le visage de son mari est empourpré et elle a l'intuition que certaines choses ne seront plus comme avant. Que d'une certaine manière Ethan les a tous compromis.

— Il a trompé tout le monde, dit-elle, y compris sa propre femme. Mais ce n'est pas une raison pour te mettre dans un état pareil.

Mark Derry sait pourtant qu'un homme a

parfois, sinon le droit, du moins de bonnes raisons de tromper son épouse – mais jamais son meilleur ami. Il se dit qu'il a besoin de réfléchir à tout ça, de comprendre ce qui s'est passé ; et tout le reste de la semaine, il passe l'essentiel de son temps au Safehouse, jusque tard dans la nuit. Chaque soir, pratiquement, il fait la fermeture, raccompagne Warren Peck et laisse sa voiture au coin de la rue, terminant le chemin à pied en titubant jusqu'à sa propre allée. Il ne se montre plus sur ses différents chantiers, et ses trois fils – Sam, Christopher et Brendan – l'aperçoivent à peine durant ces quelques jours. Même April, la cadette, qui n'a que huit ans, perçoit le changement : elle se met à répondre à sa mère et refuse de prendre son bain ou d'aller se coucher à l'heure, alors qu'elle a toujours été jusque-là une fillette angélique.

Ce n'est pas que Mark Derry n'ait jamais bu un verre de sa vie – il aime parfois prendre un peu de bon temps, comme n'importe qui – mais on dirait qu'il s'est brusquement réfugié dans la boisson, comme dans un nid douillet qui l'absorbe entièrement. Chaque fois qu'il pense à Ethan, il boit un nouveau verre, soi-disant pour s'éclaircir les idées : mais il aboutit bien sûr au résultat inverse, la tête lui tourne et ses pensées s'avèrent de plus en plus confuses. À la fin du mois de juillet, Mark ayant perdu cinq kilos malgré sa maigreur légendaire et n'étant pas rentré à la maison avant minuit depuis huit soirs d'affilée, Trisha Derry se décide à aller voir Katya, la grand-mère de Kat Williams, afin de lui demander conseil sur la manière de ramener dans le droit chemin un mari égaré. Katya est une singulière amie pour une femme aussi jeune que Trisha : mais celle-ci a perdu sa propre mère lorsqu'elle était enfant et elle a toujours ressenti le besoin d'un avis ou d'un soutien maternel. Quand Brendan et Rosarie s'étaient mis à sortir ensemble, la mère de la jeune fille ne semblait pas s'intéresser à l'avenir éventuel de leurs enfants, mais Katya invitait toujours Trisha à entrer et à boire un café, lorsqu'elle passait voir si Brendan était dans les parages.

Trisha va maintenant trouver Katya pour lui demander conseil, comme elle irait voir sa mère si elle était encore en vie. Elle laisse April jouer dans le jardin des Williams, où il ne pousse pas grand-chose en dehors des mimosas noirs, et surveille à travers la fenêtre sa fille qui joue à la pâtissière, préparant ses tartes avec des brindilles et des herbes. D'une voix étonnamment calme, Trisha expose à Katya la récente déconfiture de son mariage. Elle n'a pas remis les pieds ici depuis que Rosarie a brisé le cœur de Brendan et sans doute se sentirait-elle un peu mal à l'aise si Katya ne se montrait pas compréhensive. Un homme qui boit est un homme qui redoute la vérité, d'une manière ou d'une autre, et selon l'avis de Katya c'est à Trisha de découvrir ce dont son mari a peur, puis de l'aider à y faire face, sans recourir à l'alcool.

Mais comment Trisha pourrait-elle aider Mark, alors qu'il ne lui adresse quasiment plus la parole ? Qu'il s'effondre à ses côtés dans leur lit aux premières lueurs du matin, empestant l'alcool et repoussant ses caresses ?

— Suivez-le, où qu'il aille, lui dit Katya devant la fenêtre, tandis qu'elles regardent ensemble April chercher des papillons dans le jardin à l'abandon.

C'est ainsi que vous découvrirez ce qu'il cherche à fuir.

Trisha décide de filer Mark dès le lendemain, de le suivre sur le chemin où il s'est engagé pour chercher à comprendre ce qui le pousse à agir de la sorte. La matinée est splendide lorsqu'elle monte dans sa Honda et démarre derrière lui. Il est déjà huit heures, alors que Mark quittait la maison deux heures plus tôt, du temps où il menait une vie normale. Trisha sait qu'il a un travail à terminer chez Barney Stark et que John Howard a laissé un message ce matin pour lui annoncer que Swift, son homme à tout faire, venait de s'évaporer dans la nature en laissant leur cuisine dans un état apocalyptique. Mais ce n'est visiblement pas le travail qui préoccupe Mark, car il prend la direction de la pâtisserie Kite, sur Front Street.

Trisha reste assise dans sa voiture, le long du trottoir, en laissant tourner le moteur et en regardant son mari commander un café noir qu'il aurait de toute évidence pu boire à la maison. Elle constate à travers la vitre que Charlotte Kite a repris son travail après l'opération qu'elle a récemment subie à Hamilton, à en croire la rumeur publique. Les parents de Charlotte, à partir de rien, ont monté ce commerce qui a maintenant des succursales dans tout le Massachusetts. Et la boutique devait être comme une seconde maison pour Charlotte, car une autre femme n'aurait sans doute pas repris le travail aussi tôt, après une telle intervention.

Trisha a cru comprendre qu'il s'agissait d'une sorte de cancer et était allée lui apporter des fleurs au début de la semaine, bien que Charlotte et elle n'aient jamais été très proches. Charlotte avait accepté les lis et les zinnias, cueillis dans le jardin des Derry, mais s'était gardée d'inviter Trisha à pénétrer chez elle. Elle avait prétendu qu'elle se portait comme un charme, sur le ton enjoué qu'elle affectait devant tout le monde, y compris Jorie, qui ignorait toujours la nature exacte et la gravité de la maladie de son amie. Mais Trisha Derry n'était pas du genre à se laisser berner aussi aisément. Elle avait remarqué la maigreur de Charlotte, drapée dans un peignoir sur le seuil de son immense demeure, ainsi que l'espèce de sonde qui était fixée sous son bras. Elles avaient une année d'écart, lorsqu'elles étaient au collège, et Trisha avait toujours trouvé Charlotte trop sophistiquée à son goût, d'autant que sa famille était l'une des plus riches de la région. Elle s'était souvent moquée d'elle, estimant que Charlotte était hautaine et imbue d'elle-même, et plus froide qu'un glaçon, mais en la regardant s'éloigner derrière l'écran grillagé de la contre-porte, elle s'était demandé si ce n'était pas elle, finalement, la plus froide des deux, et si ce n'était pas pour cette raison qu'elles n'avaient jamais été amies. Peut-être était-ce elle qui avait rejeté Charlotte, parce que celle-ci habitait sur Hillcrest – tout comme elle avait évité Jorie à cause de sa beauté, qualité qui lui avait toujours semblé particulièrement injuste chez autrui. Elle était jalouse, voilà tout, et la jalousie renforce le ressentiment. Trisha ne peut s'empêcher de se demander si elle n'est pas en train de payer le prix de son manque de compréhension ; et si ce n'est pas pour cette raison que son loyal époux, si digne de confiance, s'éloigne d'elle à présent.

Après avoir quitté la pâtisserie, le matin où sa femme le suit, Mark remonte dans sa voiture et entreprend de faire le tour de la vallée, selon un itinéraire compliqué et apparemment sans fin. Trisha, qui le suit à une distance respectable, ne tarde pas à être un peu perdue, bien qu'elle ait grandi à Monroe et connaisse la ville dans ses moindres recoins. Elle met quelque temps à comprendre que Mark a pris la direction de Maple Street. Il s'arrête en face de la maison des Ford et reste là si longtemps, assis dans son véhicule, que Trisha se demande s'il ne s'est pas endormi ou n'a pas été pris d'un brusque malaise. Elle s'est elle-même garée derrière une haie de lilas, à l'angle de Maple et de Sherwood, et l'épaisseur des buissons la dissimule parfaitement. Mais au bout d'une demi-heure, elle commence à s'impatienter. Elle se demande combien de temps elle va encore devoir attendre lorsque Mark ouvre brusquement la portière et émerge enfin de son véhicule. Trisha abandonne elle aussi sa Honda et longe la rangée de lilas, en restant à l'abri de son épais feuillage. La chaleur l'étouffe et elle commence à transpirer. Afin de rester hors de vue, elle n'a d'autre choix que de passer par le jardin de Betty Gage, même si la vieille dame, obnubilée par ses parterres d'immortelles, avait la réputation de chasser les gens hors de chez elle, à l'époque où Trisha n'était qu'une enfant.

Cachée à l'arrière du jardin de Mrs Gage, Trisha distingue parfaitement la pelouse et le terrain des Ford. Jorie est dans son potager, s'efforçant de rendre l'endroit plus présentable, ainsi que le lui a conseillé Liz Howard, la directrice de l'agence immobilière de Monroe, lorsqu'elle est venue estimer la propriété. Privée des revenus du travail d'Ethan, Jorie aura de la peine d'ici deux mois à honorer ses traites. Au bout d'un trimestre, cela s'avérera franchement impossible. C'est pourquoi elle est là, à tailler les branches qui ont proliféré et à arracher les laitues montées en graine. Elle est vêtue d'un short et d'un tee-shirt de son fils et, vue de loin, paraît aussi belle que lorsqu'elle était au collège et que Trisha se trouvait trop petite et trop insignifiante pour oser l'approcher.

Bien qu'elle ne soit pas du genre à enfreindre la loi, Trisha continue de traverser la propriété de Mrs Gage, jusqu'à l'endroit d'où son mari observe le jardin des Ford. Une immense stupéfaction se peint sur son visage et pourtant il n'a pas l'air surpris de voir Trisha émerger au milieu des parterres bien entretenus de Mrs Gage, où les phlox prospèrent à merveille, en plates-bandes pourpres, blanches et rouge fuchsia.

— Je vais bien finir par comprendre, dit Mark. Avec un peu de persévérance, les choses finiront par s'éclaircir.

Toute la matinée, à la pâtisserie, en roulant à travers la ville et encore à présent, en observant Jorie, il a mentalement recompté le nombre de fois où Ethan et lui étaient allés pêcher, le nombre de bières qu'ils avaient bues ensemble, les soirées qu'ils avaient passées au Safehouse, le nombre de fois où ils avaient quitté en toute hâte la caserne de pompiers à la suite d'un appel urgent, en espérant que l'incendie qu'ils partaient combattre n'avait pas touché l'un ou l'autre de leurs proches. Plus d'une fois, Mark avait dit à Ethan qu'il se demandait s'il avait fait le bon choix, en épousant Trisha. Ils étaient sortis ensemble lorsqu'ils avaient quinze ans, c'était la seule et unique femme qu'il ait jamais connue, et il avait l'impression d'être passé à côté de ce dont la plupart des hommes font généralement l'expérience.

On n'aime vraiment qu'une fois dans sa vie, lui avait répondu Ethan. *Et encore, si on a de la chance.*

Ils étaient à la caserne, la dernière fois qu'ils avaient abordé la question. Les autres membres de la brigade se trouvaient dans la pièce de devant et regardaient un match de base-ball sur l'écran de télé géant offert par Warren Peck. La journée était chaude mais lorsque Ethan s'était mis à disserter sur l'amour, Mark avait senti un frisson glacé lui traverser la poitrine. Il aurait voulu être aussi sûr de lui que l'était son ami. Et aujourd'hui il se retrouvait là, à venir contempler la maison d'Ethan en essayant de comprendre ce qui s'était passé, tout en réfléchissant à sa vie et au nouveau cours qu'elle venait de prendre.

Il ne s'écarte pas lorsque Trisha émerge du jardin de Mrs Gage et se retrouve à ses côtés. « Certaines choses demeurent mystérieuses », dit-elle en songeant à Charlotte Kite dont elle était si jalouse jadis et qui lui avait fait pitié, amaigrie dans son peignoir et adossée à sa contre-porte. Qui aurait pu croire que parmi toutes ces filles, au temps du collège, c'était Trisha qui devait connaître le véritable bonheur ? Elle se dresse sur la pointe des pieds, en se penchant vers son mari.

L'odeur âcre du sol imprègne l'atmosphère. « Je suis tellement heureuse d'être à tes côtés », murmure-t-elle à Mark.

Le jour où Ethan et Mark avaient eu cette conversation sur l'amour, Mark s'était mis à pleurer. Il avait dit à Ethan qu'il avait une femme, trois fils et une adorable petite fille mais qu'il n'avait toujours pas la moindre idée de ce qu'était le véritable amour.

Ne te casse pas la tête à propos de ce que tu n'as pas. lui avait dit Ethan. *Profite plutôt de ce que tu as.*

Il n'y a pas eu une seule journée depuis lors où cette pensée n'ait pas traversé l'esprit de Mark Derry. Ces mots l'ont soutenu, aidé à tenir bon les jours où il aurait bien voulu monter dans sa camionnette et partir vers le nord, à la recherche d'une autre vie – une vie où il n'aurait pas eu à se montrer si responsable, une vie où il aurait aimé sa femme de la même manière qu'Ethan aimait Jorie. C'est seulement par cette chaude après-midi qu'il entrevoit un début d'explication, en roulant derrière la Honda de Trisha. Il s'est remis à fumer et la cabine de son véhicule baigne dans une odeur de soufre. Un homme peut changer, tranche-t-il en descendant Sherwood Street, Miller Avenue puis Front Street. Il se revoit lorsqu'il avait quinze ans, confiant son amour à Trisha et échafaudant un plan de vie, alors qu'il ignorait tout de l'existence. Si l'adolescent qu'il était alors s'était trouvé assis à ses côtés dans la camionnette, il aurait eu deux ou trois choses à lui dire. Il lui aurait conseillé de partir sur les routes, d'aller voir comment le monde était fait avant de prendre des engagements qui allaient le lier jusqu'à ce qu'il soit devenu un vieillard. *Les gens peuvent faire des erreurs* : telle est la conclusion à laquelle il parvient en se garant dans l'allée derrière la voiture de sa femme.

Ce soir-là, Mark Derry téléphone à Kip Louis, le président du conseil municipal, ainsi qu'à Hal Jordan, le responsable local du Championnat, puis à Warren Peck, le plus ancien volontaire de la brigade des pompiers. C'est de cette manière que débute la collecte des fonds destinés à assurer la défense d'Ethan : et pourquoi tous ces braves gens ne feraient-ils pas front avec lui ? C'est leur voisin, l'homme en qui ils avaient toute confiance le mois dernier encore, auquel ils remettaient leurs enfants et les clefs de leurs domiciles, et que chacun considérait comme le membre le plus honnête de leur communauté. Mark reste assis des heures dans la salle à manger, lors de cette soirée où débute la collecte des fonds, l'annuaire téléphonique de Monroe ouvert devant lui, recueillant un nombre croissant de dons. Trisha fait dîner les enfants et leur demande d'être un peu moins bruyants lorsqu'ils se mettent à chahuter, avant de les envoyer jouer dehors, dans la lumière déclinante et bleue du crépuscule.

Tandis que l'obscurité s'étend, Trisha reste dans l'embrasure de la porte de la cuisine, en regardant son mari. Katya avait raison et elle a été bien avisée d'écouter son conseil. Suivre Mark lui a permis de comprendre ce qu'il avait en tête. En fait, elle est passablement impressionnée. Tel qu'elle le connaît, elle ne l'aurait jamais cru capable de tenir d'aussi longs discours, ne l'ayant jamais entendu s'exprimer longuement, ni manifester une grande passion envers quoi que ce soit. On parle déjà d'organiser un rassemblement et de contacter les entreprises de la région pour leur demander un soutien. Mark a élaboré toute une stratégie. Pendant qu'il travaille, Trisha lui prépare un sandwich, du rosbif sur du pain de seigle, et le dépose sur la table, présenté comme il l'aime, avec de la sauce au raifort et des condiments. Mark lui sourit et acquiesce du menton pour la remercier, en continuant de parler avec leur pasteur, le Dr Hardwick, à propos d'un passage de la Bible qui pourrait donner lieu à un sermon approprié lors du prochain office dominical, étant donnés les circonstances et le fait qu'Ethan n'avait jamais tourné le dos à un homme dans le besoin.

— On voit de quoi un homme est capable quand il se met à prendre les choses en main, dit Trisha à Brendan, qui erre dans la cuisine, de mauvaise humeur depuis que Rosarie Williams l'a laissé tomber. Va donc t'asseoir devant ton ordinateur et prépare un prospectus pour le rassemblement qu'organise ton père. Rends-toi utile ! Concentre-toi sur des choses importantes !

Déconcerté par la rudesse avec laquelle sa mère balaie ses peines de cœur, Brendan monte dans sa chambre. Les autres enfants des Derry jouent au foot dans la rue avec les enfants des Howard, un bloc plus loin, et Trisha les entend par la fenêtre ouverte. Dehors le ciel est devenu rose et une brise légère s'est levée, agitant les rideaux. Tout lui paraît différent, ce soir, et porteur d'un nouvel espoir. Trisha songe qu'il ne faut pas qu'elle oublie d'apporter à Katya un cake au citron et aux grains de pavot, son gâteau préféré, pour la remercier de ce qui s'est avéré être un excellent conseil.

À la fin de cette longue journée, une fois que les enfants ont pris leur bain et sont allés se coucher, Trisha pointe le nez dans la salle à manger. La maison est silencieuse, en dehors du cliquetis de l'ordinateur de Brendan, à l'étage, et du murmure assourdi de la voix de Mark, qui continue d'appeler leurs voisins, les uns après les autres.

— Que dirais-tu d'un petit café ? demande Trisha à son mari, entre deux appels.

Elle est fière qu'au lieu de se retirer dans sa chambre ou d'aller s'affaler au Safehouse en se lamentant sur la tristesse de la situation, Mark ait assez de caractère pour tenter de tirer Ethan du pétrin où il se trouve. Son cœur d'épouse est rempli d'amour.

— J'en ai pour une minute, ajoute-t-elle.

Relevant les yeux vers elle et acquiesçant en composant le numéro suivant, Mark Derry se demande si ce ne serait pas lui, l'homme comblé, contrairement à ce qu'il a longtemps pensé.

Les prospectus que Brendan Derry a tirés sur son imprimante sont visibles de partout les jours suivants : imprimés en noir sur un papier orange, ils semblent pousser en ville comme des lis, collés sur les lampadaires et les panneaux d'affichage des magasins, glissés dans les boîtes aux lettres et sous les essuie-glaces des voitures. C'est au cours de la même semaine que Jorie, lasse de voir les journalistes stationner dans l'allée des Gleason, en face de chez elle, décide de déménager et d'aller s'installer avec Collie chez sa mère, dans

Smithfield Lane. Cette semaine-là, également, le médecin de Charlotte informe sa patiente que son traitement à base de laser et de chimiothérapie durera au moins dix mois. Le même jour, Charlotte trouve une pile de prospectus devant la porte de la pâtisserie et, troublée par les aveux d'Ethan, les jette à la poubelle. Mais lorsque Rosarie Williams découvre la feuille orange dans sa boîte aux lettres, elle s'assoit sur le porche de sa maison et la lit attentivement. Elle appelle Kelly Stark et les deux jeunes filles se rendent ensemble à la caserne des pompiers, le soir de la première assemblée. Elles restent un peu à l'écart de ce public étonnamment nombreux mais écoutent Mark Derry qui évoque le pardon et la compassion et ne tardent pas à l'applaudir, avec le reste de l'assistance.

Jorie est censée se rendre à cette réunion. D'une certaine façon c'est elle l'invitée d'honneur, dont la présence renforcera à coup sûr la pitié du public et multipliera les dons. Mais lorsque Mark passe la chercher chez sa mère, Jorie n'est pas prête à partir. Il est huit heures moins le quart et les gens commencent à se rassembler dans Front Street : Jorie devrait déjà avoir pris place sur le fauteuil installé au milieu de l'estrade, derrière le podium. Mais elle ne sait pas où est passé Collie.

— Je suis sûr qu'il viendra, l'assure Mark.

Mais Jorie ne l'écoute pas. Elle n'a pas aperçu son fils de la journée. Plus le temps passait, plus elle était inquiète. Elle a même envoyé Gigi, sa nièce, à sa recherche. Celle-ci a exploré le terrain de sport, derrière le collège, et le parc qui domine Center Street, sans le moindre succès. Jorie n'a pas la moindre idée de l'endroit où son fils a pu aller, car il n'est pas dans ses habitudes de disparaître ainsi, sans laisser un petit mot. Il est organisé et on peut compter sur lui – du moins le pouvait-on jusqu'à aujourd'hui. Quand Mark Derry débarque, en lui disant de se presser, Jorie comprend enfin ce qui se passe. C'est cette réunion : Collie ne veut pas en entendre parler, ni même y accorder une seconde d'attention. Il refuse de se retrouver dans le même univers que son père.

Jorie promet à Mark qu'elle le rejoindra d'ici peu à la caserne et il ne peut rien faire pour la retenir lorsqu'elle monte dans la camionnette d'Ethan et part à la recherche de Collie. Elle roule le long des rues désertes, dans le vieux quartier de Monroe, regardant au fond des impasses et des allées comme si elle cherchait un chien égaré. Le ciel a basculé dans les ténèbres et Jorie sent la fraîcheur lui picoter la peau. Elle fait le tour de Lantern Lake, terrifiée à l'idée d'apercevoir quelque chose à la surface des eaux, heureusement désertes et d'un vert translucide. Elle franchit l'autoroute en regardant s'il n'y aurait pas au loin un autostoppeur solitaire, mais n'aperçoit que des buissons de ronces et des rangées infinies de ces lis orangés qu'elle n'a jamais aimés. Elle constate que les lumières ont été allumées devant la caserne des pompiers car le ciel en est illuminé, mais il n'y a strictement personne dans les rues de Monroe. Soit les gens sont restés chez eux, soit ils se sont rendus à la réunion, selon leur opinion.

Ce n'est qu'à neuf heures passées que Jorie songe à aller jeter un coup d'œil dans la maison qu'ils ont quittée, mais à peine s'est-elle engagée dans l'allée qu'elle devine que Collie n'est pas là. La porte du garage est entrebâillée et Jorie remarque que quelqu'un est venu fouiller dans l'atelier et les outils d'Ethan. Des tournevis et des clefs à mollette sont éparpillés sur le sol et l'une des scies manque à l'appel. Jorie se sent brusquement oppressée. Elle referme la porte du garage à clef et emprunte le plus court chemin, en traversant la pelouse de Mrs Gage. Lorsqu'elle frappe à la porte des Williams, la panique l'a totalement gagnée.

— Il faut que je parle à votre petite-fille, lance-t-elle à Katya lorsque la porte s'ouvre enfin. Immédiatement.

Kat apparaît derrière sa grand-mère. Elle a grandi durant l'été, elle a maintenant la taille d'une adulte mais s'habille toujours comme une gamine, arborant des tresses étiques ainsi qu'un jean et un chemisier blanc qui appartenait jadis à sa sœur.

— Y a-t-il un problème ? demande Katya, la grand-mère.

— Je dois simplement lui parler.

Jorie s'adresse à la grand-mère de Kat, mais c'est cette dernière qu'elle regarde. Elle lui fait signe de la suivre à l'extérieur.

— Ma foi, il est tard, commence Katya.

Elle n'aime pas l'expression de Jorie. Une femme désespérée, voilà de quoi elle a l'air. De quelqu'un qui n'a plus grand-chose à perdre.

— C'est bon, dit Kat Williams en passant devant sa grand-mère et en s'avançant sur le porche. Pas de problème, ajoute-t-elle en refermant la porte derrière elle.

— Où est Collie ?

À la lumière du porche, Jorie remarque que Kat a mis du rouge à lèvres. N'est-elle pas un peu jeune pour ce genre d'artifice ? Ne devrait-elle pas attendre quelques années avant de chercher à paraître plus vieille que son âge ?

— Ne me dis pas que tu n'en sais rien, reprend-elle, car j'ai cru comprendre en lisant ton mot que tu étais au courant de tout.

Kat perçoit un soupçon de reproche derrière ces mots et relève le menton, comme chaque fois qu'elle se trouve en position d'accusée.

— J'ai dit que j'étais désolée, réplique-t-elle.

— C'est vrai. Voilà qui règle tout. (Jorie paraît plus rancunière qu'elle ne l'escomptait.) Eh bien, puisque tu as dénoncé mon mari, rends-moi service et fais la même chose pour mon fils. Où est-il ?

À son tour, Kat dévisage Jorie. Elles ont à peu près la même taille, ce qui les surprend toutes les deux.

— Comment le saurais-je ? dit-elle. Il ne m'adresse quasiment plus la parole.

Les lumières qui émanent de la caserne se découpent comme des éclairs dans le ciel. À l'autre bout de la ville, Mark Derry vient de s'adresser à la foule et les applaudissements qui succèdent à son discours se répercutent de toit en toit.

— Tu le sais parfaitement, dit Jorie d'une voix calme mais ferme. Alors, dis-le-moi.

— Prenez d'abord à gauche dans Front Street, puis tournez en direction de King's George.

— Il est à la prison ? demande Jorie, surprise.

— Non, plus loin. Le problème, c'est que vous ne trouverez jamais l'endroit sans moi.

Elles retraversent donc ensemble la pelouse de Mrs Gage et montent dans la camionnette d'Ethan. Jorie évite Worthington Street, où se tient la réunion publique, et contourne l'agglomération par Miller Avenue. Lorsqu'elles franchissent Liberty Street, Kat comprend brusquement ce que Collie avait en tête. Sous leurs yeux, devant la bibliothèque, gît le pommier abattu, dont les branches et le tronc s'étalent en travers de la pelouse, jusqu'au trottoir. Devant ce spectacle, Kat sent ses yeux se remplir de larmes et elle doit vraiment lutter pour les ravaler. Elle ne parvient pas à croire qu'il ait fait une chose pareille sans lui en parler.

Elles tournent dans King George's Road et longent les bâtiments municipaux, dépassant le tribunal et la prison jusqu'à ce que le décor devienne plus champêtre : la route n'est plus éclairée par les lampadaires, à ce niveau, mais bordée de vieux murs de pierre à moitié en ruine. La nuit est indistincte et sombre. Le long des talus, les parterres de lis prolifèrent : leurs fleurs ressemblent à des oiseaux qui se seraient posés là pour dormir, au milieu des feuilles.

— Nous y sommes, dit brusquement Kat. Tournez à droite.

Elle se rend bien compte que Collie risque de ne pas lui pardonner d'avoir conduit sa mère jusqu'ici, mais avait-elle le choix ? Assise sur le siège du passager, s'agrippant à la portière tandis que Jorie braque brutalement sur la droite et s'engage dans le chemin de terre, Kat sait qu'elle ressentira toute sa vie ce qu'elle éprouve pour Collie en cet instant précis. Peu importe ce qui adviendra, qu'elle se marie un jour et qu'elle ait une dizaine d'enfants, si ça se trouve... Et même si elle ne l'avoue jamais à personne : ce sera toujours lui, celui qu'elle aime.

— Comment connaissais-tu l'existence de cet endroit ? s'étonne Jorie en apercevant l'ancienne demeure des Monroe.

Anne et elle étaient venues jouer par ici à plusieurs reprises dans leur enfance, mais jamais elle n'aurait retrouvé le chemin toute seule. Elle éteint les phares et laisse le véhicule rouler jusqu'à la maison. Une créature s'envole dans les arbres, au-dessus de leurs têtes, un oiseau ou une chauve-souris, impossible à dire.

— Il vient ici lorsqu'il ne veut voir personne, dit Kat. Y compris moi.

Jorie regarde Kat et songe intérieurement : *Elle n'a que douze ans.* Elle dit à Kat de ne pas bouger de son siège et sort dans la nuit brumeuse et tiède. Tout en se dirigeant vers la maison, Jorie inspire profondément. Une odeur de pommes et de cendres plane dans l'air ; et lorsqu'elle pénètre dans le bâtiment par ce qui devait être jadis l'entrée latérale, elle perçoit la présence d'un autre être humain et sent que quelqu'un la regarde.

— Collie... murmure-t-elle.

Son cœur bat trop vite, peut-être parce qu'il fait plus sombre à l'intérieur de la vieille demeure qu'au milieu des arbustes et de la végétation. Personne ne répond et Jorie songe qu'elle aurait mieux fait d'amener une torche. Elle ne peut pas obliger Collie à venir la rejoindre, ni le traîner de force à la maison, comme un chien au bout d'une laisse. S'il refuse de la suivre, elle ne sait pas trop ce qu'elle pourra faire. Mais à cet instant, la voix de son fils s'élève brusquement dans les ténèbres :

— Va-t'en !

Le seul fait d'entendre sa voix rend tout le reste supportable. Jorie distingue un peu mieux le décor à travers la poussière et l'humidité de la vieille bâtisse.

— Je ne suis pas en colère, dit-elle. Je suis simplement venue pour que tu rentres à la maison.

Le sol n'est pas très stable sous ses pas, le plancher est vraisemblablement pourri et elle marche lentement vers l'endroit d'où émanait sa voix, les bras tendus devant elle pour pouvoir se retenir, au cas où elle perdrait l'équilibre. Ils n'ont pas encore parlé de la confession d'Ethan, ils ont même soigneusement évité de le faire et, à force d'occulter la question, ils n'ont réussi qu'à s'empêtrer un peu plus.

— Ah oui ? lance Collie. Et où est-elle, ma maison ?

Il est assis sur une vieille poutre, dans ce qui était jadis le parloir, une vaste et belle pièce où l'on servait aux invités un potage au cidre pour se réchauffer, lorsqu'il faisait froid. L'odeur des pommes imprègne encore les lieux. Peut-être le manteau de la cheminée a-t-il été sculpté dans le tronc de l'un des pommiers qui poussaient par centaines jadis dans la propriété. Jorie se surprend à imaginer ce que cela représentait de vivre dans une maison pareille. Ce qu'on devait éprouver en regardant par la fenêtre et en sachant qu'on possédait tout ce qui s'étendait à l'horizon : les arbres, le sol, les collines, les champs...

— J'ai une autre question, reprend Collie d'une voix sourde. Quel nom suis-je censé porter ?

Les moulures qui bordent le plafond de la pièce ont conservé une partie de leur dorure, diffusant une vague lueur dans l'obscurité, même là où le plâtre s'est émietté et tombe presque en poussière.

— Si nous ne nous appelons pas Ford, finalement, et que je refuse de porter le nom d'un assassin, qui suis-je réellement ?

Jorie aperçoit brusquement la scie, l'une des meilleures d'Ethan, qui gît dans un coin, tordue et gluante de sève. L'odeur du pommier que Collie a abattu colle encore à l'outil, ainsi qu'à ses mains et ses vêtements. Il fixe sa mère d'un air tendu, attendant sa réponse. Il se ressemble à peine dans cette obscurité, mais elle le connaît bien, mieux sans doute que nul autre au monde.

— Tu es toujours le même, dit-elle.

Jorie découvre avec surprise qu'elle continue de croire en quelqu'un. Elle a toujours foi en celui que son fils est resté et ne cessera d'être.

— Même si ton père ne l'est plus, ajoute-t-elle.

Collie réfléchit à cette dernière remarque en suivant sa mère hors de la vieille demeure. Ils passent par l'entrée principale, sans se donner la peine de ramasser la scie d'Ethan. Ils l'abandonnent au contraire dans le parloir, où le plancher est si pourri qu'on risque par endroits de passer au travers.

— Je refuse de porter son nom, dit Collie une fois dehors.

— La question mérite peut-être que tu y réfléchisses, dit Jorie.

Bien qu'il fasse encore doux à l'extérieur, elle se bat les flancs comme si elle avait froid.

— C'est déjà fait, répond Collie.

Il parle comme s'il était plus âgé et Jorie se demande comment les choses ont pu évoluer si vite. Son garçon qui est presque un homme à présent, défendant ses propres opinions... Mais sans doute ce changement aurait-il eu lieu, de toute façon ; et il en va visiblement de même pour Kat Williams. La fillette d'à côté, maintenant aussi grande que Jorie, est assise sur le pare-chocs de la camionnette, une cigarette allumée à la main.

— C'est donc comme ça que tu m'as trouvé, dit Collie en désignant Kat du menton.

Kat a piqué cette cigarette à Rosarie et l'a allumée en espérant que cela l'aiderait à se calmer. Dès qu'elle aperçoit Jorie et Collie qui se dirigent vers elle dans l'obscurité, elle jette la cigarette et l'écrase sous son espadrille. Des étincelles rougeoyantes giclent autour de son pied et elle les éteint également.

Depuis que Collie a dérobé *Le Roi Arthur* à la bibliothèque, Kat s'est mise à voler des livres. Elle en prend au moins un par jour et certains après-midi où elle se sent particulièrement courageuse, ou déchaînée, elle en remplit carrément son sac à dos. Elle a maintenant des tas de romans et de biographies planqués sous son matelas et dans son tiroir de sous-vêtements. Elle n'en a d'ailleurs pas lu un seul et ne les a même pas ouverts. Mais ces livres lui font penser à son père. Dans la dernière année de sa vie, Aaron Williams empruntait souvent une vingtaine de livres à la fois, des piles monumentales que Kat l'aidait à rapporter à la maison. Cela allait bien sûr à l'encontre du règlement – la limite étant fixée à six volumes – mais il suffisait de regarder Aaron Williams une fraction de seconde pour voir qu'il était mourant. C'était un homme robuste et bien bâti avant sa maladie et même si la chimiothérapie l'avait un peu retapé, dans un premier temps, il était clair qu'il n'était plus que l'ombre de lui-même. Mais enfin, s'il avait voulu emprunter cent titres d'un coup, Grace Henley, la bibliothécaire, serait allée les lui chercher. Et s'il en avait demandé mille, elle aurait emprunté la brouette dans la cabane dressée au fond du jardin et y aurait empilé les in-quarto, avant de le raccompagner jusque chez lui.

— Tu as abattu le pommier, murmure Kat à Collie lorsqu'il s'approche d'elle.

Jorie fait le tour de la camionnette, pour aller s'installer sur le siège du conducteur. Ils n'échapperont que quelques instants à sa surveillance.

— Et toi, tu lui as dit où j'étais, dit Collie en la fixant droit dans les yeux.

Kat a la tête qui tourne, ce qui est probablement dû à la cigarette, même si elle n'a pas avalé la fumée. Peut-être est-ce ce léger étourdissement qui lui donne le courage nécessaire, à moins qu'elle comprenne que l'occasion risque de ne plus se représenter : toujours est-il que lorsque Collie se recule pour la laisser monter à bord du véhicule, Kat se penche vers lui et l'embrasse. Cela se déroule si vite qu'ils peuvent tous les deux croire avoir rêvé la scène, sur le chemin du retour, assis l'un contre l'autre et faisant mine d'écouter la radio, tandis que Jorie, au volant, regagne l'agglomération.

Le lendemain matin, des geais bleus sont perchés sur le pommier abattu. Le tronc a été attaqué jusqu'au cœur et sa vieille écorce entaillée, inégalement mais avec obstination, de tous les côtés. Les trottoirs et les pelouses alentour sont jonchés de pétales et de feuilles vertes. Grace Henley est la première à découvrir ce qui s'est passé. Elle arrive tôt, s'étant levée de bonne heure à cause de la chaleur étouffante et de sa propre horloge intérieure, branchée sur cinq heures et quart comme tous les matins, depuis plus de vingt ans. Il fait encore sombre lorsqu'elle émerge à l'angle de Front Street. La vue de Grace a baissé, ces derniers temps, aussi croit-elle d'abord que c'est un dragon qui est affalé en travers de la pelouse, devant la bibliothèque, replié sur lui-même après avoir été passé par le fil de l'épée ; et que ses écailles parfumées flottent au-dessus de l'herbe, s'élèvent jusqu'au toit et recouvrent fenêtres, porches et caniveaux d'une couche uniforme.

Lorsque la bibliothécaire comprend enfin ce qui est arrivé, et qu'elle est débarrassée de cet arbre honni qui, chaque automne, a empoisonné son existence avec ses vastes étendues d'ombre et ses tombereaux de fruits pourris, elle se dit que certaines prières se trouvent exaucées d'une manière décidément insoupçonnable. Elle enlève ses chaussures et grimpe sur le grand tronc couché : elle est toujours là, aussi confortablement nichée qu'un geai, lorsque les premiers enfants arrivent pour la répétition du spectacle annuel qui doit avoir lieu le soir même. Grace autorise les enfants à venir la rejoindre, pour leur plus grande joie, bien qu'ils risquent de se tacher avec la sève ou de se blesser avec des éclats d'écorce. Elle demande aux employés municipaux d'attendre sur le trottoir, leurs scies à la main, en dépit de leurs avertissements : si jamais quelqu'un se cassait la jambe, lui disent-ils, une telle négligence ne manquerait pas d'être imputée à la commune. Mais Grace Henley laisse les enfants jouer jusqu'à ce que tous les pétales, jusqu'au dernier, se soient détachés des branches et que l'herbe alentour soit devenue aussi blanche que de la neige.

Les gens qui méprisent Grace Henley, voyant en elle un rat de bibliothèque dont le seul rêve est de siroter au calme une bonne tasse de thé, ne lui rendent pas justice et manquent singulièrement de discernement. On ne doit jamais juger un livre d'après sa couverture et Grace a fini par apprendre beaucoup de choses concernant la plupart de ses concitoyens. Elle sait par exemple que c'est Collie qui a abattu cet arbre, bien qu'elle n'ait pas l'intention de le révéler. L'été dernier, Ethan Ford avait été engagé pour refaire l'escalier branlant qui mène aux réserves de livres du premier étage et Collie l'avait accompagné à plusieurs reprises. Grace avait été touchée de les voir travailler ensemble et avait remarqué avec satisfaction qu'au lieu de se précipiter au Dairy Queen à l'heure du déjeuner, comme la plupart des gens l'auraient fait, ils allaient s'asseoir sous l'arbre pour partager leur casse-croûte, munis de thermos de limonade, de sandwiches enveloppés dans du papier aluminium et de grosses tranches de génoise.

Grace Henley revoit la manière dont le garçon prenait part au travail, immobilisant les planches de bois pendant qu'Ethan les sciait. Elle revoit l'expression concentrée de son visage, prouvant le prix qu'il attachait au fait d'aider ainsi son père, auquel il vouait une visible admiration. En découvrant la véritable identité et le passé d'Ethan, Grace s'était sentie trahie, moins à titre personnel qu'en songeant aux enfants de la commune, et tout particulièrement à Collie. Et elle ne tient nullement rigueur au jeune homme d'avoir commis ce geste. Elle l'a observé à la dérobée, lorsqu'il était assis dans la salle de lecture, à moitié caché derrière l'aquarium. Et elle a bien vu la douleur et la rage qui l'habitaient. Même si Grace a refusé de discuter la question de la culpabilité d'Ethan Ford avec les directeurs de la bibliothèque, toujours à l'affût des cancans, elle se félicite intérieurement d'avoir voté contre l'installation de la climatisation dans la prison, lors du dernier référendum. Et il ne lui déplaît pas qu'Ethan soit en train de croupir dans sa sueur, au fond de sa cellule.

Grace Henley n'est pas la seule à se réjouir du cours récemment pris par les événements. Anne Solomon Lyle, la sœur de Jorie, est un peu surprise d'être de retour dans sa ville natale, à l'âge de quarante ans, mais plus étonnée encore de constater que cette situation est loin de lui déplaire. Après avoir passé plus de vingt ans à déménager sans arrêt, pour suivre son mari de ville en ville à travers l'essentiel de la Nouvelle-Angleterre et une bonne partie du Southwest, elle a enfin l'impression de s'être posée et établie quelque part. Ainsi qu'il s'avère, tout ce qu'elle avait voulu fuir jadis lui apporte aujourd'hui réconfort. La plupart des habitants de Monroe estiment sans doute qu'Anne doit considérer comme un échec le fait d'être ainsi revenue dans sa ville natale, divorcée et sans la moindre perspective de remariage, ramenant Gigi dans la maison dont il lui tardait tant de s'enfuir autrefois, lorsqu'elle avait fichu le camp avec Trent à peine leur dernière année de lycée finie, tels deux tourtereaux écervelés n'ayant pas la moindre idée de ce qui les attendait.

Indépendamment de ce que les autres peuvent penser et des *Comment allez-vous ?* un peu inquiets auxquels elle a immanquablement droit lorsqu'on la croise au supermarché ou à la banque, Anne se sent beaucoup mieux que cela n'avait été le cas pendant des années. La vérité, c'est qu'elle n'a jamais vécu dans un endroit où l'air est aussi embaumé qu'à Monroe durant l'été. Elle n'a compris que très récemment que cette odeur provient du jasmin que sa mère continue de faire pousser dans son jardin. Étant donné que les plants ne résisteraient pas aux rigueurs de l'hiver, dans le Massachusetts, Ruth les rentre dès les premiers signes de fraîcheur : ainsi, derrière ses cloisons vitrées, le porche est constamment imprégné de leur parfum, quelle que soit la température extérieure.

Gigi, la fille d'Anne, fera son entrée au lycée en septembre, en classe de seconde. Dieu merci, elle ne s'est pas acoquinée avec la bande qui tourne autour de Rosarie Williams. Le fait qu'Anne ait hérité d'une fille comme Gigi prouve qu'il se produit encore des miracles sur terre. Alors qu'Anne était paresseuse et égocentrique durant sa propre adolescence, Gigi est une jeune fille studieuse et pondérée. Elle aide sa grand-mère dans les tâches domestiques, a été inscrite au tableau d'honneur au printemps dernier, bien qu'elles soient venues s'installer à Monroe en cours d'année, et a accepté le poste de conseillère bénévole pour la session d'été de la bibliothèque. Ce soir a justement lieu un spectacle dont Gigi est la responsable. Sa grand-mère est allée l'encourager, mais Anne a travaillé toute la journée au country club de Hillcrest, où elle est employée depuis peu comme réceptionniste à temps partiel, et elle s'est décommandée. Elle est sur les rotules et n'a pas la patience nécessaire pour supporter les chansons et les numéros d'une bande de gamins excités.

Anne doit toujours être aimable à son travail, même lorsque les clients sont désagréables, et c'est peut-être pour cela qu'elle aime passer ses soirées seule. Elle avait cru que Trent lui manquerait mais elle s'est aperçue qu'elle aimait sa solitude. Elle voudrait que son ex-mari puisse la voir, ne serait-ce qu'un instant. Si seulement le visage radieux d'Anne pouvait apparaître à la surface du bol de chili qu'il ingurgite au petit déjeuner, ou à travers un verre de bière, comme dans la boule de cristal d'une diseuse de bonne aventure, il comprendrait à quel point il s'est trompé. Elle s'en sort on ne peut mieux sans lui, Dieu merci. Pour la première fois de sa vie, elle est en paix avec le monde.

Le seul événement récent qui ait vraiment affecté Anne, aussi égoïste que puisse paraître sa réaction, c'est le fait que Jorie soit venue s'installer à la maison. Elle compatit au drame que vit sa sœur, évidemment, mais tout s'était tellement bien mis en place avant l'arrivée de Jorie... Et à présent, tout a volé en éclats. Même si elle ne l'avouerait à personne, Anne aimait bien se retrouver au centre de l'univers de sa mère. Il est vrai qu'elle n'a jamais été très généreuse, et n'a jamais éprouvé le besoin de protéger ou de guider sa petite sœur. Elle ne saurait pas comment aider Jorie si elle devait le faire, et Dieu merci on ne l'en a jamais priée.

Ce soir, Anne se verse un verre de vin blanc et s'empare d'un sachet de chips. Elle a décidé de se saouler, seule dans son coin. De célébrer le simple fait d'être en vie, sans que Trent lui répète à tout bout de champ qu'elle est décidément bordélique et n'a pas le moindre sens des responsabilités. Anne est étendue dans une chaise longue, sur la pelouse, la bouteille de vin débouchée à côté d'elle, elle entend à peine bourdonner les insectes, lorsqu'elle aperçoit sa sœur qui arrive, au bout de la rue. Un peu plus tôt dans la journée, Jorie est repassée chez elle, dans Maple Street. Elle n'avait pas le choix : un couple originaire de Framingham et cherchant à déménager a proposé de racheter la maison et l'offre est intéressante, plus que généreuse même, si l'on considère que les lieux ont récemment fait la une des journaux, ce qui est généralement plutôt dissuasif et tend à décourager d'éventuels acheteurs.

Liz Howard avait téléphoné pour dire à Jorie qu'on ne rencontrait pas tous les jours une offre de ce genre, surtout pour acquérir la maison d'un assassin ayant avoué son crime. Elle avait même poussé le dévouement jusqu'à venir chercher Jorie, qui faisait la sieste et s'était contentée d'enfiler un léger imperméable par-dessus son pyjama. Elle avait arpenté son propre jardin tandis que Liz faisait visiter la maison au couple de Framingham, en insistant bien sur ses avantages. À la fin, Jorie leur avait dit qu'elle devait encore réfléchir. Et elle avait planté Liz au beau milieu du jardin, avant de reprendre le chemin de la maison de sa mère.

Anne est stupéfaite de voir sa sœur marcher au milieu de la route, sur la ligne blanche qui brille dans l'obscurité, l'air aussi concentré que si elle était en équilibre sur le fléau d'une balance. Anne avait cru autrefois que Jorie, qui était toujours la meilleure en tout, serait aussi une meilleure mère. Elle était persuadée que Jorie était absente ce soir parce qu'elle s'était rendue en compagnie de Collie, Ruth et Gigi au spectacle organisé à la bibliothèque. Et au lieu de ça, la voilà qui débarquait, marchant pieds nus sur la route, ses cheveux aux reflets argentés soulevés par le vent.

— Hé ! lui lance Anne. Viens donc boire un verre. J'ai du vin blanc.

Jorie s'engage sur le sentier dallé qu'Ethan a édifié pour sa mère au printemps dernier. De part et d'autre des briques se dressent plusieurs plantes parasites d'allure peu engageante, dans les vrilles desquelles les visiteurs se prennent régulièrement les pieds s'ils n'y prennent garde, et qu'il faudrait se décider à arracher avant qu'un accident n'arrive.

— Je croyais que tu étais au spectacle, dit Anne

en se resservant puis en tendant son verre à sa sœur. (Après tout, au bout de toutes ces années, elles peuvent bien partager ça.)

— Flûte, j'ai complètement oublié !

— Eh bien, cela prouve que l'erreur est humaine. Et toi aussi, par la même occasion.

C'est censé être une plaisanterie et Jorie esquisse un sourire. Elle sait ce qu'Anne pense d'elle : Miss Perfection incarnée, flottant dans les limbes, bien au-dessus de l'humanité.

— Je pensais que tu ne l'avais pas remarqué, rétorque-t-elle.

Anne regarde sa sœur qui s'allonge dans l'herbe et constate que Jorie est en pyjama sous son imperméable.

— Te rends-tu compte que tu n'es pas habillée ? dit-elle.

La vérité, c'est que Jorie passe de plus en plus de temps au lit, ces derniers jours. Elle n'a pas pu aller à la prison aujourd'hui parce qu'elle s'est réveillée trop tard, puis a omis de se rendre chez Mark Derry, qui organisait une réunion afin de voir quel axe il était préférable de suivre pour la défense. Elle somnolait et ne s'est pas rendu compte de son oubli avant que Mark ne l'appelle, un peu inquiet. Ces derniers temps, elle s'est rappelé qu'elle avait peur du noir, dans son enfance. Le soir, il fallait qu'elle laisse toutes les lumières allumées dans sa chambre et elle redoutait tout particulièrement les zones ténébreuses qui s'étendaient sous son lit ou dans les profondeurs de son armoire. Avant de se coucher, elle vérifiait à l'aide d'une lampe de poche qu'il n'y avait rien d'anormal dans ces divers recoins et s'assurait qu'elle était bien en sécurité, du moins pour quelques instants.

Il est inhabituel pour les deux sœurs d'être assises ensemble dans le jardin, et même tout simplement d'échanger quelques mots. Jorie et Anne ont toujours été aux antipodes, se disputant l'affection de leur mère, et si éloignées l'une de l'autre que Jorie s'était à peine rendu compte que le ménage d'Anne tournait mal, avant que sa sœur et Gigi ne débarquent ici avec leurs valises, en mars dernier. Étrange comme elles apprécient d'être ensemble ce soir, allongées sur la pelouse... Elles n'ont pas besoin de parler, si elles ne le désirent pas, pas plus que de se forcer ni de faire assaut de politesses. Aucune voiture ne passe dans la rue. Aucun chien n'aboie au loin, à travers les vergers ou les champs.

— Charlotte est malade, dit Jorie.

— C'est ce que j'ai entendu dire. Les nouvelles vont vite.

— J'aurais besoin de parler à quelqu'un, et je ne peux pas me confier à elle. Je ne vais pas l'accabler en plus avec mes problèmes, étant donné l'épreuve qu'elle traverse.

— Non, mais tu peux toujours m'accabler moi, dit Anne d'un air ironique.

Les deux sœurs éclatent de rire, mais celui de Jorie tourne court et elle dissimule sa bouche derrière sa main, comme elle le faisait dans son enfance lorsqu'elle cherchait à ravaler ses larmes.

— Retiens-toi, l'avertit Anne. Je suis nulle dans le rôle de l'épaule consolatrice. Tu le sais bien, je n'ai aucun don pour ça, ni de sympathie pour personne. Et je dis toujours ce qu'il ne faut pas.

Gigi elle-même préfère se confier à Maman qu'à moi.

— Il faut que je décide si je vais vendre la maison, oui ou non. Je n'ai jamais eu à prendre seule une telle décision.

— Bienvenue dans la réalité ! rétorque Anne en levant son verre de chardonnay. Ici, personne ne pourra te dire si tu as fait le bon choix ou non. Mais pour être tout à fait honnête, je n'ai jamais aimé cette maison. Trop parfaite à mon goût.

— As-tu jamais pensé que quelque chose ne tournait pas rond chez lui ? Étais-tu au courant de choses que j'ignorais ?

— À propos d'Ethan ? Franchement, non. Il m'a toujours semblé parfaitement normal. Sincèrement, il avait l'air super. Mais regarde le type avec qui j'étais mariée... Sais-tu que Trent a vu Gigi exactement deux fois depuis que nous sommes venues vivre ici ? Et encore, si je ne l'avais pas conduite à Boston où il était de passage pour affaires, le chiffre serait encore moins élevé.

— Il ne s'agit pas d'un crime, lui rappelle Jorie.

— Eh bien, à mes yeux, si. Enfin, j'imagine que tu as raison, ce n'est pas la même chose. Quant à Maman, elle continue de faire confiance à Ethan et elle le défendra bec et ongles jusqu'au bout, qu'il soit coupable ou non. C'est de l'aveuglement.

— Je ne sais pas. Elle semble mieux réagir que nous.

Jorie s'étire dans la nuit sombre et douce, la tête posée sur l'herbe. Son pyjama a des reflets chatoyants et ses cheveux paraissent blancs comme de la neige.

— Ce que j'aimerais, dit-elle, c'est remonter le fil du temps.

Les deux sœurs perçoivent le bourdonnement des moustiques qui passent, ainsi que l'écho de la circulation sur l'autoroute. Comme elles ont quatre ans d'écart, elles n'ont jamais été très proches. Anne était déjà partie lorsque Jorie était au lycée et elles sont à peu près restées des étrangères depuis lors. Pour l'instant, elles regardent les étoiles. Jorie a repéré Orion, la seule constellation qu'elle reconnaisse à coup sûr, à cause de ses trois étoiles brillantes. Elle pense à la dévotion, à la trahison, et à quel point elle était jeune, la nuit où elle avait rencontré Ethan. Était-elle heureuse pendant toutes ces années, ou s'illusionnait-elle ? À l'intérieur de la maison, Mister, le chien de leur mère, aboie tandis qu'une sirène se met à hurler à l'autre bout de la ville, ce qui fait frissonner Jorie et lui donne la chair de poule. Elle connaît ce signal, lancinant et étouffé, destiné à appeler l'ensemble des volontaires de la brigade des pompiers. *Attention, tout le monde à la caserne...*

— A-t-il essayé de t'expliquer ce qui s'était passé ? demande Anne. Arrives-tu à comprendre les raisons de son geste ?

— Il m'a dit que jamais il n'avait voulu faire une chose pareille. Qu'il était incapable de faire du mal à qui que ce soit.

— C'est pourtant ce qu'il a fait, dit Anne en sortant quelques chips du sachet.

— Il dit qu'il a prié pour que le pardon lui soit accordé, et que cela est survenu, et qu'il a dès lors compris qu'il devait avouer ce qui s'était passé.

Les deux sœurs se dévisagent, puis Anne hoche la tête.

— C'est donc aussi facile que ça ? dit-elle.

Il y a tant d'étoiles dans le ciel, mais ni l'une ni l'autre ne se sont donné la peine de les étudier. Ce soir, elles regrettent de ne pas savoir les identifier. Une voiture débouche à l'angle de la rue et, malgré l'obscurité, Jorie et Anne reconnaissent la vieille Toyota maternelle, qui aurait bien besoin d'une vidange. Anne le sait, parce que la dernière fois qu'elle l'a emprunté, le véhicule tressautait et hoquetait en grimpant Horsetail Hill jusqu'au country club.

— Et toi, t'en sens-tu capable ? demande rapidement Anne, avant que les enfants ne les aient rejointes.

— De quoi ?

Anne fixe sa sœur droit dans les yeux.

— De lui pardonner, dit-elle.

— Je ne sais pas.

Jorie ferme les yeux mais n'en continue pas moins de voir la voûte scintillante des étoiles sans nom.

— Je me dis parfois que je suis en train de rêver, ajoute-t-elle.

Une fois la Toyota garée, Collie est le premier à sortir. Il fait le tour du véhicule et va ouvrir la portière de Gigi, qui tient sur ses genoux les restes du gâteau destiné à la fête qui a suivi le spectacle. C'est un gentleman, malgré ses douze ans : et même si son univers s'est écroulé autour de lui, il se souvient des règles qu'on lui a enseignées.

— Comment était-ce ? demande Anne.

— Tu aurais dû venir, dit Ruth Solomon en s'approchant.

Elle a les traits tirés et le regard un peu las, comme toujours lorsqu'il lui semble que quelqu'un n'a pas été à la hauteur de ses responsabilités.

— À côté de la plaque, une fois de plus, grommelle Anne entre ses dents.

Collie passe sans un mot et s'engouffre dans la maison, où le chien l'attend. Autrefois, Collie adorait jouer avec Mister et celui-ci se dressait sur ses pattes quand il lui tendait des chips ou des bretzels. Mais ce soir, Collie se réfugie au salon et allume la télé. Ruth s'appuie sur l'accoudoir d'une chaise longue. D'ici, on distingue les ombres ainsi que la lumière bleue et vacillante de l'écran dans le salon.

— Collie et Kat Williams se sont éclipsés au milieu du spectacle, ce qui était on ne peut plus malpoli. Personne n'a su où ils étaient allés.

Gigi passe le gâteau à Anne et s'assoit à ses côtés dans l'herbe.

— Mm... fait Anne en picorant quelques miettes.

— Trois des enfants ont eu le trac et Noah Peck s'est mis à raconter des histoires d'un goût tellement douteux que sa grand-mère a dû lui ordonner de quitter la scène.

Gigi pousse un soupir. Elle est d'une nature perfectionniste, même si elle a déjà compris que la perfection ne se rencontre pas plus fréquemment à Monroe que dans les autres villes où elle a vécu.

— Collie n'avait pas envie d'être là, reprend-elle. Personne ne lui a rien dit de méchant, mais je crois qu'il savait fort bien ce que tout le monde pensait.

— C'est-à-dire ? intervient Jorie en se tournant vers sa nièce.

Gigi regarde sa grand-mère, cherchant son aide.

— Eh bien ? insiste Jorie.

— Tout le monde songeait au fait que son père avait tué quelqu'un, dit Ruth en ôtant ses chaussures, qui la font horriblement souffrir. Même si je ne cherche pas à juger Ethan.

— Moi non plus, se hâte d'ajouter Gigi.

Elle n'a pas le moindre maquillage et son visage, à défaut de beauté, est empreint d'une grande fraîcheur.

— Il arrive que l'on soit confronté à des circonstances que nul ne saurait comprendre...

Ruth s'assoit, les mains pliées sur les genoux. Elle se rendait bien compte que les gens la regardaient ce soir, à la bibliothèque, et chaque fois qu'elle croisait le regard de quelqu'un, elle ne manquait pas de se fendre d'un large sourire.

— Tout ce qu'il faut, c'est garder la foi, ajoute-t-elle.

Anne ne peut s'empêcher de rire.

— Voyons, Maman... Il a reconnu sa culpabilité. En quoi sommes-nous censés garder la foi ?

— Il a également dit qu'il se repentait, lui rappelle sa mère.

Elles se dirigent toutes les quatre vers la maison, mais Jorie marche d'un pas mal assuré. Peut-être est-ce le chardonnay qui lui monte à la tête, à moins que ce ne soit dû à la conversation qui se déroule devant elle.

— Qu'est-ce que tu ferais, à ma place ? murmure-t-elle à sa nièce, tandis qu'elles arrivent en bas du perron.

Elle a besoin de connaître l'opinion de la plus innocente d'entre elles, une jeune fille comme Gigi qui croit encore aux hasards de la vie, au grand amour et au pardon.

— Eh bien, pour commencer je n'irais pas me promener en pyjama, lui chuchote Gigi en retour, tandis qu'elles pénètrent dans la maison. Jamais tu n'arriveras à chasser ces taches d'herbe, à présent.

À l'intérieur, Jorie aperçoit Collie qui regarde la télé dans le noir. Mister est roulé en boule à ses côtés, sur le canapé. C'est drôle, mais durant toute l'enfance de ses filles, Ruth avait obstinément refusé qu'elles aient un chien. Et depuis qu'elles étaient parties, elle en avait eu toute une série, le dernier étant son Mister adoré, qu'elle laisse dormir sur son lit et qui a droit à son écuelle de riz et de poulet bouilli tous les dimanches après-midi.

Jorie s'assoit à côté du chien, qui se trémousse pour l'accueillir. Collie, pour sa part, fait mine de ne pas avoir remarqué sa présence et regarde droit devant lui, les yeux rivés sur les images trépidantes du dessin animé.

— Vous n'êtes pas restés jusqu'à la fin, Kat et toi ? demande-t-elle.

Leur attitude est sans doute la conséquence directe de l'erreur qu'elle a commise en ne venant pas assister au spectacle. Jorie espère qu'ils ne sont pas allés se cacher pour fumer dans les buissons, ou pour commettre un acte irréparable. Ils ont suffisamment d'ennuis comme ça.

Collie hausse les épaules.

— Cette fête était minable, dit-il. Nous n'avions

aucune envie de rester assis, à regarder une bande de gamins en train de faire les crétins.

— Regarde Mister : il t'adore vraiment.

Le chien a posé sa tête sur le genou de Collie, mais à peine Jorie le lui a-t-elle fait remarquer que le garçon retire sa jambe.

— Peut-être devrions-nous acheter un chien nous aussi, suggère-t-elle avec l'élan désespéré d'une mère qui voudrait que son fils soit encore un enfant. Nous pourrions aller en chercher un ce week-end.

— Nous n'avons plus de maison, à quoi bon avoir un chien...

Collie fait désormais preuve d'un rationalisme teinté de cynisme qui rend toute discussion inutile : il a toujours le dernier mot.

— Nous en aurons bientôt une, dit Jorie. Avec un jardin.

Même dans la pénombre bleutée de la pièce, elle voit Collie lever les yeux au plafond. Il ne croit plus à rien. Ces derniers temps, si quelqu'un lui disait qu'il s'est mis à pleuvoir, il passerait probablement le bras par la fenêtre pour sentir tomber les gouttes avant de s'estimer convaincu.

— En attendant de nous installer quelque part, puisque nous habitons ici, Mister pourrait nous aider à dresser notre nouveau chien.

Jorie s'interrompt en voyant le regard que Collie lui adresse. Il veut savoir la vérité, et il ne veut rien entendre. Il se trouve pris dans un étau qui ne peut aller qu'en se resserrant. Cela l'a déjà transformé, Jorie le voit à la manière dont il se tient, à sa façon de serrer les poings et de dissimuler ses émotions.

— Tu aurais pu me dire que tu avais mis la maison en vente. C'est Kat qui me l'a appris.

— Tu as raison, dit Jorie en songeant qu'elle étranglerait volontiers Kat Williams. J'aurais dû t'en parler en premier.

— Kat prétend que la plupart des gens n'arrivent plus à payer leurs traites au bout de deux mois, lorsque personne ne travaille.

Jorie tente de son mieux de le rassurer.

— Je ne vois pas ce qui m'empêcherait de reprendre l'enseignement, il n'y a donc aucune raison de se faire du souci pour ces questions d'argent.

Cette Kat Williams est beaucoup trop maligne, songe-t-elle. *Il n'en sortira rien de bon.*

— Il est tard, dit-elle. Je vais installer ton lit.

Jorie va chercher des draps et une couverture dans le placard de l'entrée. En chemin, elle croise sa mère dans le couloir. Ruth vient de ranger la cuisine et s'arrête pour jeter un coup d'œil dans la pièce qui était son salon, avant que Collie ne s'y installe. Elle hoche la tête.

— Je n'aime guère la façon dont les choses évoluent, dit-elle en voyant Collie qui s'est endormi tout habillé, Mister blotti contre lui. Un garçon de cet âge devrait avoir sa chambre à lui. Peut-être t'es-tu un peu précipitée en mettant la maison en vente. Tu n'as pas encore toutes les pièces du dossier. Il serait préférable d'attendre un peu et de voir ce qui se passe.

Dans la pénombre, Jorie remarque que sa mère paraît plus vieille. Ruth Solomon a dû faire face à la situation, elle aussi : c'est son gendre qui est emprisonné, à moins de trois kilomètres de chez elle. Chaque fois qu'elle se rend au supermarché ou à la pâtisserie, qu'elle va chercher son courrier ou récupérer son journal, elle ne manque pas de croiser l'un ou l'autre de ses voisins, qui lui demande son opinion sur les accusations portées contre Ethan. Ce soir par exemple, à la bibliothèque, Margaret Peck s'est penchée vers elle pendant le finale, tandis que les plus jeunes des enfants – dont son petit-fils Noah – entonnaient *All you need is love*, pour lui demander si elle savait qu'une collecte avait été lancée, destinée à recueillir des fonds pour la défense d'Ethan. Ruth avait d'abord accueilli la nouvelle avec soulagement, parce qu'on lance généralement ce genre de collecte pour des gens supposés innocents. Mais Margaret avait ajouté : *De toute façon, coupable ou non, j'imagine que vous n'allez pas le laisser tomber.* Ce qui n'avait pas fait très plaisir à Ruth. *Ceux qui jugent seront eux-mêmes jugés*, avait-elle lancé à Margaret. Mais au même instant les enfants s'étaient inclinés en saluant et Margaret Peck s'était retournée pour les applaudir.

L'ensemble des faits qui s'étaient déroulés dans le Maryland des années plus tôt ont été publiés non seulement à Boston, dans le *Globe* et le *Herald*, mais dans la *Gazette* de Monroe, où n'importe qui a pu les découvrir. Tout ce que Ruth espère, c'est que cela n'est pas arrivé jusqu'aux oreilles de Collie, notamment le passage précisant que la fille n'avait que quinze ans. C'est ce dernier détail, tout particulièrement, que Ruth voudrait chasser de son esprit, depuis des jours.

— Il sera plus facile que tu le crois de le soutenir.

Ruth parle très bas, au point que sa voix n'est plus qu'un souffle. Elle pense à son mari et à ce qu'elle avait ressenti lorsqu'il l'avait quittée, puis lorsqu'il était revenu à la maison, malade et honteux.

— Tu le feras parce que c'est ton devoir, ajoute-t-elle. Tu le feras pour Collie.

Mais c'est justement pour cela que Jorie se sent à la fois si furieuse et si dubitative : à cause de Collie.

— Je ne suis pas comme toi, dit-elle. Je ne sais pas trop ce que je ressens.

— Ma foi, tu ferais bien de le découvrir, lui dit Ruth en serrant un instant la main de sa fille. Sinon tu ne vas pas tenir le coup, ma chérie. Tu vas t'effondrer.

Jorie regarde sa mère, surprise : c'est exactement ce qu'elle éprouve, cette sensation d'être entraînée, de sombrer à une profondeur infinie dans des eaux glaciales, mille fois plus sombres que celles de Lantern Lake, le jour le plus court et le plus sinistre de l'année.

Ruth fait signe à Anne et Gigi de ne pas faire de bruit, tandis qu'elles passent et s'apprêtent à monter. Jorie attend que tout le monde soit à l'étage pour éteindre les lumières. Elle reste ensuite un moment, adossée au mur. Elle connaît le moindre centimètre carré de cette maison, même dans l'obscurité. Elle se trouvait à cet endroit précis, dans ce même couloir, le jour où elle avait annoncé à sa mère qu'elle avait rencontré l'homme de sa vie et qu'elle allait l'épouser. C'était ici que sa mère l'avait serrée dans ses bras, en lui souhaitant tout le bonheur possible à compter de ce jour. Jorie se rend au salon, sans être gênée par l'obscurité. Elle étend Collie sur le canapé et le couvre d'une couette légère. Il a opté pour Solomon, le nom de jeune fille de sa mère : et pour être tout à fait honnête, Jorie envisage elle aussi de reprendre son ancien patronyme, celui qu'elle portait avant de devenir Jorie Ford.

D'ordinaire, elle aurait chassé Mister du canapé, mais ce soir elle laisse le chien dormir à côté de Collie. Elle se rend ensuite sur la véranda où son père dormait, du temps de sa maladie, après être revenu vivre ici, la queue entre les jambes. Ruth avait fabriqué une couchette mais n'avait pas eu le temps de suspendre les rideaux qu'elle avait cousus, lorsque la véranda avait fini par servir de chambre à coucher. Le clair de lune tombait et s'étirait sur les lattes du plancher en bois. Dan Solomon avait quitté Ruth pour une autre femme, mais il était revenu à la fin de sa vie et lui avait demandé de l'autoriser à se réinstaller ici, après plus de dix ans d'absence ; et Ruth avait été incapable de lui dire non, bien que ses filles lui aient déclaré que c'était de la folie.

C'était mon mari, avait dit Ruth, et l'on ne pouvait rien objecter à ça. Elle s'était occupée de lui pendant son cancer, en dépit du mal qu'il lui avait fait, et s'il lui arrivait de regretter ses choix, elle ne le manifestait jamais. Jorie, quant à elle, s'était montrée beaucoup plus circonspecte devant le retour de son père. La première fois qu'elle l'avait revu, après tant d'années de séparation, elle s'était dit qu'elle allait le gifler, tant elle était en colère à cause du tort qu'il avait causé à l'ensemble de leur famille. Mais il avait beaucoup changé, il était à ce point rongé par la maladie et les regrets qu'elle l'avait au contraire serré dans ses bras, même si elle ne savait toujours pas très bien ce qu'elle éprouvait à son sujet.

Jorie est assise les jambes croisées sur la couchette où son père dormait durant sa maladie. On dirait qu'une vie entière s'est écoulée, depuis l'époque où elle vivait ici. Elle pense à Ethan, qui doit être étendu sur sa couche lui aussi, en cet instant précis, les yeux fixés sur le plafond de sa cellule, une étendue de plâtre bosselée, recouverte d'une peinture verdâtre. Il lui disait toujours qu'il n'arrivait pas à dormir sans elle, dans les rares occasions où ils s'étaient trouvés séparés – une virée en mer pour lui, un week-end de trois jours à Puerto Rico pour elle, lorsque le mariage de Charlotte commençait à battre sérieusement de l'aile. Ethan lui avait dit qu'il avait dormi dans un fauteuil, que ça ne valait pas la peine de se coucher dans un lit où elle n'était pas : c'étaient les termes qu'il avait employés. Et il avait ajouté que le sommeil était comme une terre étrangère, s'il ne pouvait pas serrer sa main dans la sienne.

Eh bien, Jorie n'arrive pas à dormir elle non plus, mais ce n'est pas parce qu'ils sont séparés. C'est le clair de lune qui la tient éveillée et peut-être est-ce l'éclat de cette lueur argentée qui la pousse à se diriger vers l'étagère où son père rangeait ses livres autrefois. Elle saisit un atlas relié en cuir et le dépose sur le vieux bureau de son père, où celui-ci s'asseyait pour régler religieusement ses factures lorsque Anne et elle étaient petites, avant qu'il ne les quitte. Des pots de bégonias et de fougères trônent aujourd'hui sur le bureau, mais il reste suffisamment de place pour ouvrir le volume et étudier la carte du Maryland, afin d'esquisser l'itinéraire qu'elle s'apprête à emprunter. Elle veut aller voir par elle-même à quoi ressemble l'endroit où un homme a perdu pied au point de faire volte-face et de s'enfuir à tout jamais, effeuillant derrière lui les lambeaux de son passé, jusqu'à s'être vidé et pouvoir renaître, totalement régénéré, comme quelqu'un qui débarquerait sur terre depuis les cirques lunaires les plus reculés et qui, à la place du sang, aurait cette lueur argentée dans les veines.

III

Le pays du rêve

Quinze ans plus tôt, dans cette partie du Maryland, les champs étaient jaunis, brûlés, décolorés par une canicule exceptionnelle, même en cette saison ; mais aujourd'hui, dans la première semaine d'août, ils sont d'une verdeur apaisante, riches de leur moisson de maïs, de soja et de millet. Dans cette région de la côte Est, à deux heures de Baltimore et une demi-heure de Bay Bridge, la chaleur de l'été déforme les routes, au demeurant vétustes. En fin d'après-midi, en se rapprochant des marais, passé Blackwater, on perçoit, quand l'atmosphère se rafraîchit, l'odeur de la marée. Jorie s'est arrêtée pour faire le plein d'essence et reste un moment à côté de sa voiture de location, dans la lumière déclinante, en essayant de se repérer. Elle n'est pas habituée à un tel décor, où des fragments de paysage d'une extrême beauté se découpent, isolés, entre des étendues d'asphalte et de panneaux publicitaires. Derrière la station-service, par exemple, on aperçoit un vaste champ de riz sauvage dont les pousses dorées prolifèrent de manière anarchique dans le sol saumâtre et détrempé.

Je pourrais venir m'installer ici et personne ne saurait qui je suis, ni ce que j'ai laissé derrière moi, se dit Jorie en payant l'employé et en allant chercher un Pepsi dans l'armoire frigorifique. Elle porte la canette glacée à son front pour se rafraîchir et cligne des yeux, éblouie par l'éclairage. *Je pourrais raconter tout ce qui me passe par la tête et les gens prendraient ça pour argent comptant. À leurs yeux, je serais celle que je prétendrais être.*

Après s'être renseignée sur son itinéraire, Jorie se dirige vers la sortie. Cela fait bien longtemps qu'elle ne s'est pas rendue seule quelque part et elle éprouve une curieuse sensation, tandis qu'un frisson parcourt son échine. Que se passerait-il si elle ne rentrait pas ? Anne est la seule à savoir où elle est, il fallait bien qu'elle le lui dise, en cas d'urgence. Mais sa sœur n'est pas ordonnée et peut fort bien avoir déjà égaré le bout de papier sur lequel elle a noté les principaux renseignements : ses horaires de départ et d'arrivée, la nom de la localité où elle se rend. Sans enfant ni mari à ses côtés, Jorie se sent étrangement légère, comme si elle allait s'évaporer par les fenêtres ouvertes de son véhicule : le vent soulève et agite violemment ses cheveux, qui ne tardent pas à s'emmêler. Elle songe avec émotion aux vacances que Charlotte et elle passaient ensemble, dans leur jeunesse, logeant dans des motels de troisième catégorie et se nourrissant de fast-food pendant des semaines. Elles restaient des nuits entières sans dormir et vivaient des moments absurdes et merveilleux. Jorie repense avec stupéfaction à ce temps de leur jeunesse, aux espoirs et à la liberté qui les portaient. Étonnant comme la vie peut tourner avant qu'on ait pu s'en apercevoir : le temps de compter jusqu'à trois et l'on se trouve engagé sur une voie qui ne ressemble en rien à ce qu'on imaginait. On n'a pas de boussole, quand ce genre de choses arrive, pas de règle ni de cartes pour se guider, et personne pour vous indiquer que le soleil est aveuglant ou que l'asphalte est en train de fondre sous vos pneus.

Tandis que Jorie continue de rouler, les pins qui bordent la route étendent leur ombre dans l'air qui s'alourdit. Elle allume la radio pour avoir un peu de compagnie mais l'accent sudiste et les accords nostalgiques d'une chanteuse de country ne font qu'accroître son impression de solitude. À l'embranchement de Holden, elle aperçoit une étendue de roseaux d'au moins deux mètres de haut et entend le chant des oiseaux qui y sont nichés. En se rapprochant de l'agglomération, elle ne peut s'empêcher de se demander si c'était par cette route qu'Ethan était arrivé, quinze ans plus tôt, et si il avait remarqué en longeant les marais ces eucalyptus et ces cerisiers sauvages.

Bien qu'elle soit épuisée par son voyage, Jorie trouve sans trop de peine le Black Horse Hotel : c'est le seul de la commune et il est beaucoup moins fréquenté que l'Econo Lodge qu'elle a aperçu avant de prendre de l'essence. L'édifice est flanqué de colonnades blanches et on y accède par une volée de marches en pierre, astiquées avec soin chaque matin. Il fait assez frais dans le hall, bien que l'établissement ne soit pas climatisé. Le restaurant a l'air correct et il y a également un bar, baptisé le Horse Shoe. La femme qui se tient derrière le comptoir, à la réception, est avenante et belle : Ethan aurait fort bien pu lui faire la cour s'il était resté par ici, au lieu de filer vers le nord en se hâtant de rejoindre la Nouvelle-Angleterre.

— Vous avez visiblement besoin d'une bonne nuit de repos, lance-t-elle d'un air jovial, tandis que Jorie signe le registre.

Jorie se sent vaguement coupable d'utiliser la carte de crédit d'Anne, mais comme Ethan ne travaille plus et que les factures se sont accumulées, ses réserves ont fondu comme neige au soleil. Faisant preuve d'une générosité inattendue, Anne a glissé sa Mastercard dans la main de sa sœur avant de la quitter, à l'aéroport. *Sers-t'en autant que tu voudras, lui a-t-elle dit. De toute façon, c'est Trent qui va payer la note : ne te gêne donc surtout pas, ma chérie !* Elles avaient ri, imaginant la tête que Trent allait faire lorsqu'il recevrait la facture ; mais en s'inscrivant sous le nom de sa sœur dans le registre de l'hôtel, elle se demande si elle n'est pas en train de commettre un acte répréhensible. Peut-être que cette petite supercherie relève du grand banditisme, aux yeux de la loi... Mais n'ayant pas d'autre moyen pour régler la note, elle accepte de devenir Anne Lyle à partir de maintenant. À vrai dire, elle se sent plus en sécurité sous le couvert de cette identité. Comme si elle s'était dépouillée d'elle-même, quelque part entre Baltimore et Bay Bridge, se glissant dans la peau d'une femme ayant l'habitude de passer des nuits seule à l'hôtel, sous une fausse identité, et dont le mari moisit à des centaines de kilomètres au fond d'une cellule de prison, sans avoir la moindre idée de l'endroit où se trouve son épouse ni du jour où il la reverra.

Sa chambre est agréable et propre, une couette est disposée sur le lit et un tapis aux motifs floraux, tissé à la main, recouvre la plus grande partie du plancher en pin. De part et d'autre de la fenêtre, des rideaux encadrent la mairie qui se profile de l'autre côté de la rue, un édifice en brique orné de magnolias resplendissants. Il y a l'air conditionné dans la chambre mais Jorie ne s'en soucie guère. Elle ouvre la fenêtre et respire profondément : elle veut connaître les sensations que l'on éprouve à Holden, en été. L'odeur mouillée du soir qui tombe, la lourde chaleur d'août, le chant des merles aux ailes rouges qui se posent par milliers dans les champs, autour de l'agglomération, pour picorer du riz sauvage et défendre leur territoire.

Après avoir déposé ses affaires, Jorie appelle la réception et demande qu'on lui monte un repas, optant pour une salade accompagnée de frites et d'un sandwich à la viande. Lorsque la nourriture arrive, elle s'aperçoit qu'elle est affamée. À peine la dernière bouchée avalée, elle s'effondre sur le lit et s'endort tout habillée, ses chaussures aux pieds, alors qu'il fait encore clair dans le ciel et qu'il n'est guère plus de vingt et une heures. Pendant la nuit, Jorie rêve qu'Ethan est avec elle, allongé à ses côtés dans le lit de l'hôtel, le visage tout près du sien. Il est si beau qu'elle en est éblouie et pendant un instant elle parvient à peine à discerner les traits de son mari. Il se rapproche ; et bien qu'elle ne puisse pas vraiment le voir, elle sent la chaleur de son souffle, ainsi que la crampe qui lui noue l'estomac à mesure que s'éveille le désir qu'elle a de lui, comme cela a toujours été le cas lorsqu'il s'approche d'elle.

Pour qui me prenais-tu ? murmure-t-il à Jorie dans son rêve.

Il sort du lit et se dirige vers la fenêtre. Il tire les légers rideaux et se retourne, le sourire aux lèvres. Elle a tellement envie de lui qu'elle sent son corps tendu, crispé de part en part ; pourtant lorsqu'elle essaie de parler elle s'aperçoit qu'elle ne peut prononcer un mot, ni se lever à son tour pour le rejoindre. Elle doit se contenter de le regarder tandis qu'il continue de marcher, franchit la ligne des rideaux et sort du cadre de la fenêtre, comme un oiseau qui retrouve enfin sa liberté, disparaissant si rapidement de sa vue que lorsque Jorie parvient enfin à se dégager des draps emmêlés et le cherche des yeux, elle ne distingue plus rien dans l'air blafard et tiède. Les traces qu'il aurait pu laisser, y compris ses empreintes, se sont évanouies ; et les vêtements qu'il portait se sont effilochés, défaits, maintenant réduits à un infime monticule de coton blanc.

Jorie se réveille le lendemain matin avec une terrible migraine. Ses pieds lui font mal, à cause des chaussures, elle a la bouche sèche et, quand elle émerge du lit, son rêve flotte encore autour d'elle, tel un halo brumeux. Elle prend une douche, s'habille, puis téléphone chez sa mère, comme elle en avait informé Anne, afin de prendre des nouvelles de Collie. Celui-ci va bien, c'est du moins ce que lui répond sa sœur, et Jorie devra se contenter de sa parole car Collie ne daigne pas prendre lui-même l'écouteur. Il est trop fatigué, à moitié endormi, et n'a d'ailleurs rien à lui dire. Malgré ses efforts, Anne n'arrive pas à le convaincre de parler à sa mère, ce qui ne lui ressemble guère.

— Pourquoi fait-il la tête ? demande Jorie.

— Tous les garçons de douze ans se comportent ainsi, lui dit Anne. Le tien a d'ailleurs des raisons de le faire. Cesse de t'inquiéter pour Collie. Gigi va l'emmener au lac, avec sa drôle de copine. Ils pourront se rafraîchir et manger le pique-nique que je leur ai préparé : sandwiches au beurre de cacahuète, condiments variés et limonade glacée. Ça ne te rappelle rien ? Quand je pense que nous croyions que c'était le remède miracle contre tous nos malheurs ou presque...

Jorie se souvient parfaitement qu'Anne et elle s'étaient préparé ce pique-nique tous les jours ou presque, lorsque leur père les avait quittées. Ce fut le seul été où elles devaient passer de longs moments ensemble, et – cela lui revient brusquement – elles se rendaient généralement à Lantern Lake en faisant un long détour à pied, après avoir laissé derrière elles les anciens vergers où poussaient des reinettes acides et toutes sortes d'autres pommes. Ce fut la seule période de leur enfance où elles s'étaient senties proches, s'empiffrant de ce pitoyable menu dont personne à part elles n'aurait voulu, n'ayant rien trouvé de mieux que cet improbable mélange d'acide et de sucré pour alléger leur peine.

Jorie sait qu'Anne s'occupe bien de Collie et pourtant, pour la millième fois peut-être, elle se demande si elle a eu raison de laisser son enfant. Elle sait bien qu'il ne peut pas comprendre qu'elle se soit plus ou moins sentie obligée de faire ce voyage, qu'elle n'avait au fond pas le choix. Comment aurait-elle jamais eu la certitude que cet endroit existait si elle n'avait pas pris l'avion pour Baltimore, puis loué une voiture en se repérant sur la carte de la côte Est ? Il était indispensable qu'elle accomplisse chacun de ces gestes, tout comme elle s'était écroulée de sommeil dans cette chambre d'hôtel et y avait fait ce rêve affreux, avant de se réveiller par cette matinée ensoleillée à Holden, dans le Maryland.

La plupart des gens fouillent à l'intérieur d'eux-mêmes pour comprendre ce qu'ils ressentent : mais Jorie est exsangue, vidée, il n'y a plus rien en elle. Les vérités qui avaient étayé sa vie se sont évaporées, la vidant de tout, en dehors de l'infime et statique lueur de son propre scepticisme. Elle n'a jamais été du genre à s'interroger sur elle-même ; et maintenant, elle se pose des questions sur tout. Oui, elle regarde le bâtiment de la mairie par la fenêtre de sa chambre, en buvant le café qu'on lui a monté, mais ce décor – l'édifice de pierre grise, les arbres au feuillage éclatant, les bancs en fer forgé – ne pourrait-il pas aussi bien être un paysage lunaire ? Certes, il n'y a pas de magnolias sur la Lune, ni de merles aux ailes rouges, c'est du moins ce qu'on lui a toujours dit. Pourtant, comment en aurait-elle la certitude absolue ? Où sont les documents, les photographies qui l'attestent ? Les preuves noir sur blanc ? En quelques semaines à peine, Jorie a quasiment perdu la foi en tout, y compris en elle-même. Elle qui faisait toujours confiance aux gens et s'en remettait à son instinct exige à présent des faits, des traces écrites, des témoignages de première main.

Dès que l'aiguille marque neuf heures, sur le réveil de sa table de nuit, Jorie quitte l'hôtel et traverse la rue. Il va encore faire chaud aujourd'hui ; le temps d'avoir trouvé son chemin et atteint la salle des archives, elle est déjà en nage. La femme qui se trouve derrière le comptoir dépouille le courrier et marmonne entre ses dents, ignorant Jorie jusqu'à ce que celle-ci demande à consulter un certificat de décès. L'intérêt de l'employée est aussitôt éveillé. Elle s'appelle Nancy Kerr et a toujours habité Holden, n'ayant d'ailleurs jamais envisagé de vivre ailleurs. Elle a quelques années de moins que Jorie, des cheveux noirs bouclés et un comportement parfaitement pragmatique. C'est elle que les gens viennent trouver à Holden lorsqu'ils ont à se plaindre de quelque chose, et au bout d'un certain nombre d'années à ce poste, sa douceur et sa gentillesse initiales ont fini par s'émousser.

— De quel décès précisément ? demande-t-elle.

Lorsqu'elle entend le nom de Rachel Morris, elle hoche la tête en murmurant : « La pauvre... » Pendant une fraction de seconde, Nancy ressemble presque à la jeune fille vulnérable qu'elle était jadis, bien avant d'avoir divorcé et accepté cet emploi pour élever sa fille. Mais sa rêverie ne dure pas. Elle adresse à Jorie un regard scrutateur et son visage ne tarde pas à s'assombrir.

— Vous n'êtes pas journaliste, au moins ?

— Je suis simplement intéressée par cette affaire, répond Jorie. J'essaie de comprendre ce qui s'est passé.

— Je puis vous dire très précisément ce qui s'est passé. Un inconnu a assassiné Rachel il y a une quinzaine d'années et il a été récemment arrêté, dans le Massachusetts. La presse en a suffisamment parlé.

— Ma foi, je m'étais dit que vous pourriez me communiquer les dossiers qui sont en votre possession.

— Et pourquoi ferais-je cela pour vous ?

— Mon intérêt est d'ordre personnel.

— Vraiment...

Les deux femmes se dévisagent et Jorie songe alors que Nancy Kerr était sans doute à l'école avec Rachel Morris et avait dû grandir avec elle.

— Vous avez l'accent du Massachusetts, je conçois donc que votre intérêt soit éminemment personnel...

Nancy a de la repartie et ne craint pas de dire ce qu'elle pense, mais elle a eu une semaine difficile, avec sa fille clouée au lit par une gastro-entérite. Cela ne l'empêche pas, toutefois, de se laisser attendrir par le regard un peu embué de Jorie, signe indéniable qu'elle n'a pas dû très bien dormir cette nuit – ce qui est également le cas de Nancy. Peut-être est-ce pour cette raison que l'employée se dirige vers l'armoire des dossiers et revient, une chemise à la main.

— C'est de la folie, je le sais, dit-elle en tendant le document à Jorie, mais j'espère que je n'aurai pas à le regretter, contrairement à tant d'autres choses dans ma vie.

Après avoir ouvert le dossier et aperçu le certificat de décès, Jorie éprouve une sorte d'étourdissement, comme si on venait de l'aveugler. Elle est obligée de s'asseoir et se tasse sur l'une des chaises en plastique, heureusement munies d'un pupitre repliable. Tous les papiers sont là, étalés devant elle. Une photographie montre une vague forme qui n'a plus grand-chose d'humain. C'est cela qu'elle est venue voir, non ? Elle a besoin de connaître la cause officielle du décès, de voir tout cela rédigé noir sur blanc, et elle a maintenant le rapport du coroner entre les mains. Elle se force à lire toutes les explications, comment l'hémorragie interne s'est déclenchée à la suite d'un choc violent, comment le crâne a volé en éclats et les fragments d'os se sont logés dans le cerveau... Ce qu'elle trouve le plus pénible à lire, ce sont les détails les plus simples : la couleur des yeux de la défunte (verts) et celle de ses cheveux (roux), ou la poignante information émanant d'un croquis grossier qui reproduit une tache de naissance de la jeune fille, à la base de sa colonne vertébrale, de la couleur d'une prune et en forme de papillon.

Lorsque Nancy Kerr remarque la pâleur de Jorie et les frissons qui la parcourent malgré la chaleur estivale, elle sort de son comptoir et approche une chaise. Elle n'avait pas l'intention de se montrer aimable, mais l'évocation de Rachel Morris a adouci son cœur. S'étant approchée, elle constate que Jorie a recopié l'adresse de la ferme des Morris.

— Il ne vous recevra pas, si c'est ce que vous avez en tête, dit-elle à Jorie.

— Qui ?

Heureusement, Jorie a une carte détaillée de la région dans sa voiture, car l'adresse correspond à un chemin vicinal situé à l'est de l'agglomération, après toute une succession de criques et d'étangs. Elle songe aux papillons et aux taches de naissance, et à un chagrin si profond que même en creusant toute une nuit à l'aide d'une pelle et d'une épée, on atteindrait à peine ses premières strates.

— James, le frère de Rachel, répond Nancy. Renoncez à cette idée, il ne vous ouvrira même pas la porte si vous vous rendez là-bas. Des tas de journalistes rôdaient dans les parages au moment du drame, sans parler d'individus encore plus bizarres, des soi-disant médiums qui n'ont jamais débusqué le moindre indice. Ce qu'ils voulaient, c'était avoir leur nom dans le journal. Cela se passait quelques années avant que les parents de Rachel, Irene et Joe, ne succombent l'un après l'autre, comme cela arrive quand on n'a plus envie de vivre. Après leur décès, James n'a plus adressé la parole à personne. Notamment aux journalistes et aux avocats. On les a vus revenir ces derniers temps, comme une nuée de charognards. Et même si vous n'êtes pas comme eux, il n'acceptera jamais de vous voir. À moins que vous ne me donniez une bonne raison pour que j'essaie de le convaincre du contraire.

— Je connais l'accusé, dit Jorie en relevant la tête, comme si elle s'attendait à moitié à ce qu'on la frappe. Je suis donc impliquée dans cette affaire, que cela me plaise ou non.

— Et cela ne vous plaît pas.

— Non, dit Jorie en refermant le dossier, dont elle a retenu l'essentiel. Je déteste cette idée.

Certains prétendent que Nancy Kerr a beaucoup trop bon cœur, une fois qu'on a franchi la barrière de sa rudesse de façade. Et il est vrai qu'il lui est difficile de ne pas tendre la main à quelqu'un qui se trouve vraiment dans l'embarras. Elle dévisage intensément Jorie, avant de se diriger vers le téléphone et de composer un numéro. Elle parle quelques instants dans l'écouteur, d'une voix étouffée, puis fait un signe à Jorie.

— C'est James : il veut bien écouter ce que vous avez à lui dire.

Jorie s'empare de l'appareil. Elle a brusquement froid, au milieu de cet étrange bureau, dans la mairie d'une commune dont elle ignorait jusqu'à l'existence avant cet été.

— Allez-y, l'encourage Nancy. Il vous répondra.

— Bonjour, lance Jorie d'une voix hésitante.

Il y a un profond silence à l'autre bout du fil. Jorie parvient presque à ressentir l'hésitation de James Morris, l'envie qui le démange de lui raccrocher au nez. Du reste, pourquoi n'accueillerait-il pas avec méfiance ce coup de téléphone ? Qui, dans la région ou ailleurs, pourrait lui certifier que cette inconnue mérite qu'il lui accorde un peu de son temps ? C'est l'heure où les services de la mairie commencent à s'animer. Le bureau chargé des cartes grises et des contraventions est situé à l'extrémité du couloir et une queue s'est déjà formée devant l'entrée. Plusieurs personnes ont salué Nancy en passant devant la salle des archives.

— Je sais que vous ne me connaissez pas, reprend Jorie en se forçant à poursuivre, mais je connais quelqu'un qui est impliqué dans ce qui est arrivé à votre sœur.

Le silence se prolonge à l'autre bout du fil. Après

ce qui lui semble être une éternité, une voix d'homme répond à Jorie :

— Vous voulez parler du meurtrier ?

James Morris a une voix rauque et il s'exprime si doucement que Jorie doit coller son oreille à l'écouteur pour l'entendre. L'homme reprend :

— Vous estimez que je devrais vous écouter parce que vous connaissez l'assassin de ma sœur ? Laissez-moi deviner... Vous voulez m'expliquer que c'est un brave type ? Que je devrais lui pardonner un geste que je ne comprends pas ? Mais si je vous suivais, il faudrait que je reçoive tous les gens qui l'ont connu dans le Massachusetts et qui viendraient frapper à ma porte pour plaider sa cause. Désolé, mais je ne crois pas que ce soit une bonne idée.

— Personne d'autre ne viendra vous importuner, je serai la seule. (Jorie perçoit le souffle de James Morris à l'autre bout du fil.) Cet homme est mon mari, ajoute-t-elle.

Voilà, elle l'a enfin prononcée, cette maudite phrase qu'elle redoutait tant. Et, s'en étant libérée, elle a brusquement l'impression de fondre comme une étendue d'eau gelée, sur le bord d'un étang. D'ici peu, de petites cloques vont surgir sur sa langue – le prix à payer peut-être pour avoir dit la vérité – et il faudra qu'elle aille boire un grand verre d'eau fraîche au distributeur installé dans le couloir.

— Votre mari ? répond James Morris. Et vous voulez venir me parler ?

Nancy Kerr fait mine d'être plongée dans ses dossiers mais Jorie voit bien qu'elle ne perd pas une miette de la conversation. Comment une femme ayant grandi dans la région se désintéresserait-elle des conséquences d'un tel événement ? Et lorsque le téléphone se met à sonner, sur un autre poste, Nancy ne se donne pas la peine de décrocher et laisse le répondeur se déclencher.

— Je voudrais vraiment vous parler, insiste Jorie. Je vous en prie.

Elle se rend compte qu'elle s'est brusquement mise à transpirer, en parlant avec James Morris, et le fait que la mairie ne soit pas climatisée n'arrange pas les choses. Elle est à deux doigts de se mettre à genoux pour obtenir un rendez-vous qu'elle n'est pas certaine de désirer vraiment. Mais d'un autre côté, elle sait que si elle rate cette occasion de se rendre à la ferme des Morris, elle ne sera jamais sûre de ses propres sentiments. Si elle n'emprunte pas les mêmes routes, ne respire pas le même air, comment pourra-t-elle comprendre ce qui s'est passé cette nuit-là ?

Elle a fait des centaines de kilomètres non pas pour chercher le moyen de pardonner à Ethan ou d'excuser son geste, mais pour voir s'il lui était possible de vivre avec ce qui s'était passé. C'est cela que James Morris ne comprend pas : ce n'est pas son pardon qu'elle est venue chercher, c'est le sien à elle.

— Je n'abuserai pas de votre temps, dit-elle, je vous le promets.

La réponse de James Morris la prend de court :

— Bien sûr, dit-il, vous pouvez venir.

Peut-être a-t-il envie de voir en chair et en os la femme qui a vécu toutes ces années avec l'assassin de sa sœur ? Il doit se tenir près d'une fenêtre ou sur le seuil de sa maison en parlant au téléphone, car Jorie perçoit le chant des oiseaux dans l'écouteur, tel un chœur céleste, hypnotique et doux, s'élevant des nues.

— Mais autant que vous le sachiez, poursuit-il, vous n'allez pas aimer ce que vous allez découvrir.

Jorie note l'itinéraire qu'il lui indique et s'aperçoit qu'elle tremble en rendant l'appareil à Nancy Kerr.

— Merci, lui dit-elle. Sans votre intervention, jamais il n'aurait accepté de me recevoir.

— Ne vous hâtez pas de me remercier, l'avertit Nancy. Et ne croyez pas qu'il fera preuve d'une grande civilité sous prétexte qu'il a accepté votre visite. James Morris n'est pas particulièrement aimable. Il ne l'est plus, en tout cas. Et il le sera encore moins envers vous.

Jorie rejoint sa voiture de location, qui est garée en plein soleil et aussi chaude qu'une fournaise : le volant lui brûle les mains, à peine l'a-t-elle effleuré. Elle baisse les vitres et suit les indications de James Morris, tourne à gauche dans Main Street jusqu'au croisement de Greenway Road, avant de s'engager sur la route n° 12. En quittant l'agglomération, elle longe un centre commercial puis une zone plus résidentielle, des allées de jolies maisons en brique entourées par des haies d'azalées. Tout en roulant, Jorie pense à Rachel Morris et à la tache de naissance qu'elle avait, au bas des reins. La jeune fille avait dû emprunter cette route des milliers de fois, rouler à bicyclette à l'ombre des eucalyptus et s'arrêter pour cueillir par poignées les cerises sauvages qui poussent ici en abondance. Elle achetait sans nul doute son shampoing dans la pharmacie de Main Street et commandait du Coca à la vanille et des frites avec des pickles chez Duke's Diner, sur Greenway Road, qui se fait livrer tous les matins des roussettes pêchées de la veille et dont le menu n'a probablement pas changé au fil des quinze dernières années.

Une fois de plus, Jorie a l'impression d'avoir abandonné le monde tel qu'elle le connaissait jusqu'alors pour resurgir dans un temps parallèle, comme si cette route était un tunnel remontant le cours des années. Elle est enveloppée, étourdie par la chaleur. Elle a toujours cru qu'elle était capable de compassion, aussi sure de distinguer le vrai du faux que de savoir qui elle était, mais à présent elle n'en a plus la certitude. La femme qu'elle avait toujours pensé être ne serait pas en train de rouler seule sur cette route du Maryland, longeant les immenses nids d'orfraies juchés en équilibre au sommet des poteaux télégraphiques et s'enfonçant plus avant dans la campagne, tandis que des dizaines de merles prennent leur essor et s'élèvent dans le ciel. Après avoir dépassé une boutique délabrée, une supérette et un minuscule bureau de poste, elle aperçoit la bifurcation dont James Morris lui a parlé – une étendue d'eau stagnante et de végétation pourrie qui était jadis un bassin à l'eau étonnamment chaude, où les gens venaient se baigner. À présent, il est envahi par du panais et des mauves d'une couleur tendre, dont certaines ont réussi à éclore au milieu de ces herbes proliférantes. Cela fait des années que personne ne vient plus nager par ici. De nos jours, les gens se méfient des bactéries et des sangsues, ils tiennent compte de facteurs dont personne ne se serait soucié autrefois en venant plonger dans ces eaux boueuses, si chaudes que des nuages de vapeur se formaient à la surface et flottaient, à quelques pouces du sol.

Jorie bifurque à cet endroit et longe le bassin jusqu'à avoir rejoint le chemin de terre qui conduit à la ferme. À son passage, le bruit du moteur effraie une nuée de bécasses, au milieu des cornouillers et des buissons de poivriers. Tandis que les oiseaux s'envolent et s'éparpillent en jacassant dans le ciel, Jorie sent un frisson la parcourir, bien que la chaleur ne cesse de croître. Son cœur ressemble à l'un de ces oiseaux : aisément effrayé, trop prompt à réagir. Elle distingue à présent le bâtiment blanc de la ferme, qui n'a pas été repeint depuis plusieurs années et dont les volets pendent de guingois. Tout ce qu'elle espère, c'est recueillir un élément, une bribe d'information qui lui permette à nouveau de croire en son mari. Au début, elle était convaincue que la confession d'Ethan était destinée à couvrir le véritable auteur du crime. Il devait avoir un frère ou un cousin qui avait mal tourné, un ami proche qui sait, qu'il avait juré de protéger lors de cette lointaine nuit d'août, bien des années plus tôt.

Maintenant qu'il a témoigné et révélé des faits dont seul le vrai coupable pouvait avoir connaissance, Jorie reste convaincue qu'il doit y avoir une explication. Quelque chose justifie sûrement ce qui s'est passé, cet étrange enchaînement de circonstances qui l'ont égaré, l'entraînant hors du droit chemin. La drogue peut-être, ou l'alcool... Un cycle lunaire particulièrement néfaste, la sécheresse, des températures excessives – tout cela pourrait avoir joué un rôle. À moins que ce ne soit la faute de la fille : peut-être l'avait-elle encouragé, provoqué, excité jusqu'à ce qu'il n'ait plus d'autre choix que de répondre à ses avances. Elle pouvait aussi avoir eu un tempérament violent : avoir craché sur lui ou tenté de lui crever les yeux, ne lui laissant pas d'autre choix. Cela peut arriver, après tout. On entend régulièrement parler de braves types qui se trouvent piégés au moment où ils s'y attendent le moins, qui tombent dans un traquenard et en sont réduits à commettre des actes qu'ils n'auraient même pas imaginés.

Il doit y avoir une raison qui explique ce qui est arrivé, à tout le moins, et c'est pour la trouver que Jorie est venue jusqu'ici, pour cela qu'elle arrête sa voiture de location au bout de ce chemin de terre rouge, à des centaines de kilomètres de chez elle. James Morris l'attend sur le porche. Il ne se lève pas lorsqu'elle émerge de son véhicule après s'être garée, même lorsque son chien efflanqué, à mi-chemin entre le bouledogue et le berger allemand, déboule en aboyant et en montrant les dents. Pendant quelques instants, Jorie se sent sur le point de défaillir : à cause de la chaleur, du soleil, de ce chien écumant, du regard de James Morris et de tout ce qu'elle a vécu au cours de ces dernières semaines, qui repassent dans sa tête comme un film qu'elle aurait été forcée de regarder cent fois. Elle pose la main sur le capot brûlant de la voiture, pour conserver son équilibre. L'air est lourd par ici, et gorgé de sel en raison des marécages dont la ferme est environnée.

— Mr Morris ? lance Jorie.

James Morris siffle et son chien retourne en

trottinant vers lui. Morris se lève alors et caresse l'animal en regardant Jorie s'approcher. Il est plus jeune qu'elle ne s'y attendait ; elle comprend brusquement que c'était le frère cadet de Rachel et qu'il ne devait pas avoir plus d'une dizaine d'années au moment des faits. À peu près l'âge de Collie aujourd'hui.

— Nancy a dû vous dire que je n'aime guère les visites, dit James Morris. Eh bien, elle ne vous a pas menti.

— J'apprécie que vous ayez pris le temps de me recevoir, dit Jorie, la main en visière au-dessus des yeux.

Bien qu'elle ne parvienne pas exactement à distinguer son expression, elle peut constater que c'est un jeune homme avenant de vingt-cinq ou vingt-six ans, de grande taille, au visage émacié et songeur, et aux cheveux blonds. Il porte un vieux blue-jean et un tee-shirt gris, maculé de sueur. Il travaillait en plein air lorsque le téléphone a sonné, élaguant les vulpins et les pieds-de-loup qui s'incrustent toujours dans ses champs. Jorie comprend tout à coup pourquoi elle a entendu des oiseaux un peu plus tôt, en téléphonant depuis la mairie. Bien qu'ils préfèrent généralement rester au sol, il y a des centaines de merles perchés dans les cyprès ; et d'autres, en aussi grand nombre, planent au-dessus du champ de maïs qui s'étend derrière la maison. James Morris s'était servi de sa faux, tout à l'heure, provoquant l'envol de nuées de moustiques chassés des herbes qu'il coupait, et des hordes d'oiseaux avaient surgi pour profiter de l'aubaine. Même à présent, le ciel bruisse et palpite du mouvement de leurs ailes : sans se poser, les oiseaux se gavent avec une sorte de sauvagerie, comme s'ils pressentaient que l'opportunité d'un tel festin, dans la chaleur vacante de cette matinée, ne se représentera plus.

— Vous n'êtes ni très sensée, ni très prudente, dit James Morris en dévisageant attentivement Jorie. (Il a les yeux clairs, comme Collie ; et comme Collie, il ne laisse pas transparaître ses sentiments.) Et si j'avais envie que l'homme qui a tué Rachel sache ce que l'on ressent, en perdant un être cher ? Si je vous abattais sur-le-champ ?

Morris descend les marches du perron. Il pourrait fort bien être armé, en cet instant précis, mais Jorie ne fait pas demi-tour pour s'enfuir en courant. Elle lui retourne son regard. C'est un homme de grande taille, il est même plus grand, vu de près, que Jorie ne le pensait en sortant de la voiture. Il ne doit pas faire loin d'un mètre quatre-vingt-dix, même s'il ne serait sans doute pas arrivé à l'épaule de Jorie au moment du crime. Peut-être devrait-elle avoir peur de lui, mais c'est autre chose qui l'inquiète, ou qui l'effraie. Elle redoute ce qu'elle pourrait ressentir, si jamais elle n'obtenait pas les réponses qu'elle est venue chercher.

— Je ne pense pas que vous m'abattrez, dit-elle calmement.

— Ah... dit James Morris en esquissant un sourire. Mais nous savons qu'il vous arrive de vous tromper, lorsque vous jugez les gens. J'imagine que vous ignoriez ce qui s'est passé ici lorsque vous avez épousé votre mari ?

— Il y a d'autres choses que j'ignore et que j'ai besoin de savoir. C'est pour cela que je suis venue vous trouver.

Ils se dévisagent l'un l'autre, à travers les ondes de chaleur en suspens dans l'air. James Morris n'a plus jamais fait confiance à personne depuis ses dix ans. Mais Jorie est une nouvelle venue et il y a en elle une forme d'innocence qui lui donne envie de la secouer, pour la tirer de sa léthargie. *Allons*, aimerait-il lui dire, *ne me dites pas que vous faites davantage confiance à un parfait étranger qu'à l'homme que vous avez épousé ?*

— Vous voulez voir l'endroit où on a retrouvé la camionnette ? demande-t-il à la place. Sans ce véhicule, vous savez, on n'aurait jamais retrouvé votre mari. Ses papiers d'identité étaient restés dans la boîte à gants et la police a pu récupérer la photo de son permis de conduire. Vous voulez voir les lieux ?

Jorie acquiesce. Elle s'attendait à ce que James Morris lui dise de décamper et de rentrer au plus vite dans le Massachusetts. Au lieu de ça, il semble lui faire confiance et elle a décidé qu'elle acceptera de voir tout ce qu'il voudra lui montrer. Elle suit James dans le champ de maïs. Celui-ci est précédé par le chien, qui leur ouvre la route à travers les hautes tiges vertes. Elle pourrait se trouver n'importe où sur terre, perdue pour ceux qui l'ont connue, si loin de chez elle qu'il lui serait à jamais impossible de retrouver son chemin. Il fait si chaud dès qu'on n'est plus à l'ombre des gommiers qu'on prendrait aisément la réalité pour un simple fruit de l'imagination, abusé par l'écheveau flottant des ondes de chaleur et de cette marée de verdure. Pendant un instant, Jorie n'est plus très sûre de distinguer ce qui se profile devant elle – un ange noir ? un homme attaché à un arbre ? – mais, comme ils se rapprochent, elle s'aperçoit qu'il s'agit d'un vieux poteau auquel on accrochait jadis un épouvantail. Un tourniquet métallique est fixé au sommet, pour effrayer et chasser les mainates, les corneilles et les fauvettes des marais. James s'arrête et l'ombre du poteau dessine une ligne noire en travers de son visage. Son chien se frotte contre sa jambe et lève les yeux vers son maître, pressé de repartir.

— Après cette nuit-là, les gamins des environs racontaient que c'était l'épouvantail qui avait commis le crime. Ils disaient qu'il avait pris vie au milieu de la nuit, qu'il avait traversé le champ de maïs et grimpé jusqu'à la chambre de Rachel, avant de faire ces choses affreuses. Savez-vous pourquoi ils pensaient ça ?

Jorie secoue la tête. Elle n'a pas envie de regarder James Morris mais se force à croiser son regard. C'est un très bel homme, elle s'en rend brusquement compte, mais qui s'est contenté de mener une vie sans éclat. Il a vécu ici avec ses parents jusqu'à leur mort et n'a jamais songé à aller s'établir ailleurs après ça.

— Ils pensaient que c'était l'épouvantail parce que personne ne croyait qu'un être humain était capable de faire subir à Rachel les horreurs dont elle avait été victime.

La vie de James Morris aurait pu le conduire ailleurs, dans un endroit où l'eau des puits n'était pas salée, une ville où nul ne savait à quoi ressemblait un merle. Les jeunes filles de Holden avaient abandonné la partie à son sujet et se contentaient de hocher la tête en songeant à ce qui aurait pu se passer. Autrefois, elles venaient lui apporter des feuilletés au jambon et des haricots verts, elles faisaient halte le samedi soir avec des packs de bière et des tartes qu'elles avaient préparées elles-mêmes, mais même si James Morris se montrait toujours courtois à leur égard, il était évident qu'aucune d'entre elles ne l'intéressait. Quelque chose s'était définitivement interrompu pour lui, il y avait déjà longtemps. La vie de ces jeunes filles s'était poursuivie mais la sienne était désormais suspendue, teintée de gris, comme s'il vivait depuis lors dans une vieille photographie, à jamais figée. Il ne remarquait même pas les merles qui voletaient alentour : ils venaient manger des miettes dans ses mains, se posaient sur ses épaules, picoraient des graines nichées dans les replis de ses vêtements, mais on aurait dit qu'il ne les voyait pas.

James Morris a vécu des années en essayant de ne pas penser et c'est ainsi qu'il a réussi à se lever, chaque matin. Il ne se rend jamais en ville, sauf pour y acheter quelques provisions, et passe à la banque et à la poste une fois par mois, ce qui est largement suffisamment pour ce qu'il doit y faire. Quelques étés plus tôt, il a vendu une partie de ses terres à un voisin, ce qui lui a permis de mettre de l'argent de côté, et il s'en sort suffisamment avec ses champs de maïs pour payer ses factures et ses impôts. À bien y réfléchir, il n'a jamais désiré grand-chose. Sinon, bien sûr, remonter le cours du temps. Ah, si seulement il pouvait se réveiller par une belle matinée d'été et avoir à nouveau dix ans... Si seulement le seul événement extraordinaire qui ait dû survenir dans sa vie avait été de réussir à plonger dans l'étang d'Enfer depuis la plus haute branche du plus grand gommier qui ait jamais poussé sur ses rives et que la foudre a abattu, voici quelques années, scindant en deux son gigantesque tronc...

James Morris regarde dans le lointain et, en voyant l'expression qui se peint sur son visage, Jorie se représente l'enfant qu'il était autrefois. En restant comme il l'a fait à l'écart des autres gens, il a conservé une sorte de naïveté, de pureté d'esprit, malgré le drame de cette lointaine nuit.

— Il y avait une autre raison pour que l'on accuse l'épouvantail, reprend-il. Ses haillons avaient disparu. Quelqu'un les avait évidemment volés, abandonnant à la place ses vêtements maculés et souillés de sang. Mais personne dans le coin ne fut convaincu par cette explication. En tout cas, pendant un certain temps. Au point que la plupart des gens qui étaient nés et avaient grandi dans la région n'osaient plus sortir la nuit, surtout ceux qui vivaient dans les fermes environnantes. Une semaine environ après les funérailles, mon père a brûlé l'épouvantail. Il a déversé tellement d'essence qu'il a failli mettre le feu au pré, mais ça lui était bien égal.

« Par la suite, poursuit James, plus aucun fermier dans les environs de Holden n'a installé dans ses champs le moindre épouvantail, et c'est encore vrai de nos jours. Quinze ans après ces événements, il y a encore des gens qui vous jurent que les épouvantails peuvent se mettre à marcher, lors des chaudes nuits d'été, et s'introduire dans les maisons pendant que les gens dorment, à moins qu'ils ne guettent les enfants le long des routes pour les capturer et les transformer en merles.

Peut-être est-ce la raison pour laquelle la région semble depuis envahie par ces oiseaux…

Jorie regarde au loin et aperçoit les nuées de merles noirs qui virevoltent à l'horizon, sur le ciel blanchi par la chaleur.

— Ils avaient conservé jadis ces vêtements ensanglantés au bureau du district attorney, reprend James Morris. Et lorsqu'ils en auront fini avec les tests qu'ils sont en train de faire, quelque chose me dit qu'il y a peu de chance pour que l'ADN corresponde à celle d'un épouvantail. Mais lorsque j'étais gosse, je croyais vraiment à cette histoire. Je n'arrivais plus à dormir, avant que mon père ait brûlé ce fichu pantin ; et même par la suite, j'y rêvais souvent. Je le voyais toutes les nuits qui marchait à travers champs, pour venir s'emparer de Rachel.

Il se tourne vers Jorie et la regarde avec cet air distant qui a été le sien depuis toutes ces années.

— C'est pour cela que vous êtes venue ? Pour entendre ce récit de ma bouche ? Savoir comment nos vies ont été brisées ? Vous voulez que je vous dise comment il l'a violée et lui a fracassé le crâne, avant d'abandonner ses vêtements au beau milieu d'un champ pour qu'un gamin de dix ans les retrouve ?

Jorie se sent la gorge aussi sèche qu'un parchemin, brûlée par un sentiment de remords et de culpabilité. James Morris fait preuve d'une certaine cruauté, il cherche à la blesser, mais après tout n'a-t-il pas quelque droit de le faire ? C'était lui qui s'était levé le premier ce matin-là, il s'était rendu dans le champ avec son chien, Cobalt, mort depuis douze ans maintenant. Il n'avait pas compris ce qui imprégnait ce tas de vêtements, jusqu'à ce qu'il soulève la chemise ; et alors il était trop tard, ses mains étaient tachées de sang et ce sang le brûlait, le rongeait, s'insinuait à travers sa peau, ses doigts, sa chair, et il savait qu'il aurait beau faire, jamais il ne parviendrait à s'en débarrasser.

Il aurait dû appeler son père. Il aurait dû se mettre à crier jusqu'à ce que les voisins l'entendent, de l'autre côté de la route n° 12. Au lieu de ça, il avait couru dans la direction opposée, s'enfonçant dans les bois, où il était resté assis en pleurant jusqu'à ce que Cobalt le retrouve. Le corps de Rachel avait déjà été emmené. En quelques heures, par une splendide journée d'été, la maison où ils vivaient était devenue totalement vide, même si trois personnes continuaient d'y habiter.

— J'écouterai tout ce que vous souhaiterez me dire, lui dit Jorie. Je suis ici pour tenter de comprendre.

James Morris éclate de rire en l'entendant – non qu'il ne la croie pas, mais parce qu'il sait qu'elle veut quelque chose d'impossible. Il la conduit tout de même à l'endroit où se trouvait jadis l'étang d'Enfer, le bassin vaseux que Jorie a aperçu en arrivant. C'est ici que la camionnette a été retrouvée, lorsqu'on a asséché l'étang pour lutter contre la prolifération des moustiques.

— Il avait dû se garer par là. Et, après le crime, il a poussé le véhicule dans l'étang, pour ne laisser aucune trace de son passage.

Jorie s'accroupit. Le fond boueux du bassin est tapissé de persicaire et de joncs. Des râles d'eau y font leurs nids, ainsi que des malards et des fauvettes dont les appels font penser à des pleurs de femmes. Il fait frais à l'ombre, au bord de l'eau, et il monte une odeur de terre et de sel. L'air est teinté de vert et des petits poissons circulent dans les dernières mares qui résistent, l'eau s'évaporant vite en raison de la chaleur.

— C'étaient ses fleurs préférées, dit James Morris en désignant un cercle de roses trémières dont la couleur lumineuse tranche sur l'eau saumâtre. Elle enfilait les grandes bottes de mon père et allait patauger dans la boue pour en ramener de pleines brassées et en décorer toute la maison. Je lui disais bien qu'il y avait des rats dans les parages, mais ça ne l'arrêtait pas. Elle était du genre à tout faire mieux que les autres – qu'il s'agisse de danser, de grimper aux arbres ou même de se servir du fusil de mon père. Elle avait une vue parfaite et apercevait des détails que personne ne distinguait.

Ils n'échangent pas un mot sur le trajet du retour, en suivant les traces qu'ils ont laissées à l'aller. Jorie pense à ces brassées de roses trémières. Et à l'image d'une fillette en train d'enfiler les grosses bottes en caoutchouc de son père. Plus elle se représente cette scène, plus la douleur l'élance, lui martelant le crâne. Au croisement, ils quittent le sentier qui part vers les bois et retraversent le champ. Tandis qu'ils avancent dans les herbes hautes, le chien repère des bécasses au milieu des joncs et se précipite en aboyant vers elles. James siffle entre ses dents pour le rappeler : le chien fait demi-tour et revient à toute allure, la langue pendante. James Morris se penche et lui caresse la tête ; à cet instant, Jorie perçoit l'isolement, toute la solitude de cet homme. Elle comprend également qu'elle marche à côté d'un individu brisé, qui n'a jamais surmonté le choc de cette terrible journée. James Morris pourrait tout aussi bien avoir encore dix ans, le fait de devenir adulte ne l'a nullement aidé. Pendant une fraction de seconde, au beau milieu de ce champ de maïs, Jorie a envie de le prendre par la main.

— J'envisage d'acheter un chien à mon fils, lui dit-elle tandis qu'ils se rapprochent de la maison.

James Morris lui lance un regard dur.

— Vous avez eu un enfant avec lui ?

— Nous avons été mariés pendant treize ans... Nous menions une vie normale, comme n'importe qui.

La chaleur est de plus en plus lourde, signe qu'il pleuvra vraisemblablement dans la soirée. Mais pour l'instant, le ciel est toujours dégagé, d'un bleu éclatant au-dessus de leurs têtes.

— Oui, comme n'importe qui, répond James Morris. Mais c'était avant que vous n'appreniez son passé. Et maintenant, on dirait bien que vous avez tout perdu.

Il a fallu des années pour que le gentil petit garçon se transforme en ours mal léché, mais la métamorphose est aujourd'hui quasiment accomplie.

— Est-ce que je me trompe ? reprend-il.

La poussière rouge qu'ils ont soulevée en traversant les champs s'est déposée sur la peau de Jorie, qui paraît maintenant brune et hâlée.

— Je l'ai aimé pendant toutes ces années, dit-elle, et aujourd'hui que suis-je censée faire ? M'en aller sans un mot ? Effacer tout ce temps passé ensemble, en considérant qu'il était mensonger ?

— Vous voulez savoir qui vous avez épousé ?

La voix de James Morris est douce mais elle résonne aussi comme un grognement, semblable à celui de son chien ou de n'importe quel homme qui aurait enterré sa douleur au fond de lui et l'aurait laissée déposer, en un étrange mélange de colère et de regret.

— Je peux vous le montrer, si vous le désirez, reprend-il.

Le ton est menaçant et la voix de James se brise. Mais le fait qu'il lui propose de pénétrer chez lui est aussi une forme de don, Jorie le comprend bien. En ouvrant la contre-porte, on dirait qu'il l'invite à entrer dans sa propre douleur. Il ne doit pas arriver bien souvent à un être aussi renfermé que lui de faire une telle proposition, aussi Jorie accepte-t-elle. Elle lui retourne son regard, étudiant son beau visage sillonné de rides dues à la tristesse autant qu'au labeur.

— Ne venez pas dire que je ne vous aurai pas prévenue, lui dit-il tandis qu'elle franchit le seuil. Ni que je ne vous aurai pas conseillé de remonter dans votre voiture et de faire demi-tour.

Il la fait passer à l'intérieur, où les pièces baignent dans la fraîcheur et la poussière. Il y a des photographies sur la cheminée – les parents de James Morris en des temps plus heureux, des oncles et des tantes d'Annapolis ou de Virginia qu'il n'a pas revus depuis une bonne décennie, son vieux chien Cobalt et son successeur, un doberman affectueux malencontreusement abattu quelques années plus tôt par un chasseur qui l'avait pris pour un daim... Au milieu figurent les portraits de Rachel. Jorie s'approche pour les regarder de plus près, bien que la tête lui tourne davantage à l'intérieur de cette maison plongée dans la pénombre qu'au beau milieu des champs harassés de soleil.

— Je peux ? demande-t-elle.

Voyant James Morris hausser les épaules, elle s'empare d'une photo de Rachel à l'âge de cinq ans, sans ses dents de devant et coiffée à la chien. Le cadre argenté paraît étrangement froid entre les mains de Jorie, comme un galet au fond d'une rivière ou un grêlon tombé du ciel. Elle repose la photo et passe à la suivante : Rachel sur le dos d'un cheval, un grand sourire aux lèvres. Sur celle d'après elle est en robe de soirée, les cheveux soigneusement bouclés. Vient enfin celle qui, d'après James, a été prise deux semaines avant sa mort : on y voit Rachel et sa mère sur une plage, tendrement enlacées et riant l'une et l'autre aux éclats.

Rachel était belle, Jorie s'en aperçoit malgré la pénombre du salon. C'était une jeune fille pleine de vie, de rêves et d'espoirs, qui aimait aller à la plage d'Ocean City et avait aménagé la grange où elle recueillait par dizaines les chats abandonnés. Une jeune fille qui allait patauger dans les marécages pour cueillir des roses trémières et qui avait un jour galopé avec son cheval, Sugar, jusqu'à la pharmacie du centre où elle s'était mise à crier à tue-tête avant de repartir en trombe jusque chez elle – tout cela pour gagner le pari qu'elle avait fait avec son frère.

— Je crois que je me serais bien entendue avec elle, dit Jorie.

— Oh, tout le monde l'adorait... Même Nancy Kerr, qui était à l'époque la fille la plus timide qu'on puisse imaginer. Rachel avait davantage d'amies très proches que la plupart des gens n'ont de simples relations.

Jorie suit son hôte dans le couloir, passe devant la cuisine, puis la chambre de James, avant de s'arrêter devant une porte close. Elle sent que son cœur s'est remis à battre violemment dans sa poitrine. Ses jambes sont aussi lourdes que du plomb – sinon, sans nul doute, elle ferait demi-tour et partirait en courant pour retrouver les couleurs du dehors : le brun des champs, la terre rouge du sentier, le papier peint bleu nuit de sa chambre d'hôtel.

James Morris la dévisage attentivement, pour voir si elle n'a pas changé d'avis.

— Allons-y, lui dit Jorie.

C'est pour cela qu'elle est venue jusqu'ici. Elle sait fort bien de quelle pièce il s'agit.

James ouvre la porte sur la chambre d'une jeune fille de quinze ans, où tout est resté à sa place : les animaux en peluche, les rideaux blancs et le papier peint rose dont les motifs floraux sont pratiquement effacés, à force d'avoir subi l'assaut régulier des rayons de soleil. Sur la coiffeuse on aperçoit des bracelets, des barrettes, des flacons de parfums qui ont fini par s'évaporer malgré leurs bouchons en verre. Des livres s'empilent sur le bureau, et sur l'un des murs sont exposés des rubans obtenus lors de divers concours d'équitation, ainsi que plusieurs prix décernés par une école de danse.

Jorie se dirige vers la coiffeuse et s'empare de la brosse. Trois cheveux y adhèrent encore, emmêlés comme des fils d'or. Il fait plus froid dans cette chambre que dans le reste de la maison : à vrai dire, l'atmosphère est franchement glaciale ; et comme la pièce n'a pas été aérée pendant toutes ces années, l'air est un peu irrespirable. Jorie s'oblige à regarder le lit à une place, poussé contre le mur.

— Il a fallu deux semaines à ma mère pour nettoyer le sang. Par la suite, on a poncé et repeint le plancher, mais on n'est pas arrivé à l'effacer totalement. Vous ne le voyez peut-être pas, mais moi je sais qu'il est là.

Jorie fixe le sol et distingue une forme qui n'est pas sans ressembler au croquis de la tache de naissance de Rachel fait par le coroner.

— On dirait un papillon, dit-elle.

— C'est du sang, rétorque James Morris. Et l'on n'en vient pas à bout.

Il ouvre la porte de l'armoire et une agréable odeur se diffuse aussitôt dans la pièce. *Du lis en sachet*, songe Jorie : le parfum qu'elle adorait elle aussi dans son adolescence. Les robes de Rachel sont suspendues là, démodées au bout de quinze ans, mais toujours mignonnes. On aperçoit également ses chemisiers et ses chaussures, ses bottines aux lacets élimés. Ses gants, sa parka pour l'hiver, son manteau de Pâques avec ses gros boutons dorés, ainsi que ses blue-jeans bien pliés sur leurs cintres. Sur une étagère fixée le long de l'un des murs sont rangés ses pull-overs, ses sweaters et ses sous-vêtements. En détaillant tout cela dans la pénombre, Jorie remarque que les chaussettes sont d'une taille bien inférieure à celle que porte Collie.

James Morris parvient à peine à parler. D'ordinaire, il ne met jamais les pieds dans cette pièce.

— Voilà ce que nous avons perdu, dit-il à Jorie.

Jorie fait le tour de la chambre. Elle veut graver dans son souvenir la manière dont les rayons du soleil tombent à travers les rideaux de tulle, la taille des lattes du parquet, les barrettes d'argent posées sur la coiffeuse dans une coupe de verre rose. Elle s'arrête devant la table de nuit, où elle aperçoit un gros carnet relié en cuir bleu pâle et muni d'un fermoir doré : le journal intime de Rachel.

— Nous l'avons retrouvé là, dit James Morris, mais la clef n'y était pas. Ma mère estimait que c'était manquer de respect à l'égard d'une morte que de lire son journal intime, mais les enquêteurs ont insisté. Ils ont forcé le cadenas, mais je leur ai demandé de le remettre en place et de le refermer, avant de nous le rendre. Il fallait bien que quelqu'un au moins respecte la personne qu'elle avait été.

Jorie ressort dans le couloir et plonge la tête dans ses mains. Elle n'a pas la moindre raison, ni même le droit de pleurer – mais elle le fait pourtant, sans pouvoir s'arrêter. James reste encore un moment dans la chambre de sa sœur. Il sait que lorsque les femmes fondent en larmes, elles finissent à un moment ou l'autre par s'arrêter ; du moins en allait-il ainsi pour sa mère. Il patiente le temps nécessaire ; lorsqu'il sort à son tour et referme la porte de Rachel, Jorie s'est ressaisie.

— Excusez-moi, dit-elle. Je ne pensais pas que cela m'arriverait.

— Je vais faire du café, propose James, manifestant soudain une générosité surprenante.

Il la conduit jusqu'à la salle de bains, étonnamment propre pour un homme qui vit seul, afin qu'elle puisse se rincer le visage. L'eau dégage une odeur désagréable, un mélange de rouille et de sel, mais elle est fraîche et cela fait du bien à Jorie, dont les yeux sont brûlants. Elle regagne ensuite la cuisine et reste adossée à la porte, pendant que James Morris s'occupe du café. Il règne dans la pièce une ambiance paisible. Jorie regarde à travers la fenêtre les merles qui virevoltent dans le ciel : à la vue des oiseaux, elle se sent un peu moins oppressée.

— Merci, dit-elle lorsque James lui tend une tasse de café brûlant.

— Désolé, mais je n'ai ni lait ni sucre.

James Morris n'a accueilli personne dans sa cuisine depuis Noël dernier : et encore s'agissait-il de ses plus proches voisins, ceux à qui il a vendu son terrain, de braves gens qui s'obstinent à lui apporter des portions de dinde, de purée de pommes de terre et de chair à saucisse les jours de fête, bien qu'il leur ait dit de ne pas s'embêter avec ça. Mais ses voisins eux-mêmes ne vont guère plus loin, passé la porte de derrière, et il ne leur a jamais rien offert en retour, pas même un verre d'eau trouble.

— Je le boirai noir, c'est parfait, l'assure Jorie.

Elle suit des yeux un camion qui passe un peu

plus loin et regagne la route. C'est le voisin au grand cœur qui se rend à la poste, comme chaque matin à la même heure. Quelqu'un qui mène une vie ordinaire, comme celle que Jorie menait voici seulement quelques semaines.

— Mon mari dit qu'il veut maintenant assumer ses responsabilités, reprend-elle. Il dit qu'il a changé, qu'il n'est plus le même.

James Morris observe Jorie en buvant son café. Son regard est totalement dénué d'expression. Collie lui faisait le même effet ces derniers temps, comme s'il s'était replié tout au fond de lui, après avoir opéré une retraite précipitée.

— Il dit qu'il s'agissait d'un horrible accident, poursuit-elle. Qu'il aurait dû appeler la police, mais que sa raison n'avait plus de prise sur lui. Qu'il s'agissait d'une épouvantable erreur, mais qu'il n'a plus rien à voir aujourd'hui avec l'homme qu'il était jadis.

Jorie n'a pas touché à son café. À dire vrai, elle a envie de vomir. Le mieux qu'elle puisse faire, c'est de conserver dans son estomac le petit déjeuner qu'elle a commandé un peu plus tôt à l'hôtel, une simple tasse de thé accompagnée d'une tartine de confiture.

— Jamais je n'aurais épousé un individu pareil, ajoute-t-elle.

Jorie n'est pas sûre de savoir pourquoi elle s'est mise à défendre son mari, au lieu de regarder les merles dans les arbres. Elle a vu la pièce où la chose a eu lieu, elle a vu le journal de la jeune fille, sa brosse à cheveux, la fenêtre par laquelle il était entré lors de cette nuit chaude et pluvieuse où l'avenir s'étendait devant lui, prêt à ce qu'il s'en empare. Elle a vu tout cela et elle est adossée à la porte de la cuisine, à présenter des excuses.

— Vous voyez bien qui je suis. J'aurais été incapable d'épouser un individu tel que le meurtrier de votre sœur.

— C'est pourtant ce que vous avez fait, dit James Morris en posant brutalement sa tasse sur le comptoir.

La porcelaine est solide mais l'impact du choc a provoqué une fêlure le long de la tasse, qui ne manquera sans doute pas de se briser.

— Je sais pourquoi vous êtes venue ici, poursuit-il. Vous voudriez que je vous dise que les choses se sont tassées et que tout va bien aujourd'hui, mais vous pouvez toujours courir. Parce que les choses ne se sont pas tassées, et ne se tasseront jamais. Votre mari a débarqué ici et il a tué ma sœur ; et elle n'a pas eu la chance de devenir une autre femme et de pouvoir mener une vie différente, contrairement à lui. Qu'est-ce que vous rétorquez à ça ? Elle n'a même pas eu le temps de devenir une femme tout court. Elle n'avait que quinze ans et sa vie s'est arrêtée là. On ne lui a pas donné de seconde chance.

Si Jorie devait redouter quelque chose de la part de cet homme, c'était en cet instant précis. Il y avait des années que James n'avait pas évoqué cette tragédie et les mots se déversaient de lui, violents et douloureux. Et s'il avait peut-être été en mesure de formuler jadis un quelconque pardon, les années qui s'étaient écoulées sans qu'il l'émette avaient transformé ces mots, syllabe après syllabe, en cendres incandescentes.

Assis sur le porche de derrière, le chien se met

à gémir, inquiet de voir son maître dans cet état, lui d'ordinaire si calme et silencieux.

— Je vois bien les histoires que vous vous racontez, poursuit James avec un rire brisé. Il a changé, ce n'est plus le même homme. Eh bien je vous dis, moi, qu'il est fait de la même chair et du même sang que l'être qui s'est jadis introduit ici. J'ai la même réaction que ma mère à cet égard. C'était une femme qui ne supportait pas qu'on abatte ne serait-ce qu'un écureuil, elle disait que toutes les créatures sur terre ont une âme. Mais elle a changé d'avis après le drame. Non, disait-elle, toutes les créatures n'ont pas d'âme. Celui qui a fait une chose pareille ne peut pas en avoir une.

Il poursuit sa diatribe : visiblement, il ne se contrôle plus ; et son chien lui-même, aussi fidèle soit-il, s'agite sur le porche comme s'il pressentait un orage. Jorie pourrait avoir peur, se demander si elle va ressortir entière des griffes de cet homme, mais la seule pensée qui lui traverse l'esprit, c'est qu'elle a devant elle un adulte en train de pleurer. Lui-même ne semble pas s'en apercevoir, il continue de lui crier après, mais elle entrevoit fort bien à travers lui le petit garçon qui s'était élancé dans un champ par une belle matinée en croyant que l'univers entier était son foyer, aussi doux que les jeunes pousses de maïs ou que peuvent l'être certaines journées d'été.

— Votre mari voudrait maintenant me faire croire qu'il s'agit d'une gigantesque méprise ? Ma foi, personne ne l'a obligé à pénétrer dans notre propriété, ni à s'introduire illégalement chez nous. Il l'a fait de son propre chef, et de son plein gré. Lorsqu'il sera extradé ici, au moment du procès, je serai présent tous les jours au tribunal. Et lorsqu'on l'aura condamné, je penserai à ma mère et au bonheur qui aurait été le sien si elle avait su qu'il allait enfin payer pour son geste.

Le chien gratte la contre-porte du bout de la patte et émet un gémissement plaintif. Jorie pense à Collie, qui dort sur le canapé en compagnie de Mister, le chien de sa mère. Elle pense à ce que cela signifierait, de devoir continuer à vivre sans lui si jamais quelqu'un l'agressait un soir, au clair de lune, l'étranglait et l'abandonnait comme une coquille vide sur les marches du perron... Ou si elle le retrouvait inanimé dans son jardin, un jour d'été, entre deux rangées de fraises et de petits pois.

— Mais qu'est-ce que ça peut bien vous faire, ce que je pense ?

James Morris a l'air épuisé. Il regrette d'avoir répondu à ce coup de téléphone, de s'être laissé convaincre par Nancy Kerr de parler à une étrangère, de lui avoir ouvert sa porte. Il s'essuie les yeux, du revers de ses larges mains.

— Je ne suis rien pour vous, ajoute-t-il.

Jorie repose sa tasse de café sur le comptoir. Elle n'en a pas avalé une goutte, de toute manière elle a compris qu'il était beaucoup trop fort et probablement imbuvable. Elle est venue ici avec les morceaux d'un puzzle insoluble, elle s'en rend compte à présent. Car si Ethan est l'assassin de Rachel Morris, qui est-elle de son côté ? S'il a bien été ce meurtrier, quel est le sens de la vie qu'ils ont menée ensemble ?

En regardant par l'encadrement de la porte, et en se demandant pourquoi elle attache autant d'importance à l'opinion de James Morris, Jorie remarque que le plus grand des cyprès, à l'extérieur, est littéralement couvert de merles aux ailes rouges. Il y en a sur toutes les branches et, si on ne jetait qu'un rapide coup d'œil, on pourrait les prendre pour des fleurs sombres poussant sur cet arbre, chacune striée d'une ligne pourpre, comme si on les avait entaillées et qu'elles saignaient encore.

— Les merles sont venus après la mort de Rachel, dit James en regardant lui aussi dehors. Au début, mon père croyait que c'était parce qu'il avait brûlé l'épouvantail, et il avait peur que les oiseaux n'envahissent les champs de maïs, mais cela n'a pas été le cas. Il y a onze ans que mon père est mort, et ma mère presque autant ; mais Rachel, on a l'impression qu'elle était encore là hier.

James passe devant Jorie et sort sur le porche, où son chien l'attend. Il va s'asseoir dans l'un des vieux fauteuils en bois et caresse l'animal, qui agite frénétiquement la queue, visiblement ravi que son maître soit redevenu l'individu calme, bon et généreux dont il a l'habitude. Jorie suit James à l'extérieur et s'adosse à la porte que Rachel, jadis, franchissait tous les jours lorsqu'elle partait ou rentrait de l'école, ou qu'elle allait travailler dans cette épicerie, comme cela avait été le cas le dernier jour de sa vie. Le chagrin de James est perceptible jusque dans la courbe de ses épaules, ou la manière dont il regarde les cyprès dénudés, comme si les réponses se cachaient au milieu de leur sombre feuillage, quelque part entre les branches et les merles qui y sont nichés. Jorie a brusquement envie de poser la main sur son épaule, mais elle se retient.

— Vous ne vous êtes jamais dit qu'il vaudrait mieux revendre cette maison et aller vivre ailleurs ? Recommencer une nouvelle vie, dans un endroit sans passé ?

James Morris émet un son qui pourrait vaguement passer pour un rire.

— Pas une seule fois dans ma vie, dit-il. Je suis définitivement rivé à cette terre. Ma place n'est pas dans le monde, parmi les autres gens.

— Rien ne vous obligeait à être aimable envers moi, dit Jorie. C'est pourtant ce que vous avez fait.

— Vous vous trompez, dit James. J'ai seulement été sincère.

Il raccompagne Jorie jusqu'à sa voiture de location et lui serre la main, mais sans la relâcher. Le sentiment de sa solitude est en train de le rattraper, et de l'étreindre, à cause de la longue conversation qu'ils viennent d'avoir. Il est beaucoup plus facile pour lui de ne jamais voir personne ; mais cela, il le savait déjà, bien avant la visite de Jorie.

— Avez-vous trouvé ce que vous vouliez ? demande-t-il.

Ses yeux bleus se sont étrécis. Il n'a plus fait confiance à personne depuis des années et ne va certainement pas changer ses habitudes aujourd'hui, mais cela ne l'empêche pas d'être intrigué par Jorie.

— Je ne pense pas vouloir quoi que ce soit, répond Jorie. (Elle sent le cal sur les doigts de James, conséquence de ses années de labeur sur ce sol. Elle pense à sa propre maison et sourit.) Sauf en ce qui concerne mon fils, ajoute-t-elle.

— Eh bien, vous avez au moins quelque chose à quoi vous raccrocher, dit James Morris avant de relâcher sa main. Je conçois que vous n'étiez pas au courant. Mais cela ne change rien à ce qui a eu lieu. C'est bien le même individu qui est venu cette nuit-là, j'en ai l'intime conviction.

James a un geste évasif en direction de l'endroit d'où il s'était enfui jadis, avant d'aller se cacher dans les bois.

— C'est bien lui, répète-t-il.

Jorie refait dans l'autre sens le chemin qu'elle a pris pour venir, longeant les champs, puis l'étang asséché, avant de retomber sur la route à deux voies qui lui permettra de rejoindre Main Street. Les merles la suivent jusqu'en ville, voletant et pépiant au-dessus d'elle en projetant sur l'asphalte l'ombre de leurs ailes. Après s'être garée devant l'hôtel, Jorie se rend chez Duke's Diner. L'heure du déjeuner est largement passée mais elle s'installe tout de même au comptoir et commande un sandwich au poulet et à la salade servi sur des tranches de pain complet, ainsi qu'un thé glacé. Elle meurt de faim mais lorsque le sandwich arrive elle n'arrive pas à le manger. Elle repense à la brosse à cheveux restée sur le bureau, à ce journal cadenassé dont la clef est perdue... Elle boit une gorgée de thé glacé et aperçoit en même temps Nancy Kerr, l'employée de la mairie, qui s'apprête à repartir après avoir acheté une salade grecque.

— Alors ? demande Nancy. Il vous a parlé ?

Jorie acquiesce et mord dans son sandwich, pour éviter de se lancer dans une conversation dont elle n'a cure, mais ce n'est pas un subterfuge de ce genre qui va décourager Nancy Kerr : la jeune femme s'approche et s'assoit sur le tabouret voisin, à côté de Jorie.

— Eh bien ça, c'est une surprise ! dit-elle en allumant une cigarette et en s'emparant d'un cendrier en plastique pour le poser sur le comptoir. Je ne pensais pas qu'il vous dirait plus de trois mots.

Il y a des gens dont le grand plaisir est de parler et Nancy en fait visiblement partie.

— Quel gâchis ! poursuit-elle. Je connais au moins cinq femmes, dont moi, qui auraient sauté sur l'occasion si elles avaient pu unir leur destinée à celle de James Morris. Mais cela ne l'intéressait pas. Il continue de réagir comme si tout cela était arrivé hier et d'une certaine manière, cela peut se comprendre.

Le visage de Nancy se brouille tandis qu'elle évoque le passé.

— J'étais à l'école avec Rachel, vous savez, ajoute-t-elle.

— Il m'a dit que vous étiez l'une de ses meilleures amies.

— Vraiment ? dit Nancy d'un air ravi. La plupart des filles en ville n'étaient pas très gentilles avec moi à cette époque, mais Rachel ne leur ressemblait pas. Elle se moquait bien de savoir si ses amies étaient riches ou non, ou quelles tenues elles affichaient.

Nancy s'interrompt enfin, mais reprend aussitôt :

— J'ai involontairement surpris ce que vous lui disiez au téléphone tout à l'heure, à propos de votre mari...

Elle jette un coup d'œil dans la salle, qui n'est pas particulièrement animée, à l'exception de deux policiers attablés devant un déjeuner tardif et d'une assemblée de vieilles dames qui viennent de commander des tartes aux pêches et des décas.

— Il vaut sans doute mieux que vous gardiez cette révélation pour vous, lui conseille Nancy. Les gens d'ici réagissent encore violemment à ce qui s'est passé à l'époque.

— C'était un accident, dit Jorie. Jamais il n'avait eu l'intention de faire une chose pareille.

— Ouais, dit Nancy en exhalant un nuage de fumée. Peut-être s'agissait-il aussi d'un viol accidentel. J'ai déjà entendu ce genre d'argument... Sa queue s'est précipitée dans la chambre en passant par la fenêtre et il a bien été obligé de la suivre, le pauvre...

Piquée au vif, et de surcroît au bord de l'épuisement, Jorie pose quelques pièces sur le comptoir et se lève vivement de son siège, abandonnant le sandwich auquel elle n'a quasiment pas touché.

— Merci pour votre aide, lance-t-elle à Nancy avant de sortir du restaurant.

Elle n'a qu'une envie, c'est de regagner son hôtel et de se mettre au lit. Mais l'employée de la mairie n'abandonne pas la partie : elle la suit dans la rue, après avoir attrapé sa salade grecque, et crie à Jorie de l'attendre.

— Je n'aurais pas dû dire ça, s'excuse-t-elle.

— Pourquoi ? rétorque Jorie. Ça ne semblait pas vous déplaire. J'essaie simplement de comprendre ce qui s'est passé.

— Je peux vous montrer, moi, ce qui s'est passé.

Le supérieur de Nancy, Arnold Darby, rognera probablement sur son salaire le temps qu'elle s'apprête à perdre, mais Nancy n'a pas vraiment envie de retourner au tribunal. Elle ne prend jamais de véritable pause, à l'heure du déjeuner. Alors, pour une fois...

— Suivez-moi, dit-elle.

Il fait très chaud tandis qu'elles gravissent la colline, vers la partie la plus ancienne de l'agglomération. Le cimetière a été construit à cet endroit depuis 1790, il est bordé de haies de poivriers et de cornouillers dont les fleurs rose et blanc éclosent au printemps. Rachel Morris est enterrée avec ses parents à l'extrémité du second tertre. L'endroit est ombragé et suffisamment humide pour que prolifèrent les roses trémières que quelqu'un y a plantées jadis.

— Voilà ce qui s'est passé : une jeune fille est morte.

Nancy a les lèvres serrées. Elle fourre sous son bras sa salade à emporter, déjà flétrie avant cette promenade, faisant bruisser le sac en papier. Le simple fait de se trouver ici lui serre la gorge. Elle faisait partie des jeunes filles qui auraient attendu James Morris le temps qu'il fallait, s'il leur avait prêté attention. Elle aurait réussi à lui faire oublier un peu de sa douleur s'il l'avait laissée faire, s'il avait seulement voulu essayer. Mais certaines choses sont destinées à ne pas se produire, malgré tout le désir qu'on peut en avoir, et elle avait fini par abandonner la partie et par épouser Lonnie Kerr – lequel est un bon père et un homme de qualité, bien qu'ils soient à présent divorcés et qu'il ait évidemment le défaut de ne pas être James Morris.

Ici aussi, il y a des merles aux ailes rouges : et comme ces oiseaux défendent leur territoire grâce à leur chant, l'air est empli d'un concert de trilles et de pépiements. Jorie marche jusqu'à la dalle et se penche, caressant l'inscription du doigt. Sous le nom de Rachel, ses parents ont fait graver la phrase : *Tu es près de nous tous les jours.*

Jorie sent une sorte de froid l'envelopper. Elle aboutit enfin à une conclusion, sur cette petite colline où l'herbe a été récemment tondue, au point que l'odeur lui fait monter les larmes aux yeux.

— Elle était venue passer le week-end chez moi et la semaine suivante, elle était morte. Et personne ne pouvait rien y faire, ni se raconter des histoires pour arriver à accepter ce fait.

Nancy n'a brusquement plus rien d'une étrangère. Elle a le regard d'une femme dont on aimerait devenir l'amie.

— Je me dis parfois que personne dans la région ne s'est plus senti en sécurité par la suite, en tout cas pas comme nous l'étions avant.

Les deux femmes restent un moment devant la tombe, avant de repartir par l'allée menant au cimetière et de rejoindre la route principale, sous un ciel d'azur. Ce ciel, Rachel le voyait tous les jours. Ces merles la réveillaient chaque matin par leur chant. Qu'est-ce qui s'était donc produit de si réel en cet endroit pour qu'on le perçoive encore, indépendamment du temps écoulé... L'histoire de Jorie s'estompe sous le poids du chagrin des

Morris, se désintégrant fil après fil, année par année.

Elles ont à présent franchi les grilles noires du cimetière et pris la direction du bourg.

— J'ai un enfant de lui, dit Jorie. Il a douze ans aujourd'hui.

— Dans ce cas je vous plains, dit Nancy avec sincérité. Et je vous souhaite beaucoup de courage. Mais je ne vous envie pas.

Elles marchent dans une rue fraîche et ombragée, l'arôme des gommiers flotte dans l'air.

— Ce doit être agréable de vivre par ici, reprend Jorie. En pleine nature ou presque.

— C'était mieux autrefois. Les gens se sentaient tellement en sécurité qu'ils dormaient en plein air, l'été, sur leurs pelouses. Ils ne cadenassaient jamais leurs portes et abandonnaient leur clef de contact sur leur voiture en laissant tourner le moteur. Ils avaient confiance en leur bonne étoile.

Elles passent devant un pavillon dont la fenêtre affiche une pancarte « À louer ». Jorie s'arrête pour jeter un coup d'œil à travers les carreaux. Les haies auraient besoin d'être taillées et les murs d'un bon coup de peinture.

— J'ai entendu dire que le chauffage laissait à désirer, dit Nancy Kerr à Jorie. Le dernier locataire a failli mourir de froid l'hiver dernier. Il a fait ses paquets et fichu le camp en Caroline du Nord, la barbe constellée de glaçons.

Elle fouille dans le sac en papier pour voir si Duke a pensé au petit pain censé accompagner sa salade, mais il l'a oublié, comme à son habitude.

— Il y a des choses qui gagnent à être vues avec

un certain recul, reprend-elle, et cette ville en fait probablement partie.

— Vous n'avez jamais eu envie d'aller vivre ailleurs ? demande Jorie.

C'est à présent le moment le plus chaud de la journée et les deux femmes marchent lentement. Elles ne se reverront sans doute jamais, aussi Nancy peut-elle se permettre d'être sincère.

— Je n'ai rien à fuir, ma chère, dit-elle. C'est la grande différence entre nous.

Elles échangent une poignée de main, arrivées devant le Black Horse Hotel. En d'autres circonstances elles auraient pu devenir amies ; ou à l'inverse, se croiser sans se remarquer. Maintenant elles auront cela en commun, cette promenade sous le ciel bleu jusqu'à la colline où Rachel Morris est enterrée. Une fois dans sa chambre, à l'hôtel, Jorie se déshabille et se glisse dans le lit, entre les draps blancs. Enfin elle peut pleurer en paix. La pièce baigne dans une chaleur moite et à peine Jorie a-t-elle fondu en larmes que son visage est sillonné de marques, ses yeux déjà rougis. D'ordinaire, ce sont des choses idiotes qui la font pleurer : des films ou des livres, le fait de se cogner le pied, des histoires d'enfants sauvés par leur mère, brusquement douée d'une force surhumaine devant le danger. Mais à présent elle pleure pour elle seule, et elle est stupéfaite de voir la quantité d'eau salée que recèle son corps. On pourrait en remplir des seaux entiers, y faire tremper des vêtements, concocter un cocktail ou une infusion de larmes dont une seule gorgée plongerait dans un chagrin sans fond celui qui la boirait. Elle se rend nue à la salle de bains, passe sous la douche et laisse les jets d'eau glacée arroser sa peau brûlante et ensuquée, heureuse que le vacarme du débit l'empêche au moins pour quelques instants de penser.

Il y a néanmoins des choses qui restent vraies, quel que soit l'effort que l'on déploie pour les déguiser. De même qu'un mensonge reste un mensonge, aussi joliment dit soit-il. Jorie pense à la chambre de Rachel Morris : certaines portes une fois ouvertes ne peuvent être refermées, tout comme une confiance perdue peut difficilement se regagner. Les treize années passées sont devenues moins réelles aux yeux de Jorie que les dernières vingt-quatre heures. Elle s'endort en rêvant de merles et de roses trémières ; et à son réveil elle remarque que son oreiller est légèrement maculé de rouge, comme si c'était du sang et non des larmes qu'elle avait pleuré. Il s'agit en fait des fragments de poussière qui étaient restés incrustés dans sa peau, bien qu'elle se soit soigneusement lavée.

Jorie a dormi d'un sommeil si profond qu'elle n'a pas entendu le moindre bruit de pas derrière sa porte, dans le couloir du Black Horse Hotel. Elle ne trouve le paquet que James Morris a déposé pour elle que le lendemain matin, en s'apprêtant à aller prendre son petit déjeuner avant de regagner l'aéroport de Baltimore. À ce moment-là, elle a quasiment pris sa décision. À sa demande, le portier a descendu sa valise et elle est revenue s'asseoir sur le bord du lit. Elle défait l'enveloppe soigneusement empaquetée avec de la ficelle brune et découvre le carnet bleu, le journal de Rachel. Il est toujours fermé à clef : les secrets et l'intimité de la jeune fille ont été préservés, depuis l'été de sa mort. Elle serait rentrée en seconde au lycée l'année suivante si Bryon Bell avait poursuivi son chemin vers le nord au lieu de débarquer dans cette bourgade, si la chaleur n'avait pas été aussi accablante et sa soif aussi forte, s'il n'avait pas aperçu la chevelure rousse de Rachel à travers la vitrine de cette épicerie.

Jorie regarde au fond de l'enveloppe et aperçoit le mot que James Morris a griffonné dans le couloir la nuit dernière, au dos d'un ticket de caisse, pendant qu'elle rêvait de roses et de merles :

Emportez ce carnet avec vous. Pour vous souvenir d'elle – et de ce qu'elle était.

James avait déposé le paquet contre la porte si doucement que Jorie n'avait rien entendu. En cette dernière matinée qu'elle doit passer dans le Maryland, elle ressent toute la tendresse contenue dans ce message, sa force aussi. Les gens ont pris James Morris en pitié, mais c'est plutôt du respect que Jorie éprouve à son endroit. Voilà un homme qui sait exactement ce qu'il ressent au fond de lui et qui agit en conséquence, sans prétendre le contraire. Il lui a dit la vérité. Il ne partira pas d'ici. Et il ne pardonnera jamais. Il est sincère, c'est aussi simple que ça, et c'est le trait de caractère qui est devenu le plus remarquable, aux yeux de Jorie.

En quittant l'hôtel, elle s'immobilise un instant au milieu du parking, pour avoir une ultime vue de Holden. Bien qu'il soit à peine neuf heures, la chaleur monte déjà du sol, en ondes vacillantes. Jorie sent le soleil dans son dos alors qu'elle fourre le journal de Rachel dans sa valise, avant de reprendre la route de l'aéroport. La valise est glissée sous son siège dans la navette qui la conduit jusqu'à la piste de départ, car il y a fort peu de passagers sur le vol à destination du Massachusetts. Jorie se cale dans son siège et ferme les yeux pendant le décollage. Tandis que l'avion s'élève dans l'air laiteux et bleu, envahi par le soleil et les nuages, elle serait incapable de dire où se trouvent l'est et l'ouest. Mais il y a une chose sur laquelle elle n'a pas le moindre doute, dont elle a même la certitude absolue, c'est qu'elle n'est pas près d'oublier ce qu'elle a vu.

Belladone

Ma grand-mère m'a raconté que le jour où ma sœur est née deux merles étaient venus se poser derrière la fenêtre de sa chambre et qu'elle n'avait rien pu faire pour les déloger, même lorsqu'on avait ramené Rosarie de l'hôpital, emmitouflée dans ses couvertures et braillant comme une possédée. Certains estimaient que la venue de ces oiseaux était une sorte de présage – de bon ou de mauvais augure, nul ne se risquait à le dire. Mais mon père n'avait pas attendu que la question soit tranchée : il avait branché le tuyau d'arrosage et aspergé les merles jusqu'à ce qu'ils se décident enfin à s'envoler, semant des plumes et des gouttes d'eau à travers tout notre jardin.

C'est le mauvais sort par contre qui s'est abattu sur Brendan depuis qu'il s'est entiché de Rosarie. Il passe tous les jours à la maison, bien que ma sœur lui ait demandé en des termes dénués d'ambiguïté de ne plus venir la déranger. Brendan s'est dépensé sans compter dans le comité de soutien pour la défense d'Ethan Ford, mais tout le monde voyait bien qu'il se fichait comme d'une guigne du sort de ce dernier. Tout ce qu'il voulait, c'était se retrouver près de ma sœur, qui allait passer une bonne partie de ses après-midi à la caserne des pompiers, collant des enveloppes, collectant des fonds et dévorant les pizzas que Mark Derry offrait généreusement à son équipe de volontaires.

— Je n'y comprends rien, se plaignait Brendan en se confiant à moi. Je ne vois pas ce que j'ai fait de mal.

Rien du tout, pauvre idiot, avais-je envie de lui dire. *Elle a simplement poursuivi sa route, comme elle l'a toujours fait. Tu n'as jamais compté à ses yeux, tu n'étais qu'un grain de poussière, un grain séduisant, certes, mais un grain tout de même. À l'heure qu'il est*, aurais-je ajouté, *elle ne doit même plus se souvenir de ce qu'elle ressentait en t'embrassant. N'as-tu pas remarqué, rien qu'en la regardant, qu'elle s'est arrangée pour ne plus éprouver le moindre sentiment ? N'as-tu pas remarqué en la serrant contre toi les traces de brûlures qu'elle a sur les bras ?*

Mais lorsqu'il débarque ici, je me contente d'acquiescer et de le laisser parler, sans ouvrir la bouche. J'accepte même de le suivre à la pâtisserie, où il m'offre une part de tarte et me cuisine au sujet de ma sœur, ce qui ne veut pas dire que je lui révèle la vérité. Je ne lui ai évidemment pas avoué que nous avions arraché, Collie et moi, la plupart des affichettes qu'il avait placardées sur les arbres. Nous l'avons fait un jour où nous devions pique-niquer avec Gigi, déchirant méticuleusement toutes ces affichettes. Nous n'avons rejoint l'endroit où Gigi nous attendait qu'après avoir mené à son terme ce travail destructeur, ne nous interrompant que pour nous embrasser de temps à autre – exercice dans lequel nous avons fait de sérieux progrès. Au point que nous avions un peu de mal à soutenir le regard de Gigi, après ça, ou même à nous dévisager l'un l'autre.

Rosarie, pour sa part, n'a jamais prêté attention à la façon dont Brendan rôdait autour de chez nous. Elle était beaucoup trop occupée par ses activités au sein du comité de soutien à Ethan Ford pour remarquer les tentatives pathétiques de quelqu'un dont elle avait brisé le cœur avec une totale indifférence. Mais ce que je ne parvenais pas à comprendre, c'était la raison de ce brusque intérêt pour le sort d'Ethan. Pourquoi se livrait-elle à une activité qui ne présentait pas la moindre contrepartie ? Cela ne lui ressemblait pas : et je connais Rosarie mieux que personne. Elle n'avait jamais fait un geste à l'intention de quiconque sans être assurée d'en obtenir le double, si ce n'est le triple en retour. J'ai commencé à flairer la chose en remarquant que Rosarie pointait le bout de son nez chaque fois que Collie était dans les parages. Jusque-là, nous étions bien trop inférieurs à elle pour qu'elle daigne seulement le saluer. Mais à présent, la voilà qui apportait un verre de limonade fraîche à Collie. Et cela ne lui ressemblait pas du tout, de se préoccuper ainsi des besoins d'autrui.

— Et moi ? lançais-je.

Mais comme je ne lui étais d'aucune utilité, elle pouvait m'ignorer et me laisser crever de soif. Par contre, elle adressa à Collie un sourire si resplendissant que lui-même en resta un peu pantois.

— Je trouve qu'on a traité ton père de manière scandaleuse, lui déclara-t-elle.

Elle avait froncé les sourcils, ce qui dessinait un petit pli entre ses yeux. Et Collie semblait incapable de détacher son regard de cette infime ligne ou des yeux ténébreux de ma sœur. Il ouvrit la bouche, mais aucun son n'en sortit.

— Après tout ce qu'il a fait pour cette ville, ajouta-t-elle, on devrait le considérer comme un héros.

Collie réussit enfin à détourner les yeux et me lança un regard paniqué, comme un poisson pris à l'hameçon.

Je savais ce qu'il ressentait à l'égard de son père et j'aurais bien aimé que Rosarie lui fiche la paix, mais elle n'allait évidemment pas le faire et il fallait que je le tire de là.

— Il est tard, dis-je. Ta mère va s'inquiéter si tu n'es pas bientôt rentré.

Collie acquiesça d'un air reconnaissant et nous quitta pour regagner la maison de sa grand-mère. C'était terrible, qu'il n'habite plus à côté. Je détestais cette bonne femme de l'agence immobilière qui faisait visiter la maison à d'éventuels acquéreurs. Il y avait même un couple qui était revenu à plusieurs reprises. J'aurais voulu que notre quartier ait l'air sinistre, pour que cela les décourage. Aussi, lorsque ma grand-mère engagea Kyle, le neveu de Warren Peck, pour qu'il vienne nettoyer notre jardin, je prétendis que nous n'avions pas les moyens de nous offrir ses services et le renvoyai chez lui avant qu'il ait pu tailler la haie d'épines noires qui marquait la limite de notre terrain et constituait une offense à la vue de tous, de l'avis général. Il y avait derrière chez nous l'un des plus vieux pommiers de la ville : selon certains, il aurait même été planté par le colonel Baldwin en personne, lors de son passage dans la région en l'an 1749. Tous les automnes, mon père fabriquait du cidre avec les fruits de cet arbre, que l'on buvait après y avoir ajouté un mélange de lait et d'œufs battus. Mais cet été l'arbre dépérissait, ce qui m'était on ne peut plus égal. J'espérais que lorsque les gens viendraient visiter la maison de Collie, ils jetteraient un coup d'œil, par-delà le jardin de Mrs Gage, et qu'en apercevant tout au fond cet arbre agonisant, cette haie d'épines et ces mimosas noirs, ils décideraient sagement d'aller s'établir ailleurs.

Une fois Collie parti, et à ma grande surprise, ma sœur se confia brusquement à moi. Je n'avais pas vraiment envie d'entendre ce qu'elle avait à me dire mais, d'un autre côté, j'avais trop longtemps attendu qu'elle daigne enfin me considérer comme un être humain, aussi la laissai-je parler. Comme Rosarie me l'expliqua, elle s'était tellement bien débrouillée au sein du comité de soutien, à coller des enveloppes et à faire du porte-à-porte, sans parler des heures qu'elle avait passées au téléphone, que Mr Hart, l'attorney en charge du dossier, et Mark Derry, qui était à l'origine de cette collecte, lui avaient demandé de les accompagner à la prison afin qu'Ethan Ford puisse la remercier en personne. Si ma grand-mère avait su ça, elle aurait probablement bouclé Rosarie dans sa chambre jusqu'à la fin de l'été, même si la méthode répressive avait peu de chance de s'avérer efficace. Quelque chose avait changé chez Rosarie et cela ne tenait pas qu'à son apparence extérieure. Elle avait récolté vingt-huit mille dollars à elle seule pour la défense d'Ethan. Lorsqu'elle plaidait sa cause, les gens semblaient incapables de lui dire non, en dépit du fait qu'elle mettait à présent des vêtements sombres et ne portait plus le moindre maquillage. Fini les shorts, le rouge à lèvres, le mascara... Le plus étrange, c'est qu'elle était encore plus belle ainsi, avec ses longs cheveux noirs ramenés en chignon, ce qui mettait en valeur l'ovale de son visage. Les gens lui donnaient un chèque et la remerciaient, comme s'ils lui étaient reconnaissants de sa visite, de ses conseils et de sa générosité.

Sous un autre angle, néanmoins, elle était bien la même qu'avant, la Rosarie qui pensait d'abord à elle. Elle en était arrivée à la partie de son récit qui l'excitait le plus. Elle me raconta que lorsqu'elle était allée voir Ethan dans sa cellule, il s'était mis à genoux devant elle et lui avait embrassé les pieds, l'un après l'autre. Elle portait des sandales ce jour-là, ses ongles étaient recouverts d'un vernis rose pâle. Elle avait cru tomber en pâmoison, mais le sol de la prison était probablement très sale et elle avait lutté de toutes ses forces pour ne pas défaillir. Elle en tremblait encore, en me décrivant ce qui s'était passé. Et elle avait un regard étrange, comme quelqu'un qui saurait qu'une tornade va s'abattre sur lui mais qui, par bêtise ou par loyauté, resterait cloué sur place, juste dans l'œil du cyclone.

— Ça se fait, d'embrasser les pieds des gens ?

Cette affaire m'intriguait. Elle devait justement se rendre à une réunion du comité de soutien, mais je voulais connaître la fin de l'histoire, aussi emboîtai-je le pas de ma sœur lorsqu'elle prit la direction du centre-ville. Rosarie ne s'occupait plus que de ça, depuis des jours. Elle n'allait plus canoter sur le lac, ni faire du shopping à Hamilton. Il y avait une meilleure façon d'employer son argent, me dit-elle, qu'en s'achetant des vêtements qui seraient déjà démodés avant qu'on ait tourné le coin de la rue.

— Tu n'achètes plus de fringues ! m'exclamai-je. Je n'arrive pas à y croire… Toi qui adorais ça !

— Cela prouve uniquement que tu ignores bien des choses, répondit Rosarie alors que nous débouchions dans Front Street.

Des parterres fleuris séparaient les deux voies de circulation et les tilleuls que nous longions dégageaient un parfum de quatre-épices. Rien n'avait changé par rapport aux étés précédents, mais l'atmosphère était différente. Ma sœur portait une robe blanche et ses cheveux noirs lui couvraient entièrement le dos, comme l'obscurité qui s'étend sur les pelouses et les jardins.

— Je sais au moins une chose, rétorquai-je : c'est qu'il s'agit d'un assassin.

Rosarie fouilla dans sa poche et me tendit un bout de papier.

— Lis ça, dit-elle. Et peut-être qu'alors tu comprendras.

Le billet disait :

En chaque coupable réside un innocent.
Merci de tout cœur.
Ethan Ford.

— Ce sont des salades, dis-je en lui rendant le papier. Je n'avais qu'une hâte, après avoir touché quelque chose qui avait appartenu à ce type, c'était de me laver les mains.

— En plus, ajoutai-je, ce n'est même pas son véritable nom.

Le jour où nous avions laissé Gigi au bord du lac, Collie m'avait annoncé qu'il avait décidé d'adopter le nom de jeune fille de sa mère, Solomon. Il allait faire les démarches légales afin de rendre la chose officielle. Il m'avait dit qu'il ne voulait même plus entendre le nom de Ford : chaque fois que cela arrivait, il éprouvait une sorte de nausée. Je trouvais particulièrement déplacé que Rosarie soit si prompte à excuser le père de Collie alors qu'elle n'avait jamais pardonné à notre propre père d'être tombé mortellement malade. Je commençais à me demander si elle était aussi maligne que je l'avais cru jusqu'alors ; à partir de cet instant-là, je ne cessai de me faire du souci à son sujet, en dépit du fait que je ne l'aimais guère.

Rosarie avait rendez-vous avec Kelly Stark à l'angle de Front Street et de Worthington Avenue. Des trois sœurs Stark, c'était Kelly qui avait les cheveux les plus longs, au point qu'elle pouvait s'asseoir sur sa tresse lorsqu'elle se coiffait ainsi. Depuis longtemps, j'aurais aimé que Kelly soit ma sœur. Elle était extrêmement brillante et avait remporté un prix lors d'un concours national. Je me demandais parfois ce qu'elle fabriquait avec Rosarie, au lieu de fréquenter des filles studieuses et intelligentes comme Gigi Lyle, qui suivait des cours d'été intensifs pour être parfaitement rodée à la rentrée. J'imagine que c'était une manière pour Kelly de se rebeller, si l'on peut qualifier ainsi le fait de soutenir un meurtrier. Ou peut-être était-elle comme moi, incapable de dire non à Rosarie.

— Salut, les filles ! lança Kelly en nous voyant arriver.

Elle glissa son bras droit sous celui de Rosarie et l'autre sous le mien. Kelly Stark était nettement plus tolérante que ma sœur. Elle avait un cœur d'or, contrairement à Rosarie et à moi, ce qui allait probablement lui valoir des ennuis. Je me persuadais que le fait de nous montrer méchantes et détestables allait nous sauver l'une et l'autre, que c'était là notre armure, notre protection. Du moins raisonnais-je ainsi jusqu'à ce que Rosarie ne s'implique à ce point dans l'affaire Ethan Ford.

— Oh oh, qui voilà… murmura Kelly après avoir tourné au coin de la rue. Brendan au cœur brisé…

Elles se mirent à pouffer toutes les deux en le voyant faire les cent pas d'un air ténébreux devant la caserne, dans l'espoir que Rosarie daigne le regarder.

— Je ne trouve pas ça drôle, dis-je.

— Ce n'est qu'un gamin.

Tout en se moquant de Brendan, Rosarie avait l'expression qui est toujours la sienne lorsqu'elle vient de tomber amoureuse. Une rougeur avait gagné son visage et ses yeux étaient d'un noir d'encre : les deux signes les plus sûrs d'une nouvelle passion. Je regardai Kelly et Rosarie passer en ignorant Brendan et, tout à coup, je compris de qui ma sœur venait de s'enticher. Le fait qu'elle puisse éprouver un pareil sentiment à l'égard d'Ethan Ford en sachant ce qu'il avait fait me rendait tout simplement malade. J'aurais dû me douter que Rosarie n'aurait jamais consacré autant de temps à une noble cause. On en revenait toujours à des motifs intéressés avec elle, elle n'obéissait qu'aux battements égoïstes de son propre cœur.

Le shérif et deux de ses hommes avaient accepté d'escorter Ethan Ford, ou plus exactement l'individu qui avait adopté ce nom, afin qu'il prenne la parole à la réunion de ce soir. Lorsqu'il arriva, encadré par deux policiers, je n'avais pas besoin qu'on me fasse un dessin pour m'expliquer ce que Rosarie fabriquait ici, ni pourquoi elle avait mis sa robe préférée pour l'occasion. Je surpris le signe qu'il lui adressa et l'expression de son visage à elle, lorsqu'elle agita la main en retour. Même moi, je pouvais concevoir qu'elle ait fait une erreur et cru être amoureuse de lui. Les cheveux noirs de Mr Ford étaient coupés très court et il avait perdu du poids, mais c'était toujours le plus bel homme de la région. Rien qu'à le regarder, on voyait qu'il avait été emprisonné et cherchait maintenant à retrouver sa liberté. Comme il était évident qu'il y aurait toujours des femmes prêtes à s'amouracher de lui. Qui croiraient à son innocence parce qu'il y croyait lui-même. Cette conviction n'était pas sans effet et ces femmes ne se rendraient même pas compte de ce qui leur arrivait. Son sourire les faucherait net, aussi sûrement qu'un train lancé à toute vitesse. Et Rosarie avait beau se croire maligne, elle renoncerait probablement à beaucoup de choses, cédant à ses exigences rien que pour être à ses côtés.

Des jours durant, à la suite de ça, j'essayai d'échafauder des plans envisageables, afin de convaincre Rosarie qu'elle était en train de faire une bêtise. Je passais la plupart de mon temps dans le jardin, derrière la maison, vêtue de mon vieux maillot de bain et m'arrosant avec le jet d'eau lorsqu'il faisait vraiment trop chaud. À ce stade, j'avais déjà volé trente-sept livres à la bibliothèque, trente-huit en comptant celui que Collie avait dérobé. C'était comme si j'étais devenue camée à l'idée de voler, ou de ne pas me faire prendre. J'avais fini par devenir très forte : je pouvais me livrer à cette activité dans une salle pleine de monde, sans que personne ne s'aperçoive que j'avais glissé *L'Histoire du Nil* sous mon tee-shirt ou laissé tomber un recueil de poèmes au fond de ma sacoche. Mais pour une obscure raison, la présence de tous ces livres me rendait triste, également.

Quand Collie débarqua dans ma chambre et aperçut le nombre de volumes que j'avais volés, il prit un air inquiet. Il avait la même expression lorsque nous étions assis, serrés l'un contre l'autre, un regard troublé qui le faisait paraître plus vieux que son âge.

Je ne veux pas qu'il t'arrive des ennuis, me dit-il après avoir vu ces piles de livres dans ma chambre. Et rien qu'à la manière dont il avait prononcé ces mots, je songeai que je ne supporterais jamais qu'il s'en aille.

J'avais cru que j'allais devoir supplier Rosarie pour qu'elle accepte de m'écouter, mais le samedi matin elle enfila son maillot de bain et vint s'allonger au soleil à côté de moi. Elle devait se rendre à la prison l'après-midi, j'imagine donc qu'elle voulait soigner son apparence – comme si elle ne faisait déjà pas suffisamment d'effet, quoi qu'il advienne.

— Tu es d'une stupidité confondante, lui dis-je.

J'étais en train de lire un recueil de contes de fées russes que j'avais volé la veille dans la section des enfants et je me disais que j'aurais bien aimé ressembler à Baba Yaga, la sorcière dont la maison pouvait se dresser et marcher comme un poulet sur ses pattes. Baba Yaga se moquait bien de savoir ce que l'on pensait d'elle. Elle était peut-être laide, méchante et mauvaise, mais elle ne s'endormait pas la nuit en pleurant à chaudes larmes.

— Il était écrit que l'une de nous deux serait idiote et l'autre laide, dit Rosarie en ramenant ses cheveux sur le sommet de sa tête, et je ne pense pas avoir tiré le plus mauvais numéro.

Elle était d'excellente humeur et étalait de la crème solaire sur sa peau brunie. Elle avait beau être ma sœur, j'avais envie de la tuer.

— Tu es bête comme une mule, insistai-je.

— Et toi, à peu près aussi laide, répondit-elle en me passant la crème et en me suggérant d'en mettre. Tu vas prendre un coup de soleil, précisa-t-elle.

J'ai la peau constellée de taches de rousseur et je ne peux rien en tirer. Je haussai les épaules et dis à Rosarie que c'était inutile, mais lorsqu'elle eut fermé les yeux, je me passai un peu de crème. Elle était parfumée à la noix de coco.

— Ethan Ford pourrait être ton père, dis-je.

— S'il était mon père, il serait mort.

Elle avait réponse à tout. Un léger sourire effleura ses lèvres.

— Et il est marié, lui rappelai-je.

— Vraiment ? En tout cas, sa femme ne s'est pas montrée à la réunion de soutien. C'est à peine si elle vient lui rendre visite à la prison.

Rosarie se tourna vers moi. Il émanait d'elle une odeur plus douce qu'à l'ordinaire et je me demandai si elle avait arrêté de fumer, si elle continuait de se brûler la peau pour essayer de ressentir quelque chose, ou si Ethan Ford était sa nouvelle allumette.

— Un homme dans sa situation a besoin de quelqu'un à ses côtés, qui l'épaule et vienne le voir tous les jours, dit-elle.

— Mon Dieu ! Tu es encore plus bête que je ne l'imaginais.

Le soleil était chaud mais j'avais la chair de poule. Pour la première fois de ma vie, j'avais pitié de ma sœur.

— Ce n'est pas ce que tu crois, dit Rosarie, dont les joues rosissaient à cause de la chaleur. Il ne me regarde pas comme les autres hommes. Il me respecte.

Si Ethan Ford ne la désirait pas, il était bien le seul dans cette ville. Et peut-être était-ce cela qui attirait Rosarie.

— C'est parce qu'il t'a embrassé les pieds, dis-je. Ça t'a rendue folle.

— Oh, tais-toi ! dit Rosarie.

Mais elle avait toujours le sourire aux lèvres. Des tas de choses lui traversaient la tête et j'aurais parié que la seule qui ne lui venait pas à l'esprit, c'était la manière dont Ethan Ford avait mis un terme à l'existence d'une jeune fille, dans le Maryland.

— Je parie même qu'il les a léchés...

— Je t'ai dit de te taire ! lança Rosarie en me tirant les cheveux, mais sans contredire pour autant ma supposition. Tu te crois maligne, poursuivit-elle, mais tu ne connais rien à la vie. Tu estimes que Papa était un modèle ou un dieu parce qu'il a mis fin à ses jours, soi-disant pour nous épargner de la peine ; mais la vérité, c'est qu'il a simplement choisi la meilleure porte de sortie. Ethan Ford a mené une vie exemplaire, il a sauvé de nombreuses personnes. Et il n'est pas le seul sur cette terre à avoir un jour fauté.

Je regardai ma sœur et me demandai ce qu'elle avait ressenti le soir où elle avait découvert le corps de notre père. Elle avait supplié ma mère de l'emmener dans la galerie marchande de Hamilton, elle avait même fait une crise de nerfs si vous voulez tout savoir, et c'est ainsi que notre père s'était retrouvé seul, lorsque j'étais montée au grenier pour aider ma grand-mère à déballer ces cartons. J'imagine qu'on pouvait considérer cela comme une faute, sous un certain angle. Et se dire qu'il allait falloir payer cette bévue jusqu'à la fin de ses jours.

Cette nuit-là, alors que tout le monde dormait, je me rendis dans le garage, allumai une bougie et suppliai mon père de pardonner à Rosarie ses remarques désobligeantes. *Elle ne sait pas ce qu'elle raconte*, lui dis-je. *Ni d'ailleurs ce qu'elle fait, tout bien pesé.* Notre père était du genre à réfléchir longuement et à soupeser ses mots avec soin avant de prendre la parole. Il avait très vraisemblablement mis dans la balance le temps qui lui restait à vivre et le chagrin que nous aurait causé chacune de ces journées. Ce que pensait

Rosarie n'avait pas vraiment d'importance. Tout ce que notre père faisait, il le faisait par amour. J'en ai la certitude. Il ne sert à rien de me répéter qu'il nous aurait manifesté son affection de manière plus convaincante s'il s'était efforcé de vivre plus longtemps. Ç'aurait peut-être été vrai pour quelqu'un d'autre, mais ça ne l'était pas pour lui.

Il y a des gens qui ont besoin d'être protégés et je commençais à comprendre que Rosarie en faisait partie. Cette nuit-là je restai éveillée, en me demandant comment j'allais bien pouvoir m'y prendre pour redresser la situation. Avant de m'assoupir, je jurai de m'astreindre à tenir les trois vœux que j'allais faire. Il fallait choisir les tâches les plus difficiles à accomplir, comme on le fait avant d'entreprendre une quête. Si les choses étaient trop faciles, ça ne servait à rien, même moi je le savais. Il y avait tant de missions qui me paraissaient ardues ou malaisées à accomplir que j'aurais pu en remplir une liste de dix pages. Je finis par opter pour le choix suivant : je rendrais les livres que j'avais volés à la bibliothèque ; j'obtiendrais qu'on place une dalle sur la tombe de mon père ; et je ferais en sorte de protéger Rosarie, même si cela devait aller jusqu'à la protéger contre elle-même.

Aucune loi ne s'opposait à ce que je m'acquitte déjà du premier de ces engagements. Je descendis donc les livres au garage, en plusieurs fois, et les empilai dans un vieux chariot. J'attendis que la nuit soit tombée avant de me rendre jusqu'à la bibliothèque, en tirant le chariot derrière moi. C'était la période du mois d'août où les grillons deviennent fous ; en dépit de la chaleur et des innombrables systèmes d'arrosage branchés dans les jardins, tout le monde savait que l'été touchait à sa fin. Je songeai au pas que nous avions franchi, Collie et moi, à cette impression que j'avais de n'avoir besoin de personne en dehors de lui quand il était près de moi, et à ce que Rosarie m'avait dit, concernant le fait que les choses finiraient par changer entre nous. J'avais sans doute précipité cette évolution en embrassant Collie, dans la maison en ruine. Il me regardait différemment depuis lors, comme s'il essayait de me percer à jour et qu'il n'y parvenait pas.

En traversant la ville, je me demandais quelle explication j'allais pouvoir fournir, si jamais quelqu'un m'arrêtait et m'interrogeait au sujet de ce chariot bourré de livres. Mais on aurait dit qu'une bombe venait de s'abattre, tellement les rues étaient vides. J'avais beau vivre depuis toujours à Monroe, je commençais à me dire que je pourrais envisager de m'établir un jour dans un endroit où les gens mettent tout de même le nez dehors, passé neuf heures du soir. Tout était si calme qu'on entendait le cinglement feutré de l'air et les feuilles des tilleuls frémir comme du papier froissé.

Je passai devant chez Hannah sans que personne ne s'aperçoive de ma présence, pas même Brendan Derry qui était assis à une table, près de la fenêtre, et buvait du café en écrivant d'un air triste des poèmes démodés à Rosarie. La pâtisserie Kite fermait plus tôt depuis quelques jours, il n'y avait pas de réunion à la caserne des pompiers et les rideaux étaient tirés aux fenêtres tout le long de Front Street. Je me dis que j'étais sans doute dans un bon jour. Je me sentais même si sûre de moi que je me mis à siffloter, à moins que ce ne soit la peur qui m'y ait poussée, je n'en sais rien. Tout ce que je sais, c'est qu'en tournant dans Liberty et en apercevant les contours de la bibliothèque, je n'en menais pas large. Peut-être pensais-je à mon père, et à la gentillesse avec laquelle Grace Henley lui avait permis d'emprunter tous ces livres, du temps de sa maladie. À moins que je n'aie tout simplement eu peur de l'obscurité. J'abandonnai le chariot près d'un buisson de chèvrefeuille. En emmenant une première pile de livres jusqu'à la bibliothèque, j'avais l'impression de marcher à découvert, maintenant que le pommier centenaire n'était plus là pour m'abriter.

Je glissai un par un les livres dans la fente prévue à cet effet, mais le volume du *Roi Arthur* était si épais que je dus pousser de toutes mes forces pour qu'il passe enfin et retombe sur la pile de ceux qui l'avaient précédé, de l'autre côté de la porte. Ce fut alors que je levai les yeux et aperçus Miss Henley qui m'observait derrière une fenêtre. Nos regards se croisèrent et je faillis me mettre à pleurer, parce qu'au lieu d'ouvrir le battant pour m'interpeller, elle me fit un grand sourire. Elle savait depuis le début que j'avais volé tous ces livres et s'était contentée de ne rien dire.

Je fis demi-tour et partis en courant. J'empoignai le chariot et l'entraînai derrière moi, si fort qu'il me heurta les jambes, ce qui me causa de gros bleus. Je courais si vite que je crus un instant que mes poumons allaient exploser, mais je maintins néanmoins mon allure, même après avoir dépassé Front Street. Je pensais à tous les gens que j'avais rencontrés dans ma vie et qui étaient bons, contrairement à moi, le genre de personnes qui ne vous accuseront jamais de rien, même s'ils savent fort bien ce que vous avez fait. J'avais surpris un jour une conversation entre Grace Henley et Margaret Peck, qui travaillait comme bénévole à la bibliothèque, et Mrs Peck soulevait justement la question de ces livres qui semblaient disparaître mystérieusement des rayons. Mais Grace Henley ne semblait pas s'en inquiéter outre mesure. Je l'avais entendue répondre que, d'après son expérience, les livres manquants finissaient tôt ou tard par resurgir, des semaines, des mois, voire des années plus tard, comme s'ils rentraient d'eux-mêmes au bercail, attirés vers la bibliothèque comme le troupeau vers l'étable.

Une fois à la maison, je restai un moment dehors, en essayant de reprendre mon souffle. À cette heure, tous les gens que j'aimais dormaient ou n'étaient plus. J'attendis un long moment dans le jardin et pensais à mon père : où que je vive désormais, aussi loin puissé-je aller, je me souviendrais toujours de lui. Je n'avais pas songé à cela jusqu'ici, ou ne me l'étais pas formulé aussi clairement, mais je le savais à présent. Il serait plus difficile sans doute de trouver le sommeil ce soir, en l'absence de tous ces livres dissimulés dans ma chambre ; mais après tout, cela ne devait pas être totalement impossible.

Miséricorde

Traditionnellement, les dernières semaines d'août sont l'époque des réunions de famille et des tartes aux myrtilles, la saison où le solidago apparaît le long des routes et où les lis éclos à la lumière du jour perdent leurs éphémères pétales, sitôt la lune apparue dans le ciel. Le phénomène est si rapide qu'au matin, le plus souvent, il ne reste quasiment plus rien de ces fleurs, en dehors de leurs tiges vertes et des vrilles de leurs feuilles jaunissantes, comme si l'été avait pris fin d'un coup, pendant que la plupart des gens dormaient tranquillement dans leur lit. Charlotte Kite, quant à elle, observe la métamorphose qui affecte les lis au cours de la nuit, parce qu'elle n'arrive pas à trouver le sommeil. Elle est victime des pensées qui la rongent, des incessantes inquiétudes qui la tiennent éveillée jusqu'à des heures indues : deux heures, parfois même quatre heures du matin, de sorte qu'elle est encore debout pour entendre le roucoulement feutré des colombes et les froissements d'ailes des merles qui s'ébrouent dans les buissons. Elle est déjà à sa fenêtre lorsque les premiers rayons de lumière déchirent le bleu plombé du ciel, témoin de l'heure où les pétales des lis tombés dans l'herbe se recroquevillent comme d'infimes morceaux de papier, trop minces et trop frêles pour durer davantage.

Depuis au moins cinq ans, sans qu'elle en ait eu conscience, des cellules rebelles avaient réussi à s'implanter dans le corps de Charlotte. Maintenant qu'on lui a ôté sa tumeur, le traitement qu'elle doit suivre va occuper les dix prochains mois de sa vie. Qu'elle remporte ou non cette bataille, elle sait déjà que plus rien ne sera comme avant. Elle a une cicatrice douloureuse sous le bras et son sein gauche est désormais deux fois plus petit que le droit. Mais ce qui la tient éveillée la nuit, c'est de savoir que tout ce qu'elle possède peut disparaître d'un instant à l'autre. Elle n'a pas l'intention de perdre ce temps précieux en s'abandonnant à une activité aussi prosaïque que le sommeil. Chaque seconde qui s'écoule lui appartient, depuis qu'elle sait que ce pourrait être la dernière.

La maladie et les aléas du traitement sont en fait plus faciles à gérer en l'absence de Jay. Tout le monde sait que celui-ci n'est pas du genre à se manifester à tout bout de champ lorsque les gens traversent une mauvaise passe, même s'il a les meilleures intentions du monde. Il l'a appelée à plusieurs reprises, ce qui est gentil de sa part, avec l'air embarrassé de quelqu'un qui ne supporte pas d'être confronté à la maladie. Charlotte se souvient qu'il trouvait toujours des excuses pour ne pas aller rendre visite à son propre père dans son hospice de vieillards. Et qu'il détournait systématiquement les yeux, quand un accident s'était produit. Ce qu'il veut, ce sont de bonnes nouvelles, sinon il préfère ne rien savoir du tout. Elle n'arrive pas à se le représenter, pénétrant dans l'hôpital de Hamilton, encore moins en train d'attendre au pied de son lit qu'elle émerge des limbes de l'anesthésie, ou de lui tenir la main pendant qu'elle endure les douleurs du traitement.

Charlotte n'a pas eu la moindre arrière-pensée en engageant Barney Stark comme avocat pour s'occuper de son divorce. Bien qu'elle soit parfaitement d'accord pour concéder à Jay tout ce qu'il réclamera, Barney l'a gentiment prévenue qu'il faudrait sans doute près d'une année pour que le divorce soit prononcé, attendu l'imbroglio financier dans lequel se trouve la pâtisserie. Mais cela est bien égal à Charlotte. Son traitement durera tout aussi longtemps, avec des séances de laser entre les deux pénibles séries de chimiothérapie, qui vont s'étendre sur plusieurs mois. À tout prendre, autant rajouter cette procédure de divorce à la liste de ses soucis.

— Je sais que cela tombe mal, lui dit Barney alors qu'elle s'apprête à quitter son bureau.

De toute évidence, il n'y a pas une seule âme en ville qui ne soit au courant de sa maladie. Barney la regarde en ayant l'air de s'excuser, comme si c'était lui qui l'avait quittée.

— C'est le mariage qui est mal tombé, répond Charlotte. Pour la séparation, ça ira. J'ai entendu dire que vous étiez dans la même situation conjugale ?

Il n'est peut-être pas très judicieux d'avoir ajouté cette dernière remarque, mais comment ne serait-elle pas au courant ? Les gens ont tendance à parler, dans une petite ville comme Monroe. Il est impossible de déménager sans que chacun connaisse déjà votre nouvelle adresse, des semaines avant que vos meubles aient été livrés. Dans le cas de Barney, l'adresse se limite à la salle de réunion de son cabinet, où il a installé un lit de camp, une plaque de cuisson et l'un de ces petits réfrigérateurs que les jeunes remplissent de canettes de bière et de soda dans les foyers universitaires.

— Il aurait mieux valu que cela se produise un peu plus tôt, dit Charlotte en montant dans sa voiture.

Barney se penche pour lui répondre à travers la fenêtre de la portière. Il sent battre son propre cœur, à moins que cela ne soit dû à la chaleur et à toute cette tension qui l'affecte depuis qu'il a quitté sa maison, aussi juste cette décision lui semble-t-elle par ailleurs.

— Nous avons tout simplement vécu en faisant mine de croire que tout allait bien, dit-il.

Il recule d'un pas et salue Charlotte de la main, tandis que la voiture s'éloigne. Tôt ou tard, son mariage aurait fait naufrage et il aurait fini par quitter le domicile conjugal, même si Charlotte Kite n'avait jamais existé. Certes, il aurait sans doute attendu quelques années de plus, mais cela n'aurait finalement rendu service à personne. Une fois la décision prise, le pire avait été de devoir annoncer la nouvelle à ses filles. Il avait pu mesurer l'amour qu'elles lui portaient en les voyant toutes les trois quitter la pièce et aller s'enfermer dans leurs chambres après avoir claqué la porte derrière elles – même Kelly, qui était la plus compréhensive et la plus pondérée. Barney était allé leur parler séparément, expliquant à Kelly, puis à Josie et enfin, plus malaisément, à sa chère Sophie, que son amour à leur égard demeurait inchangé. Bien qu'aucune de ses filles ne lui ait répondu sur l'instant, elles l'aimaient également et lui facilitèrent la tâche en l'écoutant en silence et en retenant leurs larmes.

Le jour de son départ, après avoir chargé ses affaires dans sa voiture, Barney embrassa sa femme et la remercia pour ces années de vie commune et tout ce qu'ils avaient représenté l'un pour l'autre. Puis il partit diriger son équipe de base-ball pour le match du Championnat, comme tous les samedis. Sophie ne lui adressait toujours pas la parole mais accepta de l'accompagner jusqu'au terrain de sport, derrière le collège, avec un hochement de tête agacé. C'était une journée splendide et il allait faire une température idéale en début de soirée. Au loin, le soleil perçait à travers les cumulus et les vitres du collège étaient parsemées d'éclats iridescents, tour à tour bleu lavande et vieux rose. Les valises et les cartons de Barney brinquebalaient à l'arrière de la voiture et Sophie jeta un coup d'œil par-dessus son épaule.

— Tu ne sais pas faire les paquets, observa-t-elle. Tu es mal organisé.

— Tu pourras peut-être m'aider à les déballer.

Ils s'engagèrent sur le parking, le long du terrain de sport. Barney avait fourré le matériel de l'équipe dans son coffre surchargé et tandis que Sophie l'aidait à sortir les bases, il ajouta, sur le ton le plus léger possible :

— Quelle que soit l'évolution de la situation,

mes sentiments à ton égard ne changeront pas. Tu resteras ma fille et je t'aimerai toujours.

Sophie grimaça, comme si elle avait déjà entendu ce discours.

— Je croyais que tu aimais Maman, aussi.

— Ma foi oui, mais ce n'est pas tout à fait la même chose.

— Elle nous a dit qu'il y avait sûrement une autre femme dans ta vie et que c'était pour cela que tu nous quittais aussi brusquement.

Les klaxons des voitures retentissaient, au fur et à mesure que les parents venaient déposer leurs enfants. Ils devaient jouer aujourd'hui contre l'équipe d'Essex, leurs plus redoutables adversaires, et la plupart des parents allaient rester pour assister au match. Honnêtement, les Bluebirds n'avaient pas la moindre chance de l'emporter, surtout depuis que Collie Ford avait quitté l'équipe : c'était un tireur adroit et puissant, sur lequel on pouvait toujours compter pour redresser une situation.

— Pour être tout à fait franc, dit Barney, il y a bien une personne qui m'importe depuis fort longtemps, mais je doute qu'elle ait seulement conscience de mon existence. Le terme d'« autre femme » me paraît donc bien inapproprié, appliqué à elle.

— Tu veux parler d'un amour de jeunesse, dit Sophie.

— À ceci près que je vais avoir quarante ans et que j'éprouve toujours le même sentiment.

Sophie réfléchit un instant à la question.

— Dans ce cas, finit-elle par dire, tu es tout simplement idiot.

Elle jeta un coup d'œil à son père. Elle avait voulu le blesser, lui faire du mal, mais se rendait compte que ce n'était pas aussi agréable qu'elle l'avait imaginé. Elle détourna les yeux et saisit la main de son père.

— Tu crois que nous avons une chance de gagner ? lui demanda Barney, heureux au-delà de toute expression du geste de sa fille.

L'autocar d'Essex était arrivé sur le parking et on entendait les joueurs de l'équipe rivale qui chantaient pour s'encourager.

— Pas la moindre.

Sophie était une jeune fille douce et honnête. Elle baissa la garde : à se retrouver là, aux côtés de son père, elle avait l'impression d'être beaucoup trop jeune pour comprendre pourquoi il était si difficile de trouver le bonheur.

— Tu crois que je pourrais venir vivre avec toi ? demanda-t-elle.

— Je crois que tu pourras venir aussi souvent que ta mère te le permettra.

Ils perdirent effectivement le match contre Essex et, ce soir-là, Sophie accompagna son père à son cabinet et s'endormit au beau milieu de la salle de réunion, à même le sol, enveloppée dans une couverture. En guise d'oreillers, Barney lui avait donné les coussins du canapé de la salle d'attente. Il téléphona ensuite à sa femme.

— Elle s'est endormie, murmura-t-il dans l'écouteur, et je n'ai pas le cœur de la réveiller.

Dana aurait été la première à reconnaître qu'ils s'étaient éloignés l'un de l'autre : cela faisait plus d'un an qu'ils ne dormaient plus dans la même pièce. Mais elle semblait le regretter à présent.

— Si tu veux revenir, dit-elle, je n'y vois pas d'inconvénient. Ne serait-ce que pour les filles.

— Tu leur as dit qu'il y avait une autre femme dans ma vie…

— Et alors, Mr le Détective, n'est-ce pas la vérité ? Allons, tu sais bien que si.

La femme en question, toutefois, ne cherchait pas précisément à rencontrer un autre homme, maintenant que Jay était parti. Charlotte n'était nullement gênée par le fait de vivre seule, d'autant que Jorie venait tous les soirs lui apporter son dîner. Son amie s'était mise à cuisiner pour elle, depuis son retour du Maryland. Elle débarquait selon les jours avec du jus de pomme, du potage ou d'énormes plats de lasagnes végétariennes, au point que le vaste réfrigérateur de Charlotte était désormais rempli. Et lorsque Katya, la grand-mère de Kat Williams, était venue la voir en lui apportant un goulache au riz, Charlotte l'avait remerciée mais s'était vue obligée de lui rendre sa marmite.

— Je crois que je suis devenue folle, dit Jorie en contemplant l'intérieur de l'énorme frigo.

Elle est venue voir son amie par cette belle soirée d'août, munie d'un poulet rôti encore chaud.

— Ai-je vraiment préparé tous ces plats ? ajoute-t-elle.

— Tu es effectivement devenue folle, dit Charlotte depuis le comptoir, en buvant une gorgée de thé vert.

— Où avais-je la tête ?

— Nulle part. C'est pour cette raison que tu as autant cuisiné : tu avais besoin d'oublier. Cela m'arrive parfois, à la pâtisserie. Je me lance dans la fabrication de muffins au citron et, brusquement, toute mon attention se concentre sur cette activité, mon seul souci étant de les sortir du four avant qu'ils n'aient brûlé sur les bords. Au diable le divorce, la maladie, le désespoir... L'essentiel est que je réussisse mes muffins au citron.

— Tu crois que j'ai agi de même ?

— Bien sûr que oui. Et tu le sais. Cela t'empêchait de réfléchir à tout ce que tu as découvert, en allant dans le Maryland. As-tu parlé à Ethan de ce que tu as vu là-bas ?

Jorie a beaucoup pensé à James Morris, plus qu'elle ne l'aurait dû, peut-être parce qu'elle transporte en permanence le carnet bleu avec elle, où qu'elle aille. Elle se dit intérieurement que c'est pour éviter que Collie ne tombe dessus, mais le journal est fermé à clef et Jorie pourrait fort bien s'arranger pour le cacher quelque part, dans la cave de sa mère, par exemple, ou dans la cabane à outils du jardin. Ne se sépare-t-elle pas de ce carnet parce que sa reliure bleue lui rappelle cette région remplie de merles et de champs infinis ? Chaque fois qu'elle le regarde, elle se souvient qu'il y a des choses qui ne prennent jamais fin, qui perdurent jusqu'à faire partie de vous, que cela vous plaise ou non.

Jorie ne s'est rendue qu'une seule fois à la prison depuis son retour et n'a pas fait allusion à son séjour à Holden. Le Maryland est un secret qui lui brûlerait la langue, si elle en prononçait le nom. Ethan l'a serrée dans ses bras lorsqu'elle est allée le voir, si fort qu'elle arrivait à peine à respirer, et lui a demandé d'un air blessé où elle était passée. Elle s'est mise à rire, s'est dégagée et lui a dit que cela faisait à peine quelques jours qu'elle ne lui avait pas rendu visite. Il fallait qu'elle range et nettoie la maison, maintenant qu'elle était mise en vente. Et qu'elle s'occupe de Collie, qui avait besoin d'elle. Sans parler de sa mère.

Je me fiche de tout ça, avait lancé Ethan. Et en le regardant, Jorie avait compris qu'il disait vrai. *Tout ce que je veux, c'est toi.* Jadis, une telle déclaration aurait sans doute bouleversé Jorie, mais aujourd'hui elle ne lui faisait ni chaud ni froid et ne lui procurait pas le moindre plaisir.

Elle avait emmené le carnet bleu, lors de cette visite : il était là, au fond de son sac, et elle se demandait comment Ethan réagirait s'il l'apercevait. S'il se mettait par exemple à chercher lui-même les documents que lui avait confiés Fred Hart, son avocat, au lieu d'attendre qu'elle les lui donne. Reconnaîtrait-il la reliure bleue, le fermoir doré ? Le jetterait-il loin de lui comme un objet empoisonné, ou aurait-il oublié à qui ce journal appartenait jadis ? Mais Ethan avait attendu et n'avait pas fouillé dans son sac à main. Il était resté assis au bord de sa couchette jusqu'à ce qu'elle lui tende ces papiers, qu'il avait ensuite lus avec attention – ce que Jorie, il faut bien le dire, ne s'était pas donné la peine de faire.

Il est à la recherche d'un endroit où vous puissiez loger, Collie et toi, lui avait dit Ethan.

Jorie l'avait regardé sans comprendre.

Mais nous habitons chez ma mère, avait-elle répondu.

Non, pas ici, avait-il précisé. *Dans le Maryland. Pour que tu sois près de moi pendant le procès.*

L'idée de se retrouver dans le Maryland, dans

cette maison abandonnée qu'elle avait aperçue, qui sait, meublée de bric et de broc, et de marcher dans les rues avec Collie pendant que les gens du coin se moqueraient d'eux, l'avait tout simplement horrifiée. Même à présent, alors que Charlotte l'interroge, elle retrouve cette sensation de brûlure sur le bout de la langue. Lui est-il déjà arrivé de mentir ? Elle ne le pense pas, mais elle n'en a pas été bien loin, l'autre jour, en restant muette et en cachant à Ethan son voyage à Holden : une telle dissimulation équivaut à un mensonge.

— Je n'ai pas envie de lui parler du Maryland, dit-elle à Charlotte.

— Parle-m'en à moi, dans ce cas.

— Sûrement pas. Tu n'as pas besoin de savoir comment les choses se sont passées là-bas.

Charlotte sourit.

— Je sais déjà que ça s'est mal passé, dit-elle. Il suffit de te regarder.

— Tu sais toujours tout, dit Jorie, sur un ton plus sinistre qu'elle ne le voulait. Que ferais-je si tu n'étais plus là ?

— Tu survivrais.

— Voilà une terrible assertion.

Jorie frissonne à cette seule idée et se tourne pour que Charlotte ne voie pas à quel point elle redoute l'hypothèse d'une telle disparition.

— Elle correspond pourtant à la vérité, rétorque Charlotte, qui est aussi sincère qu'entêtée. Les gens ne s'arrêtent pas de vivre.

— Sans toi, ce ne serait jamais la même chose. Je n'imagine même pas avoir d'autres amies que toi.

— C'était toujours moi qui avais les bonnes idées, reconnaît Charlotte.

Jorie se met à rire et lui rappelle les conséquences de certaines de ces bonnes idées : celle notamment qui avait consisté à se teindre les cheveux en noir pour Halloween, à une époque où elles n'avaient guère plus de douze ou treize ans. Leurs cheveux étaient tellement esquintés que Ruth Solomon avait dû les conduire chez un coiffeur de Boston, convaincue que Chantel, leur coiffeuse d'Hamilton, n'allait jamais se sortir d'une pareille affaire. Les deux fillettes étaient revenues avec des cheveux si outrageusement courts qu'elles étaient sûres de provoquer la risée générale, mais il s'avéra que la coupe leur allait bien et mettait leur visage en valeur. Il est vrai que cela s'était passé plus de vingt ans auparavant, à un âge où elles auraient eu l'air mignonnes quelle que soit leur coiffure.

— Je vais à nouveau devoir me faire coiffer court, dit Charlotte, puisqu'ils vont probablement tomber. Et même s'il en reste un peu, ils seront forcément clairsemés. On m'a dit que j'allais en perdre à chaque coup de brosse.

Le soleil tombe à travers la fenêtre, traçant sur la peau livide de Charlotte un motif entrecroisé, un brocart de rose et d'or. Ses cheveux sont d'une rousseur plus intense, plus sauvage que ceux de Rachel Morris, qui étaient restés sur sa brosse. Ils tournent presque au rouge sang, aussi proche de l'écarlate que peut l'être une teinte naturelle.

— Eh bien, allons-y ! lance Jorie. Coupons-les vraiment court. Comme autrefois.

— Maintenant ?

Elles se dévisagent et chacune sait que l'autre a ses propres raisons pour se dire que seul existe l'instant présent, cet instant précis où elles sont ensemble. À quoi bon attendre, alors que le monde est si biscornu, si dangereux ? À quoi bon rester assis et se regarder dans la glace, trop effrayé par ce qui risque d'arriver pour oser faire un geste ? Jorie va chercher les ciseaux à la cuisine et une grande serviette dont elle recouvre les épaules de Charlotte, avant de se rendre avec elle sur le patio, à l'arrière de la maison. À cette heure, l'air est empli par le chant des oiseaux, ce qui rappelle le Maryland à Jorie. Bien que personne en ville ne sache où elle est allée, les gens se rendent bien compte que de nombreux jours se sont écoulés sans qu'elle aille voir Ethan à la prison. Ils savent qu'elle n'a pas assisté aux réunions du comité de soutien organisées en faveur de son mari et qu'elle a refusé de recevoir les journalistes, même les plus favorables à sa cause, bien que Mark Derry ait tenté à plusieurs reprises d'organiser des rencontres.

Les journalistes qui rôdent encore en ville ont renoncé à traquer Jorie et ont jeté leur dévolu ailleurs, en allant faire le pied de grue à l'extérieur du tribunal. Mais ce sont maintenant ses amis, ses voisins qui l'observent. Il y a même des gens, ceux qui s'amusent d'un rien et qui commencent à boire de bonne heure au Safehouse, qui prennent déjà des paris pour savoir si le mariage des Ford résistera ou non à cette épreuve. Quelques semaines plus tôt, quasiment tout le monde en ville aurait pensé que Jorie soutiendrait son mari ; mais à présent la proportion n'est guère que de soixante pour cent, ce qui prouve bien que rien n'est encore joué. Beaucoup ne comprennent pas pourquoi Jorie n'est pas allée rendre quotidiennement visite à son mari, depuis son retour du Maryland. Elle avait bel et bien l'intention de le faire, mais elle finissait à chaque fois par bifurquer pour prendre la direction du lac. Elle a passé d'innombrables heures à contempler les libellules en suspens à la surface de l'eau. Elle a lancé des galets plats pour faire des ricochets jusqu'à en avoir mal au bras. Chaque jour, elle a emporté avec elle le journal de Rachel Morris. Et chaque fois qu'elle cherche ses clefs de voiture ou son peigne dans son sac à main, le carnet bleu est là pour lui rappeler tout ce qu'elle a découvert lorsque James Morris lui a ouvert sa maison, lorsqu'il a marché avec elle à travers champs, lorsqu'il a plongé son visage dans ses mains et s'est mis à pleurer.

C'est pour cette raison que chaque soir, une fois tout le monde endormi, Jorie se retrouve à la cuisine, chez sa mère, à surveiller des casseroles dont le contenu mijote lentement dans la pénombre, concoctant avec une infinie patience des sauces qui exigent des heures de préparation ou des tartes aux pêches dont la croûte savamment disposée requiert autant d'attention que d'adresse. Charlotte a vu juste : Jorie cesse de penser lorsqu'elle travaille ainsi, mais elle serait incapable de passer sa vie devant les fourneaux ; et si cela l'autorise à laisser vagabonder ses pensées, c'est à James Morris qu'elle revient sans cesse, James Morris qui égrène les lentes journées de sa vie solitaire. Lorsque cela lui arrive, Jorie ressent une froide colère pour celui qui est à l'origine de tout ça, qui a volé à James Morris à la fois son avenir et son passé – et le fait que cet homme soit son mari la condamne à rester cloîtrée dans l'étrange et lointaine province du chagrin, espace vacant, incertain, où jamais de sa vie elle n'aurait imaginé se retrouver un jour.

— On le fait pour de bon ? demande Charlotte lorsqu'elles se retrouvent dehors, elle drapée dans sa serviette, Jorie munie de ses ciseaux.

Charlotte a toujours été la plus intrépide des deux, celle qui poussait Jorie à partir en vacances ou à flâner dans les bois, qui avait insisté pour qu'elles apprennent à skier et à faire du patin à glace, qui agissait de manière impulsive et avait de l'audace à revendre. Mais aujourd'hui, sa voix est un peu hésitante. Elle s'est lavé les cheveux le matin même, en choisissant un shampoing parfumé à la vanille dont l'arôme la rend mélancolique. Elle ne pensait pas faire preuve d'une telle vanité pour un détail aussi secondaire que la chute de ses cheveux. Elle n'aurait pas cru qu'elle prendrait à ce point cette question au sérieux.

Jorie avance une chaise de jardin, époussette le siège avec une serviette et dit à Charlotte :

— Si Madame veut bien poser ses fesses…

Du chèvrefeuille pousse dans les bacs alentour et les roses trémières sont en pleine éclosion, larges comme des soucoupes et ployant sur leurs tiges. Dès que les moineaux perchés sur une haie voisine ont repéré les cheveux qui commencent à joncher le patio sous les coups de ciseaux décidés de Jorie, ils viennent voleter en pépiant dans les parages, guettant l'occasion de se rapprocher encore un peu pour dérober une mèche ou deux.

— Tant que nous y sommes, autant ne pas faire les choses à moitié, déclare Charlotte d'un air décidé.

Il ne s'agit que de ses cheveux, après tout : ce n'est pas son âme qu'on lui vole, ni son cœur qu'on lui arrache – non plus que sa chair, ses os ou ses dents immaculées.

— Coupe-les court, dit-elle à Jorie.

— C'est ce que je fais.

— Encore plus court, insiste Charlotte.

Jorie met les poings sur ses hanches et éclate de rire.

— Qui est-ce qui est à la peine ? demande-t-elle. Toi ou moi ?

— Moi, réponds simplement Charlotte.

Jorie comprend qu'elle ne fait pas allusion à cette coupe de cheveux, mais à ses allées et venues à l'hôpital de Hamilton, en fin de semaine, à l'ascenseur qu'elle emprunte jusqu'au deuxième étage, à sa conversation avec l'infirmière s'apprêtant à planter dans sa chair l'aiguille qui va déverser dans ses veines le poison censé la guérir. Elle fait allusion à sa vie, sans cesse sur le fil du rasoir, qu'elle conserve ses cheveux ou non, que la chance soit ou non avec elle, qu'il y ait un espoir ou non.

Jorie repose les ciseaux et s'agenouille pour embrasser son amie.

— Je suis désolée, dit-elle.

Les moineaux profitent de l'occasion pour se poser sur le patio, tandis que Charlotte se met à pleurer, dans les bras de son amie.

— Mon Dieu, non... Je suis désolée... J'ai horreur de ce genre de scène.

Charlotte s'essuie les yeux du revers de la main. Elle n'est pas du genre à craquer pour un rien et ses chances de guérison sont relativement bonnes. Le vrai problème, c'est que la stratégie qu'elle a jusqu'alors appliquée dans sa vie est en train de voler en éclats, jour après jour, minute après minute. Elle s'est toujours servie de la dénégation, c'est cela qui lui a permis de surmonter la mort de ses parents ou la déception d'un mariage insatisfaisant. Mais ce soir, dans son propre jardin, un voile vient de se déchirer. Comme si jusqu'alors Charlotte n'avait rien vu : elle était aveuglée, et maintenant toute la gloire et la tristesse qu'elle entrevoit l'éblouissent. Elle serre fermement les paupières, refoule ses larmes, mais rien n'y fait, ses yeux continuent de la brûler.

— J'ai déjà fait la moitié du boulot, dit Jorie, il vaudrait mieux que tu me laisses terminer.

Il est vrai qu'il est difficile d'imaginer Charlotte sans ses cheveux auburn, tant ils font partie d'elle. Mais son meilleur atout reste malgré tout ses yeux sombres, brillants d'intelligence. Elle est allée se faire opérer sans émettre une plainte et maintenant, elle qui a toujours été fière de sa force et de sa résistance, elle pleure sur ses cheveux coupés...

— Continue, lance-t-elle en voyant Jorie hésiter, les ciseaux levés. Ne fais pas attention à moi.

Lorsque Jorie a terminé, elle chasse les débris de mèches avec une serviette et brosse doucement le peu de cheveux qui restent. La coupe n'est pas plus longue que celle de Collie, à la garçonne, mais d'ici quelque temps Charlotte devra sans doute se raser entièrement. Dans la lumière jaune du mois d'août, Jorie se rend compte qu'elles ont beaucoup vieilli, toutes les deux. Qu'est-ce qu'elle s'imaginait ? Qu'elles allaient rester des gamines jusqu'à la fin de leurs jours ? Que rien de terrible ne risquait de leur arriver, simplement parce qu'elles avaient soin de ne pas sortir du droit chemin ?

— Dis-moi que ce n'est pas la fin, dit Charlotte à son amie.

Au-dessus de leurs têtes, les nuages se sont accumulés et le ciel vibre sous l'assaut conjugué des moustiques et de la chaleur. Elles ont vécu l'une et l'autre plus du double du temps qui avait été concédé à Rachel Morris sur cette terre. Sous cet angle, elles ont de la chance.

— Non, ce n'est pas la fin. (Ces mots ont une grande douceur, et comme une saveur de pomme, dans la bouche de Jorie.) Ce ne sera jamais la fin entre nous.

Tandis que le ciel s'assombrit et que les nuages commencent à se teinter de mauve, Jorie part chercher un broc d'eau chaude et un flacon de shampoing. De retour, elle lave les cheveux de Charlotte au beau milieu du patio, sous un ciel rosissant, tandis que des dizaines de moineaux collectent avec frénésie des débris de cheveux pour les ramener dans leurs nids. Jorie va ensuite chercher leur repas, afin qu'elles puissent manger sur l'herbe. Il y a le poulet rôti qu'elle a apporté tout à l'heure, ainsi qu'une marmite d'aubergines que Trisha Derry avait offerte à Charlotte au début de la semaine. Lorsque le traitement chimiothérapique aura commencé, Charlotte ne pourra guère manger grand-chose en dehors du pain, du beurre et de la gelée de pomme ; mais pour l'instant elle meurt de faim et dévore avec appétit tout ce qui lui tombe sous la main. Elle ne cherche plus à impressionner personne, pas même elle. Elle a déjà décidé qu'elle ne se regarderait plus dans une glace, au moins pendant un certain temps. Si elle est toujours en vie et en bonne santé l'été prochain, elle s'achètera un grand miroir et l'installera dans son entrée. Elle pourra de la sorte s'admirer à loisir, à n'importe quelle heure du jour et de la nuit.

Jorie se penche soudain et fait une grimace en apercevant une voiture qui vient de se garer dans la rue. Elles ont terminé leur repas, qui était délicieux, et boivent de grands verres de limonade adoucie par une goutte de sirop de cerise, exactement comme elles le faisaient du temps de leur adolescence.

— N'est-ce pas Barney Stark qui arrive ? lance-t-elle.

Sans l'ombre d'un doute, il s'agit bien de la Lexus de Barney, toutes vitres baissées, et de Barney lui-même, assis au volant, qui contemple la maison à travers l'air brumeux et chaud.

— J'ai entendu dire qu'il n'habitait plus chez lui, reprend Jorie. Il vit à présent dans son cabinet, sur Front Street.

— Qu'est-ce qui se passe avec ce type ? demande Charlotte. Je ne peux pas faire deux pas sans tomber sur lui.

Jorie se met à rire.

— Il ne t'est jamais venu à l'esprit que tu pourrais l'intéresser ?

— Oh, ne sois pas ridicule. Regarde-moi… Ou plutôt, ne me regarde pas.

Charlotte se lève et se dirige vers le portail.

— Bonsoir, Barney, dit-elle en agitant la main. Ne restez pas assis dans votre coin. Venez donc partager notre souper.

Assis dans sa voiture garée le long du trottoir, Barney la regarde d'un air ébahi. Pendant une fraction de seconde, on pourrait penser qu'il est sur le point de déguerpir, de tourner la clef de contact et de quitter Hillcrest au plus vite, afin de regagner le calme de son bureau et le halo d'indécision dans lequel il a vécu ces dernières années. Mais au lieu de cela, il sort de sa voiture et s'engage dans l'allée.

— Je ne veux pas vous déranger, si vous avez de la visite, dit-il en tendant à Charlotte le paquet qu'il a apporté, un carton à gâteau rose pâle qui, Charlotte le voit aussitôt, provient de sa pâtisserie. C'est un peu idiot, je le sais, reprend Barney. Comme d'aller livrer du charbon à Newcastle.

— Je n'avais encore jamais eu l'honneur d'être comparée à une mine de charbon, ironise Charlotte.

Mais au fond d'elle-même, elle est étrangement touchée. Comme elle possède cette pâtisserie, personne jusque-là n'avait jamais songé à lui offrir un dessert.

— Ah… dit-elle en ouvrant la boîte. Un gâteau au chocolat. Mon préféré.

Charlotte part chercher une assiette de poulet et

d'aubergines pour Barney, le laissant en compagnie de Jorie.

— Annoncez-lui une bonne nouvelle, lance-t-elle de l'intérieur. Elle en a besoin.

Barney s'assoit dans l'herbe. Il est en sueur et décide d'ôter sa veste, puis de desserrer sa cravate. Il est un peu embarrassé par la présence de Jorie, car une part de lui-même se sent vaguement coupable d'avoir laissé tomber la famille Ford, en ne se chargeant pas personnellement du dossier d'Ethan. S'il devait lui annoncer quelque chose qui ressemble, même de loin, à une bonne nouvelle, il lui faudrait mentir, ce qui est tout à fait en dehors de ses capacités.

— Fred Hart semble faire un excellent travail, dit-il à la place, espérant que cela rassurera Jorie. Il estime être en mesure de prouver qu'Ethan a changé et il a convaincu plus de la moitié des habitants de se porter garants de lui. Ils ont déjà réuni près de cinquante mille dollars, ce qui est indubitablement une marque de confiance.

— Jamais vous ne vous seriez chargé du dossier, dit Jorie d'un air convaincu. Vous ne pouvez pas défendre quelqu'un qui est réellement coupable.

Lorsque Charlotte revient, chargée d'une copieuse ration de poulet et d'aubergines, ainsi que d'assiettes à dessert et de couverts en argent, Jorie en profite pour prendre congé. Elle se sent fatiguée, mais plaisante en disant que depuis qu'elle est revenue vivre chez sa mère, celle-ci a pris l'habitude de guetter son retour, près de la fenêtre, pour être sûre qu'il ne lui est rien arrivé. Mais les deux amies savent l'une et l'autre qu'elle est épuisée, à force de devoir faire bonne figure. Lorsqu'on dissimule et ravale ses pensées, celles-ci finissent par vous ronger de l'intérieur, vous obligeant à aller chercher refuge dans les recoins sombres et les pièces vides et à vous y terrer, silencieux et triste, dans le mépris de votre propre compagnie.

— Elle ne sait plus ce qu'il faut faire, dit Charlotte après le départ de Jorie. Elle ne sait même plus ce qu'il faut penser.

— Elle le sait fort bien, au contraire, rétorque Barney. Tout le problème est là.

C'est l'heure du dessert. Barney saisit le couteau de service que lui a apporté Charlotte et découpe deux tranches de gâteau, sans lésiner sur l'épaisseur. On prétend que la richesse de cette préparation obligerait n'importe qui à admettre quasiment n'importe quoi, à condition d'en absorber une quantité suffisante. Ma foi, Barney n'a jamais redouté la vérité, qui est la finalité de son métier ; et il ne va pas s'en écarter aujourd'hui, quel que soit le prix à payer. Dana n'était pas particulièrement surprise lorsqu'il lui a annoncé qu'il allait vivre ailleurs. Au contraire, elle avait paru soulagée, surtout lorsque Barney l'avait assurée que cela ne changerait rien au mode de vie des filles, ni au sien ; la seule différence, c'est qu'il n'habiterait plus avec elles, dans la maison d'Evergreen. Depuis lors, il voit régulièrement ses filles et passe en leur compagnie autant de temps que cela lui est possible. Il est allé dîner avec elles les deux soirs précédents, ce qui s'est avéré beaucoup plus agréable qu'il ne s'y attendait. Et il sait exactement ce que ses filles sont en train de faire, en cet instant précis : Kelly est avec Rosarie Williams, à l'une de ces fichues réunions du comité de soutien à Ethan, réuni ce soir à Hamilton ; Josie est à son cours de danse ; et Sophie, sa petite préférée, est enfermée dans sa chambre, en train d'écrire son journal et d'exprimer du mieux possible toute la colère qu'elle ressent.

Barney peut donc se poser la question de la vérité, maintenant qu'il a le loisir de le faire. Et la vérité, c'est qu'il est heureux d'être dans le jardin de Charlotte Kite. Heureux de regarder tomber le crépuscule et l'obscurité s'étendre entre les pommiers qui se dressent à flanc de coteau, derrière sa maison. De manger du gâteau au chocolat et de respirer les effluves de chèvrefeuille et de café qui planent dans l'air.

Et comment Charlotte réagit-elle à la présence dans son jardin de cet homme calme et imposant ? Lorsqu'il la dévisage, elle se rend compte qu'il n'a pas remarqué que ses cheveux avaient été coupés. C'est autre chose qui retient son attention, comme s'il regardait en elle. Et Charlotte comprend tout à coup de quoi il s'agit. Jorie avait raison. Et elle se demande pourquoi elle n'a pas deviné depuis longtemps la raison de la présence constante de Barney Stark dans les environs.

— Je ne suis pas à la recherche d'un petit ami, si c'est pour cela que vous me courez après, dit-elle d'une voix égale, entre deux bouchées de gâteau.

D'ici deux semaines, le chocolat lui donnera des nausées ; mais, pour l'instant, elle aurait plutôt tendance à en redemander. Certains prétendent que le fait de manger du chocolat peut provoquer une bouffée assez semblable à celle que l'on éprouve en tombant amoureux. Cela accélère le rythme cardiaque et encourage les idées saugrenues.

— Et même si cela m'intéressait, reprend-elle, cela ne changerait pas grand-chose, parce que j'ai un cancer.

— C'est ce que j'ai appris.

À vrai dire, Barney est assez précisément documenté sur son dossier médical. Il appelait si souvent l'hôpital lorsque Charlotte venait d'être opérée que l'infirmière de garde avait fini par reconnaître sa voix.

— Soyons honnête... reprend Charlotte. (Ce qui ne fait que renforcer l'admiration de Barney : la forme de son visage lui semble parfaitement dessinée ce soir, il la trouve plus belle encore qu'à l'ordinaire.) Je risque de mourir, ajoute-t-elle.

— Ma foi, c'est ce qui nous attend tous, d'une manière ou d'une autre, non ? rétorque Barney avec bonne humeur.

— C'est vrai, Barney. Mais pour certains, cela peut arriver plus vite.

Barney se coupe une autre part de gâteau. De par son métier, il a appris qu'on ne doit jamais compter sur la sûreté de ses revenus, ni s'imaginer qu'une situation – bonne, mauvaise ou sans qualité particulière – puisse durer éternellement. Lorsqu'il avait dix-sept ans, jamais il n'aurait imaginé qu'il se retrouverait dans le jardin de Charlotte Kite, en train de manger du gâteau au chocolat en sa compagnie. Il n'aurait même pas osé rêver d'une telle éventualité. Et maintenant il pose ses pieds sur une chaise et regarde le ciel au-dessus de lui.

— Voilà Orion, dit-il.

Charlotte lève les yeux à son tour. Elle sent la lueur des étoiles picoter ses pupilles et secoue la tête, en fermant les paupières. Puis elle reporte son attention sur sa tranche de gâteau à moitié mangée – ce qui est en train de se passer lui paraît tellement insensé qu'elle ne veut même pas y penser.

— Votre femme sait-elle que vous êtes ici ? demande-t-elle.

— Comment le pourrait-elle, dit Barney, puisque nous ne vivons plus ensemble. D'ailleurs elle ne sait même pas qui je suis.

Ils se mettent tous les deux à rire, alors que cette remarque n'a évidemment rien de comique ; puis ils retombent dans le silence, conscients de la brusque intimité qui s'est établie entre eux.

— Je ne pense pas que Dana se soucie beaucoup de savoir où je suis. (Barney plisse les yeux et les étoiles au-dessus ne sont plus que des halos lumineux.) C'est une femme respectable, ne vous méprenez pas. Simplement, ce n'est pas elle qu'il me faut.

— Vous devez avoir perdu la tête pour faire ce que vous êtes apparemment en train de faire, dit Charlotte.

— C'est-à-dire ? demande Barney, qui paraît brusquement plus jeune dans l'obscurité.

— De chercher à sortir avec moi, répond Charlotte. Même si l'expression est un peu démodée.

— C'est pourtant bien ce que je fais. Mais nous

ne sommes pas obligés de sortir pour de bon. Nous pouvons rester ici.

Charlotte se met à rire, pour la deuxième fois de la soirée – ce qui constitue une sorte de record en ce qui la concerne, ces derniers temps.

— Faites-vous cela parce que je ne serais jamais sortie avec vous à l'époque du collège ? demande-t-elle.

— Si vous cherchez à savoir si j'ai toujours éprouvé un tel sentiment à votre égard, la réponse est oui.

Barney n'avait pas l'intention de se montrer aussi hardi, et les vertus supposées du gâteau au chocolat n'y sont peut-être pas pour rien. Il advient, de temps à autre, qu'un homme comprenne et admette où est son vrai désir, et c'est ce qui vient de lui arriver. Peut-être les mensonges qui étaient à la base du mariage d'Ethan Ford ont-ils éclairé, à leur manière, la duplicité dont il faisait preuve en feignant de croire qu'il pouvait être heureux avec une autre femme que Charlotte. En tout cas, s'il doit agir, mieux vaut ne plus le différer. Barney Stark cesse de regarder les étoiles. Il pense que Charlotte Kite est la plus belle femme qu'il ait jamais vue, quelle que soit sa coupe de cheveux, et c'est la raison pour laquelle, parvenu à ce stade un peu absurde et terrifiant de leurs deux vies, il finit par le lui avouer.

Les choses ayant tourné de la sorte, c'est Barney qui vient chercher Charlotte Kite pour la conduire à sa première séance de chimiothérapie. Une fois dans le hall de l'hôpital de Hamilton, Charlotte se tourne vers lui, le remercie et lui dit qu'il peut maintenant la laisser. Mais Barney fait la sourde oreille. On dirait qu'il a le pouvoir de lire en elle et lui répond ce qu'elle sait probablement déjà – qu'il est hors de question qu'il l'abandonne. Il attend dans le hall tandis qu'elle se présente à la réception, puis l'accompagne dans l'unité des maladies tumorales, où on l'installe confortablement dans un fauteuil. Lorsque l'aiguille s'enfonce dans la veine de Charlotte, Barney s'assure qu'on lui injecte bien le bon mélange de médicament, en allant comparer les étiquettes des flacons avec les ordonnances qui figurent dans son dossier.

— Vous êtes le mari ? demande l'infirmière.

Barney et Charlotte se dévisagent.

— Je me trompe rarement, leur dit l'infirmière. Quand on travaille ici depuis un certain temps, on perçoit facilement les liens qui unissent les gens.

— Aucune personne sensée ne s'attarderait ici plus longtemps, insiste Charlotte une fois qu'on lui a administré son traitement contre les vomissements et que la perfusion commence pour de bon. (Elle a une impression de vide dans l'estomac, sous l'effet conjugué de la peur et de la nausée.) Fiche-moi vite le camp d'ici, ajoute-t-elle à l'intention de Barney.

Mais celui-ci a déjà rapproché une chaise. Il a apporté sa mallette, l'ouvre et en sort un magazine.

— Qu'est-ce que cela est censé signifier ?

Le visage de Charlotte est blanc comme un linge, elle a fermé les yeux pour ne plus avoir à supporter l'abrupte réalité de la pièce où ils se trouvent. Barney Stark, qui est capable de lire dans les pensées de n'importe qui ou presque, perçoit certainement l'angoisse qui s'est emparée d'elle. Mais il se comporte comme s'il était parfaitement naturel de converser de la sorte, tandis que le poison se déverse dans les veines de Charlotte. Il agit comme s'ils avaient l'éternité devant eux.

— Je pensais te faire la lecture, dit-il.

Charlotte a les paupières hermétiquement closes mais elle les rouvre en entendant ça, pour voir ce qu'il a choisi. *Sports illustrated*... Elle a un petit rire et Barney ne pense pas avoir entendu un plus merveilleux son de sa vie. Il y a plusieurs malades en enfilade dans la pièce, cachés derrière des rideaux, chacun avec ses maux particuliers, ses souffrances ou les affres de son agonie : et ils sont là, tous les deux, en train de tomber amoureux.

L'infirmière vient leur apporter du *ginger ale* et des crackers, ce que Charlotte accepte avec reconnaissance. Elle remarque la manière dont Barney la regarde mais n'a pas la moindre idée de ce qu'elle a pu faire pour mériter qu'un homme tel que lui s'intéresse à elle, surtout à ce moment précis de sa vie, où il paraît absurde d'imaginer que des choses pareilles puissent lui arriver. Barney lui sourit et dans ce sourire Charlotte entrevoit brusquement tout ce qu'il pense, tout ce qu'il ressent. Le moi le plus enfoui de Barney s'ouvre à elle : son passé comme son avenir, ainsi que l'instant présent. Toute sa vie, Charlotte a été à la poursuite de choses qui étaient hors d'atteinte. En dépit de tout ce qu'elle a déjà perdu, et de tout ce qu'il lui reste à perdre, elle se trouve dans une pièce ensoleillée, par une après-midi d'août, avec des douleurs à l'estomac et l'angoisse de ne pas survivre, mais pour la première fois peut-être de son existence elle est heureuse de se trouver exactement là où elle est.

Elle ferme à nouveau les yeux, comme le ferait un plongeur avant de s'élancer de la plus haute marche. Du moins sait-elle ce que l'on éprouve lorsqu'on prend un risque alors que tout est figé, immobile dans le monde, dans l'attente désespérée d'un nouveau souffle, d'un nouvel élan.

— Très bien, dit-elle à Barney. Fais-moi la lecture.

Le Bouffon

Les gens vinrent le voir de tout le Massachusetts, dans les jours qui précédèrent son transfert au Maryland, et lorsqu'ils n'étaient pas admis à l'intérieur du tribunal, ils s'installaient dehors, sur les pelouses et le long de la route, se posant de partout à l'image des fauvettes qui émigraient vers le sud et traversaient l'État, à cette époque de l'année. C'était la dernière semaine d'éclosion des lis : leurs fines tiges vertes tremblaient et leurs pétales tombaient comme des feuilles mortes chaque fois qu'une voiture passait. À deux reprises au cours des derniers jours, des œufs avaient été lancés sur la façade du bâtiment et une alerte à la bombe avait été déclenchée, suite à un appel téléphonique émanant d'un autre État. Mais la foule qui s'était rassemblée était venue soutenir Ethan Ford qui, du fond de sa cellule, entendait les gens scander son nom : et il trouvait réconfort et soutien là où il s'y attendait le moins, dans les voix de tous ceux qui croyaient encore en lui.

En tête de ces supporters figurait Rosarie Williams. Elle avait personnellement envoyé trente mille prospectus, pliant les feuilles au point de s'en faire saigner les doigts, léchant tellement de timbres que tout ce qu'elle mangeait finissait par avoir un goût de colle. Mark Derry avait installé le quartier général du comité dans la pièce qui était auparavant sa salle à manger et c'était là que se réunissaient les fidèles, prêts à se réconforter et se convaincre mutuellement que le monde autour d'eux était moins hostile qu'ils ne pouvaient de prime abord le croire. Les bonnes actions ne se comptent plus parmi eux. Les proches du conseil municipal ont fait don d'un fax au comité et les volontaires de la brigade des pompiers se sont cotisés pour lui offrir une photocopieuse. Chaque jour, généralement, Mark dispose d'une équipe de cinq ou six membres qui partent en mission à l'extérieur, tant pour récolter de nouveaux fonds que pour maintenir la pression, mais Rosarie Williams est vraiment son bras droit, faisant de constants allers et retours à la prison, se rendant utile de mille façons dans la pièce transformée en Q.G., consacrant tout son temps et toute son énergie au comité, y compris le samedi soir, où la plupart des filles de son âge songent plutôt à s'amuser.

Mark Derry apprécie tellement Rosarie qu'il en vient presque à regretter qu'elle ait rompu avec son fils. Il aurait été enchanté qu'elle devienne sa belle-fille, en d'autres circonstances, et l'aurait accueillie avec joie parmi les siens lors des anniversaires et des dîners de famille. Mais il est évident aux yeux de Mark que Rosarie fait preuve d'une maturité beaucoup trop grande pour un garçon tel que Brendan. Elle ne lui adresse même pas un regard lorsque le jeune homme passe d'un air maussade pour aller se préparer un sandwich au jambon et au fromage à la cuisine. Le soir, lorsque Brendan a fini sa journée chez Pizza Barn et ramène une tournée de pizzas gratuites pour tout le monde, Rosarie ne daigne même pas relever les yeux. Elle est trop occupée à réfléchir à la manière dont Ethan l'a regardée la dernière fois qu'elle est allée le voir à la prison, avant de la serrer dans ses bras et de lui dire qu'il serait perdu sans elle et que s'il n'avait pas pu compter sur tous ceux qui gardaient foi en lui, il aurait abandonné le combat depuis belle lurette.

Quant à Brendan Derry, il s'est contenté au début de bouder, tourmenté par la présence de Rosarie, à la fois si proche et si distante, mais il en est vite venu à éviter autant que possible sa propre maison. Le fait de voir Rosarie renforce la détresse qu'il éprouve au fond de lui. Il est dans le même état que tous ceux qui commencent à perdre les pédales, prêt à prendre des risques insensés et à tout envoyer balader. Le soir, la plupart du temps, il ne se montre plus aux réunions et conduit comme un fou, sans but, sur les routes des environs, lancé dans un processus d'autodestruction et prêt à provoquer le destin chaque fois qu'il sort de chez lui. Et peut-être serait-il parvenu à ses fins, en allant s'écraser contre les rochers qui bordent le dangereux carrefour menant à Lantern Lake, s'il n'avait aperçu un soir la Lexus de Barney Stark immobilisée sur le bas-côté, au bord de la route.

Les feux de détresse ont contraint Brendan à ralentir et la scène qu'il aperçoit brusquement l'oblige à freiner aussi sec. Kelly Stark et ses sœurs sont à l'intérieur du véhicule, livides et tremblantes, effrayées à l'idée d'avoir abîmé cette voiture à laquelle leur père tient comme à la prunelle de ses yeux. Les trois filles pleurnichent en expliquant que leur père les a quittées, qu'il a abandonné le domicile familial sans raison apparente pour aller s'installer dans son cabinet et qu'il va sans doute les détester jusqu'à leur mort lorsqu'il saura qu'elles ont esquinté sa Lexus adorée. Mais il s'avère qu'il s'agit simplement d'un pneu crevé, suite à la présence de verre brisé sur la chaussée, et la réparation s'effectue rapidement. En fait, ce sont Josie et Sophie qui se voient chargées de l'opération, ce qui permet à Brendan et Kelly de rester ensemble à l'écart, de l'autre côté de la route, en écoutant les grenouilles coasser dans le lac et en se découvrant beaucoup plus d'attrait l'un pour l'autre qu'ils ne l'auraient imaginé.

Suite à cette rencontre, Kelly se met à éviter Rosarie Williams, autant que faire se peut. Elle a appris de première main, grâce à Brendan, à quel point Rosarie est capable de cruauté ; d'un autre côté, Kelly commençait à remettre sérieusement en cause le bien-fondé de son engagement pour la cause d'Ethan Ford. À en croire Brendan, Ethan n'est qu'un misérable assassin qui est parvenu à faire son trou dans la région, en abusant tout le monde. Chaque fois que Rosarie l'appelle, à présent, Kelly demande à ses sœurs de lui dire qu'elle est absente. Elle est écœurée par la manière dont Rosarie s'est comportée, en allant pratiquement se jeter au cou d'un homme incarcéré. Et elle commence à se dire que la femme d'Ethan Ford a quelque droit d'être informée de la situation : elle est même tentée de lui révéler elle-même ce qui se passe, lorsque Rosarie rend visite à Ethan dans sa prison. Leur relation a maintenant atteint un stade si avancé qu'on prétend que les gardiens sont tout émoustillés, à la seule mention du nom de Rosarie. Ils deviennent fébriles dès qu'ils la voient arriver et doivent boire de telles quantités pour se désaltérer que la consommation d'eau minérale a doublé ce mois-ci à la prison.

C'est le père de Kelly qui représente Jorie pour la vente de sa maison et, un après-midi, Kelly la croise dans le hall, à la sortie de son cabinet. Elles échangent quelques propos courtois et Kelly s'apprête à lui murmurer : *Méfiez-vous de Rosarie*, lorsqu'elle commet l'erreur de dévisager Jorie d'un peu trop près. L'anxiété qu'elle lit sur son visage l'oblige à faire machine arrière. À la pensée qu'elle risque d'accroître ses soucis et d'augmenter sa peine, elle a la chair de poule : aussi garde-t-elle le silence, se contentant de suivre des yeux Jorie qui se hâte de regagner l'agence immobilière avec les papiers que Barney Stark lui a préparés.

Lorsque la vente de la maison a lieu, Jorie sait qu'elle devrait être reconnaissante au jeune couple de Framingham qui a décidé de l'acheter. Certaines personnes, il est vrai, écarteraient d'emblée un lieu où a vécu un criminel. On ne sait jamais dans ce cas-là ce qu'on risque de retrouver en creusant dans le jardin pour installer une balançoire. Ni ce que peuvent receler les recoins du garage ou les profondeurs du grenier. Fort heureusement, les acquéreurs n'ont pas manifesté une curiosité excessive concernant l'histoire de la maison, notamment en raison de l'excellente affaire qu'ils ont faite, l'ayant payée plusieurs milliers de dollars de moins par rapport à ce qui est généralement demandé pour une propriété de ce genre, dans le voisinage. Il est exact que des photos de la maison ont été publiées dans la presse de Boston, ainsi que dans la *Monroe Gazette*, mais personne ne s'en soucie plus guère à présent. Les voitures ne ralentissent plus en passant devant l'allée et leurs passagers ont cessé d'alimenter, d'embellir et de déformer à travers leurs commérages une histoire suffisamment triste. Il arrive encore, à l'occasion, qu'un journaliste rôde autour de la maison de Ruth Solomon, dans Smithfield Road, mais Anne, la sœur de Jorie, a la réputation de savoir se servir du tuyau d'arrosage contre ce genre d'importun, d'autant plus aisément qu'elle adore ça. Elle est chez elle, après tout, ou du moins dans sa demeure familiale, et Gigi elle-même, plutôt collet monté devant ce genre de comportement, approuve pleinement les efforts de sa mère pour préserver le peu d'intimité qui leur est laissé.

Mais la plupart des gens en ville n'ont plus besoin de lire les journaux pour se faire une opinion. Ils ont déjà leur point de vue sur l'ensemble de l'affaire, notamment en ce qui concerne Jorie. Certains ont choisi d'ignorer la jeune femme, qui n'existe désormais plus à leurs yeux. Dans les rues et les magasins, beaucoup de personnes que Jorie connaissait depuis toujours regardent ailleurs lorsqu'ils la voient arriver, comme si elle n'avait jamais fait partie de leur univers, qu'elle ne s'était jamais assise à côté d'eux à l'école, n'avait jamais fait ses courses en même temps qu'eux au supermarché de Hilltop, lavé sa voiture au PTA ni apporté des muffins aux myrtilles de sa fabrication à la réunion annuelle de l'Amicale de la Bibliothèque. Ce sont les habitants de Monroe qui se demandent comment Jorie ose encore se montrer et qui ne parviennent pas à comprendre par quel miracle elle supporte encore sa propre existence, maintenant qu'elle sait qu'elle a dormi à côté d'un monstre, et même rêvé dans ses bras, pendant autant d'années.

Si on les poussait dans leurs retranchements, une partie de ces gens reconnaîtraient que leur méfiance à l'égard de Jorie ne date pas d'hier ; et qu'à vrai dire, ils avaient une dent contre elle bien avant l'arrestation d'Ethan. Ils ont toujours estimé que Jorie était trop belle et trop prétentieuse pour être honnête, et la considèrent aujourd'hui avec une froideur qui est tout sauf distante. Un certain nombre de personnes en ville n'ont jamais apprécié l'arrogance dont Ethan a fait preuve, en refusant qu'on organise une cérémonie pour le récompenser, après l'incendie de la propriété des McConnell. D'autres encore n'ont jamais approuvé la manière dont Ethan et Jorie s'embrassaient en public pendant les séances d'entraînement de base-ball, et avec une telle fougue, alors que tous les enfants les regardaient.

Parfois, Jorie met des lunettes de soleil lorsqu'elle va faire ses courses, elle noue un foulard autour de sa tête et dissimule son visage de son mieux. D'autres fois elle fixe les gens droit dans les yeux et leur retourne leurs regards, en manière de défi, lorsqu'elle passe à la banque ou à la pharmacie. Mais quoi qu'elle fasse, les gens qui la connaissent voient bien qu'elle a pleuré et qu'elle a les yeux gonflés, même les jours où elle n'a pas versé une larme. Ses beaux cheveux blonds sont mal peignés, elle a les traits tirés et ses vêtements sont fripés. Voici encore quelques semaines, Jorie était une femme épanouie, séduisante, mais tout cela est bien terminé. Elle évite les gens et passe la plupart de son temps enfermée à double tour. Elle tient entre ses mains le journal de Rachel lorsqu'elle est seule, sur le porche inondé de soleil, le dissimulant vivement sous un coussin si sa mère ou sa sœur surgissent à l'improviste. Elle a renoncé au jardinage et aux promenades avec Mister, le chien de sa mère. Lorsqu'elle s'aventure en plein air, elle est aussitôt victime de démangeaisons, que ce soit sur les bras, les jambes ou en travers de la poitrine, et cela forme une longue traînée rouge qui passe tout près de son cœur.

Certains de ses concitoyens continuent pourtant de lui apporter leur soutien, des gens comme Grace Henley, la bibliothécaire, ou Mrs Gage, leur voisine tant d'années durant, qui font souvent un crochet pour venir demander à Ruth Solomon comment elles pourraient se rendre utiles et s'obstinent à leur apporter des plats qui vont au réfrigérateur sans que personne n'y ait touché. Ce sont ces gens-là que Jorie appréhende le plus de rencontrer, car elle sait qu'ils la plaignent et leur pitié la désespère un peu plus : c'est pour cela qu'elle garde les rideaux tirés en plein jour et refuse à son fils la permission d'aller à la piscine, même lorsqu'il règne une chaleur de bête, que les trente-cinq degrés ont été dépassés, que les cerises mûrissent trop vite et que les oisillons meurent de soif dans leurs nids, au sommet des arbres.

Ethan, de son côté, a bien sûr son lot de supporters, ces avocats qui paradent sur la pelouse, devant le tribunal, et se battent pour défendre sa cause. La famille Ford devrait être rassurée par tant de bonnes intentions, mais c'est justement à cause de tous ces braves gens que Collie refuse d'aller voir son père : la foule, les journalistes, la cohue et la circulation le rendent nerveux, c'est du moins ce qu'il prétend. Il préfère rester sur le canapé, en compagnie de Mister, à regarder la télé. Mais il y a d'autres raisons à cet isolement et Jorie a compris récemment pourquoi il se tient à l'écart des gens. Quelques jours auparavant, elle longeait le collège en voiture, à l'heure où les élèves s'entraînaient au base-ball, et elle avait surpris deux gamins en train de lancer des balles sur Collie qui passait par là. Elle avait d'abord cru qu'il s'agissait d'un jeu, avant de voir la tête que faisait son fils. Il continuait de marcher le long du trottoir, en ignorant les quolibets des autres garçons, même lorsque l'une des balles l'avait atteint et heurté violemment dans le dos, entre les omoplates.

— Eh ! Voulez-vous bien cesser !

C'était Barney Stark qui criait, Jorie l'avait reconnu, il arrivait en courant, abandonnant la troisième base pour morigéner les enfants. Mais le mal était fait. Collie poursuivit son chemin, le soleil dans les yeux, la lumière de cette fin d'après-midi donnait des reflets blonds à ses cheveux. Il avait courbé les épaules pour dévier d'autres attaques et serrait les lèvres, d'un air déterminé. Jorie comprit alors que rien ne serait plus jamais comme avant, quoi qu'elle fasse pour le protéger. Et elle se surprit à penser une fois encore à James Morris, dont la vie avait basculé d'un seul coup, par un banal matin d'été. Elle était fière que son fils n'ait pas cédé, face à ses agresseurs, qu'il ait poursuivi son chemin sans en tenir compte, comme s'ils n'existaient pas : il les avait annihilés, réduits en cendres à l'intérieur de son esprit.

Quand Jorie demande à Collie s'il souhaite l'accompagner au dernier meeting qui doit se tenir devant le tribunal, elle n'est guère surprise de l'entendre décliner sa proposition : il a d'autres projets ce soir-là, il doit retrouver Kat. La mère et le fils s'en tiennent là, sans s'étendre sur le fait que Collie ne veuille pas se trouver aux abords du tribunal, ni sur la peine qui s'est installée en lui, plus profonde qu'il ne le sait lui-même. C'est finalement Charlotte qui accepte d'accompagner Jorie à cette occasion. Elles se rendent en voiture jusqu'au tribunal pour voir comment se déroule cette ultime réunion, par une chaude soirée d'août. La moitié de la ville s'est rassemblée sur King George's Road et ceux qui doivent prendre la parole sont un peu sur les nerfs. Les collègues d'Ethan à la brigade de pompiers sont là au grand complet, ainsi que la plupart des habitués du Safehouse, le représentant de la fédération de base-ball et plusieurs responsables du collège. Mais de nombreux étrangers sont également venus lui apporter leur soutien, suspendant aux arbres la bannière de leur ville. Il y a là des représentants d'Everett, de Cambridge, de Newton, d'Essex, ainsi qu'une foule importante en provenance de Hamilton, regroupée sous les tilleuls. Des femmes sont venues de Boston, après avoir vu la photo d'Ethan dans le *Herald* et avoir aussitôt compris qu'il s'était repenti. Il y a des hommes originaires du Maine et du New Hampshire, qui ont commis des erreurs par le passé : ils sont venus manifester leur soutien et dispenser leur pardon. On vend quelque part des tubes fluorescents qui diffusent une lueur verte, constellant la nuit de leurs halos de jade. D'un bout à l'autre de la rue, plusieurs camionnettes proposent des glaces, des hot dogs et des beignets qui grésillent dans l'huile, imprégnant l'atmosphère d'une odeur suffocante et sucrée.

— Soyez attentive une fois là-bas, avait dit Barney Stark à Jorie lorsqu'elle était venue chercher Charlotte. Des tas de gens sont maintenant impliqués dans cette affaire, au stade où nous en sommes, et une bonne partie d'entre eux ont probablement leurs propres raisons, plus ou moins tordues, pour assister à ce meeting. Quoi qu'il advienne, tenez-vous à l'écart et ne les laissez pas s'approcher de vous.

Barney habitait toujours à son cabinet, mais passait de plus en plus de temps chez Charlotte. Jorie, quant à elle, se reprochait sa négligence : elle n'était pas revenue voir Charlotte depuis que celle-ci avait décidé de se raser entièrement le crâne. Son amie lui expliqua qu'après avoir dépensé tant d'énergie à s'angoisser sur la perte de ses cheveux, elle avait décidé de prendre les devants et de régler la question une fois pour toutes. Jorie embrassa son amie sur le front. Elle n'avait jamais remarqué jusque-là à quel point

Charlotte était belle ; et lorsque celle-ci saisit le chapeau qu'elle comptait mettre, Jorie lui conseilla d'y renoncer.

— Tu n'as rien à cacher, lui dit-elle. Tu es absolument superbe.

— Superbement hideuse, rétorqua Charlotte en riant, mais en laissant le chapeau de côté.

— C'est tout à fait toi, ajouta Jorie.

— Mon Dieu, voilà qui est encore pire ! Disons que j'ai l'air d'un Martien et n'en parlons plus.

Alors qu'elles avaient presque atteint la rue, Charlotte fit soudain volte-face et repartit en courant vers sa maison. Jorie crut tout d'abord qu'elle avait changé d'avis et décidé de se couvrir, mais elle était simplement retournée faire un petit baiser à Barney, qu'elle avait laissé sur le seuil. Elle se dressa sur la pointe des pieds pour l'embrasser ; puis, heureuse et essoufflée, elle rejoignit en courant Jorie, qui lui ouvrit la porte de la camionnette.

— Je n'aime pas m'en aller sans dire au revoir aux gens, dit Charlotte tandis qu'elles s'éloignaient. On ne sait jamais quand on les reverra.

— Ne t'inquiète pas, tu le reverras.

— C'est vrai, je crois bien que Barney est là pour longtemps. C'est toi que je crains de voir disparaître.

Jorie grimaça un sourire.

— Si c'est le cas, dit-elle, je te préviendrai.

— Nous n'aurons plus qu'à nous envoyer des messages de l'au-delà.

L'idée amusa Jorie, qui éclata de rire. Cela lui fit du bien, jusqu'à ce qu'elle regarde à nouveau Charlotte et soit obligée d'admettre qu'une telle hypothèse n'avait hélas rien d'incongru, à ce stade de leur vie.

— Je pensais à un changement d'adresse, reprit-elle.

— Je sais ce que nous allons faire...

Charlotte paraissait extrêmement jeune, sans ses cheveux. Elle portait un sweater, malgré la chaleur, car elle avait constamment froid ces derniers temps. À l'hôpital, pendant les soins, elle frissonnait et essayait de se représenter les plages de la Floride, où Barney lui avait promis qu'ils iraient passer quelque temps, dès qu'elle se sentirait assez forte pour voyager.

— Si l'une d'entre nous devait passer l'arme à gauche, faisons le serment qu'elle enverra à l'autre un bouquet de lis. Comme cela, nous saurons que notre amitié durera toujours, quoi qu'il advienne.

— D'accord, acquiesça Jorie. Si jamais je devais partir la première, je ne t'abandonnerais pas réellement. Et l'inverse serait encore plus vrai.

Elles scellèrent leur accord en s'agrippant par le petit doigt, comme elles le faisaient jadis, bien des années plus tôt, du temps où leurs promesses étaient loin de concerner des sujets aussi douloureux.

Il y a tellement de circulation en ville qu'il leur faut presque une demi-heure pour rejoindre King George's Road et elles doivent tourner à plusieurs reprises avant de trouver une place pour se garer. Mais de l'endroit où elles s'installent, dans la rue populeuse, elles aperçoivent tout de même la pelouse où se dressent les bâtiments municipaux. Les gens rient en attendant le début du meeting, ils passent un bon moment. Certains ont amené des couvertures et un repas froid, les enfants courent dans tous les sens, jouant à cache-cache dans la lumière déclinante. Jorie et Charlotte s'installent dans la cabine de la camionnette d'Ethan, après avoir posé entre elles sur le siège un thermos de thé au lait et une boîte de beignets fourrés à la crème ou à la confiture, ramenés de la pâtisserie. Non que l'une ou l'autre soit en état de manger... Charlotte vient de faire une réaction à la chimio, elle a eu à l'intérieur du palais une éruption de petits boutons très douloureux mais qui, d'après son médecin, ne devraient pas tarder à disparaître. En attendant, elle doit se contenter à chacun de ses repas ou presque d'un mélange d'eau et de farine d'avoine, auquel elle commence d'ailleurs à prendre goût, bien que Barney s'obstine à le désigner sous le terme un peu péjoratif de gruau.

Quant à Jorie, son estomac la fait affreusement souffrir, à la suite d'une sévère indigestion liée à son état nerveux. En regardant la foule qui s'est rassemblée, elle ressent plus douloureusement encore son propre isolement, comme cela doit être le cas pour tous ceux qui ne partagent pas la conviction des gens ici réunis ce soir. Sur la pelouse, dans l'obscurité, elle reconnaît Warren Peck et Hannah, la propriétaire du café. Il y a aussi Hal Jordan, de la Ligue du Championnat, et près de l'estrade qu'ont dressée les pompiers, Jorie et Charlotte aperçoivent Rosarie Williams, vêtue comme si elle se rendait à une réception : elle porte une robe bleu pâle qu'elle a dû emprunter à sa mère, car elle paraît plus destinée à une adulte qu'à une adolescente de son âge. Ses cheveux noirs encadrent son visage et sa peau brille à la lueur argentée des feux de Bengale que des jeunes gens ont disposés en plusieurs endroits sur la pelouse.

— Qu'est-ce que la fille Williams vient faire dans cette histoire ? demande Charlotte, qui n'apprécie guère l'expression fervente, quasi dévote, de Rosarie.

— Elle sert d'assistante à Mark Derry. (Jorie dévisage Charlotte et voit son amie froncer les sourcils d'un air sceptique.) Ce n'est pas ce que tu crois, ajoute-t-elle. Elle cherche simplement à se rendre utile.

— Ma foi, il y a des gens que les ennuis attirent, dit Charlotte en songeant que cette phrase pourrait s'appliquer à ses années de mariage. Des gens qui mènent seulement les combats qu'ils sont condamnés à perdre.

— Je vois... Tu es amoureuse et tu crois que tout le monde est dans ton cas.

— Je ne parlais pas d'amour. Simplement, cette fille ne m'inspire pas confiance.

Charlotte s'empare de la couverture qu'elle a apportée. C'est une nuit chaude, presque luxuriante, mais elle se sent glacée jusqu'aux os.

— En tout cas, ajoute-t-elle, l'amour est bien différent de ce que j'avais imaginé.

Tout est différent, à dire vrai : le fait de se retrouver dans la camionnette d'Ethan par cette nuit d'été, espérant le meilleur et redoutant le pire ; la manière dont leurs vies respectives ont été bouleversées, comme si leur avenir s'était joué sur un coup de dés, roulant en travers d'une table.

Mark Derry se dirige tout à coup vers la scène :

à peine est-il apparu que la foule se met à applaudir. Les gens ici rassemblés savent tout le travail que Mark a accompli en faveur d'Ethan et le respectent pour cette raison. Aussi réagissent-ils au quart de tour lorsqu'il leur demande de manifester dès à présent leur soutien haut et fort, de manière à ce qu'on les entende jusqu'au fin fond du Maryland. Les klaxons se mettent à résonner tout le long de King George's Road et quelques chandelles romaines, résidus du 4 Juillet, sont allumées et vont emplir le ciel de leurs traînées bleutées et écarlates.

Charlotte prend la main de Jorie et la garde dans la sienne pendant qu'elles regardent. Sa main est menue mais sa poigne est ferme. Quant à Jorie, elle pense aux ciels bleus, à l'étendue des champs et à la fin des choses. Elle fait resurgir l'image de leurs amies d'enfance, Lindsay et Jeannie, deux charmantes jeunes filles qui se sont réveillées un matin sans savoir que commençait leur dernière journée sur terre, qui se sont brossé les cheveux, ont passé des coups de fil et quitté leurs maisons, dans la nuit d'encre, pour s'engager sur une route couverte d'une fine pellicule de pluie qui allait tourner au verglas avant que nul ne s'en aperçoive.

Tous les honnêtes gens font des erreurs, voilà ce que proclame Mark Derry du haut de son estrade : et à peine a-t-il demandé à ses concitoyens de lui apporter leur soutien et leurs dons que des mains par dizaines extirpent des portefeuilles, rédigent des chèques. Le plombier d'ordinaire silencieux s'avère être un orateur aussi persuasif que rassurant. Trisha Derry, qui l'observe depuis le bord de la scène, les mains sur les épaules d'April, leur fille cadette, a quelques raisons d'être fière. Mark Derry parle avec son cœur, il pense sincèrement ce qu'il dit, mais il n'est pas allé dans le Maryland, il n'a pas foulé l'herbe ni traversé les pièces jusqu'à la chambre de Rachel, dont le journal se trouve au fond du sac à main de Jorie, caché sous son portefeuille, une liste d'emplettes et un paquet de Kleenex, afin qu'elle n'oublie pas ce qui s'était un jour passé, bien loin d'ici. C'est le livre de l'espoir qui n'est pas arrivé à son terme, des rêves qui n'ont pas été exaucés. Il n'y a donc rien de réconfortant, pour celle qui a désormais la charge de ce journal, à entendre l'allégresse que suscitent dans la foule les remarques de Mark Derry.

C'est au tour de Fred Hart de monter sur l'estrade et il est évident que l'attorney de Boston savoure cet instant. Il lève la main pour réclamer le silence et lorsqu'il prend la parole, il s'exprime si doucement que les gens dans la foule sont obligés de se concentrer et de tendre l'oreille. Hart leur annonce qu'un groupe de citoyens de Monroe va être constitué et fera le voyage dans le Sud, pour soutenir ses efforts durant le procès d'Ethan. Personne n'a fait la moindre allusion à ce projet en présence de Jorie : si Fred s'était donné la peine de l'en informer, elle l'aurait fortement déconseillé à l'attorney, en lui expliquant que ce serait tactiquement une erreur. À présent, elle n'imagine que trop bien les réactions des habitants de Holden lorsqu'ils verront débarquer ce groupe de supporters. Elle se demande même si le Black Horse Hotel ne refusera pas par principe de les héberger et s'ils ne seront pas contraints de se rabattre sur l'Econo Lodge, à la sortie de l'autoroute.

Mais comment réagiront les gens, chez Duke's Diner, lorsque ces étrangers débarqueront pour commander des club-sandwiches et des salades aux œufs ? Leur diront-ils que le cimetière se trouve juste au-dessus, sur la colline, et que le parterre de mauves est entretenu avec soin ? Que Rachel Morris venait s'asseoir tous les dimanches ici, pour commander des Coca à la vanille et des frites aux pickles ? Et qu'elle était la plus jolie fille de la ville ?

— Il veut que nous l'accompagnions, Collie et moi, dit Jorie à Charlotte.

— Dans le Maryland ? s'exclame Charlotte, stupéfaite. Et il croit que tu accepterais d'infliger cette épreuve à Collie ?

— Collie peut rester avec ma mère.

— Comme si tu étais capable de faire une chose pareille... Jamais tu n'abandonnerais ton fils de cette façon.

Jorie sourit, en songeant que Charlotte la connaît décidément très bien. En fait, lorsqu'elle essaie de s'imaginer, assise à l'autre bout de la salle d'audience, dans la travée opposée à celle de James Morris, elle n'y parvient tout simplement pas. À Holden, il est vrai, elle serait invisible. Elle ne laisserait même pas d'empreintes dans les rues. Et aucun son ne sortirait de sa bouche.

Une vague d'excitation semble parcourir la foule rassemblée devant les bâtiments, qui se met à onduler comme un serpent. Les gens se redressent, se lèvent, et de l'endroit où elles se trouvent, Charlotte et Jorie voient que la porte du tribunal s'est ouverte. Une lueur verte s'étend comme un lavis en travers de la pelouse.

— On ne va tout de même pas le laisser sortir...

C'est pourtant bien ce qu'on s'apprête à faire. Quatre hommes viennent de rejoindre les autres sur la scène : Dave Meyers, deux gardiens, et entre eux, Ethan Ford. Une immense ovation monte alors dans la vaste nuit, s'élevant au-dessus du tribunal et de la ligne des tilleuls. Ce soir, on a transgressé le règlement pour permettre la présence d'Ethan à ce meeting, mais ce n'est pas vraiment une surprise. Nous sommes à Monroe, la ville qui soutient Ethan ; et ce sont ses amis, ses voisins, qui sont réunis ici : certains d'entre eux se rendront même dans le Maryland, délaissant leur famille et leur travail pour aller le soutenir là-bas.

Pour les remercier de ces innombrables manifestations de soutien, Ethan exprime à la foule sa gratitude infinie ; et les gens se taisent lorsqu'il se met à parler, afin de mieux l'entendre. Et ils se rapprochent de l'estrade, afin de mieux le voir.

— Tu veux monter là-haut, toi aussi? demande Charlotte.

Ethan paraît étrangement petit, vu de loin. Quelqu'un lui a passé une chemise blanche pour l'occasion et il brille comme une étoile, si lointaine qu'elle n'a finalement rien de commun avec ce qu'elle paraissait être, ainsi qu'il s'avère le plus souvent. Mark Derry se tient à la gauche d'Ethan et Fred Hart à sa droite : les trois hommes lèvent les bras en l'air, en signe d'espoir et de victoire, si minuscules au loin qu'ils pourraient aussi bien se trouver dans une autre galaxie.

Jorie songe au jour où leurs deux existences se sont séparées, lorsque le passé d'Ethan a été révélé, exposé aux regards de tous comme une carcasse de voiture sur l'autoroute, ou un fruit à la peau dorée, mais noirâtre et moisi à l'intérieur. Elle pense à la manière dont elle croyait le connaître. Elle l'aurait reconnu n'importe où, rien qu'à son sourire. Elle savait tout de lui – sa façon de marcher, de se racler la gorge pour marquer son mécontentement, les signaux qu'il faisait avec ses pouces à chacun des joueurs pour leur indiquer si leur tactique était efficace ou non. Elle savait comment il cherchait son corps dans le noir, et ce qu'elle ressentait dans ces moments-là.

— Non, répond-elle à Charlotte, je ne tiens pas à monter là-haut.

Songe-t-elle qu'on ne dissimule pas la plupart des choses de la même manière qu'Ethan avait oblitéré son passé ? Que si elle s'avançait, ne fût-ce que d'un pas, le carnet dans son sac se mettrait à saigner ; et qu'une fois enclenché, rien ne pourrait arrêter ce processus, que la pelouse du tribunal en serait inondée, que tout le monde pataugerait bientôt dans le sang qui ruissellerait de toutes parts, s'écoulant du trottoir et se déversant dans les rues.

— Fichons le camp d'ici ! lance Charlotte.

Et c'est exactement ce qu'elles font. Tandis que la foule applaudit et qu'Ethan remercie tous ces braves gens venus le soutenir, Jorie et Charlotte se remettent en route et sortent de la ville. Dans n'importe quel autre coin de l'État, c'est une agréable et banale soirée d'août. Elles ont allumé la radio, comme elles le faisaient dans leur jeunesse. Par habitude, elles se retrouvent bientôt sur la route de Hamilton et se garent sur le parking du Safehouse, mais restent à l'extérieur. Il n'y a d'ailleurs pratiquement personne dans la salle, hormis Raymond, le père de Warren Peck, qui garde la boutique, et quelques clients trop âgés ou à l'esprit trop embrumé pour se rendre au meeting.

— Je n'aurais pas dû t'entraîner jusqu'ici ce soir-là, dit Charlotte. Sans moi, tu ne l'aurais probablement jamais rencontré.

La pleine lune se découpe dans le ciel, juste au-dessus des arbres.

— Il ne faut pas voir les choses ainsi...

Jorie a fermé les yeux, mais perçoit toujours le clair de lune.

— Sans cela, ajoute-t-elle, je n'aurais pas eu Collie.

Au même instant, Collie aimerait pour sa part se trouver à des milliers de kilomètres de Monroe, sans très bien savoir où, d'ailleurs : n'importe quel endroit ferait l'affaire du moment qu'il serait situé aux antipodes du Massachusetts et de tout ce qu'il a connu jusqu'alors. Lorsqu'il marche dans ces rues dont la vue lui est si familière, il a l'impression qu'elles sont devenues trop étriquées pour lui, sous la lueur blafarde de leurs lampadaires. Et tous ces tilleuls bouchent le ciel, même dans l'obscurité ils sont envahissants et prennent trop de place. Collie attend généralement Kat au coin de la rue, car il n'arrive plus à remettre les pieds dans Maple Street depuis qu'il est allé s'installer chez sa grand-mère. Ce soir, Kat est venue le rejoindre à bicyclette : le vélo de Collie étant en piteux état depuis qu'il est allé percuter ce grillage – les roues se sont faussées et la fourche tordue –, ils montent tous les deux sur la bicyclette de Kat pour se rendre jusqu'à la maison abandonnée. Collie s'est assis à l'arrière, sur le porte-bagages, et tient Kat par la taille. Ils sont tellement proches, serrés l'un contre l'autre, qu'il sent battre le cœur de la fillette, tout en percevant les pulsations du sien.

Ils se réfugient presque tous les soirs dans la vieille maison. Personne ne les surveille, nul ne sait qu'ils sont là. L'endroit leur appartient, au moins provisoirement. Ils ont déniché un vieux canapé qu'ils ont installé dans l'ancien parloir et planqué une réserve de lampes de poche et de canettes de soda au milieu des gravats. Cette maison existait avant que Monroe ne soit une bourgade, à une époque où il n'y avait que des pommiers et des champs alentour, à perte de vue, mais elle ne résistera plus très longtemps. Kat et Collie ont l'impression qu'elle s'écroule peu à peu autour d'eux. À chacun de leurs passages, ils craignent de ne plus retrouver en arrivant qu'un monceau de briques, de poutres et de planches, effondrées dans la poussière. Ils sentent bien qu'ils n'ont plus guère de temps devant eux. L'été est en train de s'achever, de s'éloigner dans un halo de verdure. Et telle est l'image de l'été qu'ils garderont toujours en eux, même une fois devenus vieux. Le chant des grillons, la manière dont ils se blottissaient l'un contre l'autre sur ce vieux canapé, abandonné là bien avant leur naissance – ce qui était une manière de ne pas envisager l'avenir, de le différer encore un peu.

Rosarie avait raison : les choses ont changé entre eux et ils n'y peuvent strictement rien. Ils ne communiquent plus comme avant, avec l'innocence et la franchise d'autrefois. Tout est difficile à présent, le moindre mot peut s'avérer capable de leur briser le cœur. Ce soir, ils regardent la lune à travers les trous de la toiture et ils sont attentifs l'un à l'autre. Ils n'évoquent pas le meeting qui se tient en ce moment même devant le tribunal, ils ne parlent de rien. Lorsqu'il est assez tard pour que les ratons laveurs viennent investir les lieux, ils prennent le chemin du retour, mais lentement, sans se hâter. C'est toujours le moment le plus difficile de la soirée, lorsqu'il s'agit de regagner la ville.

Ils marchent dans les rues sombres et endormies, le vélo de Kat à la main. Il est tard, même les gens qui ont assisté au meeting sont allés se coucher, après avoir verrouillé leurs portes et fermé leurs fenêtres. Des nuées de moustiques planent dans l'air, aussi Kat allume-t-elle l'une des cigarettes qu'elle a dérobées dans l'armoire de Rosarie : intriguée, elle observe la manière dont la fumée s'élève dans l'obscurité lorsqu'elle la recrache. Les moustiques s'éparpillent mais Kat est prise d'une quinte de toux.

— Tu ferais mieux d'éteindre ça, lui dit Collie en faisant la moue. C'est complètement idiot.

Kat brandit la cigarette et l'agite autour d'elle, comme si elle se moquait de l'opinion de Collie. Un écran de fumée les sépare et Kat se sent brusquement terrorisée. Elle a l'intuition que cet instant précis restera gravé en eux, jusqu'à la fin de leur vie. Elle se sent tout d'un coup accablée, comme si, quoi qu'elle dise, quoi qu'elle fasse, elle ne pouvait que faire le mauvais choix.

— Je ne veux plus vivre ici, dit Collie.

C'est une phrase terrible à entendre, de la bouche de son meilleur ami, mais Kat ne réagit pas. *Je t'en supplie*, pense-t-elle, *ne m'abandonne jamais*. Mais elle garde son calme. Le plus étrange, c'est qu'elle ressent les choses comme s'il l'avait déjà quittée : à moins qu'elle ne se protège, pour moins souffrir peut-être lorsque cela arrivera.

Collie a levé les yeux, fixant le ciel scintillant d'étoiles : il y en a des blanches, des jaunes, des roses, d'autres encore que nul n'a jamais entrevues. Kat lève à son tour les yeux. Des frissons la parcourent. C'est elle qui a foutu la pagaille et elle en subit maintenant les conséquences. Elle n'a passionnément aimé que deux personnes dans sa vie : et cela aussi, elle est en train de le payer.

— Je ferais n'importe quoi pour que tu sois heureux, dit-elle d'une toute petite voix.

Collie détourne les yeux, pour qu'elle ne voie pas ce qu'il éprouve, mais elle a déjà compris. S'ils devaient ne jamais se revoir, elle n'a pas la certitude qu'elle lui manquerait vraiment, pas autant en tout cas qu'il lui manquerait, lui. Kat jette la cigarette sur le trottoir et l'écrase du bout du pied, ce qui provoque une nuée d'étincelles rougeoyantes. Il peut bien partir au bout du monde, songe-t-elle : elle le gardera toujours près d'elle, au fond de son cœur.

Au-dessus de leurs têtes, une étoile filante passe tout à coup dans le ciel lumineux.

— Fais un vœu ! s'exclame Kat.

Le lueur est si vive que Kat en oublie qu'elle s'est

juré de ne plus accorder foi à de telles superstitions. Elle ferme les yeux et formule intérieurement son vœu, avec beaucoup de conviction : mais lorsqu'elle regarde à nouveau Collie, elle se rend bien compte qu'il a, quant à lui, définitivement cessé d'y croire.

Collie l'accompagne jusque chez elle avant de regagner la maison de sa grand-mère, dans Smithfield Lane. L'air est si chaud, si lourd, si palpable même, que cela entrave leur marche : chaque pas leur demande du courage et un effort supplémentaire. La maison où il vivait auparavant sera repeinte la semaine prochaine, les acquéreurs désirent lui imprimer leur marque, comme tous les nouveaux propriétaires. Collie s'immobilise dès qu'ils atteignent l'angle de la rue. Il n'a pas l'intention d'aller plus loin. On entend le cliquetis de l'appareil d'arrosage, dans le jardin de Mrs Gage. Un chien hurle au loin dans la nuit.

C'est à cet instant que Collie se penche et l'embrasse. Il le fait en y mettant tout son cœur, du plus profond de lui, puis il tourne les talons et la laisse là, repartant en courant vers Smithfield Lane. Kat a la tête qui tourne pendant le reste du trajet ; elle traverse la pelouse qui est restée à l'abandon tout l'été, jonchée de brindilles et de mauvaises herbes. Son cœur bat et bourdonne comme une ruche, mais elle ressent déjà un élan de douleur.

Les portes sont fermées, derrière comme devant, aussi Kat escalade-t-elle la façade pour passer par la fenêtre de la chambre de Rosarie, qu'elle réveille en atterrissant lourdement sur le sol. Sa sœur se redresse en sursaut et allume la lumière.

— Kat ? murmure-t-elle après avoir reconnu la silhouette de sa sœur dans la pénombre.

Rosarie ne s'attendait pas à voir Kat débouler ainsi, pas plus qu'elle ne l'imagine escaladant sa fenêtre à une heure pareille. Mais au bout d'un moment, elle comprend. Kat s'est recroquevillée, les genoux contre la poitrine, en essayant de maîtriser les sensations qui l'agitent.

— Tu ne pensais tout de même pas que vous alliez vous marier et être heureux jusqu'à la fin de vos jours ? Tu n'es pas idiote à ce point.

En prononçant ces mots, Rosarie passe la main dans les cheveux de sa sœur. Pour sa part, elle a cessé de croire en l'amour depuis un temps effroyablement long, si l'on tient compte du fait qu'elle n'a que dix-sept ans. Mais elle croit toujours à la recherche de ce qui lui donne l'impression d'être en vie.

— Tais-toi, lui dit Kat.

— Si j'veux ! lance Rosarie en riant et en donnant une petite bourrade à sa sœur.

Kat se glisse sous les couvertures. Elle est gelée. Toutes les choses ont une fin et elle n'y peut strictement rien.

— Quand la douleur cessera-t-elle ? demande-t-elle en caressant du doigt les traces de brûlures sur le bras de sa sœur : elle a une peau splendide mais les marques ne s'effaceront pas.

— Je croyais que tu l'avais deviné, dit Rosarie en souriant. Jamais.

Dieu sait pourquoi, mais Kat a toujours trouvé les couvertures de sa sœur plus épaisses, ses oreillers plus moelleux. Rosarie tend la main et éteint la lumière.

— Dors, murmure-t-elle d'une voix assourdie, comme si elle replongeait déjà dans le sommeil. Apaise-toi.

Le clair de lune tombe à travers la fenêtre, nimbant la chambre d'un halo bleu et argenté. Une brise s'est levée et les branches des ronciers viennent racler les murs. Kat écoute attentivement ce bruit. Lorsque quelqu'un vient de vous embrasser de toute son âme, cela vous trotte dans la tête pendant un certain temps.

Collie y pense lui aussi, en entamant le long trajet qui doit le ramener chez sa grand-mère. Il passe par Front Street, longeant les magasins aux vitrines éteintes, puis par Worthington, avant de s'engager dans les vieilles allées bordées de chênes et de tilleuls, qui surplombent les pommiers au premier plan. Il est tard et il fait assez sombre, mais Collie n'en a cure. Il passe le long de la bibliothèque et s'immobilise un instant, en regardant l'endroit où se dressait le pommier centenaire. L'atmosphère est imprégnée d'une odeur de soufre et de pommes sucrées. Collie a l'impression de contempler ce décor comme s'il le voyait pour la première fois, comme s'il était lui-même un étranger. Où se trouve-t-il ? Il l'ignore. Où va-t-il ? Il ne le sait pas davantage.

Il entend brusquement un coup de klaxon. Il se retourne et aperçoit la camionnette de son père. Pendant une fraction de seconde, il redoute de se trouver soudain face à face avec lui, bien qu'il sache que c'est impossible : Ethan est en prison. Pourtant, le premier réflexe de Collie est de prendre la fuite, à travers le parking de la bibliothèque. Mais il reste immobile, dévisage le conducteur et se sent brusquement soulagé : c'est sa mère qui est au volant.

— Je te dépose quelque part ? lance Jorie par la fenêtre ouverte.

Elle rentre tard elle aussi, étant restée plus d'une heure en compagnie de Charlotte et de Barney, en buvant le thé vert favori de son amie. Ce meeting leur a fait le même effet qu'un mauvais spectacle, une représentation dont elles se seraient largement dispensées.

Collie s'approche et grimpe dans la camionnette. Il y a belle lurette qu'il devrait être rentré et il s'attend à ce que sa mère l'interroge pour savoir où il était, mais elle ne fait même pas allusion au fait qu'il devrait être au lit, à une heure pareille. Pendant qu'ils roulent, Jorie repense au superbe bébé qu'était Collie, avec ses cheveux blonds si fins, et au beau garçon qu'il est devenu. Il a changé toutefois, au cours des dernières semaines : il est plus dur à présent, plus calme aussi, et se met davantage en retrait. Il a définitivement grandi. Il contemple le décor plongé dans les ténèbres qu'ils sont en train de traverser, en sifflotant entre ses dents. Il pourrait aussi bien se trouver à des milliers de kilomètres d'ici.

— Ça va ? lui demande-t-elle. Tu te sens bien ?

Comme Collie la regarde, du coin de l'œil, elle ressent brusquement avec une violence, une intensité, une profondeur inhabituelles tout l'amour qu'elle a pour lui. Elle comprend qu'il ne deviendra pas exactement celui qu'il aurait été si rien de tout ceci ne s'était produit. Il sera sans doute plus taciturne, moins patient et beaucoup plus prudent dans le choix de ses relations. Il est désormais le fils d'un assassin, il faut bien voir la vérité en face : celui qui refuse de parler de ce qui s'est passé, qui quitte la pièce lorsque le nom de son père est prononcé – celui qu'elle essaiera par tous les moyens de sauver.

— Et si nous partions loin d'ici ? dit-elle sur le ton le plus léger possible.

Ce n'est pas au Maryland qu'elle songe, mais à un tout autre endroit.

— Si nous déménagions pour aller nous établir dans une autre ville, où nous pourrions être ce que nous avons envie d'être et faire ce qu'il nous plaît ?

Collie réfléchit sérieusement à cette proposition.

— De quoi vivrions-nous ? demande-t-il.

— Je trouverai un poste d'enseignante. Il existe une agence de placement spécialisée, qui a des relais dans tous les États. Nous ne roulerions pas sur l'or, mais ce serait toujours ça, en attendant mieux.

— Et nous irions loin d'ici ?

— Éventuellement. Mais ce n'est pas une obligation.

— Moi, je voudrais partir le plus loin possible, dit Collie en regardant par la fenêtre. (Ils sont en train de longer le collège et le terrain de sport, plongés dans la pénombre.) Je ne veux plus jamais le revoir, ajoute-t-il.

— Tu changeras peut-être d'avis. Laisse le temps faire son travail.

Elle parle d'une voix égale, mesurée, ce qui la surprend beaucoup, parce qu'elle a l'impression de mentir en ne lui disant pas tout.

— Je sais ce que je ressens, dit Collie en hochant la tête.

Mais Jorie sait fort bien qu'on change facilement d'avis, dans ce domaine. On peut éprouver tel sentiment à un moment donné – de l'amour, par exemple – et par la suite le voir se détacher de soi, s'éloigner à tout jamais, laissant le terrain libre à un autre, totalement nouveau, auquel rien ne vous avait préparé. Le lendemain, Jorie passe la journée à se demander quelle serait la meilleure solution, dans l'intérêt de Collie. Leur maison a été vidée, leurs affaires mises au garde-meubles, et Anne et Gigi l'aident à trier ce qu'elle va devoir entreposer au sous-sol, chez sa mère. Elles empilent les coupes et les draps, glissent des boules de naphtaline entre les couvertures et enveloppent la vaisselle la plus précieuse dans du papier bulle, pour éviter le moindre bris.

— Voilà ce qui arrive lorsqu'on reste treize ans au même endroit, dit Anne. Au début, on possède des objets, et ensuite, ce sont eux qui vous possèdent.

Anne, pour sa part, est venue se réinstaller chez sa mère en n'emmenant que le strict minimum. Autrefois, elle aurait été jalouse de tout ce dont disposait sa sœur, mais aujourd'hui, posséder trop de choses lui paraît un fardeau. Gigi, quant à elle, a une âme de collectionneuse : elle est fière d'annoncer, par exemple, qu'elle est l'heureuse propriétaire de dix-sept paires de chaussures et de vingt-six sweaters. De toute évidence, elle admire la plupart des objets qu'elle est en train d'emballer.

— Quand tu iras à l'université, lui dit Jorie, tu n'auras qu'à te servir. Prends tout ce qui te fait envie.

Gigi la dévisage avec stupéfaction.

— Tu ne veux pas récupérer tes affaires ?

— Elle peut en acheter d'autres, dit Anne à sa fille.

Lorsque Gigi monte au premier pour aller chercher du papier bulle, Anne se tourne vers sa sœur.

— Moi non plus, dit-elle, je ne voulais rien emmener quand je suis partie. Je n'insinue d'ailleurs pas que tu sois obligée de faire comme moi : je suis bien la dernière personne à qui il faut s'adresser pour demander un conseil. Mais j'ai l'impression que tu n'as pas très envie de conserver ce qui vous appartenait, à Ethan et toi.

— Peut-être que ça me barbe, tout simplement, de m'encombrer de ce fatras.

— Peut-être.

— Mais tu ne le penses pas.

Jamais elles n'avaient eu des discussions pareilles par le passé, et sans doute Jorie se souciait-elle alors peu de l'opinion de sa sœur ; mais à présent, son avis l'intéresse. Anne a le don d'aller droit au but et de dire ce qu'elle pense. Mais même elle ne peut dire à Jorie ce qu'il convient de faire.

— La seule chose dont je sois sûre, dit-elle à sa sœur, c'est que je suis en retard à mon travail et que je t'approuverai, quelle que soit ta décision.

L'après-midi même, tout en aidant sa mère à ranger la maison, Jorie songe à la manière dont la vie de quelqu'un peut basculer, en une fraction de seconde. Elle pense à ce garçon de dix ans courant à travers champs, les yeux remplis de larmes et les mains couvertes de sang. Elle pense à son fils chéri, marchant en plein soleil et recevant une balle de base-ball dans le dos. Elle pense à la seconde qui a précédé l'impact de la voiture de Jeannie Atkins contre la clôture, à la radio qui était sans doute allumée, à Jeannie et à Lindsay qui devaient être en train de rire – comme elle riait elle-même, ce matin-là, avant qu'on ne frappe à leur porte.

Peu après le dîner, alors que le jour décline, Jorie transporte le téléphone à l'extérieur, sur le porche. C'est drôle, mais elle se souvient par cœur du numéro, comme si elle l'avait composé toute sa vie.

La sonnerie retentit longuement avant que James Morris ne vienne décrocher.

— Allô, dit-il d'une voix méfiante (la voix de quelqu'un qui ne reçoit pas beaucoup d'appels et ne tient pas à en avoir).

— C'est moi, dit Jorie.

Elle se demande un instant si James Morris ne va pas lui raccrocher au nez, mais il s'exclame au contraire, comme s'ils étaient de vieux amis :

— Ah, bonjour !

Il a reconnu sa voix et, plus important encore, ne semble pas lui en vouloir de le recontacter. Percevant un aboiement, Jorie dit en riant :

— J'entends votre chien.

— Toujours fidèle au poste.

— Fait-il encore aussi chaud, par chez vous ?

— Je ne pense pas que vous m'ayez appelé pour me parler du temps.

James Morris a toujours l'air mécontent, lorsqu'il estime qu'on n'est pas franc avec lui, ce qui est le cas.

— Que se passe-t-il ? reprend-il. Vous avez des ennuis ?

— Oh, non...

Jorie est assise sur le porche, chez sa mère. Sa maison a été vendue, son mari est en prison, toute sa vie s'est écroulée, mais d'une certaine manière la présence de James Morris lui est un réconfort. Elle lui permet de comprendre tout ce que les gens sont capables de supporter et le courage dont il faut parfois faire preuve pour traverser l'existence.

— Je pense que je survivrai, ajoute-t-elle.

— Je le pense aussi.

— Il voudrait que je l'accompagne dans le Maryland.

— Ça ne m'étonne pas.

Jorie entend une porte claquer : James a fait sortir son chien, tandis que l'obscurité s'étend sur la campagne. Il ne lui veut pas de mal. Il ne ferait pas mine de l'ignorer s'il l'apercevait dans la salle d'audience, au tribunal, pas plus qu'il ne changerait de trottoir s'il la voyait arriver dans la rue.

— Vous avez lu le carnet bleu ? demande-t-il.

— Comment l'aurais-je fait ? En forçant la serrure ?

— Je parie tout ce que vous voudrez que c'est lui qui avait la clef.

La nuit est en train de tomber, ici comme dans le Maryland, une paisible nuit d'août scintillante d'étoiles.

— Et si jamais je le lisais, reprend Jorie, que se passerait-il ?

— Vous prendriez la bonne décision, répond James Morris.

— Vous ne manquez pas d'air, dit Jorie en riant. Vous me connaissez à peine.

— Je vous connais suffisamment.

— Je croyais le connaître, lui aussi...

Jorie entend les merles, perchés dans les cyprès. Elle sait ce qu'elle attend de James Morris, et il le sait aussi.

— Ce n'était pas de votre faute, lui dit-il. Vous n'êtes pour rien dans cette affaire.

C'est un grand cadeau qu'il vient de lui faire, un cadeau durable aussi. Elle se rend à la prison, plus tard dans la soirée, ignorant les roulements de tonnerre menaçants et apportant un panier de nourriture à Ethan. Le ciel a des reflets d'acier, comme toujours avant un orage, et les routes brillent comme s'il y avait des éclats de diamants fichés dans l'asphalte. Jorie longe les parterres de lis qui, d'ici une semaine tout au plus, auront perdu leurs pétales. Chaque fois qu'elle emprunte cet itinéraire, elle est gagnée par l'irrépressible envie de faire demi-tour et de rebrousser chemin. Elle se mure dans le mutisme dès qu'elle s'engage dans King George's Road ; et lorsqu'elle atteint les bâtiments municipaux, elle fait preuve d'autant de prudence que les grands oiseaux qui vivent dans les marais du Maryland et se tiennent silencieux et cois, même lorsque le danger s'approche.

Jorie se gare derrière la prison et emprunte l'allée qui mène à la porte de derrière, afin d'éviter d'éventuels journalistes, voire quelques supporters qui pourraient encore hanter les parages. Le vent s'est levé la nuit dernière et balaie toujours le ciel, agitant les feuilles des arbres. Il y a peu de monde sur la pelouse, devant le tribunal, à part un petit groupe d'irréductibles telle que la jolie Rosarie Williams, ainsi que Warren Peck et Mark Derry, en grande discussion avec Dave Meyers.

Des employés municipaux continuent de nettoyer les détritus de la veille, disséminés sur l'herbe. Jorie accélère le pas et se faufile par la porte de derrière, avant qu'on ait remarqué sa présence. Comme il s'agit d'une petite bourgade, le personnel de la prison a fait preuve d'une certaine tolérance à son égard : Jorie a généralement pu venir à l'heure qui lui convenait. Certes, il y a bien eu quelques rumeurs concernant la rareté de ses visites, tandis que d'autres laissaient entendre que celles de Rosarie Williams devenaient au contraire de plus en plus fréquentes. C'en était au point que la plupart des gardiens se surprenaient à guetter l'arrivée de Rosarie ; certains s'étaient même mis à rêver d'elle. Dave Meyers, qui était pourtant d'une honnêteté et d'une confiance à toute épreuve, avait rêvé que Rosarie lui proposait de s'enfuir avec elle : Dieu merci, il s'était réveillé dans son lit, aux côtés de son épouse, avant de savoir s'il avait ou non accepté en songe son invitation.

Ce soir, les deux hommes de garde, Frankie Links et Roger Lawson, sont fort déçus de constater que ce n'est pas Rosarie mais Jorie qui attend à la grille. Ils se montrent néanmoins polis avec elle, après l'avoir fait entrer. Frankie, qui n'avait que deux années de moins que Jorie, à l'époque du collège, vérifie le contenu de son sac à main et du panier de nourriture où elle a fourré quelques préparations qu'Ethan apprécie particulièrement : des sandwiches aux œufs, des cookies au citron, de la salade de chou accompagnée de carottes et d'une mayonnaise maison.

— Fichu temps là-bas dehors ! lance Frankie en

accompagnant Jorie au sous-sol, vers les cellules de détention.

Le gardien fait preuve d'un minimum de courtoisie mais il est connu depuis toujours pour son mauvais esprit. Lorsqu'ils arrivent devant la cellule d'Ethan, il lance avec un sourire narquois : « Une visite pour vous, Mr Bell », tout en guettant du coin de l'œil la réaction de Jorie, ayant appelé Ethan par son véritable nom.

Mais Jorie ne réagit pas. Pourquoi le ferait-elle ? Tout lui semble avoir été un rêve, à présent : la façon dont il l'embrassait, l'amour qu'elle avait pour lui... Les barreaux d'acier qui pivotent sur leurs gonds pour lui permettre d'entrer sont pourtant bien réels, quant à eux, tout comme l'écho des pas de Frankie qui s'éloigne après avoir refermé la porte derrière elle, afin de pouvoir regagner le poste de garde.

— Tu n'imagines pas combien tu m'as manqué, lui dit alors Ethan.

Il s'avance vers elle, mais c'est comme s'il lui parlait de très loin, d'un endroit où les champs sont si verts et la poussière si rouge qu'elle dépose sans cesse une fine pellicule sur les cols et les poignets des chemises, rouge comme peuvent l'être les roses les plus intensément rouges. Lorsqu'il est sur le point de l'embrasser, Jorie s'écarte de lui. Elle pose le panier sur la couchette et garde le dos tourné. Pendant un instant elle croit entendre l'océan, mais c'est en fait comme un long gémissement qui monte en elle.

— Je n'ai pas pu amener de thermos, dit-elle. Ils doivent se dire que tu pourrais le briser et te servir des éclats pour menacer quelqu'un ou te trancher les veines. Je me suis contentée de te préparer des sandwiches, j'en ai d'ailleurs probablement fait beaucoup trop.

— Tu n'es pas venue me voir, Jorie. (Ethan s'exprime d'une voix plaintive, qu'elle ne lui a jamais entendue auparavant.) Tes visites se sont de plus en plus espacées.

Jorie le dévisage. Elle sent quelque chose la traverser, se précipiter en elle.

— Mark m'a dit qu'il t'avait proposé de passer te prendre pour te conduire aux réunions, mais que tu avais refusé. Tu ne veux pas entendre parler de ça, tu ne veux pas me voir – mais toi, tu m'as manqué.

Jorie pense aux merles, mais aussi à la manière dont on peut connaître quelqu'un et être totalement pris de court par celui qu'il s'avère être, au bout du compte.

— J'ai assisté au dernier meeting, dit-elle.

Elle s'est rongé les ongles au point de se faire saigner : d'infimes lunules écarlates sont là pour lui rappeler ses nuits d'angoisse et d'insomnie.

— Nous étions là toutes les deux, Charlotte et moi, précise-t-elle.

— Tu étais là et tu n'es pas montée sur scène ? Tu n'es pas venue me rejoindre ?

— Il y avait une telle foule...

Cela sonne comme une piètre excuse, même à ses propres oreilles. Un peu comme celle de Collie.

— Et il y avait tant de gens autour de toi...

— Mais aucun n'était ma femme.

Jorie voit bien qu'il est blessé, mais se rend compte que cela lui est indifférent. Elle pense à Collie, recroquevillé dans les ténèbres au fond de cette vieille maison abandonnée. Elle pense à toutes les années qu'ils ont passées ensemble, aux promesses qu'ils s'étaient faites. Si on lui avait demandé jadis de deviner ce que la vie leur réservait, jamais elle n'aurait imaginé une pareille issue. Mais c'est là qu'ils en sont arrivés, maintenant, et ils n'ont pas d'autre choix que d'affronter cette situation.

Ethan s'assoit sur la couchette, les mains sur les genoux. Il n'est pas en colère contre Jorie, en fait il est même relativement calme. On prétend que les coupables sont des angoissés, mais Ethan a trouvé la paix. Il a largement eu le temps de méditer sur tout cela. Quinze années, pour être exact.

— Tu veux savoir comment j'ai réussi à te mentir, reprend-il. Eh bien, je vais te dire la vérité : c'était extrêmement facile. Ça ne ressemblait même pas à un mensonge. Durant tout ce temps, pour l'essentiel, il m'était même impossible d'y penser. Et lorsque j'y suis finalement parvenu, c'était comme si tout cela était arrivé à quelqu'un d'autre. Comme une histoire que j'aurais lue il y a très longtemps, dans un passé si lointain que je m'en souvenais à peine. Cela n'avait rien à voir avec le fait de mentir. Je n'avais pas l'impression de connaître celui qui avait commis ces actes. Et c'est toujours le cas. Jamais je ne ferais ce qu'il a fait.

Jorie s'est mise à déballer la nourriture mais Ethan lui reprend le panier et le pose par terre, pour qu'elle s'arrête de farfouiller dedans. Il veut qu'elle l'écoute attentivement. De toute évidence, il en a besoin.

— L'homme que tu as épousé ? dit-il. Celui que tu connais ? C'est cela que je suis.

Les paroles résonnent étrangement à l'intérieur d'une cellule, comme si elles venaient de très loin et se retrouvaient brusquement juste sous votre nez.

— Aujourd'hui encore, reprend-il, lorsque je me force à y repenser, j'ai l'impression que cela n'est jamais arrivé.

— Je suis allée dans le Maryland, dit Jorie. Et je peux t'assurer que c'est bel et bien arrivé.

Ethan lui adresse un étrange regard.

— Tu es allée là-bas ? Et tu ne me l'as pas dit ?

Jorie émet un petit rire, qui résonne un peu durement, même à ses propres oreilles.

— Le problème n'est pas ce que j'ai omis de te dire, répond-elle.

— Je ne sais même plus où se trouve ce patelin. Je ne crois pas que je le retrouverais, si j'essayais.

— Eh bien moi, j'y suis arrivée.

Jorie a brusquement envie de pleurer, en se revoyant marcher à travers champs, derrière James Morris. Elle a envie de pleurer en revoyant son chien trotter près de lui avec une véritable dévotion, quelle que soit la direction prise.

— Le patelin existe toujours, ajoute-t-elle.

Jorie se surprend à penser qu'elle aimerait bien que Frankie Links surgisse maintenant, pour venir la chercher. Il ferait cela par stricte malveillance, croyant les embêter en écourtant sa visite ; mais en fait, il lui rendrait diablement service.

— Jorie... reprend Ethan. Nous pouvons ressasser cette histoire et l'examiner sous tous les angles, cela ne nous mènera nulle part. Rien ne m'obligeait à avouer la vérité. Je l'ai fait parce que je le voulais. Que j'en avais besoin. Et maintenant, je te demande de me pardonner.

Jorie a l'affreuse impression d'être sur le point de défaillir. Ou de ne plus parvenir à respirer, ce qui revient au même.

— C'est tout ? dit-elle. C'est tout ce que tu souhaites ?

Ethan Ford tombe à genoux sur le sol en ciment de la cellule, qui a surtout accueilli jusqu'ici des conducteurs en état d'ébriété. Il relève les yeux vers Jorie et celle-ci reconnaît tout à coup l'homme qu'elle a épousé, celui dont elle était tombée amoureuse pour toujours, croyait-elle.

— Ne fais pas ça, dit-elle en reculant d'un pas.

— C'est tout ce que je demande.

Son visage est pareil à celui d'un ange. Et il a des yeux si foncés qu'on ne parvient pas à s'en détacher, une fois qu'on les a croisés.

— Je me fiche de ce que pensent les autres, Jorie. Je me fiche même de ce qu'ils feront de moi. Tout ce que je veux, ma chérie, c'est que tu me pardonnes.

Il lève les yeux vers elle et Jorie se rend compte qu'elle le connaît suffisamment pour savoir ce qu'il attend. Il voudrait qu'elle se laisse tomber à ses côtés et le prenne dans ses bras, qu'elle l'embrasse et lui jure qu'elle l'absout de tous ses péchés.

— Et Collie ? demande-t-elle. Voudrais-tu qu'il te pardonne, lui aussi ?

— Il finira par le faire, avec le temps, dit Ethan.

Debout devant lui, Jorie pense à leur fils, qui n'avait jamais fait de mal à un être vivant et faisait le tour de leur maison pour détruire les pièges à sauterelles qu'elle installait chaque printemps. Elle pense au nuage de pétales blancs qui flottait sur la ville lorsqu'il avait abattu le pommier centenaire. Elle pense à ces lis orangés, qui ont toujours suscité en elle une telle inquiétude, et aux beaux cheveux auburn de son amie Charlotte Kite, maintenant tondus. Elle avait aimé son mari si profondément qu'elle en avait été la première surprise : mais à présent, elle connaît le chemin qui mène au Maryland bien mieux que lui ne le connaîtra jamais. Elle comprend qu'il n'est pas si facile d'accorder son pardon et qu'en dehors de ça, il n'y a plus entre eux qu'un espace vacant. Qu'il mesure trente mètres ou trois cents ou trois mille kilomètres ne fait aucune différence : cette distance est de toute manière infranchissable.

— J'espère que tu vois juste, dit-elle. J'espère qu'il te pardonnera un jour.

— Et toi ?

Ethan s'est relevé et lui fait face. Ils entendent l'un et l'autre Frankie qui s'apprête à ouvrir la porte, dans le couloir, en sifflotant un petit air.

— Je suis bien celui que tu crois, dit Ethan. Je suis toujours le même.

Jorie prend son temps, sur le chemin du retour, passant par la rive la plus distante du lac, où Charlotte et elle allaient se baigner avant qu'on ait construit une piscine en ville. L'été, elles tombaient souvent nez à nez avec des tortues par ici, lorsqu'elles venaient chercher un peu de fraîcheur. Les adolescents continuent aujourd'hui d'apprécier l'endroit, en dépit de la vase et des reptiles. Il y a plus d'intimité et de liberté à nager dans ces eaux sombres ou à lézarder sur ces berges bordées d'arbres. Jorie s'engage dans le parking boueux. Sitôt la portière ouverte, elle ôte ses chaussures et les abandonne à côté de la camionnette. Elle emprunte le sentier qu'elle préférait jadis pour rejoindre le lac, marchant avec précaution, car elle sait qu'il y a des racines en travers du sentier et qu'on peut facilement s'y prendre les pieds. Elle entend des jeunes gens rire et s'esclaffer, sur la rive opposée du lac : il s'agit sans doute de cette Rosarie Williams et de sa bande, en train de boire des bières et de s'embrasser dans le noir sans se soucier du reste du monde, uniquement préoccupés par l'intensité de ces brefs moments d'intimité : plonger du haut d'un rocher, s'embrasser dans les eaux peu profondes, chuchoter un mot tendre dans la courbe rose d'une oreille.

Les roseaux prolifèrent autour de Lantern Lake et les grenouilles émettent une mélodie lointaine, lancinante. Autrefois, Charlotte et Jorie croyaient que si une étoile filante tombait un jour dans le lac, ses eaux se changeraient en argent, illuminant la ville entière. Un soir, à l'occasion d'Halloween, elles s'étaient barbouillées de peinture argentée, enveloppées dans de vieilles écharpes et des foulards gris perle et étaient venues danser ici au clair de lune. Elles avaient tourné, virevolté comme des folles, jusqu'à s'effondrer sur le rivage, dans leurs habits d'argent, et s'étaient mises à rire si fort et si longtemps que l'écho leur en était revenu, porté à la surface des eaux comme un nuage d'or.

Jorie s'avance et pénètre dans l'eau. Elle se soucie peu de son chemisier préféré ou que les cailloux risquent de s'amasser dans ses poches et de la faire couler. Elle aime le contact doux et gluant de la vase entre ses orteils. Des crapauds-buffles s'enfuient à son approche et un lotus dérive tout près d'elle, d'un jaune superbe qui brille dans l'obscurité avec l'élégance d'un papillon aquatique. Les grillons se déchaînent dans la chaleur et font vibrer la nuit. L'orage qui menaçait s'est éloigné vers la côte et disparaît à présent, après avoir émis quelques grondements dans le ciel fissuré. Entre les nuages, Jorie aperçoit les constellations. Les plus brillantes se reflètent à la surface du lac, comme si l'étoile filante que Charlotte et elle avaient attendue jadis s'était enfin manifestée.

Lorsque l'eau lui arrive à la taille, Jorie plonge et se met à nager, heureuse de sentir cette fraîcheur et cette humidité sur sa peau moite. Elle ne pense pas à l'amour ni au pardon en se laissant glisser dans l'eau sombre. Elle pense aux pétales du vieux pommier et à deux fillettes vêtues d'argent. Et songe qu'il est étrange qu'elle n'ait jamais remarqué combien Charlotte était belle avant d'avoir perdu ses cheveux. Elle se laisse porter par le courant jusqu'à ce qu'elle se mette à trembler. C'est vendredi soir et les adolescents à l'autre bout du lac ont allumé un feu de joie et branché une chaîne hi-fi. La musique se déverse, répercutée à la surface, et les grenouilles s'enfuient en sautillant dans les eaux basses. Une tiède douceur imprègne les ténèbres. On pourrait se noyer par ici, se laisser couler jusqu'au fond, si loin que même la lumière des étoiles n'y arriverait pas et qu'on ne pourrait plus jamais remonter à la surface.

Jorie ressort et s'ébroue, essore ses vêtements,

puis rejoint le parking. Là, elle récupère ses chaussures et grimpe dans la camionnette. En la voyant aujourd'hui, personne n'imaginerait qu'elle a des cheveux blonds couleur de miel, ni qu'elle était si belle autrefois que toutes les autres filles étaient jalouses d'elle. Pas plus qu'on n'imaginerait que, quelques semaines plus tôt, elle aimait tant son mari qu'elle se croyait la femme la plus heureuse du monde. Ses vêtements sont maintenant boueux et ternes, ses cheveux retombent en mèches hirsutes, semblables à de mauvaises herbes. Et pourtant, Jorie sent une sorte de lumière briller en elle, comme si elle avait vraiment nagé dans un lac éclairé par une étoile filante.

Elle laisse les vitres baissées en rejoignant la ville, malgré les nuées de moustiques qui bourdonnent en tourbillonnant dans la nuit, comme d'infimes cyclones. Le plus drôle, lorsqu'elle s'engage dans l'allée de leur ancienne maison, sur Maple Street, c'est qu'elle ne lui paraît plus du tout réelle. Elle comprend pourquoi Collie a refusé d'y remettre les pieds pour venir emballer ses affaires. Jorie a dû vider la maison toute seule et, à la fin, elle a emmené la plupart de leurs vêtements au lycée Sainte-Catherine, à Hamilton, pour la vente de charité qui doit avoir lieu à la fin des vacances, juste avant la rentrée. Ce soir, on ne dirait pas qu'ils ont un jour vécu ici, mais peut-être les choses changeront-elles avec le temps. D'ici quelques années, quand Jorie et Collie se retrouveront là, sur le trottoir, peut-être se souviendront-ils de détails qu'ils ont pour l'instant oubliés : l'odeur de l'herbe qui arrivait par les fenêtres en été, la neige qui s'entassait l'hiver devant l'entrée, la manière dont cet homme les avait aimés, en dépit de ce qu'il avait fait.

Jorie ouvre la porte du garage et pénètre à l'intérieur. Il ne reste plus que quelques cartons, contenant les affaires d'Ethan. Sur l'établi se trouve sa boîte à outils, ainsi que les dossiers de tous les travaux dont il s'est occupé depuis son arrivée à Monroe. Jorie les feuillette, un à un ; comme elle est encore mouillée, des gouttes tombent sur les pages, l'encre s'estompe et se dilue, mais cela n'a aucune importance, personne ne remettra jamais le nez dans cette paperasse. Les nouveaux propriétaires les déposeront au carrefour, le jour du ramassage des ordures, elles seront ensuite transportées jusqu'à la décharge publique, au bout de Worthington, et on n'en parlera plus.

Les affaires personnelles d'Ethan sont disposées en ordre sur l'établi, mais il faut dire qu'il s'était toujours montré d'une précision méticuleuse, dans toutes ses activités. Sur un râtelier métallique, derrière une rangée de pots en verre contenant des clous et des boulons répartis selon leur taille, se trouvent les clefs de toutes les maisons dans lesquelles il a fait des travaux, chacune étiquetée avec soin, en cas d'urgence. Si jamais, par exemple, une famille s'absentait pour les vacances et que les canalisations explosent, que des ratons laveurs réussissent à s'introduire dans la maison ou qu'une effraction ait lieu, Ethan y avait ainsi accès et pouvait intervenir, afin de rétablir la situation.

Parmi les clefs accrochées au râtelier, une seule n'a pas d'étiquette. Elle est plus petite que les autres, de couleur argentée, et lorsque Jorie tend la main pour s'en emparer, elle sait que c'est la bonne. Elle était là, tout ce temps, suspendue à un vieux ruban effiloché, d'un bleu passé. Jorie saisit la clef et ressort dans le jardin où, pendant des années, elle a fait pousser les fraises les plus sucrées, les laitues les plus croquantes et des haricots si savoureux que même les enfants avaient envie d'en manger. Elle songe à la différence qu'il y a entre le bien et le mal, l'erreur et la vérité. Elle a d'ores et déjà décidé que si la clef correspond, elle lira le journal de Rachel, même si cela implique qu'elle doive définitivement se séparer d'Ethan.

La clef est restée dans leur garage pendant treize ans, elle est rouillée et de mauvaise qualité, mais elle s'adapte bien et ouvre la serrure. Le nom de Rachel est inscrit avec soin à l'intérieur du carnet. Il émane du papier une odeur parfumée, du lis de la vallée d'après Jorie – une senteur fleurie, évocatrice de douceur et d'espoir, qu'affectionnent les adolescentes. Il y a des pages et des pages couvertes d'une belle écriture ronde, de diverses couleurs selon les passages. Rachel devait posséder l'un de ces gros stylos contenant une dizaine de recharges, comme Collie en avait eu lors d'un anniversaire. Le dernier paragraphe est en bleu. Ce sont ces quelques lignes que Jorie va d'abord découvrir, sautant toutes les pages qui évoquent les six derniers mois de Rachel, dans sa quinzième année. C'est le début du mois d'août, et c'est la fin de sa vie. Elle va se brosser les cheveux, porter une dernière fois son petit frère sur son dos, suivre la route jusqu'à l'épicerie où elle travaille, par cette journée si chaude que le goudron fond sous ses semelles et que le soleil donne à sa peau une couleur d'abricot ; et pendant ce très court instant, tandis que des merles se posent au loin, elle est la plus jolie fille du monde.

Le dernier paragraphe est rédigé d'une écriture hâtive, insouciante ; tous les « i » sont surmontés d'un petit cœur, parfaitement tracé. Jorie sent son pouls s'accélérer, comme si c'était la vie de la jeune fille qui émergeait brusquement de cette page. Elle perçoit les mots de Rachel avec autant d'intensité que si elle les avait en bouche, imprégnés de sa propre salive.

Aujourd'hui j'ai rencontré le plus beau garçon du monde. Nous sommes allés nous baigner. Il m'a embrassée tant de fois que je n'ai pas pu compter ses baisers. Embrassée, enfin. Hourra !

Après avoir lu ce passage, Jorie revient au début du carnet. Elle s'assoit dans son jardin et se met à lire, sans omettre un seul mot. En peu de temps, elle apprend plus de choses au sujet de Rachel qu'elle n'en a jamais su sur sa propre sœur, et lorsqu'elle a terminé, elle comprend ce que James Morris avait voulu dire. Elle sait exactement ce qu'elle doit faire, à présent. Une autre femme accepterait peut-être de suivre son mari dans le Maryland. Mais Jorie est déjà allée là-bas. Elle connaît le chant des merles au matin, les gommiers et les mares d'eau saumâtre qui bordent les routes. Mieux vaut partir pour un endroit où elle n'a jamais mis les pieds. Elle emballera le peu d'affaires qu'elle souhaite garder et ils rouleront,

Collie et elle, aussi loin et aussi longtemps qu'ils le souhaitent.

Lorsqu'ils seront vraiment fatigués, ils s'arrêteront dans un motel où nul ne les connaît et où ils pourront se présenter sous l'identité de leur choix, y compris la leur, s'ils le souhaitent. Elle n'a pas la moindre pensée pour Ethan en faisant ses bagages, ni la moindre regret en allant cueillir une brassée de lis qu'elle dépose devant la porte de Charlotte, un petit signe pour indiquer à son amie qu'il y a des choses immuables – leur amitié par exemple, qui se prolongera ici et là, par-delà les distances. Peut-être Jorie a-t-elle une pensée pour Ethan en descendant Front Street – une pensée fugace et triste qui lui fait un peu mal ; mais lorsqu'elle prend la direction de l'autoroute, elle concentre son attention sur la carte dépliée sur le tableau de bord. Collie allume la radio et ils ne sont pas dérangés par la densité du trafic, beaucoup de gens rentrant au bercail après les vacances d'été. Une autre femme irait peut-être dans le Maryland, mais telle n'est pas l'intention de Jorie. Elle imagine au contraire tout ce qui les attend, tout ce qui s'étend devant eux : la route, les nuages, le ciel – tous les éléments d'un avenir possible qu'il s'agit de construire de ses propres mains, lentement et avec précaution, jusqu'à ce que le monde, une fois encore, vous appartienne enfin.

Bonne conscience

J'attendais ma mère sur le porche de l'entrée, pour être sûre qu'elle ne tenterait pas de m'éviter. Lorsqu'elle rentrerait de son travail, elle n'aurait pas le choix et serait obligée de passer devant moi ; il faudrait bien, alors, qu'elle écoute ce que j'avais à lui dire, concernant les décisions que nous avions à prendre. Je crois qu'après s'être garée dans l'allée, elle avait dû pressentir le piège qui l'attendait, car elle était restée un bon moment dans sa voiture avant de se décider à sortir. Elle avait évalué la situation avant de s'engager dans le sentier et de venir s'asseoir sur le porche, à côté de moi. Elle agitait ses clefs de voiture, si fort qu'on aurait dit des cloches.

— Qu'y a-t-il encore ? demanda-t-elle.

Ma mère sentait bon, encore imprégnée du parfum qu'elle porte depuis toujours, mais elle avait l'air si fatiguée après sa journée de travail que je faillis retenir ma langue. Je ne pouvais pourtant pas ignorer le second vœu que j'avais fait, même si cela n'était pas facile. Je lui dis que nous avions un travail à finir et qu'il valait mieux régler la question dès à présent.

— Est-il indispensable de s'en occuper aujourd'hui ? dit ma mère en poussant un soupir.

Elle paraissait méfiante, comme si des centaines de gens la harcelaient sans cesse. Ou qu'une pléiade de gamins attendaient en file indienne devant la maison, jusqu'à l'autoroute, pour quémander son aide.

— Je veux que tu me conduises quelque part, dis-je.

Je pensais qu'elle allait discuter, qu'il allait falloir la supplier pour obtenir gain de cause, mais elle se contenta de se lever et de se diriger vers sa voiture. Elle s'assit au volant et inséra la clef de contact, tandis que je m'asseyais à mon tour sur le siège du passager. Nous prîmes la direction de Hamilton. Le tailleur de pierre était installé tout au bout de King George's Road, après la maison des Monroe et l'enceinte effondrée de leur propriété. Ma mère resta assise dans la voiture pendant que j'allais régler l'affaire. Mais cela ne me dérangeait pas, je savais exactement ce que je voulais. Des blocs de marbre et de granite de toutes les couleurs étaient entassés le long du sentier, du rose le plus clair au gris anthracite, mais une fois à l'intérieur je dis au tailleur de pierre que je voulais quelque chose qui donne l'impression d'avoir toujours été là. Je voulais une dalle d'ardoise grise bordée de mica, portant comme seule inscription le nom de mon père.

L'atelier du tailleur de pierre était poussiéreux, et les murs couverts de modèles d'inscriptions ayant déjà servi pour des monuments commémoratifs, des messages de douleur et d'amour. Au fond de la boutique se dressait un ange dont l'une des ailes était brisée et que le tailleur s'apprêtait à réparer. Il y avait des particules de granite en suspens dans l'air, semblables à des mites, mais cela m'était égal. Je fermai les yeux et fis un vœu en apercevant l'ange. Puis je ressortis et rejoignis la voiture, pour que ma mère fasse le chèque.

— Avons-nous choisi quelque chose d'onéreux ? me demanda-t-elle.

— Nous avons choisi quelque chose qui lui aurait plu.

Ma mère émit un petit rire.

— Ce qui lui aurait plu, dit-elle, c'est d'être encore parmi nous.

Nous n'avions jamais eu une conversation aussi longue au fil de l'année écoulée et cela nous faisait un drôle d'effet à l'une et à l'autre de nous entendre parler, comme des gens qui ont erré dans le désert et dont la gorge est douloureuse chaque fois qu'ils tentent d'émettre un son. Ma mère s'était mise à fouiller dans son sac à main, à la recherche de son chéquier, et se comportait comme s'il s'agissait d'une besogne de la plus haute importance. Je songeais à quel point j'aurais aimé revoir mon père, ne serait-ce qu'une fois. Et qu'il resterait toujours présent en moi, quoi qu'il advienne.

Lorsque je revins donner le chèque au tailleur de pierre, il rédigea un reçu. Il devait me croire plus jeune, car il me tapota le crâne après me l'avoir remis.

Dieu te bénisse, lança-t-il tandis que je me précipitais à l'extérieur, et pour une obscure raison sa bénédiction n'était pas dénuée de sens à mes yeux. Lorsque je remontai dans la voiture, je n'attendis pas que ma mère ait redémarré : je l'enlaçai et elle m'autorisa à me blottir dans ses bras. Nous prîmes garde par la suite de nous comporter comme si de rien n'était, mais quelque chose avait bel et bien eu lieu. Ma mère resta sur King George's Road et suivit la bifurcation pour Hamilton, au lieu de prendre le chemin de la maison. Nous arrivâmes bientôt au cimetière. Nous savions exactement où était la tombe, là où poussaient les lis orangés dont les derniers pétales ressemblaient à des touches de lumière, même une fois tombés à terre. J'étais heureuse que ma mère se soit battue avec les propriétaires du cimetière et qu'elle ait obtenu ce qu'elle souhaitait, au moins cette fois.

— Ça me paraît bien, dis-je.

Nous n'étions pas sorties de la voiture, il ne fallait tout de même pas en rajouter, mais je savais que la pierre pour laquelle j'avais opté serait parfaitement à sa place ici. J'avais fait le bon choix. Nous rentrâmes à la maison, les vitres baissées, et ma mère paraissait jeune, pour une fois. Nous fîmes halte au Dairy Queen et commandâmes deux banana-split. Ma mère éclata de rire en me voyant m'empiffrer de glace et de crème chantilly, au point que mes joues étaient gonflées comme celles d'un hamster. Nous n'avions pas ri de la sorte depuis une éternité mais lorsque nous repartîmes, à la nuit tombée, je savais que mon enfance avait pris fin. Je le pressentais comme d'autres pressentent un changement de temps, au plus profond de leurs os.

Cette nuit-là j'attendis Rosarie, qui avait assisté jusqu'à une heure tardive à une réunion pour la collecte des fonds. Je savais ce qu'elle mijotait, mais j'avais tenu ma langue.

Où est ta sœur ? me demandait souvent ma grand-mère à l'heure du dîner, ou le dimanche matin. Je me contentais de hausser les épaules et de lui dire qu'elle devait être avec Kelly. Mais je savais évidemment que ce n'était pas le cas, puisque Kelly n'adressait plus la parole à Rosarie.

— Je n'arrive pas à croire que tu aies traité Brendan de cette façon ! Tu ne penses vraiment qu'à toi ! avait lancé Kelly la dernière fois qu'elle avait vu ma sœur chez Hannah's Coffee Shoppe.

J'assistais à la scène et j'avais envie de lui dire : *Ouvre les yeux, ma vieille. Si Rosarie n'avait pas largué Brendan, tu ne lui aurais jamais mis le grappin dessus. Il serait assis à cette table, fou amoureux d'elle, à lui manger dans la main et à faire ses quatre volontés.* Mais je n'ouvris pas la bouche, cela va sans dire, et me contentai de lui faire un petit signe de la main lorsqu'elle s'éclipsa, comme si je lui souhaitais bonne chance.

— Tu as si peu d'amies que tu ne peux pas te permettre d'en perdre une, dis-je à Rosarie tandis que nous regagnions la maison. À moins que tu n'estimes pouvoir te contenter d'Ethan Ford.

Ma sœur me dévisagea.

— Pour ta gouverne, me dit-elle, je te signale que sa femme a foutu le camp. Quant à savoir où elle est allée, personne n'en a la moindre idée. Mais ce qui est sûr, c'est qu'elle ne l'accompagnera pas dans le Maryland.

Je compris tout, alors. Il fallait que quelqu'un soit présent, aux côtés d'Ethan Ford, et Rosarie avait décidé que ce serait elle. Elle était entraînée dans une spirale dont nul n'avait idée, en dehors de moi. Ma mère et ma grand-mère croyaient que tout allait bien parce que Rosarie ne traînait plus en ville avec l'un ou l'autre de ses petits amis. Elle se comportait si bien que, si l'on avait décerné ces temps-ci un prix de bonne conduite, elle aurait probablement coiffé Gigi Lyle sur le poteau. Lorsqu'un garçon la demandait au téléphone, elle refusait de prendre l'écouteur, en disant qu'elle avait des sujets de préoccupation autrement plus importants en tête. Elle avait l'air sérieux, depuis quelque temps, avec ses cheveux longs ramenés en chignon, son absence de maquillage et ses yeux noirs luisants comme des braises. Ma mère et ma grand-mère ne voyaient pas le feu qui l'habitait, lorsqu'elles la regardaient, pas plus qu'elles n'avaient remarqué la présence de la valise que Rosarie avait glissée sous son lit. Mais je savais, moi, qu'elle avait retiré son argent de son compte en banque, jusqu'à son dernier *cent.* Elle se confiait à moi, depuis quelque temps, aussi savais-je qu'elle avait l'intention d'accompagner Mark Derry dans le Maryland en qualité d'assistante, de manière à rester auprès d'Ethan Ford. Je la laissais parler, en faisant mine d'approuver ses projets, mais le vœu que j'avais fait en jurant de la protéger allait me contraindre à me mettre en travers de ses plans. Simplement, j'ignorais comment j'allais m'y prendre jusqu'à ce que je reçoive une lettre de Collie.

Il était censé n'écrire à personne, du moins au début, mais il avait fait une exception pour moi. Il me disait que sa mère essayait de dénicher un poste d'enseignante dans une petite ville du

Michigan et que, par un étrange hasard, les vergers abondaient dans la région, bien que les variétés de pommiers ne soient pas les mêmes qu'à Monroe. En tout cas, leur parfum embaumait l'atmosphère et cela lui rappelait sa ville natale. Les choses ne se passaient pas si mal, pas autant qu'il ne l'avait redouté, et puis il avait un chien à présent. Avant même d'avoir déballé leurs affaires, Collie et sa mère s'étaient rendus à la fourrière et avaient acheté un chiot, un bâtard qu'il avait baptisé Crapaud parce qu'il semblait incapable de résister à l'attrait d'une flaque de boue. Il m'enverrait sa photo, me disait-il, et je comptais la mettre sur mon bureau lorsque je la recevrais. Et la regarder tous les jours.

J'étais heureuse que Collie ne me rende pas responsable de ce qui était arrivé. À la fin de sa lettre, il m'écrivait qu'il savait que c'était moi qui avais téléphoné à cette station de télévision. Il ajoutait qu'il me pardonnait, phrase que je relus des centaines de fois. Quant à moi, je ne pouvais pas m'accorder l'absolution avant d'avoir honoré mon troisième vœu et c'était pour cela que j'avais attendu Rosarie, la nuit qui précéda le transfert d'Ethan Ford. J'avais fermé les yeux quelques instants et m'étais sans doute endormie, car je ne l'entendis pas arriver avant qu'elle s'asseye à côté de moi.

— Qui t'a permis de venir dans ma chambre ? murmura-t-elle.

Mais je savais qu'elle ne m'en voulait pas. Ces derniers temps, elle appréciait ma présence. Elle se sentait un peu seule désormais.

— J'ai besoin de toi, dis-je. Il faut que tu m'aides

à écrire une lettre à Collie. (Certains mensonges sont très faciles à faire, et celui-là était du nombre.) Il faut que tu lui dises que je ne veux plus entendre parler de lui. Qu'il est parti, que je suis restée ici et que je n'ai pas l'intention de l'attendre jusqu'à la fin des temps.

— Tu n'as qu'à l'écrire toi-même, me dit Rosarie.

Mais j'étais déjà allée chercher une feuille de papier et un stylo sur son bureau.

— Tu ne peux donc rien faire toute seule ? soupira-t-elle.

Mais elle était toujours un peu titillée, dès qu'il s'agissait de briser le cœur de quelqu'un : aussi s'assit-elle à son bureau, prête à rédiger la lettre.

— Dis-lui qu'il n'a jamais vraiment compté pour moi, dis-je, et qu'il ferait mieux d'oublier mon existence. Dis que je le déteste et que j'aurais préféré ne l'avoir jamais rencontré.

— Tu es plus méchante que je ne le croyais, dit Rosarie en esquissant un sourire et en écrivant la lettre. Tiens, dit-elle en me la tendant, une fois terminée. Ne te réjouis pas trop vite, ajouta-t-elle, mais j'ai décidé que tu pourrais t'installer dans ma chambre une fois que je serai partie.

— Partie ? m'exclamai-je comme si je n'étais au courant de rien.

En fait, je me trouvais seule à la maison lorsque Mark Derry était passé, un peu plus tôt dans la journée, pour déposer un billet d'avion à l'intention de Rosarie. Je lui avais promis de le donner à ma sœur, tout comme j'avais juré de la prévenir qu'elle devait retrouver Mark et le reste du comité de soutien à la prison, le lendemain après-midi à deux heures pile. Mais à peine avait-il tourné le dos que j'avais planqué le billet dans le tiroir de ma table de nuit. C'était un billet à destination de Baltimore, payé sur les fonds du comité, et je n'y avais plus touché, même si je rêvais depuis toujours d'occuper la chambre de Rosarie. J'avais déjà décidé que je ne lui communiquerais pas les coordonnées de ce rendez-vous, afin qu'elle n'effectue pas ce voyage dans le Maryland.

— Partie pour de bon ? répétai-je d'un air si innocent qu'on n'aurait jamais soupçonné que j'avais une idée derrière la tête.

— Tu ne peux pas comprendre, me dit Rosarie.

Je comprenais fort bien, au contraire, que si elle suivait Ethan Ford dans le Maryland elle foutrait sa vie en l'air, et que ce serait de ma faute. Et c'était pour cela que je lui avais demandé d'écrire cette lettre, en m'assurant qu'elle ne l'avait pas signée de mon nom.

Ce soir-là, je regardai les informations avec ma grand-mère. On parlait beaucoup de l'agitation qui avait régné autour de la prison, Ethan Ford devant être transféré dans le Maryland le lendemain après-midi. Les gens avaient manifesté, que ce soit en sa faveur ou contre lui. Les premiers étaient les plus nombreux, ce qui n'avait rien pour me surprendre, étant donné la manière dont avait réagi Rosarie. Ma mère arriva et vint regarder la télé avec nous en s'asseyant sur l'accoudoir du canapé, comme elle m'avait toujours ordonné de ne pas le faire.

— Voilà ce qu'on appelle un bel homme, dit ma grand-mère lorsqu'un portrait d'Ethan apparut à l'écran, le même que celui que j'avais aperçu, au début de l'été. Eh bien, ajouta-t-elle, que cela nous serve de leçon. On ne juge pas un livre sur sa couverture.

— À ton avis, qu'est-ce que cela signifie, lorsque le reflet de quelqu'un n'apparaît pas dans un miroir ?

J'espérais que ma question paraîtrait anodine, mais je vis ma mère adresser un regard inquiet à ma grand-mère.

— Cela signifie qu'il y a un défaut dans le miroir, répondit celle-ci.

Mais je savais qu'il fallait comprendre que le défaut concernait l'individu en question.

Lorsque je fus certaine que tout le monde était endormi, je me rendis au garage. J'enjambai la fenêtre de ma chambre et rampai jusqu'à l'endroit où le toit surplombe le jardin ; je sautai et contournai ensuite la maison jusque derrière. L'air bourdonnait du crissement des grillons, de plus en plus rapide, comme toujours à la fin du mois d'août. J'ouvris doucement la porte du garage et me glissai à l'intérieur, où il faisait frais et sombre. Je trouvai mon chemin à tâtons et allai m'asseoir sur le ciment, avant de sortir mes deux dernières bougies et quelques allumettes. Je pensai d'abord à mon père, en allumant les bougies. Je lui demandai d'avoir l'œil sur Rosarie et de s'occuper d'elle, même si elle avait de mauvaises habitudes et n'était pas toujours très gentille. Je le suppliai de m'aider à la protéger et de ne pas la laisser s'enfuir avec un homme qui n'avait même pas de reflet. Et je lui promis que s'il faisait cela pour moi, je ne remettrais plus jamais les pieds dans ce garage, seule la nuit. J'accepterais ce qui avait eu lieu et la perte que j'avais faite.

Lorsque je me réveillai le lendemain matin, je savais ce qu'il me restait à faire. Je pris ma bicyclette et traversai la ville, avant de bifurquer dans King George's Road. Il était tôt, il n'y avait pas de circulation et je pédalais si vite que j'avais presque l'impression de voler. J'essayais de ne pas trop réfléchir ni de trop m'inquiéter. Je pénétrai dans les bâtiments municipaux et déclarai au shérif Meyers qu'il fallait que je voie Ethan Ford. Je lui expliquai que j'avais été sa voisine depuis que j'étais née, ainsi que la meilleure amie de son fils, et que je voulais lui dire au revoir avant qu'on ne l'emmène dans le Maryland. J'avais sans doute une mine inquiète, sinon anxieuse, et cela décida le shérif à me laisser rencontrer Ethan Ford, alors qu'on devait le transférer à Baltimore l'après-midi même. Là, il devait être pris en charge par un assesseur du tribunal et conduit jusqu'à cette bourgade la côte Est où les faits avaient eu lieu.

— Il a une journée chargée, ma petite, aussi ne puis-je guère t'accorder plus de quelques minutes, me dit Dave Meyers, à qui j'adressai un grand sourire malgré la frayeur qui me paralysait. Es-tu prête pour tes examens ? ajouta-t-il, parce que son fils Jesse était dans ma classe et qu'il était bien du genre à s'exciter pour une ineptie pareille.

— Oh oui, répondis-je, comme si je me souciais de ce qui pouvait arriver au-delà des quelques minutes à venir. J'ai hâte qu'ils aient lieu.

— N'étais-tu pas amie avec Hillary ?

Il faisait allusion à sa fille, une pimbêche tellement prétentieuse qu'elle refusait de m'adresser la parole, surtout depuis que j'avais écrit ce que je pensais d'elle sur les murs du collège.

— Vous devez confondre avec quelqu'un d'autre, dis-je.

Le shérif me conduisit à travers le hall. Il salua le gardien, Frankie Links, puis déverrouilla la porte qui donnait accès à la prison. Dave Meyers sifflotait d'un air jovial, mais je n'étais pas dupe : ce qui se passait aujourd'hui n'avait rien de réjouissant. Il n'y avait pas un seul autre prisonnier dans les cellules, ce qui était bien à l'image d'une ville comme Monroe, mais le vide n'a rien de très rassurant non plus. La propreté des lieux et la longue enfilade de lumières fluorescentes ne dissimulaient pas l'obscurité des cellules, et le simple fait d'arpenter le couloir me donnait la chair de poule.

Lorsque nous arrivâmes devant sa cellule, Mr Ford nous attendait. Il avait dû entendre l'écho de nos pas, car on voyait qu'il avait hâte d'accueillir son visiteur, bien qu'il ne s'attendît pas à ce que ce fût moi. Il avait la même expression que tous ces garçons qui tournaient autour de Rosarie et finissaient par discuter avec moi, déçus et délaissés, sauf que cette fois-ci, la déception que je lus dans ses yeux me remplit d'un secret bonheur. Mais aussitôt, avec la même promptitude, ma frayeur revint. Dave Meyers déverrouillait la porte de la cellule pour que je puisse y pénétrer, ce qui était la dernière chose que j'avais envie de faire.

— Je peux lui parler d'ici, dis-je. À travers les barreaux.

Moi-même, je me rendis compte que ma voix tremblait.

— Ce sera plus commode à l'intérieur, dit Dave Mayers. Entre donc.

Je n'avais pas le choix. Il me fallait obéir et me retrouver face à face avec Ethan Ford, même si je savais qu'il n'avait pas de reflet et n'en aurait probablement jamais. Je m'avançais vers lui comme si je n'éprouvais pas la moindre nervosité et que j'avais l'habitude de me rendre quotidiennement à la prison. On ne penserait sûrement pas que je sais très bien mentir, mais c'est pourtant le cas. Pendant un instant, je songeai au fait que Mr Ford s'était retrouvé là à cause de moi, mais je chassai aussitôt cette idée. Trop de vies ont été bouleversées à la suite de mon geste pour que cela puisse continuer de me ronger. J'en vins donc directement au fait. Je lui dis que Rosarie m'avait envoyée parce qu'elle ne voulait pas lui annoncer en personne qu'elle le laissait tomber. Elle avait renoncé à se rendre dans le Maryland pour le soutenir et ne rejoindrait pas Mark Derry et les autres membres du comité cet après-midi. Voilà ce que je lui débitai, d'une voix un peu hautaine et même légèrement méprisante, comme si notre famille dans son ensemble était vraiment trop bien pour lui et que nous avions parfaitement conscience. Comme si Rosarie ne s'était intéressée à lui que par charité, et pour se changer les idées durant l'été.

— Qui l'aurait cru, ajoutai-je, mais elle est vient de tomber amoureuse.

Je vis réapparaître cette lueur dans son regard, quand je fis allusion à l'amour, aussi poursuivis-je sur ma lancée. J'inventai un patronyme flamboyant, susceptible d'être porté par un homme honnête et digne de confiance, même si Rosarie était loin de mériter une semblable dévotion.

« Michael Dove » annonçai-je, une pointe de compassion dans la voix, comme si Ethan Ford me faisait vaguement pitié et qu'il avait vraiment raté quelque chose en ne sachant pas retenir Rosarie. Michael Dove, qui partait étudier le droit en Californie et que Rosarie s'apprêtait à suivre. Elle était déjà par la pensée à des milliers de kilomètres d'ici ; et du reste, elle ne pouvait pas s'occuper de tous les individus dans le besoin qui croisaient son chemin. Il ne fallait tout de même pas oublier qu'elle avait sa vie à mener, et son avenir devant elle.

— Je crois que j'aimerais entendre Rosarie m'exposer tout cela elle-même, articula lentement Ethan Ford.

Dieu sait pourquoi, sa réaction m'enhardit davantage. Sans doute était-ce lié au fait de l'avoir entendu prononcer le prénom de ma sœur. Ou de songer au regard de Collie, le jour où nous étions venus ici, à la manière dont il avait lancé son vélo contre la clôture, comme si sa souffrance ne pouvait pas être pire, même s'il devait saigner de partout ou se rompre le cou.

Je tendis à Ethan Ford la lettre dont j'avais été bien inspirée de me munir, car je voyais bien qu'il ne me croyait pas. Le doute est toujours perceptible dans le regard des gens, mais il se dissipa bien vite dans le sien, après qu'il eut lu la lettre. Rosarie avait estimé que je lui dictais des mots trop durs, trop cruels, croyant qu'ils étaient destinés à Collie : à en juger par l'expression d'Ethan Ford, je suppose qu'elle avait raison. Si je n'avais pas su à quoi m'en tenir à son sujet, je l'aurais pris en pitié, mais ce n'était franchement pas mon genre.

J'avais eu peur qu'il ne me rie au nez et me dise qu'il allait écrire à Rosarie, qu'il s'arrangerait pour parvenir à ses fins, d'une manière ou d'une autre, et lui écrirait des pages et des pages de mots tendres qui finiraient par la convaincre de venir le rejoindre dans le Maryland, au bout du compte. Mais je crois que la lettre que j'avais demandé à ma sœur d'écrire était assez efficace. Et j'avais bien vu qu'il avait reconnu l'écriture de Rosarie, comme je l'avais escompté ; je dois reconnaître que j'espérais que cela lui briserait le cœur, ne fût-ce qu'un instant, même si je savais que c'était impossible, chez un individu pareil. Tout le temps où Ethan Ford suppliait sa femme de le suivre dans le Maryland, il faisait des plans pour que Rosarie le rejoigne, elle aussi. J'étais prête à parier qu'une fois là-bas, il allait dénicher quelqu'un d'autre, une employée du tribunal par exemple, une jeune fille plus ou moins solitaire ou déboussolée, comme l'était Rosarie. Même à mon âge, je voyais bien que c'était le genre d'homme qui a besoin qu'une femme croie en lui ; et qu'à ses yeux, Rosarie comptait moins que la foi qu'elle avait en lui.

Je repensai à Collie, en ce jour fatidique où nous étions rentrés chez lui et où la maison était vide. Voilà une chose susceptible de briser le cœur de quelqu'un pour de bon ; dans le genre, on pouvait même difficilement trouver pire. Et si j'en étais la cause, ma foi, ainsi soit-il. Les cœurs sont destinés à être brisés. On ne peut pas vraiment contourner cette réalité, si l'on tient à rester humain. C'est pourquoi, le jour du départ de Collie, je ne m'étais pas précipitée chez sa grand-mère. Je n'avais pas fait le planton dans la rue pour le regarder partir, ni couru derrière la voiture. Je n'avais même pas versé une larme. Au lieu de ça, j'étais restée enfermée dans ma chambre, même si je savais qu'il était en train de s'éloigner, de plus en plus, à mesure que les minutes s'égrenaient.

— Et Collie ? lançai-je.

Je ne manquais pas de toupet, à vrai dire, mais je n'arrivais pas à me contrôler. Il ne me venait même pas à l'esprit que Dave Meyers se trouvait au fond du couloir, de l'autre côté de la grille, feuilletant les papiers que lui avait envoyés la cour de justice du Maryland, et qu'il ne m'entendrait probablement pas si j'appelais à l'aide.

— Vous m'interrogez sur Rosarie, mais vous ne voulez pas savoir si j'ai eu des nouvelles de Collie ? Je pensais que son sort vous intéresserait davantage.

J'avais parlé sans ménagement, bien que la porte de la cellule fût fermée derrière moi. Mais je m'en fichais, finalement.

— Tu as eu de ses nouvelles ?

Rien qu'à la manière dont Ethan Ford avait prononcé ces mots, en dépit de tout ce qui s'était passé et de tout ce qu'il avait fait, je sentais bien qu'au fond de son cœur Collie était toujours son fils. Mais ce genre de constat ne m'impressionnait pas et je savais ce qu'il fallait lui répondre.

— Non, dis-je, et rarement un mensonge ne m'avait paru aussi délectable. Non, pas un mot.

Je n'avais pas versé une larme quand Collie était parti, pas plus qu'à la mort de mon père ; mais pour quelque étrange raison, je me mis brusquement à pleurer, devant Ethan Ford. Je lui dis que j'étais désolée : il acquiesça, comme s'il me comprenait, et durant un instant j'eus envie de le croire. Pire encore, je songeai même à lui pardonner, mais ce sentiment ne dura guère. Il était encore très tôt et les oiseaux s'éveillaient dans les buissons, on les entendait depuis la cellule, et leur gazouillis m'aida à couper court à ces faiblesses. Je repensai à Jorie, pleurant dans son jardin : c'était à ce moment-là que j'avais compris qu'Ethan Ford n'était qu'une girouette et que tout le monde se porterait mieux lorsqu'il ne serait plus là. Je songeai à ma sœur, qui était prête à cause de lui à renoncer à sa dernière année d'études ; finalement, je ne regrettais pas tant que ça de l'avoir dénoncé. Lorsqu'une porte se ferme, il y en a toujours une autre qui s'ouvre, je l'avais déjà remarqué.

Je savais qu'en donnant cette lettre à Ethan Ford, je m'étais condamnée à devoir jalouser Rosarie jusqu'à la fin des temps, mais je m'en fichais. Maintenant que nous étions, grâce à moi, débarrassées de lui et de tout le mal qu'il aurait pu causer, la vie de ma sœur s'avérerait toujours plus riche que la mienne, sur un certain plan. Mais il y avait aussi des domaines où je serais en avance, par rapport à elle. Il me restait à apprendre que parfois, ce sont ceux qui vous aiment le plus qui vous abandonnent.

Quand le shérif arriva et me demanda de quitter la cellule, je ne me fis pas prier. Je dis au revoir à Ethan Ford, mais il ne m'entendit pas, à moins qu'il ne se soit pas soucié de me répondre. Je passai chez Hannah et commandai un petit déjeuner, en choisissant mes spécialités préférées : des pancakes, des toasts, un milk-shake au chocolat et une part de tarte aux pommes. Kelly Stark était dans la salle avec ses deux sœurs, Sophie et Josie. Elles me rejoignirent et s'assirent avec moi, bien que Kelly n'adressât plus la parole à Rosarie. Elle était follement amoureuse de Brendan, avec qui elle passait la plupart de son temps.

— On dirait que tu célèbres quelque chose, me dit Sophie.

Elle était sacrément jolie, il fallait bien le reconnaître.

— Peut-être bien, dis-je.

Je n'étais pas du genre à me confier à la première venue, mais je songeai que si cela devait m'arriver un jour, il se pourrait bien que ce soit avec Sophie.

— Comment va Rosarie ? me demanda Kelly.

On sentait au son de sa voix qu'elle était vraiment concernée, même si elle n'allait pas gâcher sa vie au nom de l'amitié. Chacune des sœurs Stark avait la même intelligence, la même finesse, sans parler de leurs beaux cheveux longs. Et pourtant, quand on était au milieu d'elles, il était difficile de les détester ou de leur en vouloir, malgré la chance qu'elles avaient.

— Elle n'est pas très en forme, dis-je en parlant de ma sœur.

Cet après-midi-là, tandis qu'Ethan Ford était transféré dans le Maryland, Rosarie ignorait qu'elle devait retrouver Mark Derry à quatorze heures. Elle attendait au contraire près du téléphone, sa valise à ses pieds. Lorsque l'obscurité tomba, elle appela chez les Derry pour savoir ce qui se passait, mais Brendan lui raccrocha au nez. Elle rappela je ne sais combien de fois et lorsqu'elle obtint enfin une réponse, l'avion avait déjà décollé. Mrs Derry déclara à Rosarie qu'elle avait reçu des instructions et ne devait communiquer à personne le numéro de téléphone de l'hôtel où était descendu Mark, ne serait-ce que pour écarter les journalistes et autres bêtes curieuses. Et que Rosarie ferait sans doute mieux de consacrer son énergie à ses études, puisque les cours allaient reprendre dans une dizaine de jours.

À la suite de ça, Rosarie a rangé sa valise sous son lit. Elle attend chaque jour qu'Ethan la contacte, mais j'imagine qu'il a déjà porté son attention sur quelqu'un d'autre. Rosarie veut encore y croire, bien que l'été touche à sa fin et que le procès ait commencé. On raconte qu'Ethan va écoper d'une bonne centaine d'années et qu'il ne mettra plus jamais les pieds hors du Maryland, mais ma sœur continue de l'attendre, même les jours de pluie. Elle s'est installée dehors, sur le trottoir, et guette le passage du facteur. Son visage est si rouge, tellement elle a pleuré, que certains jours on la reconnaît à peine. Les gens passent en voiture et klaxonnent en la voyant, mais elle ne réagit pas. Ses cheveux trempés pendouillent, noirs comme de la cendre. On voit à travers ses vêtements, mais elle s'en fiche complètement. Les garçons qui lui couraient après ont peur d'elle à présent ; mais lorsqu'elle aura retrouvé ses esprits, ils oublieront qu'ils passaient alors à côté d'elle en feignant de ne pas la connaître.

De temps à autre, le neveu de Warren Peck, Kyle, qui est d'un naturel si calme et si pondéré que Rosarie n'a probablement jamais remarqué son existence, a la présence d'esprit de lui apporter un parapluie ou un verre d'eau, selon qu'elle se tient trempée sous la pluie ou qu'elle se dessèche au soleil. Mes espoirs renaissent, chaque fois que je l'aperçois, bien qu'il soit plus petit que Rosarie et qu'il ait une cicatrice en travers de l'œil. Je lui fais toujours un grand signe et j'essaie de l'encourager. Ma sœur aurait besoin d'un homme comme lui, qui ne remarquerait jamais qu'elle fixe parfois l'horizon, au sud de l'autoroute, en songeant à la vie qu'elle aurait menée si des gens ici ne l'avaient pas aimée, si ce n'était pas ici que se trouvait son foyer.

Quand l'obscurité tombe, ma grand-mère m'envoie chercher Rosarie. Depuis quelque temps, nous dînons toutes les quatre ensemble, même ma mère vient s'asseoir avec nous.

Viens, lui dis-je en la tirant par le bras. Rosarie me suit, mais dans ces instants-là, je vois combien elle a été blessée. Elle est humaine à présent, elle a souffert et pleuré pour de bon. Elle me dit que je n'ai pas la moindre idée de ce qu'est un amour véritable. Que l'amour est un serment impossible à rompre. Mais je sais bien que rien n'échappe au changement. J'ai conscience que lorsque nous nous reverrons la prochaine fois, Collie et moi, nous serons des individus différents : il nous faudra dépasser la surface des choses pour comprendre qui nous étions jadis, et qui nous sommes devenus. Et ce n'est pas une mince affaire. Quelqu'un qui observerait Rosarie ces temps-ci, par exemple, n'apercevrait sans doute que sa douleur et son tourment. Il n'aurait pas idée de sa beauté, contrairement à moi. Ma grand-mère m'a dit un jour que lorsqu'on perd quelqu'un, on croit avoir perdu du même coup le monde entier, mais qu'après il en va différemment. Un jour, on finit par redresser la tête et regarder par la fenêtre. Et on s'aperçoit que tout ce qui existait avant que le monde ne prenne fin est resté en place. Ce sont les mêmes pommiers, les mêmes oiseaux qui chantent – et au-dessus de nos têtes un ciel identique qui brille, égal au paradis, si loin dans les hauteurs qu'il est malaisé d'espérer qu'on puisse l'atteindre un jour.

Composition et mise en pages réalisées
par Étianne Composition
à Montrouge.

Achevé d'imprimer par Rodesa en juillet 2003
N° d'édition : 38920
Dépôt légal : juillet 2003
Imprimé en Espagne